L

Novela

Biografía

María Martínez es autora, entre otras obras, de *Tú y otros desastres naturales*, *La fragilidad de un corazón bajo la lluvia*, *Cuando no queden más estrellas que contar*, *Tú, yo y un tal vez* y *Yo, tú y un quizás* (todas ellas publicadas en Crossbooks). Cuando no está ocupada escribiendo, pasa su tiempo libre leyendo, escuchando música o viendo series y películas. Aunque sus *hobbies* favoritos son perderse en cualquier librería y divertirse con sus hijas.

www.mariamartinez.net

María Martínez

La fragilidad de un corazón bajo la lluvia

CROSS BOOKS

PEFC
PEFC/14-38-00305

Certificado PEFC

Este libro procede de bosques gestionados de forma sostenible y fuentes controladas

www.pefc.es

Avinguda Diagonal, 662, 6.ª planta. 08034 Barcelona (España)
www.planetadelibros.com

Diseño de la cubierta: Booket / Área Editorial Grupo Planeta
Ilustración de la cubierta: Shutterstock
Primera edición en Colección Booket: agosto de 2021
Segunda impresión: septiembre de 2021
Tercera impresión: noviembre de 2021
Cuarta impresión: febrero de 2022
Quinta impresión: mayo de 2022
Sexta impresión: agosto de 2022
Séptima impresión: diciembre de 2022

Depósito legal: B. 11.663-2021
ISBN: 978-84-08-24661-9
Impresión y encuadernación: Rodesa, S. L.
Printed in Spain - Impreso en España

Para ti

TODA HISTORIA TIENE UN COMIENZO...
Y NO TIENE POR QUÉ SER EL PRINCIPIO.

Es duro aferrarse a un sueño.

Lo hice durante mucho tiempo, y nunca dejé de creer que debía de haber algo mejor que aquella vida errática por la que mi madre me arrastraba.

Lo había.

Lo descubrí a los doce años.

Cuando estaba a punto de rendirme.

Cuando ya había dejado de esperar.

Llegué a un lugar en el que encajaba. Poseía todo lo que siempre anhelé: luz, calor, risas, momentos extraordinarios... seguridad.

Y ellos.

Sobre todo, ellos.

Dejé que abrieran la caja donde había guardado mis latidos, mis palabras y la esperanza, recubierta por una fina película de polvo. Confié y me dejé llevar, permití que alimentaran mis sueños. Crucé al otro lado del espejo, creyendo que allí todo sería eterno.

No lo fue.

No salió bien.

Terminó, y lo único que aprendí de aquel tiempo es que

hay personas que nacemos para ser abandonadas. Antes o después, siempre acaba pasando. Se deshacen de nosotros.

No importan las promesas. Es tan fácil incumplirlas como lo fue pronunciarlas.

«Adiós.»

Cuánto dolor pueden causar esas cinco letras, hasta que descubres que no existen tiritas ni medicinas para calmarlo, y solo puedes protegerte de él. Evitar esa sensación de abandono, cuyo único tratamiento es el olvido. Un olvido meticuloso y selectivo.

Esa certeza me transformó y cambió mi forma de relacionarme con los demás.

Aquel día, sentada frente a Eliza, aún no era consciente de hasta qué punto había desaparecido dentro de mi propio cuerpo. Ni de que los últimos ocho años solo habían sido una sucesión de días, semanas y meses sin más trascendencia que el simple paso del tiempo. Porque el tiempo había pasado y yo no.

Mis miedos se habían transformado en cadenas invisibles a las que me acostumbré sin darme cuenta. No hacer nada era mejor que arriesgarse, avanzar o cambiar. Mejor que abrirse, confiar e ilusionarse. Porque, si solo me limitaba a ser, las posibilidades de descubrir cuál era esa tara que me hacía tan prescindible en la vida de los demás se reducían bastante.

Apenas recuerdo cómo empezó ese día.

Podría haber sido un día más. Un martes cualquiera como tantos otros. Pero no lo fue.

Tuve que perderlo todo para darme cuenta de que nunca había tenido nada.

Que para poder avanzar, debía retroceder.

Para encontrarme, debía perderme de nuevo.

Un martes cualquiera

—Deberías decirle algo —me susurró Eliza—. El diseño es tuyo y mereces que se reconozca tu talento. Esa mujer se lleva todo el mérito, mientras tú vives a su sombra y nadie sabe que existes.

Me humedecí los labios, incómoda, y paseé la vista por la gente que abarrotaba el restaurante español en el que comíamos un par de veces a la semana, a medio camino entre mi trabajo y la floristería de Eliza.

Esa misma mañana, mi jefa había presentado el nuevo logo para una discográfica independiente neozelandesa. Mi logo. Mi diseño. Del que se había adueñado sin ningún reparo, otra vez.

Llevaba tres años aguantando aquella situación, esperando un contrato como diseñadora que no llegaba nunca, malviviendo como una estudiante becaria en prácticas indefinidas. Tres años, nueve campañas que habían funcionado gracias a mis ideas y mi trabajo. Por las que había sacrificado tantas cosas.

Sin embargo, para el mundo yo solo era la chica que servía cafés, tomaba notas y hacía los recados.

Sabía que Eliza tenía razón. La culpa era mía por permitir

que Verónica se apropiara de mis obras. Al principio, porque valoraba más la experiencia que iba adquiriendo y las perspectivas de futuro que danzaban en mi horizonte una vez que me licenciara. Ahora, porque esa mujer era el Demonio y, si me marchaba sin su consentimiento, ya podía olvidarme de volver a trabajar en el sector. Tenía mucha influencia en el mundillo y frustraría cualquier oferta que pudiera recibir.

—Tu jefa es una bruja.

—Lo sé —admití.

Verónica era una mujer muy complicada y difícil de tratar. No brillaba por su comprensión ni su simpatía. Era fría y, en ocasiones, muy despótica. Por suerte, yo nunca había sido el objetivo de sus arrebatos. El truco consistía en no abrir la boca, entregar el trabajo a tiempo y darle siempre la razón.

—Podrías dejarla en evidencia y que sus clientes descubrieran la verdad.

—Dudo de que mi palabra sea suficiente para convencer a nadie —repliqué. Di un sorbo a mi café—. Necesito el dinero, Eli. No puedo permitirme perder este trabajo.

—¿Y vas a conformarte sin más?

—Yo no he dicho eso. Solo que debo esperar un poco, antes de tomar otras medidas.

—¿Como cuáles?

—Ahora que conozco todos los entresijos, montar mi propia agencia de publicidad sería una opción.

—¿Y por qué esperar para eso? Andrew podría echarte una mano. Las cosas le van bastante bien.

Sonreí sin poder ocultar lo orgullosa que me sentía de él. Tras graduarse en la universidad, se había arriesgado a crear su propio negocio. Desarrollaba aplicaciones para teléfonos móviles y en el último año había logrado posicionarse entre las empresas más punteras del sector.

—Ya sabes lo importante que es para mí no depender de nadie, y menos de Andrew.

—No creo que aceptar su ayuda te convierta en una mujer dependiente. Lleváis dos años viviendo juntos y algún día formaréis una familia. Compartiréis muchas cosas y el dinero será una de ellas.

—Quiere que deje de trabajar cuando nos casemos.

Me llevé a la boca un pellizco de la tarta de manzana que compartíamos y rehuí su mirada suspicaz.

—No me habías contado nada de eso.

—Es algo a largo plazo y tenemos que hablarlo con calma. Por eso no te he dicho nada.

—Una cosa es dejar que te ayude y otra muy distinta que lo abandones todo.

—Bueno, lo que quiere en realidad es que deje la agencia y monte un pequeño estudio en el que trabajar, que cree algunas obras, busque un agente y trate de exponer. Incluso intentarlo en el mundo editorial, ya sabes, ilustrar libros, cuentos, diseñar cubiertas...

Eliza se inclinó sobre la mesa y pude ver cómo sus ojos se iluminaban.

—Pero ¡eso es genial, Darcy! Ser artista profesional es tu sueño desde... desde siempre. Por eso elegiste Bellas Artes como carrera.

—Así es... pero...

Guardé silencio sin saber muy bien cómo explicar ese sentimiento que me llenaba el pecho cada vez que pensaba en esa posibilidad. Pintar, ilustrar, crear arte desde un simple papel.

—¡Eh! —Eliza me tiró una bolita de pan. Me había quedado ensimismada, divagando. Insistió—: ¿Pero?

Suspiré con ese deje de derrota que solía impregnar mi voz cuando hablaba sobre el tema.

—¿Sabes lo difícil que es convertirse en una artista que logre exponer sus trabajos? Y de ganar dinero con ello ni hablamos. —Apuré el café y negué con la cabeza—. Si no sale bien, y no saldrá, perderé todo lo que he conseguido hasta ahora.

—¿Te refieres a trabajar cuarenta y cinco horas a la semana y ser la esclava de Verónica el resto de tu vida? ¡El sueño de cualquiera!

La fulminé con la mirada. Ella encogió un hombro sin ningún indicio de arrepentimiento. No podía culparla por ser tan directa conmigo. Era así desde que nos conocimos en la residencia de estudiantes, cuando la casualidad nos hizo compañeras de habitación y se convirtió en mi mejor amiga.

—Bueno, prefiero ser la esclava de una loca egocéntrica que una esposa mantenida y culona.

—¿Culona?

Me aparté el pelo de la cara con ambas manos.

—Anna ha comentado una de nuestras fotos en la cuenta de Instagram de Andrew: «Deberías decirle a tu chica que ese vestido no favorece a una mujer de trasero generoso».

—¡Menuda arpía! Se muere de envidia.

—Está enamorada de él desde la universidad.

—Pues que lo supere de una vez, es tu chico y ella no deja de perseguirlo. ¿Acaso no tiene dignidad?

Sonreí.

—No me importa.

—Pues debería importarte un poquito. Las chicas como ella no tienen ningún reparo a la hora de inmiscuirse en una relación, y ya sabes lo que dicen... «El que la sigue la consigue».

El estómago me dio un vuelco. Andrew era la parte más estable y segura de mi vida, la idea de perderlo me provocaba un gran malestar.

—Andrew no me engañaría. Ni tampoco me dejaría.

—Claro que no, es un chico estupendo y te quiere muchísimo. —Con los codos en la mesa, Eliza hundió el rostro entre las manos y soltó un gruñido—. Si tú tienes el trasero grande, entonces el mío debería llamarse Moby Dick.

Fruncí el ceño.

Me molestaba que dijera esas cosas sobre sí misma, porque no era ella la que hablaba, y sí las inseguridades que su madre había sembrado en su autoestima desde siempre.

Ninguna de las dos habíamos tenido suerte en ese sentido.

Eli era preciosa, con unos ojos verdes impresionantes y una melena rojiza que le caía hasta media espalda. Tenía la piel perfecta que yo siempre había deseado, y su cuerpo no tenía nada que envidiarle al de una modelo de bañadores. Solo había que fijarse en cómo la miraban los hombres para darse cuenta de que no le sobraba nada.

—Tu culo es perfecto —dije mientras le lanzaba un beso.

Me guiñó un ojo de forma seductora. Sonreí y suspiré.

—Andrew quiere que vayamos de vacaciones con sus padres.

—Algo me dice que tú no.

—No sé, pasar dos semanas viajando con su familia es bastante serio. Un paso importante.

—Bueno, ese chico y tú lleváis cuatro años saliendo. Compartís casa desde hace dos. Tienes un anillo de compromiso. ¡Vuestra relación es seria, Darcy!

—Lo sé, lo sé... Es solo que, de repente, todo va muy rápido.

—O tú muy despacio —susurró.

La miré, contrariada.

—¿Qué significa eso?

—¿Ya has fijado una fecha para la boda?

—Acabo de cumplir veinticuatro años, ¿dónde está el fuego?

—¡A eso me refiero! Hace un año que te comprometiste formalmente. Ese momento pone en marcha la cuenta atrás hacia el altar y tú ni siquiera has elegido una fecha.

—No, pero tampoco tenemos prisa.

—¿De verdad eres consciente de lo que significa aceptar un anillo y pronunciar las palabras mágicas «Sí, quiero»?

—Por supuesto, pero ¿quién dice que hay un límite de tiempo entre aceptar el anillo y casarme?

—¿Me lo preguntas en serio? —Eliza tomó aire, haciendo acopio de paciencia—. Darcy, ¿sabes cuál es la peor parte de ser la mejor amiga de alguien? Que tienes la obligación de decirle todo aquello que no quiere oír. —Supe de inmediato que no me iba a gustar lo que diría a continuación—. Estás evitando todo lo relacionado con la boda. Cualquier chica en tu lugar se estaría volviendo loca con los preparativos, buscando el vestido perfecto, eligiendo invitaciones, tachando los días que faltan en el calendario... Pero tú... —Negó con la cabeza y arrugó el entrecejo, como si yo fuese algún tipo de rompecabezas que no lograba resolver—. ¿Estás segura de que quieres casarte?

—¿Qué clase de pregunta es esa? Por supuesto que sí.

—Pues avanza, Darcy. Toma decisiones, arriésgate y deja de temer los cambios. Sal de esa burbuja en la que vives, en la que parece que el tiempo no pasa y en la que no cabe nadie más que tú. Planea la boda. Dale una oportunidad a la familia de Andrew, ve de vacaciones con ellos, conoce gente. —Puso una mueca—. ¡Deja de esconderte del mundo!

—No me escondo y... ¡conozco gente! Conozco gente todos los días —salté a la defensiva.

—¿Ah, sí? ¿Cuántos amigos tienes además de mí? —Abrí la boca para contestar, pero Eliza me cortó como si tuviera superpoderes y pudiera leer mi mente—. Andrew no cuenta, y tampoco tu familia. Ni tus compañeros de trabajo.

Quise replicar, pero no contaba con argumentos para ello. Eliza tenía razón. Ella lo sabía y yo lo sabía. Conocía los motivos tan bien como yo, porque era la única persona con la que había compartido mis miedos. Mis recuerdos.

Me llegó un mensaje al teléfono, era de mi jefa. Lo abrí.

—¡Mierda! Tengo que irme —exclamé mientras me ponía en pie y comenzaba a recoger mis cosas.

—¿Qué ocurre?

—Verónica necesita unos bocetos para un cliente y me los he dejado en casa. —Rebusqué en el bolso—. ¿Dónde demonios he metido la cartera?

—No te preocupes, pago yo.

—¿Seguro?

—Tú invitas el próximo día.

Me incliné para darle un beso en la mejilla.

—Eres la mejor.

—Lo sé.

—Te llamo más tarde.

Primera pérdida

Salí corriendo del restaurante y me detuve en la acera. Hice señas a un taxi que se aproximaba y subí al vehículo en cuanto frenó a mi lado. Me faltaba el aliento. Mis días eran siempre así, el tiempo tiraba de mí y yo iba tras él a trompicones, corriendo sin parar.

Quince minutos después, entraba en mi apartamento. Tiré el bolso en el sofá y empecé a rebuscar entre los papeles que tenía sobre la mesa donde solía trabajar, junto a la ventana más grande del salón. La carpeta con los bocetos debía de estar en alguna parte entre todo aquel desorden.

Estaba tan concentrada en mi búsqueda que no me di cuenta de que Andrew se encontraba en casa hasta que oí su voz.

—¿Darcy?

Me giré igual de sorprendida.

—¡Hola, cariño!

—¿Qué haces en casa?

—Necesito unos bocetos para la reunión con un cliente. ¿Y tú qué haces aquí? Pensaba que pasarías todo el día en el trabajo.

Se pasó la mano por el pelo, nervioso.

—Ha surgido otra cosa.

—¿Estás bien? —Asintió y seguí su mirada hasta unas maletas junto a la puerta—. ¿Te marchas?

—Sí.

—¿Adónde? No me habías dicho nada.

—Me quedaré con mi hermano unos días.

Una luz de alarma se encendió en mi cerebro. Dejé de buscar los bocetos y concentré toda mi atención en él. Se había puesto pálido y le brillaban los ojos.

—¿Con tu hermano? ¿Por qué? ¿Qué... qué ocurre?

—No puedo seguir contigo, Darcy. Así no —le temblaba la voz y rompió el contacto visual.

¿Que no podía seguir? ¿De qué estaba hablando? Sentí que se me aceleraba la respiración.

—No te entiendo.

Abrió su mano sobre la mesa y dejó caer algo que tintineó contra el cristal. Vi que era mi anillo de compromiso.

—Solo te lo pones cuando te recuerdo que no lo llevas.

Me sentí mal de inmediato. Ya había perdido la cuenta de las veces que Andrew se había disgustado conmigo al descubrir mi mano desnuda y, viendo su expresión, debería haberlo tomado más en serio.

—¿Estás enfadado por eso? No imaginaba que te fastidiara tanto.

—No solo me fastidia...

—No me lo quitaré más, te lo prometo. —Me llevé las manos al pecho a modo de súplica—. No hace falta que te marches, lo pillo, ¿vale?

Bajó la mirada y sopló con fuerza.

—Lo que me molesta es el motivo por el que no lo llevas.

—Sabes que soy un desastre y me da miedo perderlo, nada más.

Sonrió sin ganas y dio un paso atrás cuando yo intenté acercarme. Había levantado una barrera entre nosotros. Podía percibirla. Una profunda inquietud se apoderó de mí, un pálpito que me aceleró el corazón.

—Tú no quieres esto, Darcy. —Nos señaló a ambos y negó con la cabeza—. Tú y yo, nosotros. Nunca lo has querido. Lo que no entiendo es por qué has llegado tan lejos.

—No es cierto, Andrew. Yo te quiero. Estos años contigo han sido maravillosos y... ¡Te quiero!

—No como yo a ti. Y por ese motivo no puedo seguir adelante. Necesito más, mucho más. —Tomó aire con brusquedad—. Necesito sentir que estamos juntos en esto. Que quieras las mismas cosas que yo: una vida en común, hijos, envejecer uno al lado del otro... Y que realmente las desees.

—Las deseo.

—Con decirlo no basta, Darcy. Ya no.

Le tembló la voz.

Se me escapó una lágrima y una punzada en el pecho me robó el aire. No era una discusión más porque estuviese molesto por otra metedura de pata. En su mirada brillaba algo distinto. Resignación. El hombre más luchador y persistente que había conocido jamás se había resignado.

Se había rendido.

—Cariño, solo estás enfadado. Sé que no soy la mejor novia del mundo y que a veces puedo ser un tanto difícil. Pero podemos arreglarlo. Siempre lo hemos hecho. —Me acerqué a la mesa y cogí el anillo. Me lo puse en el dedo—. Mira, puesto. Te prometo que no me lo volveré a quitar.

Negó con un gesto cansado.

—No funciona así, Darcy. Tú nunca has querido ese anillo. Lo que no logro comprender es por qué lo aceptaste. Cuatro años juntos y nunca te has comprometido de verdad con esta relación. Nunca te he visto emocionada con la idea de casarnos, haciendo planes sobre nuestro futuro. —Inspiró, trémulo. Me partía el corazón verlo tan afectado y que yo fuese la causa—. Ha pasado un año desde que te pedí que nos casáramos y ni siquiera has puesto una fecha.

—La pondré, lo haré. Ahora mismo, si quieres. ¿Qué te parece octubre?

—No, así no. No porque sea la solución al problema.

Alcé las manos, temblorosas. Mi cara, llena de angustia, preguntas y confusión.

—Entonces, no entiendo lo que quieres. Dime qué necesitas que haga. —Se me saltaron las lágrimas. Empezaron a caer sin que pudiera contenerlas—. Sé que la relación se ha enfriado un poco y no soy tan cariñosa como debería. Que no hacemos el amor tanto como antes, pero podemos recuperar esa pasión... Por favor, dime qué tengo que hacer para arreglarlo.

—Nada. —Se humedeció los labios—. Vendré a por el resto de mis cosas en un par de días.

—Andrew, por favor, no te vayas —gemí.

Levantó la vista del suelo y me miró con los ojos llenos de dolor. En ellos vi su determinación. Estaba rompiendo conmigo de verdad.

—Tengo que hacerlo. Es mejor dejarlo ahora, antes de que nos hagamos más daño.

—No...

—Me ha costado darme cuenta, asumirlo, y sé que me va a costar mucho más superarlo, pero quedarme sería un error mayor.

—No, no lo sería.

—Créeme, dejarlo ahora es lo mejor para los dos —insistió.

—No para mí.

—¡Pues para mí sí, Darcy! —Alzó la voz. Su expresión se transformó. El dolor dio paso al vacío, y este se tornó rápidamente en enfado—. Por una vez voy a pensar en mí y en lo que yo necesito. Me voy. Necesito marcharme. Necesito dejar de verte y olvidar que estos cuatro años solo me has hecho perder el tiempo.

Aparté la vista, avergonzada. Se me revolvió el estómago

al darme cuenta de cómo me veía. De cómo se sentía. Mis pensamientos volaron y empecé a comprender lo egoísta que había sido. También, que ya iba siendo hora de aceptarlo.

—Lo siento, no quería decir eso —se disculpó sin apenas voz.

—Sí querías.

—Darcy...

—No, tienes razón. Te mereces más. A alguien mejor que yo.

Dio un paso hacia mí y pude ver el esfuerzo que hacía para no tocarme. Sentí una estocada en el corazón.

—No hay nadie mejor que tú —gimió lleno de angustia—. El problema es que yo necesito mucho más y tú no.

Parpadeé para alejar las lágrimas que no dejaban de caer.

—Lo siento de veras, nunca quise hacerte daño. Mereces a alguien que se comprometa y se arriesgue por ti con los ojos cerrados. —Le dediqué una débil sonrisa—. Mereces tener todas esas cosas que deseas.

Asentí varias veces, aceptando que así debía ser.

Él no tenía suficiente.

Yo no podía darle más.

Él necesitaba avanzar.

Y yo solo permanecer.

Nunca fui consciente del daño que no quise hacerle, pero le hice. Y qué trágico es ese momento exacto en el que te das cuenta de que eres responsable de la infelicidad de otra persona. De que nunca tuvo la menor oportunidad, porque no se la diste.

Podría haberle hecho promesas que jamás habría cumplido. Mantener aquella inercia un poco más. Para siempre. Llevaba varios años haciéndolo.

No, él no lo merecía.

Y dejé de mirarlo como quien mira un faro, esperando a que lo guíe.

Dejé que se fuera.

Segunda pérdida

No sé cuánto tiempo pasé observando la pared, asumiendo que el castillo de naipes que había construido alrededor de Andrew se había desmoronado y me había sepultado bajo las ruinas.

Había sido culpa mía.

Nuestra relación nunca tuvo la más mínima oportunidad y me aferré a ella pese a su final escrito. ¿Por qué? Ojalá lo supiera. Mi vida estaba llena de preguntas como esa, sin respuesta alguna.

Cuando conocí a Andrew, yo era como un barco con miedo a navegar que atraca en el primer puerto seguro que encuentra tras una tormenta. Que echa el amarre y se deja mecer al ritmo de la marea, protegido de los embates del océano, sin ninguna otra necesidad salvo el amparo de esos maderos que lo mantienen anclado. Él era el muelle que me dio cobijo. Podría haber sido cualquier otro, y odiaba verlo de un modo tan claro.

Detestaba darme cuenta de que mis sentimientos por él nunca habían sido lo que debían ser. Y qué triste fue comprender la profundidad de los suyos hacia mí, porque, de otra manera, jamás habría permanecido a mi lado tanto tiempo.

Ahora volvía a estar sola.

Una vez más, alguien me había expulsado de su vida.

Sin embargo, el dolor no me había alcanzado. Solo un ligero escozor, más relacionado con los remordimientos que con el corazón.

Quizá porque una parte de mí sabía que ocurriría y estaba preparada.

Quizá porque planté esa semilla el primer día, después de nuestro primer beso, y dejé que creciera entre nosotros como un espino.

Quizá porque sabía que mi espíritu no podría soportar volver a sentirse tan débil como aquel día, ocho años atrás, y protegerlo era lo único que me mantenía en pie.

Al otro lado del cristal, el cielo comenzó a cambiar de color. El sol brillaba más bajo, y sus rayos atravesaban la ventana y rebotaban en la pared. Las partículas de polvo que flotaban en el interior se movían de forma sinuosa. Tenían algo hipnótico de lo que no podía apartar la mirada. Me quedé unos segundos más sin moverme, hasta que un leve zumbido me hizo apartar la vista de la pared y fijarme en la mesa. Mi teléfono móvil vibraba sin parar.

Mi mente abandonó de golpe el letargo en el que se había sumido tras la marcha de Andrew y la realidad fuera de aquellas paredes me atravesó con una sacudida.

Me levanté del sofá de un salto y cogí el teléfono. Tenía un montón de llamadas y mensajes de Lana, la secretaria de Verónica.

«Joder, joder, joder...», repetía en mi cabeza mientras tomaba la carpeta con los bocetos y salía corriendo del apartamento.

Cuarenta minutos después, el ascensor se detenía en el piso que ocupaba la agencia. Las puertas se abrieron y me obligué a tragar con fuerza para deshacer el nudo que tenía en la garganta.

VTKreative se encontraba en uno de los edificios históricos del centro. El interior era moderno, con suelos de madera oscura, paredes de ladrillo visto y vigas en el techo. Un espacio abierto, iluminado por grandes ventanas, en el que trabajábamos unas quince personas. Las salas de reuniones y el despacho de Verónica se encontraban en salas adyacentes separadas por paredes de cristal traslúcido.

Era tarde y casi todo el mundo se había marchado. Me dirigí al despacho de mi jefa. Lana salió de detrás de su mesa en cuanto me vio.

—¿Se puede saber dónde te has metido? Hace horas que intento localizarte.

—Lo siento mucho. He tenido un problema...

—¿Un problema? ¿Estás bien? —se interesó.

Me encogí de hombros a modo de respuesta y forcé una sonrisa. No, no estaba nada bien, pero mi vida privada no debía interferir en el trabajo.

—¿Está enfadada?

—¿Enfadada? —Di un respingo y me giré hacia la voz. Verónica me fulminaba desde la puerta de su despacho—. Ni siquiera se acerca.

Me apresuré a disculparme, tan nerviosa que se me trababa la lengua.

—Lo siento mucho. He tenido un problema y...

Levantó la mano para hacerme callar y sacudió la cabeza mientras las aletas de su nariz se dilataban en busca de aire. Contuve el aliento.

—La única excusa que aceptaría es que te hubiese atropellado un autobús y que tu cuerpo reposara ahora en la morgue. Pero aquí estás, ¡¿no es así?! —gritó tan fuerte que me estremecí.

Lana bajó la mirada. Yo no pude. Noté cómo mis mejillas se encendían y algo dentro de mí se calentaba. Ese comentario había sido muy cruel. Verónica dio un paso hacia mí. La había visto enfadada en muchas ocasiones. Irritada hasta ponerse roja y romper cosas, pero nunca así, tan crispada; y menos conmigo. Soltó el aire con tanta fuerza que me golpeó en la cara.

—Jamás me he sentido tan avergonzada delante de un cliente. ¿Y sabes qué? Es muy probable que lo hayamos perdido, porque ese tío lleva el eslogan de su empresa tatuado en el brazo: «Fiabilidad y puntualidad». ¡Y no ha visto nada de eso en nosotros!

Que me gritara de aquel modo era humillante, pero sabía que había metido la pata hasta el fondo. Por mi culpa, era posible que la agencia hubiese perdido la posibilidad de trabajar para una de las empresas de transportes más importantes del país.

Inspiré hondo, resuelta a intentar arreglarlo al precio que fuese necesario.

—Lo siento mucho —me disculpé de nuevo—. Llamaré al cliente. Le explicaré que yo soy la responsable y le suplicaré otra oportunidad. Cuando le muestre los bocetos y le hable de la campaña que he diseñado, todo esto será una anécdota. Es buena, realmente buena, y la querrá en cuanto pueda explicarle los detalles.

—¿Tú?

El tono de su voz me dolió como un golpe y me hizo sentir insignificante. Tragué saliva y me recompuse. Puede que solo tuviese un título en Bellas Artes, pero llevaba tres años trabajando en la agencia y había aprendido mucho sobre comunicaciones, desarrollo, diseño, marketing y otros muchos servicios. Era capaz de defender ese plan.

—Es mi proyecto. He preparado toda la estrategia comercial. He diseñado la publicidad impresa y el guion para el formato audiovisual... Nadie lo conoce como yo. Puedo convencerlo.

Ella dio un paso hacia mí. No había nada amable en sus ojos, todo lo contrario.

—Escucha, bonita, a todos los efectos tú eres una simple ayudante. Firmaste un contrato por el que cualquier idea que puedas tener, automáticamente, pasa a ser mi idea. Es mi proyecto. No tu proyecto. Esa es la verdad aquí y no habrá otra, ¿entendido?

—Sí.

—Mi nombre y mi prestigio están en entredicho, y no voy a permitir que pongas en riesgo todo lo que he construido.

—En ningún momento he pretendido...

—Vaya, no pretendías, y ¿esperas que te dé las gracias? —Soltó una risita mordaz—. Puede que haya perdido mucho dinero por tu culpa.

—Lo siento, Verónica, pero me ha pasado algo y...

—¿Parece que me importa?

—Creo que estás siendo muy dura conmigo, es la primera vez que...

Resopló exasperada.

—Esto sí que tiene gracia. No lo entiendes, ¿verdad? ¡Has llegado tarde! Me da igual el motivo, como si acabas de saber que tienes un cáncer terminal, los problemas personales no pueden interferir en tu trabajo.

Su enfado y desprecio estaban calando muy hondo en mi interior. Sentí que se extendían por mis extremidades como veneno. No importaba que fuese mi jefa ni que se creyera el ombligo del mundo, no tenía ningún derecho a denigrarme de ese modo.

Continuó volcando en mí toda su rabia y frustración, con palabras hirientes y gestos cargados de desdén. Estaba siendo un día horrible y empecé a preguntarme cuánto más podría aguantar sin desmoronarme.

Una vocecita me contradijo dentro de mi cabeza.

La pregunta correcta no era cuánto más podría aguantar, sino por qué toleraba que aquella mujer me gritara y humillara de ese modo. ¿A cambio de qué? De un sueldo que apenas me daba para subsistir.

¿De verdad merecía la pena?

«No», la palabra nació en mi interior con fuerza y la noté

mordiéndome la piel. «No. No. No.» Traté de ignorarla. Sin embargo, fui incapaz de acallarla mientras otras emociones comenzaban a palpitar como una llama dentro de mí. Emociones dormidas. Orgullo, soberbia, los trocitos de un amor propio que...

—¡Debería ponerte de patitas en la calle! ¡Debería despedirte!

Esa frase me arrancó de un zarpazo cualquier atisbo de cordura. Inspiré hondo y sentí que la determinación se apoderaba de mí.

—No hace falta, me largo yo. Dimito. Sí, dimito. —Casi sonreí. Después de todo, no daba tanto miedo como había imaginado—. Renuncio.

Di media vuelta y me dirigí a la salida. Por un momento vacilé, considerando si debía recoger mis cosas. Miré mi mesa. No había nada que quisiera, salvo el cactus que compré mi primer día de trabajo. El único ser vivo del que había cuidado en mi vida. Lo cogí al paso y me encaminé a la puerta.

—¡No puedes marcharte! —me gritó Verónica. La ignoré—. Si sales por esa puerta, ya puedes olvidarte de cualquier compensación o carta de recomendación.

Me detuve en seco y la contemplé por encima del hombro.

—Eres una persona horrible.

Me sorprendió la firmeza de mi voz, teniendo en cuenta que ni siquiera tenía pensado decirlo. Verónica abrió mucho los ojos y se cruzó de brazos.

—¿Y qué pasa con el proyecto?

Me encogí de hombros.

—Ya no es mi problema —respondí.

Tercera pérdida

Tiré la carpeta con los bocetos en la primera papelera que encontré.

Caminé, porque en ese momento era lo que necesitaba, moverme como si así pudiera escapar de mí misma. Tampoco sabía qué otra cosa hacer. Me sentía mal, notaba cómo la rabia me devoraba por dentro. Odiaba a Verónica. En el fondo, odiaba ese trabajo. No entendía por qué me había obstinado en ser de una manera que en verdad no deseaba y que me frustraba. Empeñada en que podía ser feliz allí si lo forzaba y aguantaba.

No recuerdo cuánto tiempo estuve deambulando por las calles, sumida en una miríada de pensamientos turbios. En apenas unas horas había roto mi relación y perdido mi trabajo.

Mis miedos, los que habían dominado mi vida y mis otros sentimientos, se habían hecho realidad. Qué ironía, tanto tiempo protegiéndome de todo y de todos, flotando en ese limbo que yo misma había creado, temiendo que alguien pudiera alterarlo o romperlo, y ese alguien había sido yo.

Me sentía como un tren de mercancías a punto de descarrilar y me aterraba el golpe. Temía el momento exacto en el que sería completamente consciente de que mi burbuja había explotado y que las emociones que tanto me había esforzado por mantener controladas se desbordasen. Por ese motivo seguía caminando, rodeándome de personas desconocidas ante las cuales no iba a derrumbarme.

Se me daba bien fingir.

Encontré un bonito café con vistas al mar. Pedí un té con leche y ocupé una mesa libre en la terraza. Me quedé mirando el horizonte, los pequeños barcos que se acercaban con la puesta de sol de fondo. Al vacío, como si cualquier realidad ya no fuera conmigo.

La gente entraba y salía, se sentaba en las mesas de al lado, pero nadie se detenía a mirarme. Demasiado inmersos en sus vidas para percatarse de que la mía, de algún modo, se había parado.

Debí de pasar mucho tiempo con la mirada perdida porque, cuando el camarero me preguntó si quería tomar algo más, el cielo se había oscurecido por completo. Le dediqué una mueca, que pretendía ser una sonrisa, y negué con la cabeza.

Abandoné el café y reuní fuerzas para enfrentarme a lo inevitable.

Fue extraño entrar en el apartamento y descubrirlo todo apagado y en silencio. No encontrar a Andrew en la cocina preparando la cena, con algún vinilo antiguo sonando de fondo y una copa de vino tinto esperándome sobre la encimera.

Reprimí las ganas de llorar. Lo quería, a mi manera, pero lo quería; y me dolía pensar que se había acabado, que ya no iba a formar parte de mi vida.

Algo crujió bajo mi zapato. Encendí la lámpara y vi un sobre en el suelo que alguien debía de haber colado bajo la puerta. Lo abrí. Dentro encontré una nota del casero, junto con una factura de treinta dólares de una reparación que nos pedía que sumáramos al alquiler.

¡El alquiler!

Andrew y yo siempre habíamos compartido los gastos, y no tenía ni idea de cómo iba a afrontar sola todo ese dinero ahora que estaba sin trabajo. Me dirigí al dormitorio y abrí el armario. Del altillo saqué la carpeta donde guardábamos los recibos y comprobé que el siguiente pago era en tres días.

¡Tres días!

Me llevé las manos a las mejillas, tenía ganas de llorar.

No podía quedarme allí otro mes.

¿Cómo se me había ocurrido dejar mi trabajo? Menuda idiota.

Cerré los ojos con mucha fuerza y traté de ignorar la ansiedad que me oprimía el pecho. Me senté en el suelo con el único objetivo de respirar. No podía bloquearme. Ni siquiera disponía de tiempo para lamentarme ni pensar en lo perdida que me sentía, sin rumbo ni ninguna salida.

El timbre de mi teléfono me sobresaltó. El rostro de Eliza acudió a mi mente y corrí al salón, deseando que fuese ella quien llamaba. Necesitaba a mi amiga.

Me arrodillé en el suelo, junto al aparador donde había dejado caer el bolso.

Metí la mano en el bolsillo interior y busqué el teléfono entre todos los trastos que llevaba dentro.

No reconocí el número que aparecía en la pantalla.

—¿Sí? —contesté.

—¡Hola! ¿Hablo con Darcy Roth?

—Sí, soy Darcy. ¿Quién... quién es?

—¡Oh, por fin la localizo, pensé que no lo lograría! Mi nombre es Mel, Mel Colgan. Soy enfermera en el hospital general de Victoria, en la isla de Vancouver...

Ese lugar. El corazón empezó a latirme frenético en el pecho.

Alguien me dijo una vez que en algún momento de tu vida tu pasado vuelve a ti, y siempre ocurre cuando menos lo esperas.

—¿Sigue ahí?

—Sí, disculpe. ¿Qué decía?

—Se trata de su abuelo, Marek Stern.

Ese nombre me atravesó.

—¿Qué... qué le ocurre?

—Siento decirle que el señor Stern sufrió un infarto cerebral hace un par de días. Lo trasladaron desde Tofino a la unidad de cuidados intensivos de nuestro hospital. —Hizo una pausa y oí que inspiraba—. Sus constantes se mantienen estables gracias a un soporte vital, pero... no hay ninguna esperanza de que pueda recuperarse.

Tragué saliva, asimilando la información.

—¿Tan mal está?

—Los médicos no creen que supere esta semana. Lo lamento mucho.

—Gracias por avisarme y... por haberse tomado tantas molestias.

—De nada.

—Disculpe, pero... ¿fue mi abuelo quien le dio mi nombre?

La mujer hizo una pausa.

—No, un vecino del señor Stern. Dijo que usted era su único familiar.

—Ya... Gracias de nuevo.

Colgué el teléfono.

El aire se me escapaba de los pulmones a toda prisa. Me quedé quieta, con la mirada fija en la ventana. Me pregunté si la tristeza y el dolor eran sentimientos involuntarios, porque los notaba arañándome el pecho.

Años fingiendo calma y silencio, acallando el ruido y el caos hasta disolver la tormenta.

Hasta creer mis propias mentiras.

Una lágrima se deslizó por mi mejilla, y después otra.

La tormenta seguía allí, girando a mi alrededor, y yo había sido tan ilusa como para creerme a salvo en el centro de su ojo.

Los recuerdos me azotaron como si cobrasen vida y de repente intentasen escapar de las cajas cubiertas de polvo donde los había ocultado, despertando sentimientos.

Uno tras otro, conectados entre sí, me hundí en ellos.

—*Zeide* —susurré.

Catarsis

—Sabes que tienes todo el derecho del mundo a estar mal, ¿verdad? Triste, enfadada, lo que sea que necesites para desahogarte.

Habían pasado unos días desde el fatídico martes y aquellas eran mis últimas horas en el apartamento. Estábamos guardando toda mi ropa en cajas y Eliza se detuvo para mirarme. Doblé un jersey sobre la cama y me quedé parada un segundo, antes de sostenerle la mirada.

—Estoy bien —mentí.

Le dediqué una sonrisa y saqué del armario un par de vestidos que colgaban junto a unas camisas de Andrew. Olían a él y se me hizo un nudo en la garganta. Me obligué a mantener mis sentimientos bajo control. Tenía demasiadas cosas que hacer como para perder el tiempo preocupándome por algo que ya no tenía arreglo.

Quizá si fingía un poco más que me encontraba bien y que no pasaba nada, acabaría por ser cierto.

—¿Has hablado con Andrew?

Asentí. La noche anterior él me había enviado un mensaje en el que me pedía que nos viéramos para hablar. Quedamos en un café cercano al que solíamos ir de vez en cuando.

Me senté a esperarlo sin pedir nada. Al poco tiempo, él apareció y vino directo hacia mí. Tras unos pocos minutos de incómoda conversación, sellamos un pacto amistoso y un adiós definitivo. Como recuerdo, un abrazo tenso que resumió la vida compartida de dos personas.

—Va a quedarse con el apartamento. Volverá en cuanto yo saque mis cosas. Mañana, supongo.

—¿Y te parece bien?

—Yo no puedo pagarlo y él sí. Además, está cerca de su trabajo y le gusta este barrio. En algún sitio tiene que vivir, ¿qué más da?

—Ha sido vuestro hogar durante dos años y, bueno, con el tiempo conocerá a alguien... Otra chica dormirá aquí...

—No pasa nada. —Fruncí el ceño. Empezaba a dolerme la cabeza—. Además, no estaré aquí para verlos.

Eliza ignoró mi tono mordaz y no dijo nada más, aunque pude ver en sus ojos la preocupación, las preguntas que se moría por hacerme. Ella sabía cuándo dejarme ese espacio que tanto necesitaba para no ahogarme.

—¿Y la tostadora? —la voz de mi padre se alzó desde el pasillo.

—No, nada de la cocina. Andrew compró todos los electrodomésticos, son suyos —respondí.

—Entonces, creo que ya está todo. Repasaré la lista de nuevo y empezaremos a bajar las cajas.

—Sí, eso estaría bien. Gracias.

—Jude, trae la furgoneta a la entrada —le ordenó a mi hermano.

Sacudí la cabeza.

—Que estén aquí lo hace más humillante. Contárselo ha sido un error. —Me giré hacia Eliza—. ¿Por qué te he hecho caso?

Ella apoyó la cadera en la cómoda y sonrió mientras le quitaba el envoltorio a un chicle.

—No puedes ocultar algo así a tu familia.

—No pensaba ocultarlo, solo quería esperar un poco. Prepararme para el drama.

—Confía en mí, las tiritas hay que quitarlas de golpe.

Resoplé malhumorada.

Cerré la última caja y la llevé al salón. Recorrí la casa una vez más con Eliza siguiendo mis pasos en silencio. Ya no quedaba nada de mí entre aquellas paredes, salvo una alfombra azul descolorida que había comprado en el mercado de Coatesville el verano anterior.

Dejé las llaves sobre la mesa del salón, junto al anillo, y salí del apartamento cerrando la puerta a mi espalda por última vez.

Subí al coche de Eliza y cerré los ojos mientras ella conducía hasta Kingsland, el barrio donde residía desde siempre. Allí poseía una casita de dos plantas, que había heredado de sus padres después de que estos se mudaran a Wellington, toda de madera blanca, con el tejado gris y molduras en los balcones.

Cuando llegamos a nuestro destino, mi padre y mi hermano nos esperaban en la acera. Descargaron todas las cajas y las llevaron dentro de la vivienda. No tardaron más de cinco minutos. Mientras, yo permanecía inmóvil en la calle, sosteniendo mi pequeño cactus. En los últimos días había desarrollado un apego casi ridículo por esa planta. Quizá porque recordaba haber leído en un libro sobre *feng shui* que eran plantas guardianas que ayudaban a las personas a encontrar su fuerza interior. Aunque, más que fuerza, yo empezaba a necesitar todo un ejército de maestros Jedi.

—Ya está todo —anunció mi padre tras cerrar la puerta trasera de la furgoneta que había alquilado para transportar mis cosas. Me dedicó una sonrisa que no llegó a sus ojos, tan oscuros como los míos—. ¿Estás segura de que no quieres quedarte con nosotros? Puedes instalarte en tu antigua habitación.

—Mi antigua habitación es el gimnasio de tu mujer.

—A Grace no le importará, y tu cama continúa en el trastero.

Negué con la cabeza. Agradecía su preocupación y que quisiera ayudarme; sin embargo, volver a su casa no era una opción. Nunca congenié con Grace, y menos aún con Dedee, la hija que tuvo con su primer marido. Desde el primer día, ambas me trataron como a la pobre niña a la que tuvieron que acoger por obligación. Me hacían sentir como a una intrusa, y aunque con el paso del tiempo la relación se suavizó un poco, siempre me sentí fuera de lugar.

—Papá, en serio, no importa. Quiero quedarme con Eliza.

—¿Seguro? Me preocupa que no estés bien.

—Estaré bien, te lo prometo.

—¿Necesitas dinero? Puedo hacerte una transferencia mañana mismo.

Rechacé su ofrecimiento con un gesto. Comenzaba a desesperarme.

—Tengo algo ahorrado y estoy segura de que encontraré un empleo muy pronto.

—De acuerdo —suspiró—. Pero habla conmigo si necesitas ayuda, por favor. Soy tu padre y te quiero.

—Tranquilo, lo haré.

Me abrazó con fuerza y yo me puse rígida contra su pecho. No a propósito, era un sentimiento arraigado en mi subconsciente. Una parte de mí continuaba sintiéndose incómoda con sus gestos de afecto. No podía evitarlo. Mi interior estaba lleno de huellas, de recuerdos de una infancia sin un padre, de carencias que aún hoy trazaban sombras. De todo lo que perdí cuando él regresó.

Enmarcó mi cara con sus manos.

—Siento lo que te está pasando, Darcy.

—Gracias, papá.

Traté de sonreírle y le di una palmadita en la espalda mientras entraba en el vehículo.

Me giré hacia mi hermano, que nos observaba en silencio.

Jude era mi debilidad.

Nos conocimos cuando él solo era un mocoso de seis años y yo, una adolescente rebelde de dieciséis. Traté de odiarlo desde el primer instante, igual que a los demás, pero no pude. Su manita sobre la mía fue lo primero que sentí aquella mañana de diciembre, tras catorce horas de vuelo y un miedo atroz a la nueva vida que me esperaba, en otro país, y con unas personas a las que debía llamar familia y que no conocía.

—Hola, soy Jude. Papá dice que debo ser bueno contigo porque eres mi hermana. Habría preferido un chico, pero tú no estás mal del todo —me dijo aquella primera vez con su vocecita chillona.

Solo necesitó un poco de su inocente sinceridad y una enorme sonrisa para abrirse paso hasta mi corazón.

Ahora, a sus catorce años, Jude era el adolescente rebelde y yo, la hermana mayor que trataba de protegerlo.

—Puedo quedarme si quieres —me dijo.

—No, tranquilo, vete a casa.

Tomó aire y se frotó la nuca con la mano.

—Andrew es un capullo. ¿Cómo ha podido hacerte algo así?

—Él no me ha hecho nada. Aunque no lo creas, todo ha sido culpa mía.

—¿Tuya? —me cuestionó con su voz grave—. Te ha dejado, Darcy. No tú a él.

—No es tan sencillo.

—Ya, nunca lo es —mascullό.

Algo me dijo que aquella respuesta malhumorada no era solo por mí.

—¿Tú qué sabrás? —Le revolví el pelo entre risas.

Lo empujé para que entrara en la furgoneta y él me abrazó una última vez. Luego nos separamos. Despacio. Clamando con la mirada lo mucho que nos queríamos.

Los despedí con la mano en alto mientras se alejaban calle abajo. No sé cuánto tiempo me quedé allí, proyectando mi sombra en el asfalto con la luz del atardecer.

Eliza se detuvo junto a mí y me frotó la espalda con la palma de la mano.

—¿Todo bien?

Negué sin fuerzas.

Me rodeó los hombros con el brazo y entramos en la casa. Mis cajas estaban apiladas en el vestíbulo, al lado de la escalera. Verlas allí fue un duro golpe de realidad. Me hizo más consciente de la situación en la que me encontraba. Me había quedado sin nada. El hombre que se había comprometido a quererme para siempre me había expulsado de su vida. No tenía casa, ni trabajo ni un plan que seguir. Nada.

Una realidad demasiado áspera que no sabía cómo afrontar.

—¿Qué voy a hacer? —pensé en voz alta.

—Ya nos preocuparemos de eso mañana —dijo Eliza. Me cogió por los brazos y me hizo mirarla a los ojos—. No es el fin del mundo. Al contrario, considera todo este asunto como una nueva oportunidad. Un nuevo comienzo para ti, ¿de acuerdo?

Asentí y le dediqué una sonrisa.

—Bien, así me gusta —replicó animada—. Y ahora... ¿Qué te parece si abrimos una botella de vino?

—Creo que es una idea estupenda.

Hacía una noche agradable y la temperatura era fresca a pesar del verano. Limpié la mesa del patio y quité las hojas que habían caído de los árboles sobre las sillas con la última tormenta. Eliza no tardó en aparecer con un mantel, un par de copas y una botella de vino blanco.

Bebimos mientras una *pizza* congelada se terminaba de hacer en el horno y Eliza empezó a contarme cómo habían sido los últimos días en la floristería. Amaba su pequeño negocio, por el que prácticamente había vendido su alma al banco para conseguir un préstamo con el que ponerlo en marcha. Ofrecía servicio a todo tipo de eventos, aunque sus favoritos eran las bodas.

—¡¿Una docena de ramos?! —pregunté atónita.

—Sí, el pobre hombre olvidó su aniversario y su mujer no se lo tomó muy bien. Quería arreglarlo comprándole flores, bombones y unos bonitos pendientes, y supongo que pensó que la cantidad importaba. —Eliza curvó los labios en una mueca burlona—. No sé, celebraban sus bodas de plata y él se fue de pesca con unos amigos. Cuando regresó a casa por la noche, la encontró llorando en el sofá, con un precioso vestido de fiesta y un carísimo reloj para él.

—¡No! Pobrecita.

—Ella no le dirige la palabra desde ese día y no le deja entrar en el dormitorio.

—¿De verdad la gente te cuenta cosas tan personales?

—Ni te imaginas. A veces tengo complejo de reverendo confesor.

Se echó a reír con ganas, algo achispada, y yo terminé contagiándome de su buen humor. Cenamos hablando de todo un poco, y durante un par de horas logré olvidarme de mi propia existencia. De un mundo que se había puesto boca abajo.

Eliza se levantó, entró en la casa y puso música. *Not easy*, de Alex da Kid, sonó a través de las ventanas abiertas.

—Me encanta esta canción —señaló mientras volvía a sentarse a mi lado con pereza.

—A mí también.

Clavé la vista en el cielo oscuro. Las estrellas vibraban en lo alto del firmamento, rodeando una luna brillante y redonda. La brisa me erizó la piel. Inspiré hondo y cerré los ojos cuando comenzó a sonar la siguiente canción.

—¿Has sabido algo más?

—No he hablado con Andrew desde que nos despedimos anoche, y no creo que vuelva a llamarme —respondí.

—No me refiero a él.

Se me encogió el corazón y toda mi tranquilidad desapareció de un plumazo. Negué con la cabeza.

—No sé nada. No he llamado.

—¿Y no sientes curiosidad? Puede que haya... Ya sabes... que haya...

—¿Muerto? —pronuncié la palabra que a ella tanto le costaba articular.

—Es tu abuelo, Darcy. Puedes fingir que no te importa con cualquiera menos conmigo.

Me puse en pie y me alejé unos pasos. Los sentimientos se me retorcían en el interior como mariposas que intentaban escapar de un tarro de cristal en el que ya no queda aire.

—Por eso tú deberías entenderlo mejor que nadie —gemí. Me froté el rostro, agobiada—. No puedo. No puedo hacerlo.

—Darcy...

A veces necesitamos una simple chispa para que explote todo. Y la voz de Eliza, llena de tanta preocupación, fue como un latigazo. La minúscula partícula que me hizo estallar.

—¡Me abandonó! Me prometió que podría quedarme con él para siempre, que aquel sería mi hogar. —Se me quebró la voz—. Yo era feliz allí, Eli, y dejó que me fuera como si nada.

—No creo que pudiera hacer otra cosa.

Me volví hacia ella, airada y cansada.

—¿Lo defiendes? Creía que estabas de mi parte en esto.

—Y lo estaba, aunque... —Inspiró hondo—. Supongo que los años acaban haciendo que nuestra perspectiva cambie, se vuelva más madura, y que veamos con otros ojos las cosas.

—El tiempo no cambia el pasado.

—Por supuesto que no... Pero... Piensa en ello por un momento. No como esa niña de dieciséis años que llegó aquí sintiéndose traicionada, sino como la mujer madura y comprensiva que eres ahora. ¿De verdad crees que tu abuelo habría podido conseguir algo?

—¡Ni siquiera lo intentó!

Eliza esbozó una mueca de exasperación que me molestó.

—¿El qué? —replicó—. ¿Qué esperabas que hiciera? Legalmente, tu padre tenía todo el derecho a llevarte con él.

—Debería haber luchado por mí.

—No habría servido de nada.

Por un segundo consideré esa posibilidad que había rechazado desde siempre por pura obstinación.

—No lo sé, es posible. Pero me dio su palabra. Me prometió que siempre estaríamos juntos y después me dejó ir como si nunca le hubiera importado. —Mi mente regresó a aquella tarde de diciembre, ocho años atrás, y los recuerdos más amargos me zarandearon con fuerza. Sin orden alguno, atropellándose entre sí. Momentos, caras, palabras, ausencias... La suya, la que más me dolió—. ¡Joder, Eliza! ¡Me dijo que me quería! Se suponía que yo era su chica y cuando más lo necesitaba...

Empecé a moverme de un lado a otro. Me sentía atrapada dentro de aquel jardín, con los ojos de mi amiga clavados en mí.

—¿Sigues hablando de tu abuelo o de otra persona?

Me detuve y la miré. Mi abuelo no era el único que me había hecho daño ese día, y ella lo sabía. En aquel pequeño pueblo de costas agrestes y vegetación exuberante, no solo encontré un hogar y una familia. También me enamoré, con la intensidad que solo puede provocar la primera vez.

La única vez.

La. Única. Vez.

Pensé en Andrew. Nunca había tenido la más mínima oportunidad.

Bajé la mirada y una parte de mi irritación se transformó en tristeza.

—¿Y qué más da? Los dos me abandonaron. Esa es la verdad.

—Tu verdad, Darcy. Pero no sabes si también es la de ellos.

—¿Qué quieres decir?

—Que las cosas no siempre son blancas o negras. Que han pasado muchos años y sigues dolida y enfadada. Necesitas pasar página y avanzar, y no creo que lo consigas hasta que lo resuelvas. Y debes resolverlo, Darcy, porque mira dónde estás.

Sus palabras fueron como un jarro de agua fría.

Parpadeé, con un nudo en la garganta, y me detuve a pensar en ello un momento. Era cierto, cada uno tenemos nuestra verdad, en la que creemos a ciegas y a la que nos aferramos para sentirnos seguros. Tras la que nos escondemos para huir de nuestros miedos. Era posible que mi verdad estuviera un poco distorsionada.

Asentí despacio.

—¿Y cómo esperas que lo haga?

—Vuelve a Tofino y arregla las cosas antes de que sea tarde.

—No sabría cómo. Ha... ha pasado demasiado tiempo. Ni siquiera sé qué decirle.

—Es tu abuelo, Darcy, y se está muriendo, ¿de verdad no quieres despedirte de él?

Empecé a sacudir la cabeza mientras mi corazón gritaba y mis oídos se negaban a escuchar.

El primer sollozo surgió sin esperarlo, tan de improviso que yo misma me asusté con su sonido. Después brotó otro, y su paso a través de la garganta me dolió tanto como alfileres clavados bajo las uñas. El miedo se apoderó de mí. Ese miedo que entra cuando, sin poder evitarlo, comienzas a sentir. Con las entrañas. De una forma tan cruda que cada latido se transforma en un crujido. Notas cómo se rompe. Una grieta que ves crecer con cada réplica, dividiéndose en otras más pequeñas hasta que esa capa de piedra con la que tanto te ha costado recubrir tu corazón se debilita y cae, dejándolo al descubierto. Expuesto y vulnerable.

Catarsis.

Nunca he comprendido muy bien el significado de esta palabra.

No es bonita. Ni siquiera suena bien.

Se supone que es el proceso de liberación o transformación interior que sufrimos las personas en algún momento de nuestra vida, producido por una experiencia vital profunda.

Dicho así, parece que se precisa una experiencia cercana a la muerte para que te des cuenta de que tu vida es un desastre y quieras cambiarla.

Pues no. No necesitas que tu vida pase ante tus ojos para replantearte tu existencia en un mundo que no dudará en seguir hacia delante sin ti. A veces basta con la suma de unos cuantos sucesos que, combinados, se conviertan en un catalizador lo suficientemente fuerte como para hacerte reaccionar.

Y reaccioné.

Me sequé las lágrimas con las manos y llené los pulmones con una profunda inspiración. Había muy pocas cosas sólidas en mi vida. Eliza era una de ellas. La miré a los ojos, buscando la fuerza necesaria para pronunciar las siguientes palabras:

—Debo comprar un billete de avión.

Necesito los pequeños detalles, son el reflejo de cada uno de nosotros. Por eso no se puede reemplazar a nadie, porque todos estamos hechos de pequeños y preciosos detalles.

ANTES DEL ATARDECER

1
Darcy

Agosto de 2006.

Doce años.

Dormía tendida en el sofá de la habitación cuando me sobresaltó el sonido de la puerta. El reloj despertador sobre la mesita de noche marcaba las tres y media de la madrugada. Mamá entró, tambaleándose. Mis ojos, aún somnolientos, la siguieron mientras avanzaba chocándose a su paso con los muebles.

Apenas unos segundos después de que pasara al baño, oí una arcada, seguida de una serie de espasmos antes de que empezara a vomitar.

Me levanté y fui en su busca. La encontré abrazada al inodoro, con la cara manchada de rímel corrido. El olor que ascendía de ella era tan desagradable que aguanté la respiración mientras cogía la toalla que colgaba de la barra sin cortina de la bañera.

La mojé en el lavabo.

Mis ojos me devolvieron la mirada desde el espejo roto. Oscuros, pesarosos y brillantes de vergüenza. Hacía tiempo que esa emoción me seguía como un cachorrito abandonado.

Me arrodillé al lado de mi madre y le lavé los restos de maquillaje y vómito de la piel. Después le quité la ropa como pude, antes de ayudarla a entrar en la ducha y abrir el grifo.

Media hora más tarde, había logrado meterla en la cama. Cerró los ojos en cuanto su cabeza tocó la almohada y se quedó dormida. Me quedé mirándola, de pie e inmóvil. Parecía una muñeca rota, que envejecía a pasos agigantados dentro de aquella espiral de alcohol en la que había caído hacía mucho. Sus excesos estaban destrozando su vida, y me arrastraba con ella sin que pareciera importarle.

Hubo un tiempo en que no era así. Los años que estuvo casada con papá fue una mujer feliz y una madre maravillosa.

Mis padres se conocieron en la cafetería donde ella trabajaba. Él iba allí todas las mañanas, antes de comenzar sus clases como profesor en la universidad de Alberta, y pedía un café expreso con leche. Empezaron a hablar. Comenzaron a salir. Una cosa llevó a la otra y, poco tiempo después, ella se quedó embarazada. Yo nací ocho meses más tarde.

Durante cinco años, la vida les sonrió. Eran felices y se amaban —o eso me contaba mamá, porque una de las cosas que fui descubriendo de ella era que su percepción de la realidad no siempre encajaba con la verdad—, hasta que un día él decidió dejarnos y marcharse. Había conocido a otra mujer. Una compañera de trabajo con una hija de mi misma edad. Se habían enamorado sin planearlo. Solo había ocurrido.

Se mudó con ellas a otro estado y nunca más supimos de él.

Desde ese instante, mamá cambió. Nosotras también nos mudamos y no dejamos de hacerlo durante mucho tiempo. Cada pocos meses, nos instalábamos en una nueva ciudad. Un nuevo colegio. Nuevos amigos. Y un nuevo novio para ella. Un sustituto tras otro, y ninguno la trató bien. Se aprovechaban de sus inseguridades, de sus carencias, disfrazando de amor los abusos y el interés. Aquella noche, huíamos del último.

Al día siguiente, abandonamos el motel a mediodía. Comimos un sándwich en un área de servicio y continuamos nuestro viaje hacia el oeste. Había perdido la costumbre de preguntarle adónde nos dirigíamos. Ni siquiera ella lo sabía la mayor parte del tiempo y nuestro nuevo hogar solía decidirlo una avería en el coche o un depósito agotado, la mera necesidad de conseguir algo de dinero.

Sin embargo, tras muchas horas en la carretera, esta vez tuve la sensación de que mamá se dirigía a un lugar concreto. Durante todo el viaje había permanecido alerta, murmurando entre dientes, mientras yo dibujaba en un cuaderno. Me preguntaba cada pocos minutos si me encontraba bien, si tenía sed, si necesitaba algo... Una preocupación real por mi estado que no era habitual en ella.

Había anochecido por completo cuando paramos a descansar en una ciudad llamada Port Moody, muy cerca de Vancouver. Cenamos en un McDonald's y, después de un par de horas buscando un motel que nos pudiésemos permitir, acabamos durmiendo en el coche, en el parking de una iglesia cristiana.

Esa noche, mamá no me dejó sola ni tampoco bebió.

A la mañana siguiente, abrí los ojos con dificultad. Fijé la mirada al frente y vi que circulábamos por una larga carretera rodeada de campos.

—Buenos días —me dijo mamá desde su asiento.

—¿Dónde estamos?

—Nos dirigimos al puerto de Tsawwassen. Allí cogeremos un ferri a la isla de Vancouver.

Me enderecé en el asiento y la miré emocionada.

—¿Subiremos a un barco? ¿Un barco de verdad? ¿Vamos a ver el mar?

Nunca había estado en la costa ni visto el océano, salvo por la televisión. Siempre habíamos vivido en el interior, en pequeños pueblos en medio de la nada, donde nadie se interesaba por nadie.

Mamá aferraba el volante con ambas manos y tenía la vista puesta en la carretera. Me di cuenta de que evitaba mirarme. Llevaba días haciéndolo y empecé a sentirme mal. Algo le pasaba. Algo que la tenía alerta e inquieta, y me preocupaba que se hubiera metido en problemas más serios que deber unos cuantos meses de alquiler o un novio celoso con mal carácter.

Sonrió y asintió.

—Sí, Darcy, verás el mar. —Estiró un brazo hacia atrás y cogió una bolsa de papel del asiento—. Ten, dentro hay un sándwich y un zumo.

Tomé la bolsa y saqué un bocadillo envuelto en plástico. Era de huevo. No me gustaba el huevo y ella lo sabía, pero no protesté y lo comí en silencio. Prefería verla contenta.

Cruzamos el peaje y nos adentramos en el puerto. Era enorme. Decenas de coches y camiones se distribuían en distintas colas, esperando su turno para subir a los transbordadores. Tras media hora de espera, un operario nos dio paso a la bodega de uno de ellos y mamá se dirigió a la rampa.

Jamás había estado tan nerviosa en toda mi vida. Subimos a la cubierta y corrí hasta la proa para tener una mejor vista. La decepción se apoderó de mí. Mamá se situó a mi lado y, como si pudiera leer mi mente, dijo:

—Este es el estrecho de Georgia, pero ¿ves aquella isla? —asentí, contemplando la larga línea de tierra que se extendía frente a nosotras—. Desde allí podrás ver el océano, grande y azul.

—¿Es tan bonito como parece?

—Mucho más.

—¿Adónde nos dirigimos, mamá?

—Muy pronto lo verás. —Me acarició la mejilla con la mano y después soltó un suspiro largo y pesado—. Iré al coche a descansar un poco, ¿me avisas cuando estemos llegando?

—Claro.

Dos horas más tarde, arribamos al puerto de un pueblo llamado Nanaimo.

Tomamos la autovía repleta de tráfico y nos dirigimos hacia las montañas.

Mis ojos eran dos ventanas a un mundo nuevo del que aún no era consciente, abiertos de par en par mientras contemplaba uno de los paisajes más bonitos que había visto jamás.

Viajamos por una carretera sinuosa, que discurría bordeando impresionantes lagos y atravesando húmedos bosques de árboles gigantescos que tapaban el sol. La vegetación parecía sacada de un cuento de hadas y brillaba por la luz que se colaba entre las hojas después de un ligero aguacero. Si te fijabas con atención, podías ver cómo el agua se evaporaba por las altas temperaturas de un mes de agosto demasiado caluroso, formando fumarolas de vapor.

Un cúmulo de sensaciones transitaba por mi cuerpo, desde la fascinación al hechizo. Y deseé que mamá quisiera que permaneciéramos allí para siempre. Era imposible no ser feliz viviendo en un lugar tan bonito.

—¡Mamá, esto es precioso! —exclamé con la cabeza fuera de la ventanilla.

Al ver que no decía nada, la miré. Estaba tensa y agarraba el volante con tanta fuerza que los nudillos se le habían puesto blancos. Inspiraba con fuerza una y otra vez, como si intentara apaciguar unos nervios que se la comían por dentro. Verla en ese estado me preocupó, nunca había nada bueno detrás.

La observé en silencio.

No sabía gran cosa de la vida de mamá antes de tenerme a mí. Había oído retazos de conversaciones entre ella y mi padre, pero era tan pequeña entonces que no los recordaba.

Abstraídas en un tenso silencio, llegamos a un pueblo llamado Tofino. Me sorprendió lo limpias que estaban sus calles, repletas de flores bajo un cielo lleno de gaviotas. El centro se encontraba junto a una costa abarrotada de muelles, cafeterías, restaurantes y tiendas desde donde se podía ver un mar salpicado de decenas de islas. Era increíble.

Mamá se dirigió hacia el oeste. Tomó una carretera estrecha, que acabó convirtiéndose en un camino de tierra semioculto entre la maleza. Una casa de dos plantas, de paredes blancas y tejado oscuro, apareció entre los árboles.

Mamá detuvo el coche, paró el motor y se quedó mirando la construcción. La puerta principal de la casa se abrió y un hombre mayor de mirada profunda y gesto severo la cruzó.

—Mamá, ¿qué hacemos aquí? —pregunté en un susurro.

No me contestó. Solo empujó la portezuela del coche y bajó. Yo la seguí sin saber qué más hacer. Mi madre y aquel hombre se contemplaron sin decir nada. Tras el silencio más largo e incómodo que había presenciado en mi corta vida, mamá por fin habló.

Lo que dijo a continuación cambió toda mi vida para siempre:

—Hola, papá. Ella es Darcy, mi hija. Necesito que se quede aquí un tiempo.

«¿Que me quede aquí?», repetí en mi mente, atónita. Vi que abría el maletero del coche y sacaba mi equipaje, solo el mío, y cómo lo llevaba hasta la casa. Lo dejó a los pies del hombre, que la miraba tan sorprendido como yo. Por su expresión, creía estar viendo un fantasma o algo mucho peor.

—Mamá, ¿qué estás haciendo?

Se giró hacia mí y puso sus manos en mis hombros. Le temblaban tanto que las vibraciones me sacudían el cuerpo. Vi la necesidad del alcohol en sus ojos y algo más: miedo.

—Escucha, Darcy, tengo problemas. Problemas muy serios que debo resolver, y no puedo hacerlo si tengo que cargar contigo, ¿entiendes? Debes quedarte aquí. Estarás bien.

—No quiero quedarme. Quiero ir contigo.

—No tardaré mucho. Puede que una semana. —Tomó aire—. Volveré a buscarte, te lo prometo.

—Quiero ir contigo —gimoteé.

Me sacudió con fuerza y elevó la voz.

—Deja de comportarte como una tonta. Ya eres mayor para entender las cosas, Darcy. Vas a quedarte aquí.

—Joanna. —La voz del hombre, firme y grave, sonó con fuerza—. ¿Dónde has estado todos estos años? Te buscamos.

—Ahora no tengo tiempo para esto, papá. Debo marcharme.

—¡Mamá! —exclamé al ver que regresaba al coche sin más.

—Joanna, entra en casa. Tenemos que hablar.

—No hay nada que hablar, papá.

—Entonces, llévate a tu hija contigo, no puede quedarse.

Mi madre se detuvo antes de entrar en el coche.

—¡Es tu nieta! ¿Vas a abandonarla?

—Creo que no soy yo quien la está abandonando.

—Mami —gemí, aferrándome a su brazo.

Ella me apartó y dio un paso hacia el hombre.

—¿Dónde está mamá? Ella dejará que se quede. ¡Mamá! —gritó hacia la casa.

—Tu madre murió hace tres años. —La forma en la que lo dijo, el dolor que albergaba su voz, detuvo el tiempo durante un momento—. Su corazón enfermó.

Mi madre palideció y se llevó una mano al pecho. Un velo brillante cubrió sus ojos y vi una lágrima atrapada en sus largas pestañas. Aunque se recompuso de inmediato, se le daba bien. Podía ser tan fría.

—Estoy metida en un lío muy serio que debo solucionar. Necesito que mi hija se quede contigo, no tengo otro sitio al que llevarla. Sé que no me lo merezco, y que estás enfadado conmigo, pero te... lo suplico... deja que se quede aquí.

Mi corazón empezó a ir muy rápido, tanto que creí que se me iba a salir del pecho. Aquello no podía estar pasando. No entendía nada. Mi respiración se volvió superficial, caótica, y temí que me estuviera asfixiando.

Quizá no era la mejor persona del mundo; su vida era un desastre y, por ende, la mía. Pero era mi madre, mi única familia. Pese a sus defectos y malas decisiones, siempre había estado conmigo y yo sabía que a su manera me quería.

No podía estar abandonándome.

—Mamá, te prometo que seré buena. Me portaré bien. No me dejes aquí, por favor. Puedo ayudarte. Nos esconderemos en otra parte, siempre funciona, y luego en otra. —Se me quebró la voz—. Nos esconderemos para siempre, no me importa que nos mudemos tanto. Te mentí.

Ella negó con un gesto y los ojos llenos de lágrimas. Me apartó una y otra vez mientras se dirigía al coche y yo trataba de detenerla. Entró y cerró desde dentro. Tiré de la manija, golpeé la puerta y, después, la ventanilla.

—¡Mamá! —grité. Tuve que apartarme de su camino en cuanto fui consciente de que no iba a detenerse—. Mamá, por favor, no te vayas. Mamá..., no me dejes.

Corrí tras el coche durante un centenar de metros con el corazón en la garganta. Y seguí corriendo después de perderlo de vista.

No sirvió de nada.

Ella no se detuvo.

Ni siquiera miró atrás.

Se marchó.

Y nunca más regresó.

2
Darcy

—Por ese pasillo, la última habitación a la derecha.

—Gracias —le dije a la enfermera.

Sujeté con fuerza mi maleta y giré sobre los talones. Hacía poco más de una hora que el avión había aterrizado en el aeropuerto de Victoria y me había dirigido al hospital directamente.

Estaba cansada después de tantas horas de vuelo y no notaba ni una pizca de energía en mi cuerpo, salvo por esa sensación molesta que no lo dejaba relajarse, como si una corriente de electricidad lo estuviera recorriendo de pies a cabeza.

Mis pies se movieron de forma automática hasta detenerse frente a la puerta de color crema que me habían indicado. Inspiré hondo mientras sostenía el frío pomo entre las manos y solté todo el aire de golpe. Cerré los ojos y la abrí.

Entré despacio, casi con miedo, y di unos cuantos pasos. Tomé una bocanada de aire y el olor a antiséptico se coló en mi nariz. Me quedé allí quieta durante unos segundos, incapaz de alzar la vista del suelo. Mi corazón latía descontrolado dentro de mi pecho y tuve que concentrarme en su ritmo para dominarlo. Poco a poco levanté la vista y allí estaba él. Mi abuelo. Tendido en la cama.

Clavé la mirada en su rostro y un dolor asfixiante me rebotó en las costillas. Era él, y al mismo tiempo no lo era. La persona que yacía en aquella habitación apenas era la sombra del hombre que yo conocía.

Me acerqué al borde de la cama y me fijé en su cuerpo. Tenía la piel pálida y las arrugas se habían multiplicado en los últimos años. Sus cejas se habían vuelto tan blancas como su pelo y los huesos de su rostro se notaban como si solo los recubriera una fina capa de papel. Miré el tubo que salía de su boca y el resto de cables conectados a su cuerpo; parecía tan pequeño, tan frágil bajo la sábana.

Me estremecí. Las manos me temblaban. En realidad, me temblaba todo el cuerpo.

Me senté en la silla y observé la habitación: las paredes, el suelo, los muebles, cada nuevo detalle que descubría. Cualquier cosa que evitara que mis ojos se posaran en él. Porque cada vez que lo hacía, una voz dentro de mí iba cobrando fuerza, susurrando palabras que me negaba a escuchar. Despertando emociones que no podía permitirme sentir.

No podía.

Me levanté y me acerqué a la ventana.

Victoria era una ciudad preciosa, al menos la parte que yo recordaba. El parque Beacon Hill, el puerto rodeado de calles históricas y edificios increíbles, siempre repleto de artistas y músicos. El barrio chino y el campus universitario.

No sé cuánto tiempo estuve contemplando el mundo a través del cristal. Puede que horas hasta que una enfermera interrumpió mis pensamientos.

Aproveché para conseguir un café y una chocolatina, mientras ella comprobaba las constantes de mi abuelo.

A última hora de la tarde, pasó el médico que se encargaba de su caso.

—Entonces, ¿no va a despertar? —pregunté.

—No, lo siento.

Noté que algo se fracturaba en mi interior. Un sabor

amargo me inundó la boca. El sabor de la culpa, los remordimientos y la impotencia. Y esa voz que no dejaba de repetirme que me había equivocado. Que había hecho muchas cosas mal.

—¿Sabe si puede oírme o si es posible que sepa que estoy aquí?

El doctor me dedicó una leve sonrisa cargada de pena y compasión, que solo aumentó la desesperación que se estaba apoderando de mí.

—No existe una actividad cerebral que nos haga pensar que eso sea posible. —Me apoyé en la pared sin fuerzas para sostenerme. El médico se acercó a mí y me ofreció un vaso de agua que había sobre la mesita—. Soy médico, creo en la ciencia, pero... Mire, no sé si esto la ayudará, pero el corazón de su abuelo sigue latiendo contra todo pronóstico. Quién sabe, puede que la haya estado esperando.

Las enfermeras del turno de noche dejaron que me quedara en la habitación. Me hice un ovillo en el sillón y los ojos se me llenaron de lágrimas ante una situación sobre la que no tenía ningún control.

Poco a poco mis párpados se cerraron debido al cansancio y me dormí.

Me desperté a ratos durante la madrugada, cuando alguna de las enfermeras entraba a echar un vistazo a los monitores. Las horas pasaron en un duermevela azotado de recuerdos y un inmenso desconsuelo.

De dudas y certezas.

De heridas abiertas.

De momentos perdidos en la memoria.

3
Darcy

Agosto de 2006.

Doce años.

Los goznes de la puerta de la que se había convertido en mi habitación chirriaron cuando la abrí. Me asomé al pasillo. El sol entraba a raudales por la ventana del fondo y las motas de polvo se reflejaban en la luz. Noté que una gota de sudor se formaba en mi nuca y se deslizaba por el cuello hasta perderse bajo la blusa.

Llevaba una semana escondida en aquel cuarto, dibujando para matar el tiempo. Salía solo para ir al baño o a coger algo de comida cuando estaba segura de que no había nadie en casa. A veces encontraba un trozo de bizcocho y un vaso de leche en una bandeja junto a mi puerta. Otras, descubría una empanada o un bocadillo con un refresco en la mesa del comedor. Sabía que él lo dejaba para mí.

Mi abuelo.

Se me hacía raro pensar en ese hombre como un pariente.

Inspiré hondo y traté de reunir el valor suficiente para salir. Me encaminé a la escalera. Los peldaños de madera protestaron bajo mis pies. Alcancé el vestíbulo y me dirigí a la cocina. El tintineo de unos cubiertos llegó hasta mí al doblar la esquina del corto pasillo.

Dudé en el último momento. Mi timidez y la vergüenza me paralizaban hasta dejarme sin respiración, pero no podía continuar ocultándome de aquel modo, no para siempre. Después de una semana esperando a que mamá regresara, la realidad se impuso. Una verdad que había tratado de ignorar, pero que estuvo ahí desde el mismo instante en que la vi alejarse: ella no iba a volver, no por el momento.

Di un par de pasos más y me detuve en el quicio de la puerta. Aquel hombre estaba sentado a la mesa, comiendo lo que parecían unas albóndigas con arroz. Olían bien y mi estómago gruñó. Él levantó la vista del plato y me miró. Después empujó su silla hacia atrás y, sin mediar palabra, tomó otro plato del armario, sirvió una ración y lo colocó en la mesa.

—En el primer cajón hay cubiertos.

Asentí con un gesto. Crucé la habitación, abrí el cajón y tomé un tenedor. A continuación me senté a la mesa frente a él. Comimos en silencio, con el trino de los pájaros y el susurro de las hojas mecidas por el viento como única distracción. Al terminar, él recogió los platos y los llevó al fregadero. Se arremangó, abrió el grifo y comenzó a fregar mientras el agua le salpicaba la camisa y la pila se llenaba de espuma.

Indecisa, agarré un trapo que colgaba del pomo de un armario. Me coloqué a su lado y fui secando la vajilla.

—Así que te llamas Darcy —dijo al cabo de un par de minutos.

—Sí —susurré.

—Es un nombre muy bonito.

—Es un nombre de chico.

—¿Y eso te molesta?

Me encogí de hombros. De pequeña siempre me había parecido un nombre estupendo, hasta que, en el colegio, los otros niños comenzaron a meterse conmigo por llamarme como el personaje de un libro antiguo.

—Mi nombre es Marek, Marek Stern. Puedes llamarme por mi nombre de pila si te resulta incómoda la palabra abuelo.

Lo miré de reojo. Tenía un rostro amable, arrugado por la edad, y el pelo canoso. Sus ojos azules brillaban de un modo especial mientras una leve sonrisa se insinuaba en sus labios. Ese gesto prendió una pequeña llama en mi pecho, un anhelo dormido. La necesidad de una familia que había añorado desde siempre sin saber si realmente existía.

—¿Cuántos años tienes?

—Acabo de cumplir doce —respondí.

—Felicidades.

—Gracias —musité sin atreverme a levantar la vista del trapo.

Una ligera brisa entró por la ventana abierta y me refrescó la piel. Noté que él había dejado de frotar la cacerola y me miraba. Inclinó la cabeza a un lado. Alargó la mano y me secó la lágrima que surcaba mi mejilla. No me había dado cuenta de que estaba llorando.

Una sonrisa tierna dio vida a su rostro cansado.

—No sé qué clase de vida habéis llevado tu madre y tú, aunque algo me dice que no era la más adecuada para una niña de tu edad. —Hizo una pausa y yo me tragué el nudo que tenía en la garganta—. No soy más que un viejo solitario que pasa la mayor parte de su tiempo leyendo, pero cuidaré de ti si tú me lo permites.

—Hasta que me convierta en un estorbo —susurré casi sin voz.

—Te prometo que eso nunca pasará. Darcy... —lo miré a los ojos—, no estás sola y no debes tener miedo. Puedes confiar en mí, nunca dejaría que te pasara nada malo.

Quise creer que era sincero.

—Eso decía mi padre antes de marcharse, y mi madre,

antes de dejarme aquí. Y los dos se han deshecho de mí. No le importo a nadie —repuse, dejando que mi mayor miedo aflorara con un torrente de lágrimas.

Él acortó la distancia que nos separaba, indeciso. Alzó las manos curtidas como si fuese a tocarme e inmediatamente las dejó caer. Contuvo el aliento sin dejar de mirarme.

—A mí me importas.

No recuerdo cómo pasó ni quién dio el primer paso, solo sé que de pronto me encontré pegada a su pecho. Me abrazó con fuerza y yo me dejé arropar por su gesto. Mi cuerpo se aflojó, exhausto, necesitado de la protección que me brindaban sus brazos. Cerré los ojos e inspiré. Mi nariz se llenó de un aroma a madera, jabón y naftalina que quedó grabado en mi memoria.

—Te prometo que yo nunca te abandonaré —me dijo con voz trémula; y le creí. Me soltó y yo me separé de él con cierta reticencia—. Cumplir doce años es todo un acontecimiento que merece un regalo a la altura, ¿no crees?

Sonreí de verdad por primera vez en mucho tiempo. Me encogí de hombros, quitándole importancia a un día que había sido igual a otros muchos. Cuya magia apenas recordaba. Alzó las cejas, expectante, esperando a que yo dijera algo. Mi sonrisa se hizo más amplia.

—Me gustaría ver el océano. Nunca... nunca lo he visto de verdad.

—¿Nada más?

Asentí, notando las mejillas encendidas.

—Ven conmigo.

Salimos de la casa por la puerta trasera.

Seguí a mi abuelo a través del jardín hasta un estrecho sendero que se adentraba en el bosque. Caminamos durante unos minutos, sin decir una palabra. Una suave brisa nos envolvió, trayendo consigo un fragante olor que no supe identificar. Me inundaba las fosas nasales y se asentaba dentro de mis pulmones, haciendo que mi respiración se volviera pesada. A lo lejos se oía un bramido. Una especie de rugido que me hizo creer que una tormenta se aproximaba.

De repente, el bosque terminó de forma abrupta y el sendero dio paso a una superficie rocosa. Alcé la vista y me quedé sin aliento. Me encontraba al borde de un acantilado y, desde aquel lugar privilegiado, vi por primera vez el océano. Inmenso, hermoso y sobrecogedor. Abajo, las olas rompían contra las rocas y salpicaban de espuma la arena. Atisbé con total claridad el momento exacto en que una ballena salía a la superficie y exhalaba el aire de su cuerpo.

Se me encogió el estómago y mi corazón se aceleró repleto de emociones. No tenía palabras que pudieran expresar lo que sentía, así que me limité a respirar hondo para no romper a llorar.

Mi mirada se encontró con la de mi abuelo y le sonreí. Me devolvió la sonrisa y ese simple gesto bastó para que el temor que siempre apretaba mi espíritu dejara de arder.

Quizá, por una vez, mi madre había hecho algo pensando en mí. Solo en mí.

—Gracias por dejar que me quede aquí.

—No, pequeña, el afortunado soy yo.

4
Declan

El miedo tiene sus propias reglas. Fluye dentro de nosotros con la desesperanza y el desasosiego como única corriente. Siempre aparece en silencio, furtivo, y no existen remedios para combatirlo, salvo cerrar los ojos y rogar para que desaparezca.

El miedo prefiere la noche, cuando duermes y tu mente es más vulnerable. Se esconde en los sueños y los transforma en pesadillas, tan pavorosas, tan reales, que prefieres permanecer despierto a enfrentarte a él.

Me perturbaban mis pesadillas, pero me asustaban aún más mis recuerdos, mis propios pensamientos. Dormido o despierto. Durante el día o la noche, el miedo me seguía como un fantasma y nada ni nadie podían evitarlo.

Una parte de mí deseaba que parase. Otra latía convencida de que merecía ese sufrimiento. Y, mientras tanto, no podía hacer otra cosa salvo esperar.

Esperar a que pasara otro día.

A que llegara la noche.

A encontrarme con otro amanecer.

Uno que estaba tardando demasiado en despertar.

Me incorporé y saqué las piernas de la cama. Me quedé

sentado y parpadeé para alejar las imágenes que me habían empapado la piel de sudor. Miré el reloj de la mesita. Acababan de dar las cuatro de la madrugada y la oscuridad bailaba en las paredes de mi dormitorio, iluminadas por los tenues rayos de la luna que se colaban entre las cortinas.

Sloane se movió a mi lado y el edredón resbaló descubriendo su espalda desnuda. Me quedé mirándola. Era todo lo que un hombre podía desear. Inteligente, despierta, guapa y una persona buena y generosa. Me quería. Nunca me lo había dicho, pero los tres años que llevaba conmigo en aquella extraña relación hablaban por sí mismos. Su forma de mirarme. Las palabras que enmudecían en su boca. Aquella paciencia infinita que me mostraba y que tanto me cabreaba, porque yo no la merecía. Todo me decía a gritos que se había enamorado de mí. No tenía que ser una lumbrera para darme cuenta.

Si hubiera sabido que acabaría pasando, nunca me habría liado con ella. Solo se trataba de sexo. Nada más. Ese fue el acuerdo. Lo único que yo necesitaba. Nunca quise una relación y fui claro con ella desde el principio. Amigos que lo hacían. Sin compromisos. Sin expectativas. Sin esperanzas.

Nada había cambiado por mi parte en ese sentido, pero Sloane...

La tapé con el edredón y le aparté el pelo rubio de la cara con las puntas de los dedos. Había que estar ciego para no darse cuenta de que era perfecta. Ojalá hubiera podido sentir algo más por ella que aprecio, que el recuerdo de un deseo que apenas lograba revivir, que el cariño fraternal que me inspiraba en ese momento.

Lo intenté. Me esforcé. Quise darle más. Enamorarme y tener una vida con ella. Nunca pude. Mientras tanto, el tiempo pasaba. Sloane seguía acudiendo a mi cama y yo era incapaz de rechazarla. No sé si por egoísmo, porque me daba miedo sentirme solo o porque se me partía el alma con la simple idea de hacerle daño. Sin embargo, lo cierto era que aquella relación nos estaba destrozando a los dos.

Debía ponerle fin, aunque no sabía cómo sin romperle el corazón ni perderla como amiga.

Incapaz de volverme a dormir, abandoné el dormitorio y fui hasta la cocina. Encendí la cafetera y me asomé a la ventana.

Vivía en una casa modesta en la costa oeste de Tofino, con unas vistas increíbles a un océano Pacífico salpicado de pequeñas y agrestes islas. Había nacido y crecido en aquella ciudad de apenas dos mil habitantes, y mi vida continuaba anclada a su tierra, sumida en una especie de limbo en el que el tiempo parecía haberse detenido.

Me serví una taza de café y salí al porche, acunándola entre mis manos para calentarme los dedos. Los últimos días de febrero habían traído consigo un fuerte viento del norte, con el que la temperatura había descendido unos cuantos grados en un invierno que ya estaba siendo bastante frío.

Inspiré el aire de la noche. Mis pulmones se llenaron con el olor del salitre que flotaba desde el océano y la humedad del bosque que me rodeaba, donde los abetos, cedros, pinos y secuoyas cubrían un extenso terreno casi virgen. Miré al cielo. La imagen de la luna se coló a través de un agujero en el espeso manto de nubes, iluminando el paisaje durante unos segundos. Frente a mí, las crestas de las olas destellaron como si estuvieran formadas por miles de pequeños diamantes.

Sin nada mejor que hacer, salí a correr por la playa.

Alcancé Frank Island, situada a unos cinco kilómetros al sur, cuando comenzó a caer una ligera llovizna. Las gotas de agua se mezclaban con diminutos copos de nieve que se derretían al tocar el suelo. Di media vuelta y emprendí el camino de regreso, atajando a través del bosque, donde las ramas de los árboles formaban una cubierta lo bastante sólida como para protegerme de la lluvia, que cobraba fuerza por momentos.

No me gustaban los días como aquel: fríos, oscuros y tormentosos. La sensación de pérdida que solía acompañarme se intensificaba en mi interior, transformándolo en un pozo fangoso como el barro que pisaban mis pies. Ralentizándome, obligándome a hacer un mayor esfuerzo para continuar adelante, porque si me detenía, si dejaba de moverme aunque solo fuese para tomar aire, me hundiría sin remedio.

Odiaba sentirme de ese modo, que mis reacciones fuesen tan viscerales, pero no podía evitarlo. La lluvia era caos a mi alrededor y no me quedaba mucho más que pudiera llevarse consigo.

Salvo a mí mismo.

Cuando alcancé el porche, mi ropa estaba empapada y apenas podía sentir los dedos dentro de los guantes. Me quité el gorro y las zapatillas y los dejé junto a la puerta antes de entrar en la casa. Me dirigí al baño y me deshice de la ropa mientras avanzaba por el pasillo. Sloane continuaba durmiendo.

El agua caliente aflojó todos mis músculos y durante unos minutos ahogó el sonido de la tormenta retumbando en las paredes. Con una toalla cubriéndome las caderas, entré en el dormitorio. Sloane ya no se encontraba allí y desde la cocina me llegó el tintineo de los platos y el chisporroteo de algo al fuego. Me vestí con unos vaqueros y un jersey de punto sobre una camiseta de algodón.

—Buenos días —saludé. Sloane me sonrió desde la cocina de gas, mientras daba la vuelta a unas salchichas en la sartén—. No tienes por qué hacer eso.

—Me gusta prepararte el desayuno, ya lo sabes.

Vino hacia mí con los pies descalzos y una de mis camisetas como único abrigo. Se puso de puntillas para darme un beso en los labios. Después me miró a los ojos y yo apenas pude sostenerle la mirada sin sentirme la peor persona del mundo. Dibujó una triste sonrisa y regresó a los fogones. Sirvió las salchichas en un plato, café en una taza, y los llevó a la mesa.

—Vamos, siéntate antes de que se enfríe.

Hice lo que me pidió y me acomodé en la silla de madera tratando de controlar mis pensamientos. Nada dentro de aquella cocina estaba bien. La observé mientras se movía de un lado a otro, fregando platos, secando cubiertos... Mirándome con adoración. Y cada vez que lo hacía, yo sentía que estaba cometiendo el error más grande de toda mi vida.

—Sloane —susurré al tiempo que dejaba el tenedor en el plato. Era incapaz de ingerir nada.

—¿Sí? —respondió sin dejar de moverse.

—Tenemos que hablar.

—Claro, ¿qué te parece esta noche? Puedes recogerme cuando acabe mi turno en la cafetería, y luego podemos ir a cenar a alguna parte.

Sacudí la cabeza y se me encogió el estómago con un nudo de ansiedad.

—Sloane —insistí.

Se detuvo frente a la pila y vi que inspiraba con fuerza.

—No —susurró. Tomó aire de nuevo—. No puedes dejarme.

Apreté los párpados con fuerza y me pasé las manos por la cara antes de levantarme e ir en su busca. Puse las manos en sus hombros y la besé en la coronilla.

—Nada de lo que ocurre aquí es bueno para nosotros. Te estoy haciendo daño.

—No es cierto.

—No pasará. Eso que esperas no va a ocurrir. Lo he intentado, pero no puedo, y no es justo para ti.

Se giró hasta quedar frente a mí. Había tanto sufrimiento en sus ojos que flaqueé durante un instante.

—No necesito más, Declan. Me basta con esto. Soy feliz así.

—Sloane...

—Significas mucho para mí. Más de lo que imaginas.

—Por ese motivo no puedo seguir haciendo esto contigo

—repliqué apartándome de ella. Se aferró a mi cintura y hundió la cara en mi pecho—. Mereces a alguien que te quiera de verdad, que desee pasar el resto de su vida contigo, que te lleve a cenar y a bailar. Alguien con quien hacer planes y construir un futuro.

Me miró a los ojos y me sujetó con más fuerza.

—No necesito nada de eso. Me gusta estar aquí.

—Siento que te estoy usando.

—Pero no es así y lo sabes. Declan, me encanta lo que tenemos y sé que con el tiempo...

Gemí cuando la esperanza que brotaba de sus palabras me alcanzó. Logré que me soltara y sujeté sus muñecas con suavidad para que fijara su atención en mí.

—¿Tiempo? Has perdido los últimos tres años de tu vida por mi culpa. —Empezó a negar con la cabeza—. Sloane, tú también eres importante para mí, pero no de ese modo que necesitas. Te quiero, pero como a una amiga, y eso no va a cambiar.

—Pero...

—No va a cambiar —me reafirmé.

—¿Cómo puedes estar tan seguro? A veces... a veces las personas terminan por enamorarse de muchas formas y... puede que... que si Harvey se recupera, tú... tú puedas pensar solo en ti, en nosotros...

Solté sus manos y me alejé de ella, frustrado.

—Harvey no tiene ningún peso en esto, Sloane. No estoy confundido ni distraído, ni mis problemas son la causa. Soy yo, solo yo, y lo que siento por ti. Debemos terminar con esto o nos haremos mucho daño.

Abrió la boca para replicar, pero el teléfono sonó, interrumpiendo nuestra conversación. Sacudí la cabeza y miré muy serio a Sloane una última vez. Había tomado una decisión y no pensaba echarme atrás. Esta vez no.

«Esta vez no», me repetí.

Me acerqué a la pared y descolgué el auricular.

—Aquí Declan.

—Hola, tío. Llevo un rato llamándote al móvil, pero no contestas —dijo mi amigo Will al otro lado de la línea.

—Hola, Will. Lo siento, creo que lo tengo en el dormitorio y sin sonido. ¿Va todo bien? Es muy temprano.

—Todo va bien, tengo un grupo de turistas que vendrá a primera hora para avistar osos, estoy preparando el barco.

—¿Necesitas que te eche una mano con eso?

—No, hoy es tu día libre y ya te debo unos cuantos. No te llamo por trabajo. —Hizo una pausa y oí cómo se aclaraba la garganta—. Verás, ha llamado un tipo respondiendo a tu cartel. Ha encontrado una mochila sumergida en un remanso, en uno de los arroyos que cruzan Schooner Cove.

El corazón me dio un vuelco y comenzó a latirme de forma atropellada en el pecho.

—¿Dónde está? ¿La ha abierto?

—Ha preguntado por la recompensa y viene hacia aquí. Es lo único que sé.

—Vale, estaré ahí en quince minutos.

—Declan... —Will hizo una pausa—, es muy difícil que sea la de tu hermano, por no decir que es imposible que acabara en esa zona. No te hagas ilusiones.

—Ya...

Colgué el teléfono y apoyé la frente en la pared para calmarme. Me di la vuelta y me encontré solo en la cocina. Sloane se había encerrado en el baño y el sonido del agua circulando por las viejas cañerías vibraba en las paredes. Huir, evitar el problema y dejarlo correr se había convertido en una costumbre entre nosotros.

Tomé mi abrigo del perchero que colgaba en la entrada. Afuera, una avioneta pasó tan bajo que su sombra tapó la incipiente luz del amanecer que se colaba a través del cristal de la puerta, y me dejó a oscuras un instante.

Una fría neblina me envolvió al bajar los peldaños del porche. Rodeé la casa y subí a mi furgoneta, una Ford que había acondicionado hasta convertirla en una casa con ruedas con todo lo necesario para mis escapadas. Encendí el motor, di marcha atrás y enfilé el camino que conducía al pueblo.

Después de conducir diez minutos, llegué al centro. Me detuve un momento en la farmacia para comprar algo para el dolor de cabeza, que me estaba matando desde hacía días, y continué por Campbell hasta alcanzar la costa este.

Aparqué junto al centro de actividades donde trabajaba. Un edificio de paredes azules y tejado gris, con un par de tablas de surf flanqueando la entrada. El centro se llamaba Surf Storm y era lo más valioso que poseía mi amigo Will. Su sueño desde que solo era un crío. Un negocio que comenzó seis años atrás como una modesta escuela de surf y que había prosperado hasta convertirse en el mayor centro de ocio y aventura de la ciudad. Ofrecía todo tipo de excursiones por aire, mar y tierra. Buceo, pesca, senderismo, surf, avistamientos de ballenas, osos... Y yo era uno de sus profesores y guías desde que tuve que dejar la universidad para pagar facturas y cuidar de mi hermano.

Vi a Will tras el mostrador de la tienda de material y comida que había añadido al negocio el verano anterior. Con él se encontraba un tipo de unos sesenta años, con botas y pantalón de pesca, tomando un café.

—Declan —me saludó Will—. Este es Raymond.

Me acerqué a ellos y le tendí la mano al hombre, que aceptó con un apretón.

—Hola. ¿Usted ha encontrado una mochila en el bosque?

—Sí, en uno de los arroyos que cruzan Schooner Cove. Estaba pescando cuando noté que el sedal se enganchaba en algo, tuve que meterme en el agua para soltarlo y fue cuando la vi atascada bajo unos troncos. Mi mujer recordó haber visto aquí un anuncio sobre una mochila perdida y pensé que podría ser esta.

Se agachó y extrajo de un saco a sus pies una bolsa gris de

senderismo en perfectas condiciones. La decepción me aplastó el pecho como una pesada roca. No era la de Harvey.

—No es la que estoy buscando.

Farfullé una disculpa y di media vuelta. Oí cómo Will trataba de justificar mi espantada con aquel extraño. Me había enfrentado a muchas situaciones similares a lo largo de los últimos años. Con la cantidad de turistas que visitaban la zona, era habitual que se extraviaran pertenencias: ropa, teléfonos, material de acampada, mochilas...

Siempre que alguien respondía a mi anuncio, el corazón me latía frenético por la posibilidad de encontrarla al fin. Más tarde, esa posibilidad acababa extinguida por el fracaso y yo sentía que mi esperanza se quebraba un poco más cada vez.

Aquella mañana, frente a la playa, mi esperanza apenas respiraba.

5
Declan

Bajé del hidroavión, un DHC-2T de segunda mano que Will había comprado unos años atrás para ampliar la oferta de excursiones, y aseguré el amarre antes de sacar mis cosas de la cabina. Me abroché el anorak, mientras notaba el frío que se colaba bajo las capas de ropa, y me abrí paso entre la gente que hacía cola para los vuelos panorámicos sobre la ciudad.

Caminé con impaciencia. No lograba liberarme de esa sensación. Siempre estaba ansioso, agotado y exasperado por una intranquilidad constante. Por la espera. Por una vida en pausa, que se había detenido en un momento en el que aún no sabía quién era yo. Y si no sabes quién eres, no puedes ser fiel a nada y menos a ti mismo.

No hay caminos.

No existen metas.

Solo deriva.

Vi acercarse un taxi y alcé el brazo. Subí al asiento trasero en cuanto se detuvo.

—Al hospital general, por favor.

Contemplé la ciudad a través de la ventanilla. Mi cuerpo comenzó a entrar en calor y me permití cerrar los ojos, sintiendo el sol en los párpados durante el trayecto. Veinte minutos después, nos deteníamos junto a la entrada principal. Tras pagar la carrera, bajé del vehículo.

Inspiré hondo y recorrí con la mirada el edificio. Me quedé así, quieto, durante un momento más largo del necesario, reuniendo las fuerzas que necesitaba para estar allí.

Cada visita era más difícil que la anterior. Las probabilidades disminuían y, con ellas, la esperanza. Una punzada de culpabilidad me atravesó el pecho. Me lo froté con la mano, como si eso pudiera ayudarme a respirar sin ese peso.

Con paso rápido crucé la puerta principal y el vestíbulo. Me dirigí a la escalera mientras le quitaba el sonido a mi teléfono y subí de dos en dos los peldaños hasta alcanzar la última planta.

—Hola, Lenna.

La jefa de enfermeras levantó la vista de unas carpetas que estaba guardando en un archivador y me sonrió.

—Hola, Declan, ¿vienes a ver a Harvey?

Asentí y pasé de largo.

El pasillo se encontraba lleno de gente que entraba y salía de las habitaciones, y el olor a antiséptico apenas se notaba bajo el aroma de las flores frescas. Ocurría lo mismo todos los fines de semana, cuando las visitas se multiplicaban.

Me topé con Mel cuando salía del ascensor empujando una silla de ruedas.

—Vaya, pero si es mi chico favorito —dijo ella con una enorme sonrisa.

—¿Qué tal, Mel?

—Bien, como siempre. ¿Vas a ver a Harvey?

Estiré el brazo para evitar que las puertas del ascensor se cerraran y una mujer con su bebé pudiera entrar.

—Sí, pero antes le haré una visita a mi vecino, el señor Stern. —Me pasé la mano por el pelo, demasiado largo para controlarlo—. ¿Ha habido algún cambio en su estado?

Mel negó con la cabeza.

—Sigue igual. —Arrugué los labios en una mueca de pesar y seguí mi camino—. Aunque tiene una visita.

Frené mis pasos y me giré hacia ella.

—¿Una visita? ¿Quién?

—Su nieta, al final logramos localizarla. Llegó ayer.

Inspiré con fuerza, pero el aire no me llegó a los pulmones.

De repente, ocho años de entumecimiento e indiferencia se desbordaron de golpe, y yo no estaba preparado para estallar de ese modo. Porque eso fue lo que sentí, que todo a mi alrededor explotaba.

Me quedé mirando a Mel, sin moverme. No podía.

—¿Darcy está aquí?

—Es una chica muy agradable.

Era mucho más que eso.

Ella lo había sido todo para mí.

Representaba esa parte de la vida en la que aún te rodea la inocencia y las ilusiones tienen forma. Cuando la esperanza aún es verde y no te da miedo sentir con los ojos cerrados. Cuando las nubes solo son un telón a la espera de que el sol salga a saludar.

Cuando todo era sencillo.

Me despedí de Mel con un gesto y seguí mi camino. Mi mente comenzó a buscar razones por las que no debía ir hasta la habitación del señor Stern. Encontró muchas, demasiadas, que deberían haberme convencido del error que cometía. Pero ella estaba allí y yo...

Yo tenía que verla. La única persona que me hizo sentir que el mundo guardaba un lugar para mí.

Ella era lo mejor que había tenido.

Hasta que la perdí y ese mundo se quedó frío y mudo.

Confié en el tiempo, en que todo lo cura. Todo lo calma. Y dejé que transcurriera hasta que la convirtió en destellos que aparecían de vez en cuando. Cada día, un poco menos. Pero nunca desapareció por completo. Me visitaba como lo hace un fantasma. No lo ves, aunque sabes que está ahí. Te eriza la piel y sientes el impulso de darte la vuelta convencido de que lo encontrarás a tu espalda.

El tiempo no me ayudó. Nunca la dejó atrás. No me permitió olvidarla del todo.

Ahora había vuelto, y el peso de mis decisiones de entonces me aplastó mientras recorría el pasillo, provocándome vergüenza.

Pero tenía que verla. Necesitaba verla.

Llegué a la puerta y estaba abierta. Contuve el aliento.

Darcy se encontraba frente a la ventana, de espaldas a mí. La contemplé de arriba abajo sin apenas reconocerla y, al mismo tiempo, dibujándola de memoria. Cada curva de su cuerpo. Cada lunar de su piel.

Me fijé en el pelo oscuro que llevaba recogido en una coleta alta, la longitud de su cuello. Pensé en las veces que la había besado allí, justo donde late el pulso y la piel se siente más caliente. En la primera vez que la vi. En el millón de cosas que me contaban sus ojos, cuando solo era una niña de rostro pecoso y rodillas huesudas que no se atrevía a hablarme. En lo confuso que me sentí cuando me di cuenta de que ella me importaba.

Di un par de pasos y me humedecí los labios.

Y entonces ella se dio la vuelta.

Vestía unos vaqueros ajustados y un jersey de lana. Estaba preciosa. ¡Joder, realmente preciosa!

Darcy se quedó inmóvil delante de mí.

Nos miramos. Me faltaba el aire y no tenía ni idea de qué decir.

¿Cómo empezar?

Abrí la boca, pero ella se me adelantó.

—¿Fuiste tú?

El sonido de su voz me afectó. Más adulto, más serio, el mismo timbre.

—¿Si fui yo?

—La persona que dio mi nombre para que me localizaran.

Me fijé en la tensión que hacía temblar sus hombros. Respiré hondo, armándome de valor.

—Sí —musité con un nudo en la garganta—. Eres su única familia. Al menos, la única que yo conozco.

Bajó su mirada desafiante un segundo, tragó saliva y volvió a mirarme.

—Gracias.

Parpadeé, un poco aturdido. ¿Acababa de darme las gracias? Habría esperado cualquier cosa, gritos, desprecio, incluso una bofetada. Bien sabe Dios que me la merecía. Pero no, me había dado las gracias.

—¿Por qué?

—Por darme la oportunidad de verlo una última vez.

Percibí el dolor que impregnaba su voz. Se acercó a la cama y colocó la mano sobre la de Marek, que reposaba inerte encima de su pecho.

No podía dejar de mirarla, ya que una parte de mí aún dudaba de que realmente estuviera allí. Parecía tan indefensa que las ganas de rodearla con mis brazos, como había hecho tantas veces tiempo atrás, me hicieron apretar los puños.

Qué lejos quedaba todo aquello. Los abrazos, las caricias, los besos...

—¿Has podido hablar con su médico? —me interesé. Asintió de una forma tan leve que no estaba seguro de que se hubiera movido—. ¿Y qué te ha dicho?

No respondió, solo sacudió la cabeza. Me moví hasta colocarme a su lado y contemplé a Marek. Después la miré a ella y recorrí su perfil. Tenía los ojos brillantes y húmedos. Dejó escapar un sollozo entrecortado que me atravesó; y yo solo podía mirarla como si fuese a desaparecer en cualquier momento.

—Lo siento —susurré en voz baja. Tomé una bocanada de aire y me humedecí los labios resecos, inquieto—. Darcy..., si necesitas algo... Si quieres que te ayude a... lo que sea. Cuenta conmigo.

Darcy se apartó de golpe, fue hasta el sillón y cogió su bolso. Sin decir nada, salió de la habitación y yo me quedé allí parado.

Cerré los ojos. Inspiré. Espiré. Y volví a abrirlos. Miré al señor Stern, las vías y los cables conectados a su cuerpo que lo mantenían con vida. El pitido constante que marcaba su corazón. Rodeé la cama y cogí su mano.

Rogué en silencio que pudiera oírme.

—Al final ha venido, Marek. Ha venido. Ahora tiene que despertar y verla. Ha... ha cambiado mucho, pero sigue siendo ella. —Le di un apretón y aguardé con el deseo de que me lo devolviera. Bajé la voz—: Tiene que ponerse bien. Y quién sabe, quizá usted consiga que me perdone.

6
Darcy

Dicen que el paso del tiempo calma el espíritu y suaviza los bordes más afilados. No es cierto: ocho años más tarde, todo mi ser reaccionó como si miles de aristas lo estuvieran cortando, y dolía.

Salí de la habitación. No miré atrás. No me despedí. Y cada paso que daba me alejaba más de él. Era lo que necesitaba. Distanciarme de una situación que no sabía cómo manejar. Porque encontrarlo allí no tenía lógica alguna. En ningún momento había sido una posibilidad.

Tomé el ascensor. Intenté mantener la calma, concentrándome en mi respiración. La aparición de Declan me había dejado tan bloqueada que aún no había asimilado el momento. Casi me había costado reconocerlo. Estaba tan cambiado.

Después de un par de paradas, las puertas se abrieron en la planta baja y pude salir al vestíbulo. Pensé en ir a la cafetería y comer algo, pero mi necesidad de moverme era mayor que cualquier otra. Salí a la calle y comencé a caminar sin rumbo fijo. Solo quería escapar de allí, de su presencia, de los recuerdos, de la sensación de pérdida asentada en mi estómago que no dejaba de crecer.

Paseé sin más, sin tener que llegar a ningún lugar concreto, y me dediqué a mirar los escaparates de las tiendas y el cielo azul. A sentir el aroma suave y agradable que impregnaba el aire. La alegría por regresar, la nostalgia por un tiempo pasado y la incertidumbre por lo que podía ocurrir se mezclaban en mi interior.

Terminé sentándome en la terraza de una cafetería y pedí un café y un trozo de tarta de zanahoria. Aproveché para encender el teléfono y llamar a mi padre. La conversación solo duró unos segundos.

Después marqué el número de Eliza.

—Por fin, empezaba a pensar que te habían secuestrado o algo así.

—Perdona, fui directa al hospital nada más bajar del avión y no he encendido el teléfono hasta ahora —me disculpé.

—¿Cómo van las cosas por ahí?

—No muy bien, los médicos no creen que vaya a recuperarse.

—¿Entonces...?

—Solo es cuestión de tiempo.

—Lo siento mucho, Darcy. ¿Estás bien?

Parpadeé al notar que las lágrimas se me acumulaban tras las pestañas.

—No lo sé —susurré con una mezcla de tristeza y rabia—. No sé cómo me siento. A ratos, culpable. A ratos, impotente. Ahora que estoy aquí, que lo he visto, es como si... —Cerré los ojos con fuerza y, como un inesperado relámpago en un mar de nubes, lo comprendí—. Eli, creo que me he equivocado durante todo este tiempo, que mi perspectiva no era la correcta. Me aferré a una rabieta que ha durado demasiado tiempo y ahora es tarde para arreglarlo. ¡He sido tan tonta!

—No puedes torturarte con eso, ¿vale?

—Es que he estado tan ciega, tan dolida, que solo pensaba en mí y en mis sentimientos.

—Somos humanos, Darcy, nos equivocamos.

—Lo culpé de forma injusta, lo hice responsable de todo y lo único que conseguí fue alejar de mí al hombre más bueno del mundo. —Me tragué el nudo que me cerraba la garganta—. Ojalá hubiera regresado hace tiempo. Antes de que fuera demasiado tarde... ¿Por qué fui tan necia y orgullosa?

—Darcy, no seas tan dura contigo misma.

Suspiré, me sentía muy perdida. No había nada que pudiera hacer para arreglar las cosas, solo me quedaba pedirme perdón a mí misma por haber sido tan irracional y estúpida. Pero la idea de reconciliarme con mis propios actos no me parecía justa. Ni fácil.

Solté el aire lentamente.

—Ojalá estuvieras aquí.

—No digas eso, me siento fatal por no haber podido acompañarte. Y te echo mucho de menos.

—Y yo a ti. —Sonreí al oír un montón de besos. Casi la veía poniendo morritos con sus labios perfectos. Bajé la voz hasta convertirla en un susurro y me tragué la emoción como pude—: He visto a Declan, estaba en el hospital. Creo que visitando a mi abuelo.

—¿Y cómo ha ido el reencuentro? ¿Sigue vivo? —preguntó como si nada, aunque en su voz se percibía un atisbo de preocupación por mí.

Solté una risita a pesar de la opresión que sentía en el pecho.

—Le he dado las gracias.

Eliza fingió un jadeo.

—¡No! Pobre chico, no deberías haber sido tan dura con él.

Me reí con ella.

—En el hospital me localizaron gracias a él.

—Ya veo... Tiene que haber sido un poco raro veros después de tanto tiempo.

—Ni te imaginas —suspiré.

—¿Y qué tal está?

—Muy cambiado. Más... más adulto. Distinto. No sé... Lo cierto es que no me he fijado mucho. He salido corriendo, Eli. —Me llevé la mano al cuello para intentar mantener a raya todas las emociones que me hacían estremecer—. No estoy preparada para enfrentarme a él y no sé si lo estaré en algún momento.

—Tendrás que hacerlo si quieres pasar página y superar toda esta historia. Él es parte del problema, ¿no? Necesitas saber por qué. Su «verdad».

—Supongo.

De repente, ya no estaba segura de nada. Ni siquiera de mis recuerdos, que de pronto parecían desfigurados.

Mucho tiempo atrás me marché de Tofino a la fuerza. Me arrancaron de mi casa y de todo lo que me importaba, y aquellos a quienes quería me dejaron marchar como quien lanza un barco de papel a un río y se queda mirando cómo se aleja.

En aquel instante solo podía pensar que había vuelto a ocurrir. Lo fácil que parecía despojarse de mí. Y así abandoné Tofino una mañana de diciembre, con un corazón repleto de promesas rotas. Un dolor que mastiqué durante años, preguntándome sin cesar qué tenía yo de malo.

Hasta que un día dejé de hacerlo.

Dejé de pensar y empecé a correr. Me alejé de aquel dolor y de todo lo que pudiera volver a causarlo. Corrí sin descanso, huyendo de mí misma sin entender que eso era imposible. Y nunca me detuve. Ni por mi familia, ni por mi trabajo, ni siquiera por Andrew.

No sirvió de nada.

Daba igual cuánto intentase alejarme. Nunca logré avanzar en línea recta, solo en círculos. Sobre mis pasos, de vuelta al principio.

Al mismo lugar.

A las mismas personas.

A él.

Cada vez que su imagen se colaba en mi mente, sentía que algo me apretaba los pulmones hasta dejarme sin aire. Me daba miedo remover sentimientos que quería mantener enterrados. Descubrir si continuaban allí, intactos, o si habían cambiado.

Miedo a su respuesta si finalmente le preguntaba por qué.

Qué pasó con lo que prometimos, con todo lo que nos dijimos.

Qué fue de verdad y qué no.

Si fue sincero en algún momento.

Miedo a confirmar una certeza.

—Darcy, ¿sigues ahí?

La voz de mi amiga me trajo de vuelta al presente.

—Sí, pero tengo que dejarte. He salido un momento y debería regresar, por si, ya sabes... Por si...

No lograba enfrentarme a esa idea.

—Lo entiendo —dijo Eliza—. Llámame cuando te sea posible, ¿vale? Ojalá pudiera estar ahí contigo.

—Ojalá —suspiré—. Te llamaré. Adiós, Eli.

Volví al hospital un poco más calmada.

Recorrí el pasillo hacia la habitación de mi abuelo, pensando en si mis cimientos serían lo bastante fuertes para enfrentarme a todo lo que estaba por venir. Nunca había afrontado nada parecido. Tan definitivo.

Miré a ambos lados y sentí un pellizco de congoja. Había muchas puertas. Demasiadas. Una al lado de la otra y tras ellas había personas. Gente enferma que sufría.

Así es la vida. Es lo que suele decir todo el mundo.

Pero esa parte de la vida no me parecía justa. Nunca lograría entenderla.

Me detuve en seco cuando el atisbo de una imagen tomó forma en mi retina. Di un par de pasos atrás y miré dentro de la habitación que había a mi izquierda. Parpadeé, confundida. Declan se encontraba sentado en una silla junto a la cama donde yacía una persona conectada a un montón de cables y monitores. Tenía los ojos cerrados y sostenía la mano de esa persona entre las suyas contra su mejilla.

Entré, no pude evitarlo. Di un paso al frente, y luego otro. Algo me apretaba el corazón y no podía apartar la vista de aquel cuerpo que yacía sobre la cama. Avancé hacia él.

Tragué saliva y mis ojos lo recorrieron desde los pies cubiertos por una sábana hasta el rostro. Me costó reconocerlo entre todo aquel pelo largo que se esparcía sobre la almohada y el tubo que le salía de la boca. Me estremecí al darme cuenta de quién se trataba.

¡Era Harvey!

La pena y el desconcierto me inundaron tan rápido que no pude reprimir mis palabras.

—¿Qué le ha pasado?

Declan dio un respingo y abrió los ojos. Lo último que esperaba era encontrarme allí. Soltó la mano de Harvey con cuidado y se puso en pie mientras se frotaba la nuca. Encogió los hombros.

—Tuvo un accidente de tráfico. Se dio un golpe muy fuerte en la cabeza y quedó en coma.

Tragué saliva y mis ojos abandonaron los suyos para contemplar a Harvey. Me parecía mentira verlo allí, en aquellas condiciones. Harvey. Mi Harvey. O al menos lo fue durante un tiempo. Mi amigo.

—Se va a poner bien, tranquila —susurró Declan.

—¿De verdad? —pregunté esperanzada.

—Sí, despertará en cualquier momento. —Sonrió—. Está mejor, aunque no lo parezca.

Yo también sonreí, aferrándome a su confianza.

Declan se inclinó sobre su hermano y le colocó bien el pelo. Hizo otro tanto con las sábanas. Después tomó de la mesa una gasa y le limpió las comisuras de los labios. Yo lo observaba sin parpadear y algo en su ternura y en la forma de mirarlo me conmovió tanto que noté que se me cerraba la garganta.

Apartó sus ojos de Harvey y los clavó en mí.

Nos miramos en silencio.

Mi alma se retorcía dentro del pecho. Aún recordaba con nitidez aquel último día. El dolor que sentí. Mi corazón roto. Sus pedazos en mis manos cuando lo comprendí. Y aun así lo había echado de menos durante mucho tiempo, hasta que conseguí adormecer ese sentimiento y cubrirlo de otra cosa.

Ahora estábamos frente a frente y no sabía cómo me sentía. No encontraba la rabia, el despecho ni tampoco el odio, solo un ligero regusto a enfado. Sí notaba la pena, las dudas, el miedo... Miedo a las emociones que podrían ocupar el espacio de esas otras bajo las que me había escondido para sentirme a salvo. Insensible. Fría. Abrazada al olvido.

Y no sabía si todo aquel enredo se debía a mi nueva conciencia sobre otro tipo de abandono. Uno más permanente, al que cualquiera de nosotros podemos enfrentarnos, al que obliga la muerte. Ante esa inmensidad, todo lo demás perdía importancia.

Mi abuelo y Harvey se encontraban al borde de ese vacío, y caer en él parecía tan efímero y casual como la suerte durante una partida de dados.

Tan fácil que no era justo.

Era aterrador. Tanto como la rapidez con la que mis ideas y sentimientos se desmontaban, caían y dejaban de tener importancia.

Las personas van y vienen, entran y salen, se marchan y te abandonan. Te traicionan. Ocurre todo el tiempo. Pero no desaparecen, no realmente, solo van a otra parte. Donde quizá ya no te recuerden, pero siguen ahí y siempre cabe la posibilidad de que algún día nuestros pasos se crucen de nuevo.

Pero la muerte...

La muerte no tiene opciones ni posibilidades. Llega, se

marcha y solo te deja instantes, recuerdos, sentimientos; y depende de nosotros qué contendrá esa maleta invisible con la que cargaremos después. De nosotros depende su peso. Porque entre la añoranza y el arrepentimiento hay todo un mundo.

Tomar conciencia de tal realidad me abrumó por completo.

Miré de nuevo a Harvey y me incliné hasta que mis labios rozaron su oído.

—Aún me debes una película —le susurré.

7
Darcy

Octubre de 2006.

Doce años.

Corría el mes de octubre en Tofino y el otoño se asentaba con el transcurso de los días. Aquella tarde, un cielo encapotado lo cubría todo hasta donde me alcanzaba la vista y una densa niebla se alzaba alrededor del bosque. Me abroché la cazadora y salí al jardín. Me gustaba pasear por la playa después de que bajara la marea y observar las estrellas de mar que aparecían sobre la arena.

—Darcy, no te alejes demasiado —me pidió el abuelo desde la ventana de la cocina.

—Vale.

—Y recuerda que debes terminar todos los deberes de cálculo.

—Los haré antes de la cena, prometido.

Mi abuelo había logrado que me admitieran en la Escuela Comunitaria de Wickaninnish, el único colegio de la ciudad. El día que comenzaron las clases, salí de casa muerta de miedo. Por primera vez me preocupaba no encajar y convertirme en una de esas marginadas sociales de las que todos se burlan y que acaban comiendo solas en un rincón.

A la hora del almuerzo, todos mis terrores se disiparon cuando Sloane Mosby se acercó a mi mesa para hablar conmigo. Desde ese mismo instante, esa chica de largos tirabuzones dorados se convirtió en mi mejor amiga y nos hicimos inseparables.

Recorrí el sendero, alcancé el acantilado y lo bordeé con cautela hasta una escalera natural que la erosión había creado en la roca. Al llegar abajo, me quité las zapatillas y guardé los calcetines dentro. La arena húmeda se coló entre los dedos de mis pies.

Me encaminé a la orilla, adaptándome a la fría temperatura, y no tardé en encontrar la primera estrella en una diminuta poza junto a unas rocas. Me arrodillé y hundí las manos en el agua formando un cuenco. Jugué durante un rato con ella hasta que un crujido a mi espalda distrajo mi atención.

Me di la vuelta y me encontré con un chico que me observaba a través de una cámara de vídeo. No necesitaba verle la cara para saber que se trataba de Harvey Leblond.

Harvey iba a mi clase. Aun así, nunca había hablado con él. Siempre se sentaba en la última fila y pasaba más tiempo garabateando dibujos en su cuaderno que prestando atención a lo que nos explicaba la señorita Presley desde la pizarra. Casi siempre estaba solo y no sonreía muy a menudo. Tenía un aire atormentado, un tanto rebelde, como esos chicos tristes que aparecen en las series de adolescentes.

—Es de mala educación espiar a las personas —protesté con un gruñido.

—No te estoy espiando.

Lo fulminé con la mirada y me crucé de brazos.

—Pues es de mala educación grabar a otras personas sin su consentimiento.

Harvey bajó la cámara y le colocó la tapa al objetivo. Me miró con una mezcla de superioridad y condescendencia.

—Estoy haciendo una película.

—¿Una película?

—Ajá.

—¿Sobre qué?

Él sonrió con una mueca divertida.

—Aún no lo sé.

—Eso no tiene ningún sentido.

Se colocó a mi lado y le echó un vistazo a la poza.

—La verdad es que solo practico. Estoy aprendiendo a buscar planos y esas cosas. Pero algún día rodaré una película. Haré cine, como Steven Spielberg. —Lo miré con suspicacia y él cambió de postura—. Piensas que es una tontería.

De repente, parecía menos seguro. Me fijé en él con más atención. Tenía el pelo rubio y los ojos grises. Unos ojos memorables que brillaban como si algo los iluminara desde dentro. Empecé a entender el motivo por el que la mitad de las chicas de nuestro colegio suspiraban por él.

—¡No, qué va! Creo que es guay.

—¿De verdad? —Me miró esperanzado.

—¡Sí!

Entrecerró los ojos y se apartó el pelo de la frente.

—Pues eres la única. Todo el mundo cree que es una pérdida de tiempo.

—Suerte que algún día podrás demostrarles que se equivocan.

Me dedicó una sonrisa genuina que me hizo enrojecer por un momento.

—Darcy, eres un poco rara. Sin ánimo de ofender.

—Me han dicho cosas peores. —Fruncí el ceño—. Sabes cómo me llamo.

—Todo el mundo sabe cómo te llamas. Además, vamos a la misma clase y es imposible no prestar atención a la voz chillona de la señorita Presley cuando pasa lista. Parece que tiene un megáfono pegado a la boca.

Se me escapó una risita. Harvey era simpático y empezaba a caerme bien.

Un escalofrío me recorrió la espalda y se me puso la piel de gallina. Se me estaban congelando los pies. Fui en busca de mis zapatillas y él me siguió.

—¿Es cierto lo que dicen?

—¿Qué? —pregunté desconcertada mientras me ataba los cordones.

—Que tus padres murieron en un accidente cuando huían después de atracar un banco.

Lo miré con incredulidad. No tenía ni idea de que la gente hablara a mis espaldas, y menos con teorías tan disparatadas. Casi me hizo gracia.

—Ojalá, al menos así mi vida sería más interesante. Hasta tú podrías hacer una película sobre ella. —Arrugué la nariz—. ¿De verdad dicen eso?

Harvey asintió muy serio.

—Entonces, ¿no es cierto?

Me quedé sentada en la arena, observando cómo un águila calva se acicalaba las plumas sobre una roca.

—¡No! ¡Menudo disparate! Mi padre conoció a otra mujer cuando yo era pequeña y nos abandonó a mamá y a mí. Y ella... ella también se marchó, aunque me alegro de que lo hiciera. Me dejó aquí, con mi abuelo, y me encanta vivir con él. —Me encogí de hombros y una confesión inesperada escapó de mis labios—. Aunque a veces los echo de menos, y eso me enfada. Se han deshecho de mí y yo me siento estúpida por no poder evitar pensar en ellos.

Harvey se sentó a mi lado. Cogió un puñado de arena húmeda y comenzó a moldearla con las manos.

—Yo echo de menos a mi padre y eso también me cabrea.

—¿Se marchó?

—Sí, pero de otro modo. Murió hace poco.

No esperaba esa respuesta.

—Lo siento mucho.

—No pasa nada.

—¿Qué le ocurrió?

—Tuvo un accidente en la serrería donde trabajaba. Unos troncos se soltaron y le cayeron encima. Lo aplastaron. —Un rayo de sol asomó tímidamente por detrás de las nubes e iluminó su pelo hasta hacerlo parecer casi blanco. Continuó—: Aquel día libraba. Debería haberse quedado en casa, pero un amigo le pidió que le cambiara el turno y él aceptó. Por eso me cabreo cuando lo echo de menos, porque si se hubiera negado... —Lanzó la bola de arena con todas sus fuerzas—. Por su culpa tuvimos que dejar nuestra casa y venir a vivir con la abuela, para que ella cuide de nosotros mientras mamá trabaja de camarera en uno de esos barcos de vacaciones que dan la vuelta al mundo.

Me quedé sin palabras. Entendía esa rabia que se percibía en sus gestos, la angustia tras su sonrisa. Después de todo, Harvey y yo nos parecíamos más de lo que ninguno había imaginado.

—La vida es un asco —me reí nerviosa a su lado.

—Y que lo digas. Para colmo, Declan se pasa todo el día dándome órdenes, como si tuviera derecho a hacerlo.

—¿Quién es Declan?

—Mi hermano mayor. Tiene catorce, pero se comporta como si tuviera cuarenta. Es un incordio.

—A mí me habría gustado tener un hermano... o una hermana.

—No te pierdes nada, créeme.

Nos quedamos en silencio. Una bandada de pájaros echó a volar sobre nuestras cabezas y la observamos durante un rato mientras danzaban en el cielo con tal sincronización que parecían uno solo. Lejos de sentirme incómoda, la sensación de estar allí, los dos solos, era agradable. No es que Harvey me gustara, no me interesaban los chicos en ese sentido, pero había notado una conexión entre nosotros al compartir nuestras desdichas. Algo que aún no había logrado hacer ni siquiera con Sloane.

Lo miré de reojo mientras limpiaba con su camiseta la lente de la videocámara.

—Si es para practicar, puedes grabarme siempre que quieras, no me importa —dije un poco avergonzada.

—Bueno, no sé si eres tan interesante y las cintas de vídeo cuestan una pasta.

—¡Eh!

Le di un codazo en las costillas y él se echó a reír con ganas.

—Darcy, es hora de volver a casa —me llamó mi abuelo desde la cima de la escalera.

Me puse en pie y me sacudí la arena que se me había pegado al trasero.

—Tengo que irme.

Harvey me sonrió e hizo con la mano un gesto vago a modo de despedida. Comencé a ascender con cuidado de no resbalar con el agua que se adhería a la piedra recubierta de musgo.

—Eh, Darcy. —Miré abajo y vi que Harvey volvía a grabarme con su cámara—. Si quieres, podemos quedar mañana después de las clases. Conozco un sitio donde las estrellas de mar se pueden contar por docenas.

Sonreí de oreja a oreja, no pude evitarlo.

—Claro, por qué no.

—Entonces..., hasta mañana, Darcy.

—Hasta mañana, Harvey.

8
Declan

—¡No!

—Declan...

—No, y deje de insistir, porque no voy a cambiar de opinión.

El doctor Simmons se quitó las gafas y se frotó el puente de la nariz antes de volver a ponérselas. Me miró sin disimular su exasperación. Yo también estaba exaltado. Habíamos tenido aquella conversación un millón de veces en los últimos meses y ninguno de los dos cedía un ápice.

—Sé que es duro —comenzó de nuevo. Puse los ojos en blanco y apreté los dientes para no darle el puñetazo que tanto deseaba—. Pero no puedes dejarte llevar por tus sentimientos, debes pensar en lo mejor para él.

—Lo mejor para él es seguir donde está.

—Es cruel, Declan.

—¿Y lo que pretende no es cruel? Puede que usted haya perdido la esperanza, pero yo no. Tengo fe en él.

—Él ya no está.

—Está ahí dentro, en alguna parte. Y sé cómo hacerle volver.

El médico suspiró y sacudió la cabeza como si confirmara

que yo había perdido el juicio. Puede que sí, yo mismo dudada a veces. Sin embargo, mi esperanza era mayor que cualquier locura.

—Tu madre está de acuerdo. Ella ha aceptado...

—Deje a mi madre al margen. Yo soy el único responsable legal de Harvey y quien toma las decisiones respecto a él. Y mi respuesta sigue siendo no. ¡No! ¿Lo comprende? —El doctor Simmons bajó la mirada y asintió—. Pues no vuelva a sacar el tema, por favor. Solo... solo sea un poco más humano.

—Aunque te cueste creerlo, eso es lo que intento, Declan. Eso es lo que intento.

Dio media vuelta y salió de la habitación.

Me quedé mirando la puerta, temblando. Se me escapó un sollozo mientras acercaba la silla a la cama todavía más y me sentaba. Apoyé la frente en el brazo de Harvey y cerré los ojos.

—Por favor, Harvey, por favor. Te prometo que la encontraré, pero... vuelve.

Después rogué en silencio que pudiera oírme.

9
Darcy

Hay dos tipos de ciegos. Uno es el que no puede ver, y el otro es el que no quiere.

El primero es inevitable. El segundo es incomprensible.

Yo no había querido ver durante ocho años. Por orgullo y obstinación. Por esa rabia que me mantuvo alejada durante tanto tiempo a la espera de una disculpa. Sin ser consciente de que esa persona quizá no sintiera que debía justificarse.

Puede que esa persona también hubiera estado a la espera de algo por mi parte.

Una llamada.

Una visita.

Una explicación.

Puede que también se hubiera sentido abandonada.

Pero ya era tarde para ponerle remedio.

Ya no quedaba tiempo para las miradas, los momentos y las palabras.

Solo piel con piel.

Mi mano sosteniendo la suya.

Intentando mantenerme anclada a él a través de ese contacto.

Clavando de nuevo mis raíces en la tierra para recordar quién era. Quiénes éramos.

Me llevé su mano a la mejilla y cerré los ojos. Quizá no pudiera oírme, pero era posible que pudiera sentirme. Si le ponía empeño, si lo intentaba con todas mis fuerzas, quizá pudiera decirle de otro modo cómo me sentía. Cuánto lo sentía.

Eso hice. Empujé mis pensamientos a través de mi cuerpo, mis sentimientos hasta donde sus dedos se unían a los míos, y le hablé.

10
Declan

—¿Puedo pasar?

—No creo que sea una buena idea, Sloane.

—Solo un rato. Te lo prometo. Mi madre tiene una cita en casa y no me apetece estar allí. Por favor.

Vivíamos en un bucle sin fin del que estaba cansado. Muy cansado.

—Vale —cedí.

Me hice a un lado y dejé que entrara en casa. Se dirigió al salón y yo la seguí un poco incómodo con aquella rutina. Porque se trataba de eso, de una rutina que habíamos adoptado: ella aparecía en casa a última hora, fingíamos hacer algo juntos como ver la tele y después acabábamos en mi cama. Al principio por sexo, supongo, después derivó hacia algo más complejo, menos real. A sensaciones efímeras que aliviaban esa soledad que ambos sentíamos, como mi brazo rodeando su cintura y su cuerpo buscando el calor del mío mientras dormíamos.

Cuando comenzamos, nos sosteníamos el uno al otro. Ahora estábamos sujetos como una cadena a un ancla, y nos hundíamos.

Sloane se sentó en el sofá y me miró con ojos brillantes.

—¿Cómo está Harvey?

—Sin cambios.

—Se pondrá bien. Estoy segura.

Asentí con una leve sonrisa. Sloane era la única persona en el mundo que compartía mi fe hacia mi hermano. Esa era una de las razones que me habían hecho acercarme a ella. Su apoyo. Sentir que tenía un aliado en aquella batalla contra el mundo y la propia vida. Un amigo que me decía justo lo que necesitaba oír. Lo que quería oír.

Qué duro resulta descubrir el peligro que encierran esas voces.

—¿Qué estabas haciendo? —me preguntó mientras miraba a su alrededor.

—Nada, limpiar un poco, poner lavadoras...

—Puedo ayudarte, si quieres.

Negué con un gesto.

—Ya he terminado. La verdad es que iba a prepararme un té y a leer un rato antes de dormir.

—¿Y si cambiamos el té por algo más fuerte y el libro por una peli? Aún es temprano —sugirió con un brillo de esperanza en la voz.

—Sloane, estoy cansado y debo madrugar.

Se puso en pie y vino hacia mí con una enorme sonrisa, haciendo caso omiso a mi negativa.

—Tienes permiso para dormirte cuando quieras. —Se inclinó con intención de besarme en los labios, pero yo ladeé la cabeza y su boca apenas rozó mi mandíbula. Sus ojos grises se oscurecieron un poco y se llenaron de decepción y tristeza—. No te muevas de aquí, voy a preparar algo de beber.

La observé mientras desaparecía en la cocina y me asaltó la habitual punzada de culpabilidad. Volvió poco después con un par de copas de vino y las dejó sobre la mesa auxiliar. Se sentó en el sofá y me pidió con un gesto que fuese a su lado. Lo hice.

Se acurrucó junto a mí y soltó un suspiro. Yo me sentí un

mierda por dejarme arrastrar de nuevo por esa inercia que habíamos creado.

Ella quería estar conmigo.

Yo no quería estar solo.

Ella buscaba algo que no podía darle.

Yo me dejaba querer aun sabiendo que era egoísta por mi parte.

Dos corazones tristes y cobardes.

Sloane encendió la tele con el mando, accedió a mi cuenta de Netflix y seleccionó una película de estreno. Una comedia romántica.

—¿Sabes? Hoy, en la cafetería, la gente ha estado hablando del señor Stern —empezó a contarme.

Aparté la vista de la pantalla y la miré de soslayo. Pensé de inmediato en Darcy y se me aceleró el corazón. Había logrado alejarla de mi mente unos diez minutos. Todo un récord, ya que no había hecho otra cosa que visualizarla en mi cabeza una y otra vez desde nuestro encuentro.

—¿Qué decían?

—La gente se pregunta qué pasará con su casa y sus cosas. Como no tiene familia.

Gruñí por lo bajo, molesto, y salté sin poder evitarlo:

—Sigue vivo, Sloane. Me parece de mal gusto que esa gente hable así de él. Es nuestro vecino, lleva aquí más de cincuenta años.

—Lo sé.

—Pertenece a esta comunidad y siempre ha sido bueno con todo el mundo. Se merece respeto.

—Por supuesto, eso es lo que yo les he dicho.

—Además, sí tiene familia.

Noté como Sloane se tensaba junto a mí. Puso la mano en mi pierna y me dio un apretón cariñoso.

—¿Sabes qué? Olvida el tema y veamos la peli, parece divertida.

Pero ya era tarde. En las últimas horas habían pasado

muchas cosas. Inesperadas, cruciales y difíciles de ignorar. Entre Sloane y yo hubo desde el principio una especie de acuerdo tácito que nos hizo guardar silencio sobre ella. Sloane por sus motivos, y yo por los míos. Un acuerdo que ya no me era posible mantener.

—He visto a Darcy —confesé—. Esta mañana, en el hospital. Ha regresado para estar con su abuelo.

Sloane se estremeció y durante un largo instante no dijo nada. Solo respiraba.

—¿Va a quedarse?

—No lo sé.

—¿Y tú quieres que se quede?

—Tampoco lo sé.

Se sentó derecha y cruzamos la mirada. En sus ojos vi confusión y dolor.

—Por eso quieres romper conmigo, porque ella ha vuelto.

—Vamos, sabes que eso no es cierto. Darcy solo lleva unas horas en la isla y hace meses que intento romper esta inercia que tú y yo arrastramos. —Se puso de pie y se alejó de mí—. Han... han pasado ocho años desde que se marchó.

Se plantó frente a la ventana y me miró por encima del hombro.

—Os queríais.

—Solo éramos unos críos y hace mucho de todo eso.

—¿Vas a decirme que no has sentido nada al verla de nuevo?

Inspiré hondo. Pensativo. Incómodo. Nervioso. Ver de nuevo a Darcy me había alterado por completo.

—Te mentiría si dijera eso.

Se quedó callada, mirando el exterior a través del cristal mientras se abrazaba los codos. Suspiró y el silencio se alargó dejando atrás los minutos.

—¿Por qué no has logrado quererme? —soltó de repente.

—Tú me importas, Sloane.

—No te he preguntado eso.

Me pasé ambas manos por el pelo y tiré de algunos mechones con frustración. Cada día que pasaba me sentía más y más acorralado, presionado por unas expectativas que jamás podría cumplir. Por una resistencia que no lograba vencer, no sin ser duro. Sin comportarme como un capullo. Y no quería hacernos eso.

—Lo he intentado, de verdad que lo he intentado, pero... ¡no lo sé!

—Yo creo que es por ella. Nunca la has olvidado.

—¡Joder!, qué equivocada estás.

Se giró hacia mí con lágrimas en los ojos y el labio temblándole, y se me encogió el estómago al verla así.

—¿De verdad? ¿Cuántas relaciones has tenido hasta ahora? ¿Y cuántas han funcionado? Yo te lo diré, cero. Ninguna chica será lo suficientemente buena para ti, porque es imposible superar esa imagen idealizada que siempre has tenido de ella.

Me puse en pie. Un poco enfadado, un poco frustrado. Solo tenía veintiséis años y los últimos doce los había pasado cuidando de mi familia. Preocupándome por mi abuela, por mi madre y por Harvey, sobre todo por Harvey. Mi vida y yo no éramos un buen partido para nadie, era consciente y actuaba en consecuencia. Siempre de frente, sin promesas.

Darcy no era la causa de mi incapacidad para salir con otra chica. «¿O sí?» Aparté esa duda con la misma rapidez que había aparecido.

—No tienes ni idea, Sloane.

—No sé, quizá sea algo bueno que haya vuelto. Puede que así descubras que no es tan perfecta como piensas.

No era ella, sino el despecho el que hablaba con esa cínica ironía.

—Eras su mejor amiga —le recordé.

Me miró dolida.

—Pues ella lo olvidó con bastante facilidad.

Sacudí la cabeza. No quería darle más vueltas a aquello. No las tenía. Me dolía ver a Sloane de ese modo, y puede que toda la culpa fuese solo mía. Por haber sido egoísta con ella. Por no haberme fijado en las señales. Por todo.

Di un paso adelante. La cogí de la mano y tiré de ella hasta acercarla a mí. Le di un beso en la frente.

—Lo siento, nunca he querido hacerte daño.

—Pero me lo estás haciendo.

—Nunca te mentí ni te prometí nada.

Sollozó.

—Lo sé, pero me he enamorado de ti y no sé cómo dejar de quererte.

Tragué saliva. Era la primera vez que me lo decía de una forma tan directa.

—Haz lo que tengas que hacer, lo entenderé. Pero me gustaría que continuáramos siendo amigos y que vengas aquí cada vez que necesites escapar de casa. Mi puerta siempre estará abierta para ti.

Alzó la barbilla y me miró con los ojos húmedos.

—Pero no tu corazón.

—Eso también, como ami...

—No lo digas... Es tan patético y humillante escucharlo.

Se sorbió la nariz, zafándose de mí.

—Será mejor que me marche.

—Sloane, si no quieres volver a casa con tu madre, puedes quedarte. De verdad, creo que somos capaces de gestionar esto.

—El tipo con el que ha quedado es idiota.

—¿No lo son todos? —apunté con humor para aligerar el ambiente.

Su sonrisa se hizo más amplia.

Pero no se quedó.

Y yo, en el fondo, me sentí aliviado.

11
Darcy

Mi abuelo murió al día siguiente, al amanecer.

Cuando las primeras luces iluminaban las paredes con una claridad anaranjada, los latidos de su corazón se ralentizaron hasta detenerse. Y la experta en camuflar sus sentimientos, en fingir que no pasaba nada, se derrumbó.

Rota.

El dolor me dejó sin aire, aunque no fui capaz de llorar.

Me ardía el pecho. Era la primera vez que me enfrentaba a la muerte de alguien, y esa persona era importante para mí. No había sido consciente de cuánto hasta ese momento crítico en el que ya no había retorno.

—¿Sabe? Creo que la estaba esperando —me dijo su médico.

Lo miré a los ojos con un destello de esperanza y él me sonrió. Quise creerlo y me aferré al consuelo de esa idea.

12
Declan

La luz de mis faros atravesó las sombras del amanecer.

El sol estaba a punto de aparecer en el horizonte y todas las señales anunciaban un día soleado y con viento, perfecto para hacer surf. Sobre el salpicadero llevaba un horario impreso con las actividades que tenía programadas para la mañana. Le eché un rápido vistazo y comprobé que no tenía la primera clase hasta las diez.

Aunque tendría que compararlo con el que Will actualizaba y colgaba cada noche en el tablón, por si había algún cambio de última hora.

Me detuve en el Coffee Roasting y pedí un americano largo para llevar. Después regresé a la furgoneta y conduje hasta Surf Storm mientras bebía a pequeños sorbos el líquido caliente. Aparqué en la puerta y me quedé unos segundos con el vaso de papel en la mano y el motor en marcha, mirando por la ventanilla cómo el viento sacudía los árboles, sin dejar de pensar en ella, en si volvería a verla.

Encontrarla de aquel modo tan inesperado había hecho que el pasado volviese a mí con la fuerza de un tsunami. Una enorme ola cargada de recuerdos, hasta entonces adormecidos, me había golpeado haciendo que lo reviviese todo con intensidad.

Ocho años sin saber de ella y, de repente, la idea de que pudiera desaparecer de nuevo me resultaba insoportable.

Contemplé la columna de vapor que ascendía del café. Me pregunté qué habría sido de su vida todo este tiempo atrás. Intenté imaginarla cumpliendo sus sueños, viajando como siempre había deseado, graduándose en una escuela de arte. Ilustrando. Exponiendo sus dibujos. Saliendo con sus amigos. Puede que con alguno en especial. Dejé de divagar en cuanto mi mente la vio entre otros brazos, porque me jodía. Me jodía demasiado.

Unos golpes en la ventanilla me sobresaltaron.

—¿Piensas quedarte ahí todo el día?

Puse los ojos en blanco y apagué el motor, después salté de la furgoneta y seguí a Will hasta la entrada. Mientras él encendía las luces y ponía en marcha el sistema de climatización, yo hice lo mismo con la cafetera y los ordenadores. Cinco minutos después, estábamos listos para abrir.

Cameron cruzó la puerta con los auriculares puestos y me saludó con la mano. Llevaba trabajando con nosotros poco más de un año y se encargaba de que todo el material que se necesitaba para las clases y las excursiones estuviera siempre a punto. También guiaba algunos avistamientos de ballenas y paseos.

Se plantó delante del tablón para los empleados.

—¿Y los horarios? —preguntó.

Levanté la vista de la caja de cera para agua fría que acababa de abrir y observé el tablón.

—¡Will! —grité para que pudiera oírme desde el almacén—. ¿Y los horarios?

—También faltan los listados de los grupos, ¿cómo demonios vamos a organizar a la gente sin las listas? —comentó Cameron.

Will apareció cargando con una caja de bebidas isotónicas y la dejó sobre el mostrador. Sus ojos negros lanzaban rayos mientras nos miraba con los labios apretados.

—No hay horarios ni listas porque la puta impresora no tiene tinta. ¡Hace días que vengo diciendo que nos estábamos quedando sin tinta! —exclamó.

—También dijiste que te ocuparías tú de hacer ese pedido —le recordé.

—Y lo habría hecho si no hubiera estado liado renovando el seguro de accidentes y todos los putos permisos. Pagando las facturas atrasadas y los nuevos pedidos que también tuve que hacer yo.

—Eh, a mí no me mires. Ni siquiera me dejáis contar las propinas —saltó Cameron.

—¿Qué pasa? —Sky acababa de entrar por la puerta y nos contemplaba como si fuésemos asesinos en serie a punto de atacarla—. Sea lo que sea, no es culpa mía.

Will resopló con las manos en las caderas.

—Despedidos, todos.

Sacudí la cabeza y lo ignoré. Will nos despedía una media de cuatro veces al día. El doble en un día malo. Saqué unos folios del interior de la impresora y abrí en el ordenador el listado de clientes y actividades para ese día. Comencé a copiarlos a mano.

—Así tardarás una eternidad —se quejó Cameron.

—¿Se te ocurre algo mejor? Estoy abierto a tus brillantes sugerencias.

—Como la de poner miel para concentrar y alejar a las abejas —se rio Sky a la vez que se recogía sus rizos cobrizos en una coleta.

Cameron se giró hacia ella, ofendido.

—Pues funcionó, se alejaron del campamento y no molestaron a los clientes.

Me mordí el labio para no echarme a reír.

—Y aparecieron los osos y casi nos quedamos sin clientes.

El chico se encogió de hombros.

—Bueno, solo fue un pequeño detalle que no tuve en cuenta.

Sky rompió a reír con ganas.

—¿Pequeño? ¿En serio? Aquel macho pesaba al menos doscientos kilos.

Devin, el otro piloto y último miembro en incorporarse a nuestra extraña familia, cruzó la puerta mientras mordía una hamburguesa.

—¿De verdad estás desayunando eso? —preguntó Sky sin disimular su rechazo.

—Te desayunaría a ti, si me dejaras.

—Eres idiota —replicó ella.

—Pero te gusto.

La pillé sonriendo, completamente roja. Entre aquellos dos saltaban chispas.

Vi que Will desaparecía de nuevo en el almacén. Le hice una señal a Cameron para que continuara con mi tarea y fui en busca de mi amigo. Lo encontré desembalando los nuevos trajes de neopreno para niños.

—¿Estás bien? —le pregunté. Asintió sin mirarme. Inspiré hondo y me agaché a su lado para echarle una mano—. Will, ¿cuándo va a volver Rose? Porque lleva fuera una semana y esto es un caos, tío. Y no sé, pero si aún sigue con gripe, quizá debamos buscar a alguien para que la reemplace durante unos días con todo el papeleo, el teléfono, la tienda. Ya sabes, todas esas cosas que hace ella. ¿Qué te parece?

—Me parece bien.

Me detuve un momento. ¿Acababa de darme la razón a la primera? ¿Sin discutir? ¿Sin montar un drama ni despedirme? Me puse en pie y lo miré confundido. Puede que fuese un capullo, y lo era, pero también era mi mejor amigo desde el colegio.

—Vale, cuéntame qué te pasa —dije en voz baja para que nadie pudiera oírnos.

Will se pasó la mano por el pelo con un suspiro antes de ponerse en pie. Se enderezó y, con la vista clavada en el suelo, dio una patadita a una bola de corcho blanco.

—Rose no tiene gripe. Dije eso porque fue lo primero que se me ocurrió.

—¿Y qué le pasa? ¿Es grave?

—Ha dejado el trabajo porque ya no salimos juntos. Discutimos y decidimos romper la relación.

—¡Mierda! Lo siento mucho, tío.

—No pasa nada. Las cosas ya no funcionaban entre nosotros. Creo que nunca lo han hecho.

Me miró y esbozó una sonrisa tristona. Puse una mano en su hombro y le di un apretón.

—Lo siento —repetí sin saber qué más decir. Nunca se me habían dado bien las palabras, y menos hacer aquello, consolar a un amigo, hablar de sentimientos y esas cosas—. ¿Qué pasó?

—Piensa desde hace tiempo que hay otra persona entre nosotros y eso nos estaba minando.

—¿Y la hay?

—¡No! Nunca le he sido infiel, no... con actos. —Alcé una ceja—. Quiero decir que... nunca he tonteado ni me he acostado con otra estando con Rose. ¡Jamás le haría eso! Pero... en cierto modo tiene razón.

—Entonces, sí hay otra. —Asintió—. ¿Quién?

—Eso no importa. Nunca se ha fijado en mí y dudo que lo haga algún día. Pero yo estoy colgado de ella desde hace mucho y creo que siempre lo estaré. No puedo quitármela de la cabeza y cada vez que la veo es como si... alguien me estuviera aplastando el pecho.

Cerré los ojos un momento; me sentía mal por no haberme dado cuenta de la tormenta que Will arrastraba, y tuve la sensación de que no era algo reciente.

Era un pésimo amigo. Vivía tan inmerso en mi propio mundo, sin mirar más allá de mi ombligo, sin reparar en el dolor que sentían los demás, que a saber qué más cosas habría pasado por alto. No solo con Will, sino con todas las personas que me rodeaban. En el día a día de un pueblo que funcionaba como una gran familia, y del que yo formaba parte desde siempre.

—¡Joder, Will, no tenía ni idea!

—No te preocupes, colega, estoy bien. —Sonrió y me dio un golpe en el estómago—. ¿Y tú qué tal? Hace tiempo que no hablamos.

—Hablamos todos los días, para mi desgracia —bromeé.

Will soltó una risita.

—Ya sabes lo que quiero decir.

Asentí lentamente y se me aceleró un poco el pulso. Hablar de mí tampoco se me daba bien. Nos miramos y mi expresión era tan sombría como la suya.

—¿Te acuerdas de Darcy?

Frunció el ceño y vi cómo rebuscaba entre sus recuerdos.

—¿Te refieres a Darcy, tu Darcy? —Hice un gesto afirmativo con la cabeza—. Sí, claro que me acuerdo. Pero hacía mucho que no pensaba en ella. Llevabas años sin mencionarla.

—La vi ayer, en Victoria. Vino a visitar a Marek.

—¡Vaya! —susurró.

Mis labios se curvaron en una mueca.

—¡Vaya! —repetí.

—¿Sabes? Nunca me contaste qué pasó entre vosotros. Porque pasó algo, ¿verdad? Antes de que se fuera. Dejaste de ser tú en aquel momento.

«Ni a ti ni a nadie», me dije a mí mismo. Apoyé la espalda en la columna que sobresalía de la pared. Me quedé callado unos instantes hasta que conseguí que me saliesen las palabras.

—Digamos que... le hice creer que no me importaba —confesé por primera vez.

—¿Por qué?

Negué con un gesto.

—En aquel momento pensé que hacía lo mejor para todos. Ella se fue y... todo terminó.

—Pero ahora ha vuelto.

Inspiré hondo y me froté la nuca.

—Ha vuelto, y me gustaría hablar con ella y explicarme. Disculparme, pedirle perdón, no sé. Quizá sea la única oportunidad que tenga para arreglar las cosas.

—¿Te refieres a volver con ella?

—Dudo de que esa posibilidad exista. Ni siquiera sé si toda esta mierda que siento desde ayer tiene algo que ver con eso, con que aún la quiera. Estoy hecho un lío, Will. Puede... puede que ya esté en un avión de regreso a su casa y la verdad es que esa idea me duele. Pero que se quede me da miedo, porque... porque puede que sea demasiado para mí.

Contuve el aliento al darme cuenta de esa realidad. Caminaba en la cuerda floja desde hacía mucho, y apenas lograba mantener el equilibrio en una vida que a cada paso que daba se volvía menos mía. Siempre me sentía lleno, rozando el borde que me contenía, una gota más y me derramaría. Y no en el buen sentido.

Will se aclaró la garganta.

—No soy un hacha dando consejos, pero no pongas en peligro lo que ya tienes por un recuerdo del pasado.

—¿Y eso qué significa?

—Hablo de Sloane.

—Sloane no tiene nada que ver en esto —repliqué.

—Le importas.

—Y ella a mí, pero entre nosotros nunca ha habido nada serio.

—Eso demuestra que no eres muy listo.

Lo miré con la frente arrugada. No entendía la dirección que estaba tomando aquella conversación.

—¿A qué viene esto ahora?

—No te estás portando bien con ella, Declan.

Lo que dijo, cómo lo dijo... Tuve un destello de claridad.

—Un momento... Has hablado con ella, ¿verdad? —Apartó la mirada y sus mejillas se encendieron. Pillado—. Ya sabías lo de Darcy y todo lo que pasó ayer. ¡Joder! ¿De verdad me has estado mintiendo a la cara?

Solté un gruñido sin esconder que me sentía muy molesto.

—Anoche nos encontramos en The Hatch. Vi que no se encontraba bien, me acerqué, empezamos a hablar y me contó que habías terminado con ella. —Resopló—. Y no lo entiendo, Declan. Es una chica estupenda, guapa y buena persona. Y además, te quiere. Te quiere de verdad desde hace mucho y tú no eres capaz de apreciarlo.

—Eso no es justo.

—Lo que no es justo es que pases de ella con tanta facilidad por una novia del pasado.

—Darcy no tiene nada que ver.

—Entonces, ¿te has cansado de ella y ya está?

Reí sin humor y me froté la cara. El agujero que sentía en el pecho se hacía más grande al darme cuenta de lo poco que me conocía mi amigo.

—¡Dios, no! ¿De verdad crees que este asunto es tan sencillo como eso?

—Es lo que parece. No sé, es como si de repente hubieses olvidado todo lo que Sloane ha hecho por ti. Ha estado a tu lado todos estos años, apoyándote, ayudándote, preocupándose por ti. Y te quiere, joder, te quiere. Sufre por toda esta mierda contigo.

—Lo sé, pero no puedo darle lo que quiere y nunca le he hecho creer lo contrario.

—Al menos, podrías intentarlo.

La súplica en su voz me desconcertó y molestó a partes iguales.

—¿Como tú lo has intentado con Rose? —gruñí.

Abrió mucho los ojos y su expresión cambió.

—No es lo mismo —dijo con un hilo de voz.

—Es exactamente lo mismo, Will. Tú no quieres hacerle daño a Rose y yo no quiero hacérselo a Sloane. Pero no la amo.

Nos miramos en silencio y poco a poco la tensión entre nosotros se fue diluyendo.

—Sé que es como una hermana para ti, y lo siento. Nunca debí...

—Yo también lo siento —me interrumpió—. Los dos sois adultos y ella sabía dónde se estaba metiendo.

Alcé la vista al techo antes de bajar la voz para murmurar una confesión.

—Deseé que fuese ella. Lo deseé con todas mis fuerzas.

—¿Qué?

—La «chica» para mí.

Will se quedó callado un instante y después me dio un codazo.

—Ahora entiendo a qué se refieren las mujeres cuando dicen que eres adorable.

Solté una carcajada, inesperada y rota.

—Vete a la mierda.

Le rodeé el cuello con el brazo y le froté con los nudillos la coronilla, como cuando éramos niños y fingíamos pelearnos. Will empezó a reír mientras trataba de zafarse. En ese momento, Cameron entró en el almacén y nos vio abrazados. Una sonrisa ladeada se dibujó en su cara de crío.

—¡Vaya, qué calladito lo teníais!

Will dio un respingo y fue hacia él como una locomotora.

—¿Qué has dicho?

—¡Nada! Era una broma.

—¿Una broma? A ver si te gusta esta. ¡Estás despedido! Y esta vez va en serio.

Cameron salió corriendo con Will siguiendo sus pasos.

Me reí y sentí cierto alivio. El que trae consigo la normalidad.

Me senté en el suelo, con las manos en las piernas, y contemplé la pared sin verla.

Y pensé. Pensé en Sloane. En Will. Pensé en Harvey. En mi madre. Pensé en la vida. En todo.

Cerré los ojos y suspiré.

Dejé de pensar.

Y solo quedó ella.

Darcy.

De nuevo ella.

La lluvia.

El frío calándome los huesos.

Ese otro frío que como una hoja afilada me atravesó el corazón, como si en lugar de ocho años solo hubieran pasado unos minutos.

Mi teléfono sonó.

Lo saqué del bolsillo de mi sudadera y el corazón se me desbocó al ver el número del hospital.

—¿Harvey está bien? —pregunté a bocajarro.

—Tranquilo, está bien —dijo Mel al otro lado de la línea. Solté de golpe todo el aire de mis pulmones y me llevé una mano al pecho—. Declan...

Y lo supe. Lo supe mucho antes de que empezara esa frase.

13
Darcy

La funeraria se encargó de todo. Mi abuelo siempre había sido un hombre muy organizado y previsor, cuidaba hasta el último detalle y no dejaba nada a la improvisación. Supongo que es lo que le ocurre a las personas que se quedan solas y no tienen a nadie que cuide de ellas, que deben tener todo planificado, incluso su propio funeral.

La tristeza de ese hecho me traspasó el corazón.

Apenas recuerdo nada de aquel momento. El tiempo que estuve sentada en aquella sala fría e impersonal, esperando a que me entregaran una urna con sus cenizas. Me aislé de todo lo que me rodeaba y me concentré en echarlo de menos. En el consuelo que no lograba encontrar.

Y me abracé a los recuerdos, a los momentos que habíamos compartido.

A lo que él había significado. A todo lo que habíamos aprendido juntos.

A esa pequeña familia que una vez fuimos.

A que siempre estuvo ahí, incluso cuando la situación nos superaba a ambos.

14
Darcy

Septiembre de 2007.

Trece años.

Llevaba unos días sintiéndome mal. Me dolía la tripa. Al principio se lo achaqué a la cantidad de helados que me comía al día, pero los calambres que me encogían el vientre eran demasiado fuertes para un simple empacho.

Cerré los ojos y me abracé a la almohada como si fuese un salvavidas.

—¿Seguro que no quieres venir? —me preguntó Harvey desde la ventana.

—¿Para ver cómo Wila y tú os metéis la lengua hasta la campanilla? No, gracias.

Se le escapó una risita.

—Si no te conociera, diría que estás celosa.

Abrí un ojo y le lancé un cojín a la cabeza.

—Cierra el pico, pareces idiota. —Mi rostro se transformó en una mueca y gemí como una niña pequeña. Otro calambre hizo que me encogiera hasta formar un ovillo—. Me estoy muriendo.

—Vaya, de verdad te encuentras mal —admitió Harvey mientras se sentaba al borde de la cama.

—No me digas, genio.

—¿Quieres que vaya a buscar a tu abuelo?

—No. Creo que solo necesito quedarme quieta y dormir.

—Vale, te dejaré descansar. —Se puso en pie y me cubrió las piernas con la sábana—. Te veo mañana.

—Si no he muerto —gruñí, escondiendo la cabeza bajo la almohada.

Oí un suave clic al cerrarse la puerta y la habitación quedó en silencio. Inspiré hondo y traté de relajarme. Funcionó durante unos minutos, casi me había dormido cuando otro retortijón me hizo levantarme de golpe y correr al baño.

Cerré la puerta tras de mí y levanté la tapa del retrete. Me bajé los pantalones cortos, convencida de que había pillado algún virus gástrico. Sin embargo, al tirar de mis braguitas hacia abajo, lo que vi casi hizo que me desmayara. Una enorme mancha roja las ensuciaba.

Empecé a temblar. No era tonta, sabía lo que aquello significaba y se me vino el mundo encima. Era consciente de que ese momento debía llegar, pero siempre lo había visto como algo lejano que solo les ocurría a las otras chicas cuando se desarrollaban. Yo ni siquiera tenía tetas, mi pecho era tan plano como una tabla.

No sé por qué, pero comencé a llorar. Otro calambre me obligó a doblarme por la cintura y a abrazarme el vientre. No sabía qué hacer. Solo podía pensar en lo horrible que era todo.

Sonaron unos golpes en la puerta.

—Darcy, ¿estás ahí?

—¡Márchate! —gimoteé.

—¿Por qué? ¿Qué te ha ocurrido? —preguntó el abuelo desde el pasillo.

—Nada, solo quiero estar sola.

—¿Estás llorando? —El pomo de la puerta se movió con vehemencia—. Darcy, abre la puerta ahora mismo.

—No —repliqué. Me sorbí la nariz y pegué la espalda a la bañera—. Quiero estar sola.

—Y te dejaré sola en cuanto compruebe que te encuentras bien. —El pomo volvió a moverse—. Por favor, abre la puerta. Sea lo que sea, seguro que tiene solución. —Lo oí inspirar. Cuando volvió a hablar, su voz sonó muy cansada—: Por favor, pequeña, abre.

Me sentí mal por preocuparlo de aquel modo. Me levanté, recompuse mi ropa y giré el pestillo. Mi abuelo entró de inmediato. Sus ojos recorrieron mi rostro y después mi cuerpo, como si buscara las señales de algún percance.

—¿Qué ha pasado?

—No puedo decírtelo, me da vergüenza.

Vi la alarma en su rostro y cómo palidecía.

—Darcy, ¿alguien te ha hecho algo malo? —lo dijo muy despacio.

—No.

—¿Y por qué te da vergüenza contármelo?

Aparté la mirada con toda la cara roja.

—Porque es una cosa de chicas.

—Oh, ya veo —susurró. Mi sofoco no dejaba de aumentar y comencé a llorar de nuevo. Me frotó el brazo, tratando de consolarme—. ¿Es la primera vez?

—Sí.

—¿Sabes qué hacer?

Negué con la cabeza.

—No estoy segura.

—Está bien, no pasa nada. —Tomó aire—. Haremos una cosa. Voy a salir un momento, no tardaré mucho. Mientras, tú vas a darte una ducha y a tranquilizarte. Ojalá la abuela estuviera aquí, ella sabría mucho mejor que yo lo que hay que hacer. —Me acarició la mejilla y me hizo mirarlo—. Tendrás que conformarte conmigo, ¿de acuerdo?

Asentí con los ojos llorosos.

Mi abuelo salió del baño a toda prisa y, un minuto después, oí el motor de su vieja camioneta alejándose de la casa. Me di una ducha, me envolví en una toalla y me tumbé en mi cama. Poco a poco me fui relajando, y donde antes había miedo y vergüenza se instaló la estupidez. Me sentí tan tonta. La menstruación era algo normal, un proceso biológico que sufrían todas las mujeres. Entonces, ¿por qué me lo estaba tomando tan mal?

No pasó mucho tiempo hasta que oí de nuevo el motor ahogado de la camioneta. Aquel trasto seguía funcionando por pura voluntad. Poco después, mi abuelo entró en mi habitación cargando con un montón de bolsas.

—He ido a la farmacia y no estaba muy seguro de lo que podías necesitar, así que he comprado todas estas cosas. —Dejó las bolsas sobre la cama y, tras un momento de duda, no sacó nada del interior. Tenía las mejillas tan encendidas como yo—. Será mejor que tú decidas.

—Vale —susurré.

—Iré abajo.

—Está bien.

Saqué de la cómoda un pijama y ropa interior, y fui al baño. Coloqué sobre la encimera del lavabo todas las cajas. Las había de distintas marcas y diferentes tipos: compresas con alas, sin alas, tampones... El abuelo debía de haber agotado todos los productos de higiene femenina de media ciudad.

Casi había anochecido cuando bajé al salón. Me tumbé en el sofá y me tapé con la manta de ganchillo que colgaba del respaldo. Encendí la televisión. Su resplandor proyectó una luz suave y parpadeante sobre las paredes. Alcé el mando y fui cambiando de canal hasta que un documental sobre pingüinos me llamó la atención. La voz del narrador explicaba que cuando un pingüino macho se enamoraba de un pingüino hembra, este buscaba la piedra perfecta en la playa para regalársela. Cuando la encontraba, la colocaba a los pies de ella como una declaración de amor. Si la hembra la guardaba, significaba que aceptaba su propuesta nupcial y que serían pareja para toda la vida.

La idea de que unos animales pudieran tener un gesto tan romántico y pasar el resto de sus vidas juntos me emocionó.

—Una piedra —dije para mí misma.

—¿Has dicho algo?

El abuelo cruzó la sala, dejó una taza sobre la mesita y se sentó a mi lado.

—No, nada —respondí. Un olor dulce y apetecible me inundó la nariz—. ¿Es chocolate caliente?

—La abuela se sentía mucho mejor después de una taza de chocolate caliente.

Sonreí y lo observé mientras él miraba con curiosidad la pantalla. Esa noche, su rostro arrugado mostraba una paz contagiosa. Me moví hasta acurrucarme a su lado con la cabeza apoyada en su hombro y él me dio unos golpecitos afectuosos en el brazo. Éramos dos almas solitarias que se aferraban la una a la otra, pero no era un pensamiento triste; al contrario, me reconfortaba. Pensé en mamá sin comprender cómo se había marchado de allí para no regresar. Cómo había podido olvidar a su familia hasta hacerla desaparecer para mí, como si nunca hubiese existido.

Deseé que jamás regresara a buscarme.

—Mantendrás tu promesa, ¿verdad? —pregunté en voz baja, casi con miedo. El abuelo inclinó la barbilla para mirarme—. Puedo quedarme aquí contigo para siempre, no tendré que irme si no quiero, ¿no?

Me sonrió.

—Por supuesto, Darcy. Esta es tu casa y lo será hasta que tú quieras.

—¿Me lo prometes?

—Te lo prometo.

15
Darcy

—Darcy.

Abrí los ojos de golpe y me encontré con el rostro de Declan a escasos centímetros del mío. Ni siquiera me había dado cuenta de su presencia e ignoraba cuánto tiempo llevaba allí sentado, a mi lado.

—Ya han terminado —me dijo con voz suave.

Alcé la vista y vi al encargado de la funeraria frente a mí. Sujetaba entre sus manos una urna de color gris. Me la entregó con un gesto ceremonioso, y yo no pude hacer otra cosa salvo abrazarla contra mi pecho.

—Gracias por todo —oí que decía Declan. Después sentí su mano en mi brazo, instándome a andar—. Vamos, podemos irnos.

Con ese único roce, mi pecho se encogió.

—No..., mis cosas.

—Ya me he ocupado yo, no te preocupes.

—No tenías por qué... —Frené mis pasos—. ¿Qué haces aquí?

—Me han llamado del hospital para decirme lo que había pasado y he venido lo antes posible. No quería que estuvieras sola en un momento así.

—¿Y por qué te han llamado a ti?

—Yo era el contacto de emergencia de Marek —confesó en un susurro.

Esa respuesta me desconcertó.

—¿Tú?

Asintió una vez.

—Su salud comenzó a deteriorarse hará un par de años y yo solía visitarlo a menudo para ver cómo estaba. Lo acompañaba a sus revisiones, le ayudaba a hacer la compra...

Parpadeé cada vez más sorprendida y mi voz brotó ronca, apagada:

—¿Por qué hacías todo eso? No era nada tuyo.

—Era mi amigo, Darcy. Y no tenía a nadie más que lo hiciera.

Un golpe en el estómago me habría dolido menos que sus palabras. La culpabilidad reptó por mi cuerpo como una serpiente de piel fría y acabó enroscándose en mi pecho, impidiéndome respirar. Me aparté un poco, buscando espacio cuando se acercó de nuevo a mí y me tocó el hombro con su mano.

—Vamos, debes descansar. Por favor —insistió, y yo me dejé convencer por la súplica que escondían sus palabras.

Solo quería cerrar los ojos y dormir. Dormir y dejar de sentir durante un rato aquella sensación de angustia.

Lo seguí hasta la salida. Me detuve un instante y lo miré mientras él sostenía la puerta con una mano para que yo pudiera pasar. Una breve sonrisa se dibujó en sus labios, temblorosa como consecuencia de la inquietud que transmitían sus ojos.

No sé por qué, pero pensé en una sombra que buscaba la luz.

Salí al exterior. Estaba a punto de anochecer y ya se veían las primeras estrellas en un cielo de tonos rosados. Hacía frío y me estremecí con un escalofrío.

—Espera —musitó Declan a mi espalda. A continuación

me cubrió los hombros con su abrigo—. Ven, un taxi nos espera a la vuelta.

Me sentía entumecida por el cansancio y el enredo de sentimientos que me envolvía, y no tenía ánimo para nada. Así que me dejé llevar por él. ¡Qué importaba!

Seguí a Declan hasta un taxi amarillo. Se adelantó para abrirme la puerta y yo entré en el vehículo sin decir una palabra.

—Siento su pérdida, señorita —dijo el taxista, mirándome a través del espejo retrovisor.

Asentí y le di las gracias con una leve sonrisa. Declan rodeó el coche y se sentó a mi lado en el asiento trasero. Me miró un instante. Noté que había cierta vacilación en sus ojos, pero no estaba segura de cómo interpretarla.

—¿Adónde quieres ir?

Su voz era apenas un susurro. Dejé escapar el aire que estaba conteniendo y consideré su pregunta. No había pensado en ello, la verdad. En el después.

Contemplé la urna. La respuesta era evidente. Por él. Por mí.

—Debería llevarlo a casa, con ella. —Tragué saliva—. Quiero ir a Tofino.

Declan parpadeó, un poco sorprendido, e hizo un gesto de asentimiento. Se inclinó hacia delante y le dio unas indicaciones al taxista. Mi mirada lo estudió sin prestar atención a lo que decía. Me fijé en su pelo ondulado, mucho más rubio de lo que recordaba, quizá porque ahora lo llevaba más largo y el sol lo había aclarado en las puntas. Los ojos de un verde claro que cambiaban de tonalidad según la luz que los iluminaba; en aquel momento parecían grises como el humo y se oscurecían al mismo ritmo que el sol se ponía. Labios llenos, mandíbula marcada, la sombra de una barba que endurecía sus rasgos...

Respiré hondo y aparté la vista.

Una parte de mí, que jamás lo admitiría, se sentía aliviada con su presencia. La soledad me pesaba. Me asfixiaba. Era un sentimiento que llevaba arrastrando desde hacía tiempo, que no dejaba de crecer y crecer. Y cuanto más grande se hacía su sombra, más pequeña me sentía yo. Diminuta. A punto de desaparecer.

Me daba rabia constatar que Declan aún tuviera esa capacidad, el poder de transformar mi mundo, de cambiarlo por completo. De convertirlo en un lugar más seguro, menos frío. Ese don que le hacía aparecer en el momento exacto que lo necesitaba. Siempre en ese preciso instante en el que comenzaba a desvanecerme, para dibujarme de nuevo y hacerme sentir que era importante.

Bueno..., siempre no.

Iniciamos el trayecto en silencio y yo me mentalicé para pasar cinco horas dentro del taxi. Sin embargo, apenas quince minutos después nos detuvimos.

—Ya hemos llegado —anunció Declan.

Desconcertada, me enderecé en el asiento y miré a mi alrededor. Estábamos frente al puerto.

—¿Qué hacemos...? —comencé a preguntar, pero él ya había pagado la carrera y bajado del coche, y estaba sacando mi equipaje del maletero.

Abrí la portezuela y salí.

—Vamos, debemos despegar antes de que anochezca por completo —dijo mientras se encaminaba hacia el puerto.

—¿Despegar? ¿En qué? —Di una vuelta sobre mis talones, intentando averiguar a qué se refería. Me fijé en los muelles que se adentraban en el agua y entonces lo vi, un hidroavión de color blanco con unas franjas azules junto a una lancha y un pequeño barco de recreo—. ¿En eso?

Sabía que mi voz sonaba hostil, y de un modo retorcido me hacía sentir mejor.

Él me miró por encima del hombro.

—Sí. Estaremos en Tofino en menos de una hora.

—Pensaba que iríamos por carretera.

—¿Sabes lo que cuesta un viaje de cinco horas en taxi?

Fruncí el ceño.

No, la verdad es que no lo sabía, pero dudaba de que fuese barato. Mis ahorros habían descendido considerablemente tras comprar el billete de avión que me había llevado de Auckland a Victoria, y no podía permitirme más gastos innecesarios.

Tomé aire y asentí con determinación para darme ánimo.

De acuerdo: si no había otra alternativa, volaría en aquel trasto que parecía de juguete.

Declan abrió la puerta de la nave y metió mis cosas dentro. Después se giró hacia mí. Sus ojos se enredaron con los míos. Vaciló, como si de repente no supiera qué hacer. Al final me ofreció su mano.

—Te ayudaré a subir.

—Deberíamos esperar al piloto, ¿no?

—Lo tienes delante.

Di un paso atrás con los ojos muy abiertos y el corazón acelerado.

—¿Tú?

—Sí —respondió sin dudar. Di otro paso atrás. Lo decía en serio, no bromeaba. Una sonrisa se insinuó en sus labios—. ¿Te da miedo?

—Si vuelas igual que conducías... ¡sí!

Se echó a reír y una oleada de rabia me atravesó. No tenía gracia, y tampoco era el momento ni el lugar. Aún llevaba los restos de mi abuelo entre los brazos.

Él debió de darse cuenta y se puso serio de inmediato.

—Te prometo que estarás completamente segura. Tengo licencia y cientos de horas de vuelo. Así me gano la vida, Darcy.

—¿Trabajas como piloto?

—Entre otras muchas cosas.

Cogí aire y tuve la sensación de que hacía mucho que no respiraba. Lo vi agacharse y soltar el amarre. Tenía callos en las manos y algunos arañazos. No eran las manos de un profesor de Biología.

—A estas alturas te imaginaba dando clases.

Se puso de pie mientras recogía el cabo y me miró de un modo tan intenso que me sentí incómoda bajo su escrutinio. Apretó los labios para reprimir una sonrisa. Quise borrar ese gesto de su cara.

—¿Me imaginabas? —preguntó.

El tono de su voz me aceleró el corazón. Capté la idea implícita en su entonación grave. La pregunta que se escondía realmente en esa modulación ronca que había logrado estremecerme.

«¿Has pensado en mí todo este tiempo?»

Sí y no.

Sí, durante unos años, pero no del modo que él suponía. Lo había hecho con rabia, llorando por la noche, lamentando durante el día que se cruzara en mi camino. Maldiciéndome cada vez que me descubría echándolo de menos. Y no, porque un día logré cerrar esa puerta por la que se colaba, lo dejé fuera y me obligué a olvidarlo.

—Tienes razón, deberíamos salir antes de que anochezca —susurré.

Subimos a bordo y me abroché el cinturón siguiendo las indicaciones de Declan. Él se colocó unos auriculares y después me ofreció otros. A continuación, puso el motor en marcha, y su zumbido se extendió por todo el fuselaje mientras la hélice giraba a toda velocidad.

Empezamos a movernos y yo traté de sacar el miedo de mi mente. Nos deslizábamos cada vez más rápido. Los flotadores golpeaban el agua como si dieran saltitos, hasta que finalmente quedaron suspendidos en el aire y nos elevamos en el cielo.

Miré abajo y después a mi alrededor, y no pude hacer otra cosa que maravillarme. Las últimas luces del día casi habían desaparecido y las de la ciudad brillaban como un árbol de Navidad repleto de colores brillantes y saturados. Desde aquella perspectiva, las vistas eran preciosas.

Dejamos atrás la urbe, siguiendo la costa, y en pocos minutos la oscuridad nos atrapó. Al igual que el silencio. Un silencio abrumador y pesado que duró todo el viaje.

16
Declan

Me centré en los mandos y en la oscuridad que lo iba inundado todo a nuestro alrededor. Volar me calmaba. Dentro de aquel habitáculo suspendido en el aire, mis músculos se relajaban y la tensión de mi cuerpo se desvanecía. Era mi refugio y me gustaba ese cosquilleo que sentía en la piel, el ligero regusto a miedo que se me pegaba a la lengua al contemplar desde aquella altura lo grande que era el mundo. Lo pequeño e insignificante que era yo en comparación. La vulnerabilidad de mi existencia sujeta al azar.

Esa fragilidad que percibía al volar me hacía sentir vivo. Y sentirme vivo me calmaba.

Durante esos instantes lograba acallar mi mente, mi interior se quedaba en silencio y mis sentidos se abrían para captar las cosas sencillas que me rodeaban. Los colores del cielo, la belleza del mar, la luz abriéndose paso en las sombras... Esos breves instantes eran los únicos que me proporcionaban algún descanso.

Pero esa noche estaba demasiado nervioso para que los pensamientos de mi mente se apaciguaran, y la razón se encontraba a mi lado.

Darcy se había hecho un ovillo en el asiento, con la urna

entre sus brazos y la cabeza apoyada en la ventanilla. Tenía los ojos cerrados y su respiración era superficial. Me permití observarla en aquella falsa quietud que flotaba a nuestro alrededor.

¡Me sentía tan raro!

La imagen de Darcy que había guardado todo este tiempo seguía teniendo dieciséis años. Yo había crecido y madurado, conservándola en mi mente como una eterna adolescente, y mi percepción de esa imagen había ido cambiando del mismo modo que mis sentimientos. Como si pensar en sus besos, en sus caricias, en la intimidad que habíamos compartido mientras experimentábamos con lo desconocido, fuese algo inapropiado. Porque yo había crecido, pero en mi mente ella continuaba siendo una niña.

En cierto modo, ese cambio me había ayudado a superar el dolor que me causó perderla.

Sin embargo, la niña se había convertido de golpe en mujer y era preciosa. Y cuanto más la miraba, más caóticos se volvían mis pensamientos, menos reconocibles mis sentimientos.

Y sentía sin parar mientras recorría con los ojos sus párpados cerrados, las largas pestañas que rozaban su piel pálida, las constelaciones de pecas que se dibujaban en su cara. Los labios carnosos, los pómulos pronunciados y toda aquella perfección enmarcada por una larga melena oscura.

Llevaba la misma ropa del día anterior, unos vaqueros ajustados y un jersey de lana sencillo, demasiado fino para el invierno en la isla, que evidenciaban lo que yo ya no podía ignorar. Toda ella me dejaba sin aliento.

17
Darcy

—Creo que te gustará ver esto.

Abrí los ojos y miré a Declan, que me observaba desde su asiento. Hizo un gesto con la cabeza, y yo me incliné hacia delante para ver qué señalaba. Entonces lo avisté. Reconocí su costa. Las siluetas de los edificios. Las luces que dibujaban el laberinto de sus calles e iluminaban los muelles reflejándose en el mar.

Tofino.

¡Dios, era precioso!

Con el paso del tiempo me había convencido a mí misma de que jamás regresaría. Me había prometido que nunca lo haría, bajo ninguna circunstancia. Y poco a poco borré aquel pedazo de tierra de todos mis mapas.

Pero ahí estaba.

A veces, a los planetas les da por alinearse y romper tus esquemas. Y acabas descubriendo que nunca has tenido el control, que el universo es el titiritero que mueve tus hilos a su antojo.

Ojalá lo hubiera hecho mucho antes.

—Parece que sigue igual —susurré con los ojos muy abiertos.

—Sigue igual —declaró él, más para sí mismo que para mí. Una leve sonrisa se insinuó en su cara—. Puede que nos movamos un poco, pero no te asustes, he hecho esto cientos de veces.

Tragué saliva y palpé con mi mano derecha el borde del asiento. Me agarré con fuerza.

Declan viró e inclinó el hidroavión. Comenzamos a descender con rapidez. Los pontones golpearon el agua una vez, y después otra, como una piedra rebotando, hasta que finalmente se posaron en la superficie. Guio aquel trasto hacia uno de los muelles y paró el motor en cuanto nos detuvimos.

Solté el aliento de golpe.

Contemplé el pueblo a través de la ventanilla y por un momento pensé que no era real, que solo se trataba de un brillante espejismo. En ese lugar residían mis mejores y mis peores recuerdos. Momentos importantes. Todo lo que yo fui una vez. Todo lo que perdí.

Me pregunté si quedaría algo de aquello allí.

—¿Lista para bajar?

Estábamos tan cerca que sentí el calor de su respiración.

Cerré los ojos y traté de mantener a raya el torbellino de emociones que me hacía temblar. Sí, quedaba algo. Y debía permanecer enterrado en el pasado, adonde pertenecía.

Declan me ayudó a descender y después sacó mi equipaje.

—¿Has pensado adónde quieres ir? —se interesó. Arrugué el ceño, sin entender muy bien a qué se refería—. Tengo mi furgoneta aparcada ahí mismo. Puedo llevarte a un hotel o a cualquier otro sitio que tú quieras.

Me mordí el labio, indecisa. No había pensado en ello. En realidad, no había pensado en nada. Solo me había dejado llevar arrastrada por las circunstancias. Mi abuelo no había dejado instrucciones tras su incineración y yo estaba actuando por meros impulsos. Sin orden ni conciencia. Uno de esos impulsos me había empujado hasta allí con la idea de que las cenizas de mi abuelo debían descansar junto a las de mi abuela. Imaginaba que así lo habría querido él. Pero ahora no estaba segura de nada. Ni siquiera sabía si ella seguía allí o en alguna otra parte.

Un nudo de ansiedad me estrujaba el pecho y me costaba respirar. Noté algo frío en la mejilla y me di cuenta de que era una lágrima. Me la sequé rápidamente. Inspiré hondo y levanté la vista para mirar a Declan. Él me observaba fijamente y parecía tan nervioso y perdido como yo.

Tragué saliva con dificultad.

—¿Te dijo algo? ¿En algún momento te habló de sus planes si este momento llegaba? Porque no tengo ni idea de qué hacer —confesé mientras apretaba con fuerza la urna contra mi pecho.

—Sí. —Se me escapó un gemido de alivio—. Dijo que tú sabrías qué hacer.

—¿Yo? —Sacudí la cabeza, cada vez más confundida—. ¿Estás seguro de que fue eso lo que dijo?

Asintió y una nube de vaho escapó de sus labios.

—Sí, muy seguro. Oye... —Se frotó los brazos y me percaté de que temblaba—. ¿Te importa si hablamos en la furgoneta? Porque me estoy quedando helado.

—Sí, disculpa.

Había olvidado por completo que era su chaqueta la que yo llevaba sobre los hombros. Hice el ademán de devolvérsela, pero él me detuvo con un gesto.

—No, quédatela. No quiero que te enfríes.

Esbocé una sonrisa trémula y aparté la mirada de sus ojos. Puede que su aspecto hubiese cambiado, pero bajo la superficie seguía siendo el chico que recordaba, atento y cariñoso, que siempre había cuidado de mí.

—Gracias.

En silencio, avanzamos por el muelle y alcanzamos el aparcamiento hasta una furgoneta marrón con un portaequipajes en el techo repleto de trastos. Incluso me pareció ver una balsa hinchable de salvamento. Mientras él abría la puerta trasera y guardaba mi maleta, subí al interior y me acomodé en el asiento. Apenas podía sentir la nariz y los dedos.

Eché un vistazo a la parte de atrás y, donde esperaba encontrar otro par de asientos, vi lo que parecía un futón enrollado y un edredón. También había ropa de hombre en una caja y utensilios de cocina en otra, además de un hornillo, productos de aseo y una lámpara de gas.

La puerta se abrió de golpe y Declan entró a toda prisa. Puso el motor en marcha y un par de segundos después la calefacción comenzó a funcionar.

—¿Vives aquí? —pregunté sin poder reprimir la curiosidad.

—A veces —respondió sin darle mucha importancia.

Fruncí el ceño y observé su rostro con atención. Me mordí el labio con fuerza. No iba a preguntar. Eso significaría aflojar las riendas con él y no estaba dispuesta. No tan pronto ni tan fácilmente.

No logré contenerme.

—Declan, ¿te van bien las cosas?

—No me puedo quejar.

—Pero... vives en una furgoneta.

—No siempre.

Apreté los dientes, irritada.

—Lo que intento saber...

Declan ladeó la cabeza y me sonrió como si acabara de desvelarle un gran secreto.

—Darcy, no tienes que preocuparte por mí, en serio. Tengo un buen trabajo con el que puedo permitirme pagar una casa, las facturas, incluso salir de vez en cuando... —Dio unos golpecitos con las puntas de los dedos en el volante—. ¿Sabes? Aún sigo escapándome a las montañas cuando necesito un descanso y esta furgoneta es más cómoda que una tienda de campaña. Nada más.

Aparté la mirada, un poco incómoda porque se me hacía raro estar allí con él y sentirme como si el tiempo no hubiera pasado. Como si nada hubiera sucedido y él aún me importara. Y me costaba aceptar mi propia debilidad.

—Me alegro de que las cosas te vayan bien —dije en un murmullo. Tragué saliva—. Y no estoy preocupada por ti. Ni de broma. Para nada. Solo intentaba ser educada por todas las molestias que te estás tomando por mí.

Su sonrisa se hizo más amplia.

—No es ninguna molestia. Y no quiero que pases por todo esto sola, si puedo evitarlo.

La ternura que transmitía su voz me atravesó el corazón. Parpadeé para contener las ganas de llorar.

Me aparté el pelo de la cara y me recompuse.

—En cuanto a los deseos de mi abuelo... ¿Puedes contarme qué te dijo?

—Fue el día que tuvo el derrame, mientras lo trasladábamos al hospital. Aún estaba consciente y me dijo que, si moría, tú sabrías qué hacer. Pero que si no volvías, enterrara sus cenizas y las de tu abuela bajo los árboles que plantabais cada Año Nuevo. Le prometí que lo haría, pero ahora que tú estás aquí... ¿Sabes a qué se refería?

No tenía ningún recuerdo a ese respecto.

—No lo sé —respondí angustiada.

—No pasa nada, tranquila. Que descansen bajo esos árboles me parece algo bonito. Eran importantes para él.

—También para mí —musité sin apenas voz.

Una sensación desesperada me nació en el pecho. Me apretaba de una manera tan fuerte que apenas me dejaba respirar. Sabía a culpabilidad.

Se me cayó una lágrima y me estremecí al asimilar la realidad. Mi abuelo nunca dejó de quererme, ni cuando perdió la esperanza en mí.

—¿Te encuentras bien?

Me sequé las lágrimas con la manga del jersey y negué con la cabeza.

—La verdad es que no. ¿Te importaría llevarme a casa, por favor?

—Claro. Pero antes... —Se inclinó en el asiento para rebuscar en uno de los bolsillos de su pantalón y sacó un par de llaves que colgaban de una anilla de metal—. Ten. Son las llaves de la casa. Tu abuelo me las dio hará un par de años.

—¿Te dio llaves de su casa?

—Sí, cuando comenzó a enfermar. —Hizo una pausa y su mirada vagó por mi rostro—. Fui yo quien lo encontró aquel día. Habíamos quedado para ir a la ferretería. Siempre me esperaba en el porche, aunque esa mañana no se encontraba allí. Entré y... —Tomó aliento—. Estaba en el suelo de la cocina. Si hubiera llegado cinco minutos antes, quién sabe, quizá ahora estaría bien.

Sentí la pena que contenían sus palabras y me conmovió.

—Mi abuelo te importaba, ¿verdad?

Asintió y sus labios se contrajeron en una mueca.

—Se preocupaba por mí. —Se frotó los ojos y miró por la ventanilla—. Pongámonos en marcha. La carretera comienza a helarse.

Salimos del aparcamiento en silencio. Había cierta tensión en el ambiente y clavé la vista en la ventanilla mientras dejábamos atrás las calles.

Todo estaba igual, nada había cambiado, como si el pueblo hubiera permanecido ajeno al paso del tiempo todos estos años. Como si nunca me hubiera marchado.

Me invadió una sensación de irrealidad, atrapada en un *déjà vu*. Me vi con dieciséis años, recorriendo esas mismas avenidas dentro de la vieja camioneta de Declan, con la cabeza apoyada en su hombro, mientras él conducía de vuelta a casa con su mano en mi muslo después de haber pasado un rato juntos dando un paseo, viendo una película o comiéndonos a besos en un rincón.

Respiré hondo, lo que provocó que me inundara su olor. Un sutil aroma masculino mezclado con sal y pino. Y algo más, algo que solo le pertenecía a él y que me hizo estremecer al recordarlo.

Aparté esos pensamientos y paseé la vista por las casas que flanqueaban las calles como pequeños universos. Ventanas iluminadas. Personas tras ellas. Familias felices. Sentí envidia de todas ellas y esa emoción me hizo añorar algo que había echado de menos incluso sin saberlo.

Me tragué el nudo que tenía en la garganta cuando Declan disminuyó la velocidad para salir de la carretera y enfilar el camino de tierra. Conocía de memoria cada curva, cada bache, los árboles que ocultaban el siguiente giro. Y aun así, el estómago me dio un vuelco cuando la casa que había sido mi hogar apareció de repente, iluminada por la luz de los faros.

Noté que empezaba a ahogarme un poco.

La furgoneta se detuvo y yo cogí aire antes de bajar. La luna arrojaba sobre la vivienda y los árboles un resplandor plateado. Todo permanecía igual, como si el tiempo también se hubiese congelado allí. Me detuve un momento al alcanzar la puerta. Me debatí durante unos segundos más, nerviosa, hasta que sentí a Declan a mi lado.

Hice girar la llave en la cerradura y entré en la casa por primera vez en ocho años. Avancé despacio en la penumbra hasta la mesita que había junto al sofá, y encendí la lámpara. La habitación se iluminó y empecé a notar un dolor agudo en el pecho mientras reconocía cada mueble, cada objeto, cada rincón.

Declan dejó la maleta en el suelo y observó cómo yo daba un paso tras otro.

Me detuve frente a la chimenea. Allí seguían mis fotos. Las más especiales, porque cada una de ellas era el recuerdo de una primera vez. Mi primer día de escuela en Tofino, mi primer cumpleaños, mi primera Navidad, mi primer Festival de Linternas... Alcé la mano y rocé el marco más grande. Esa era mi favorita: un retrato de mi abuelo y yo juntos, sosteniendo nuestras linternas caseras en la entrada al jardín botánico donde tenía lugar el festival.

Sonreí al pensar en ese día.

Una lágrima solitaria me recorrió la mejilla. Y luego otra. Y muchísimas más acompañadas de sollozos.

Lo echaba de menos.

Mi mente era un hervidero de pensamientos sobre un pasado que había ignorado y que, quizá, podría haberme deparado otro presente si hubiera sido menos dura, cabezota y rencorosa.

—Hubo tantas veces en las que cogí el teléfono y me quedé mirando su número, tantas veces en las que estuve a punto de llamarlo...

—¿Por qué no lo hiciste? —me preguntó Declan.

—Porque estaba enfadada y tenía sentido para mí.

—¿Y has estado enfadada todos estos años?

Me di la vuelta para mirarlo y asentí.

—Pero ahora que estoy aquí, solo veo el montón de mentiras que me conté a mí misma.

—¿También estabas enfadada conmigo?

No esperaba esa pregunta, al menos no tan pronto, y sentí que el suelo se movía bajo mis pies. A mi cuerpo no le quedaba un ápice de energía y mi mente era un montón de pedacitos.

—Declan, te estoy muy agradecida por todo lo que has hecho, pero... Han sido unos días muy duros y estoy cansada. Será mejor que te vayas.

Nos miramos. Vi dolor en sus ojos y el esfuerzo que hacía para callarse aquello que ya llenaba su boca. Apartó la mirada y arrugó el ceño al tiempo que se inclinaba sobre la mesa de comedor llena de libros y papeles.

—De acuerdo, te dejo aquí mi número de teléfono por si necesitas alguna cosa.

—No es necesario que...

Pero ya lo había apuntado y se dirigía a la puerta principal con decisión.

Se detuvo con un pie en el porche. Vi que cogía aire y su espalda se ponía tensa. Giró sobre sus talones. Sacudió la cabeza y me miró sin rodeos.

—Darcy, aquella noche...

—Por favor, no.

No estaba preparada para tener esa conversación.

—Te debo una explicación —insistió.

—No es el momento.

—Pero...

—Declan, por favor —sollocé.

La nuez de su garganta se movió cuando tragó saliva. Abrió la boca de nuevo con intención de replicar, pero debió de pensárselo mejor.

—Tienes razón, disculpa.

Dio la vuelta y salió dejando la puerta abierta.

Lo contemplé mientras se alejaba, subía a la furgoneta y la ponía en marcha. Después desapareció en el camino. Yo tardé unos instantes en reaccionar, pero al final cerré la puerta y me dirigí a la planta superior.

Recorrí el pasillo y entré en el dormitorio de mi abuelo. Palpé la pared hasta dar con el interruptor de la luz. La habitación se iluminó. Nada había cambiado desde que me fui. Me acerqué a la cómoda y allí también continuaba ella, mi abuela. La urna con sus cenizas ocupaba el centro del mueble, bajo la fotografía del día de su boda. La moví hacia la derecha y coloqué la de mi abuelo a su lado. Pegada la una a la otra.

Alcé la vista y miré las fotografías que colgaban de la pared. Otro recuerdo se desperezó a medida que las observaba.

18
Darcy

Noviembre de 2007.

Trece años.

Mi abuelo no solía hablar mucho.

Nunca fue un problema porque yo tampoco conversaba demasiado. Aunque, a veces, cuando nos sentábamos a cenar, solía hablarme de la abuela y de todos los años que pasaron juntos. Lo hacía como quien relata una historia escrita. Yo escuchaba en silencio, absorta con cada pasaje, y tuve la sensación de que trataba de cederme sus recuerdos para que perduraran.

De ese modo supe que había llegado a Canadá desde Polonia cuando solo era un niño, ayudado por personas desinteresadas que lo habían acogido después de que sus padres desaparecieran en Varsovia durante la Segunda Guerra Mundial. Con esas mismas personas viajaba otra niña. Se llamaba Hannah, y muchos años más tarde se convertiría en mi abuela.

La casa estaba repleta de fotos de ella, algunas tan antiguas que el papel se había vuelto amarillo y se encontraba cuarteado.

—Era muy guapa —dije, contemplando una de aquellas fotografías que colgaban de la pared de su dormitorio.

El abuelo me miró desde el armario, donde rebuscaba tratando de encontrar una carpeta con una documentación que necesitaba.

—Lo era. La mujer más bonita del mundo.

—Cuéntame más cosas de ella —le pedí con tono suplicante.

—Mejor en otro momento, ahora necesito encontrar esos papeles.

Su negativa me desilusionó. Afuera volvía a llover y dentro de casa no había mucho con lo que entretenerse. Miré a mi alrededor, contrariada.

—Puedo ayudarte a buscar, si quieres.

—¡Eso estaría muy bien! —exclamó. Con medio cuerpo dentro del armario, su voz sonó amortiguada—. Mira en esa cómoda o en el baúl que hay a los pies de la cama. Es una carpeta marrón con un cordón y embellecedores de latón en las esquinas.

Me acerqué a la cómoda, abrí el primer cajón y empecé a escarbar. Nada. Lo mismo ocurrió con los otros tres. Solo había toallas, sábanas y unas cajas con pañuelos de tela sin estrenar. Mi aburrimiento crecía más y más. Me planté delante del baúl. Tenía un aspecto muy antiguo y estaba plagado de agujeritos que habían sido sellados. Solté un suspiro y levanté la tapa. Aparté un par de mantas de ganchillo y unos libros ajados. Dentro de una caja de plástico transparente vi unas flores secas que habían colocado sobre un pañuelo de lino. Las miré con atención.

—Hannah las llevaba el día de nuestra boda —me explicó el abuelo.

—Son muy bonitas.

Eché un vistazo a una de las fotografías que colgaban de la pared, y allí estaba ella con aquellas mismas flores decorando su pelo bajo un velo blanco.

La casa almacenaba montones de recuerdos, décadas y décadas de vivencias y momentos impregnaban el aire y los objetos. Todo ello me hizo ser consciente de que yo no tenía ni una triste fotografía de mis primeros doce años. Ni un solo recuerdo de cómo había sido mi infancia, los años con mi padre, la soledad con mi madre.

Solo ausencia.

Una parte de mí se preguntó si eso me convertía en un montón de nada.

Solo vacío.

Continué hurgando hasta que mis manos toparon con otra caja, esta de madera. La saqué con cuidado y la dejé sobre la cama. Tenía roto el cierre, así que la abrí. El interior estaba repleto de cosas pequeñas y yo las contemplé como el tesoro que eran: botones de plata, un guardapelo, un broche roto, unas horquillas decoradas con cristalitos...

Volví al baúl. Bajo unos retales de tela, apareció un archivador antiguo de color granate con un tirador. Me senté en el suelo con las piernas cruzadas y lo abrí. Dentro había unas fotografías y varios papeles. Cogí un par de fotos en blanco y negro. En la primera se veían unos niños, todos vestidos con trajecitos oscuros y gorras. Posaban delante de una pared. Me fijé en el muro con más atención, hasta que me di cuenta de que aquellos agujeros extraños eran marcas de proyectiles. Tragué saliva y miré más de cerca a los niños, sus rostros sucios y las ropas gastadas. Sus expresiones carentes de inocencia.

La segunda fotografía emanaba melancolía. La imagen descolorida retrataba a una niña y un niño, ella no tendría más de trece años y él apenas alcanzaba los diez. Me quedé inmóvil; sin embargo, el corazón me latía como un tambor. Algo en aquellas miradas que parecían escapar del papel me hizo sentir miedo, como si sus ojos fueran ventanas por las que uno podía asomarse a un lugar terrible.

Las solté como si quemaran.

Alcé un cartón amarillento. Le di la vuelta y vi que era una tarjeta manuscrita en un idioma que no conocía. Pude distinguir el apellido de mi abuelo, lo que parecía una dirección, un número de cinco dígitos, una firma y un sello. Por último, los bordes de aquella hoja estaban formados por pequeñas casillas numeradas. Habían recortado las cuarenta primeras.

Dejé la tarjeta a un lado y tomé un trozo de papel marrón. Envolvía algo de una forma muy pulcra. Lo abrí con cuidado y me encontré con varios brazaletes de tela que en algún momento, hacía mucho, habían sido blancos. Todos tenían una estrella de seis puntas bordada con hilo azul.

Levanté la vista y miré a mi abuelo. A mi mente adolescente, que nunca había sentido un gran interés por la historia, le estaba costando asimilar lo que veía. Sin embargo, sabía lo suficiente para interpretar lo que significaba todo aquello.

Él se dio la vuelta y sus ojos se clavaron en mis manos.

—¿Son tuyos? —pregunté.

—Uno de ellos sí.

—¿Y los otros?

—Pertenecieron a mi hermana y a mis padres.

Se me hizo un nudo en la garganta. Traté de unir las piezas que tenía, insuficientes para estar segura de nada.

—¿Tienes una hermana?

—Ya no.

—¿Murió? —Asintió con un leve gesto de su barbilla—. ¿Eres judío?

—Lo soy.

—¿Y mi madre?

—Tu madre renegó de nuestras creencias hace mucho.

Me invadió una sensación extraña, como si hubiera perdido algo que nunca había tenido.

—No me han educado en ninguna religión, ¿eso es malo?

—Depende, Darcy. Depende.

—¿De qué?

Vino hasta mí y se sentó en la cama. Me sonrió con esa ternura que me hacía sentirme tan querida.

—¿Crees que eres una buena persona?

Me encogí de hombros.

—No lo sé, supongo. Nunca le he hecho nada malo a nadie, no a propósito.

—Entonces, no, no es malo que no pertenezcas a una religión. Posees la fe más poderosa: un buen corazón.

Sonreí sin saber muy bien si tenía motivos. Pero sus palabras y el cariño con el que las había pronunciado me reconfortaban. El abuelo se puso en pie y tomó de mis manos los brazaletes. Con lentitud los envolvió en el mismo papel y los guardó en el archivador junto con las fotografías. Lo contempló sin pestañear durante un largo instante, aunque tuve la sensación de que lo que veía se encontraba muy lejos de allí.

—Abuelo.

—¿Sí? —preguntó mientras lo guardaba todo de nuevo en el baúl.

—¿Por qué se marchó mamá de aquí?

Frunció el ceño, reflexivo, como si estuviera pensando en ello por primera vez en mucho tiempo.

—Tu madre y tu abuela, ellas... Ellas se querían mucho, pero no conseguían entenderse. Hannah era una mujer maravillosa. Amaba a su familia por encima de todo y logró ser muy feliz aquí. Sin embargo, no fue capaz de dejar atrás el pasado que arrastraba desde Polonia, continuaba abrumada por sus fantasmas, presentes cada día incluso para alguien que nunca había conocido ese pasado y no lo entendía.

—Te refieres a mamá.

Asintió con una triste sonrisa.

—Un día, tras una de sus discusiones, tu madre recogió sus cosas y se marchó. Creíamos que volvería. Siempre lo hacía. —Hizo una pausa para llenar sus pulmones de aire—. Esa vez no.

—¿Por qué no tuvisteis más hijos?

—Lo intentamos, pero no fue posible. Aunque eso no nos hizo menos felices. Hannah y yo siempre elevamos oraciones de gratitud por tener a Joanna.

De repente, mi cabeza se llenó de preguntas. Había tantas cosas que quería saber. Sobre las fotografías, los brazaletes, su niñez. Qué les había pasado a sus padres. A su hermana. A él.

—Abuelo, ¿qué...?

—¿Qué te parece si bajamos a cenar? Seguiremos buscando mañana —me cortó con una chispa de diversión.

—Pero... hay muchas cosas que quiero que me cuentes.

Se detuvo de camino a la puerta y su pecho se llenó con una profunda inspiración. Me miró por encima del hombro y en sus ojos vi el acopio de paciencia que estaba realizando bajo su tierna sonrisa. También el dolor y la tortura que de pronto le hicieron parecer solo un niño desvalido, encerrado en el cuerpo de un anciano.

—¿Qué día es hoy?

—Viernes —respondí.

—El viernes no es un buen día para contar historias.

—Pero...

—Lávate las manos, voy a servir la cena.

Me quedé boquiabierta. ¿Desde cuándo había unos días más propicios que otros para contar historias? Él abandonó la habitación y yo me dejé caer en la cama, dándome por vencida. Pero solo por el momento.

En el interior de mi abuelo había todo un mundo, puede que fascinante, puede que horrible, que quería conocer.

19
Declan

—Declan...

—Estoy aquí, estoy aquí, tranquilo.

—Tienes que encontrarla.

—¿Qué?

—Mi mochila, tienes que encontrarla... Encuentra mi mochila.

—Harvey, no te muevas, por favor. Deja que el médico te atienda.

—¡Búscala!

—Ya nos preocuparemos por eso.

—Mi cámara, Declan. La... mochila...

—La buscaré, te lo prometo. Lo haremos juntos en cuanto te pongas bien.

—No..., no voy a ponerme... bien.

—No digas eso, vas a recuperarte.

—Declan... Búscala, búscala, búscala... ¡Búscala!

Jadeé y me desperté de golpe. Tenía la boca seca y el cuerpo empapado en sudor. El corazón me latía con tanta violencia que lo sentía rebotando contra las costillas como una pelota de goma.

A veces, era consciente de que estaba soñando, pero no podía despertar. Esos instantes de consciencia, con mi mente entre este mundo y el de las pesadillas, eran los más aterradores. El miedo a quedar atrapado para siempre en ese espacio de tiempo. Un bucle sin fin.

Me levanté de la cama y me metí en la ducha. El agua me despejó un poco, aunque seguía notando el estómago revuelto. Fui a la cocina. Me preparé un café y cogí una porción de *pizza* fría que me había sobrado de la cena. Le di un bocado mientras contemplaba el cielo a través de la ventana. Las nubes volvían a cubrirlo, algo más densas, algo más oscuras. Como mis pensamientos.

Habían pasado más de cuatro años desde que Harvey entrara en coma y yo no había dejado de buscar esa maldita mochila. Había removido cada piedra, cada rama, cada rincón de aquel barranco, y nada. Allí no había nada. Después busqué en el río y en los arroyos que nacían de él. Me sumergí en las pozas y seguí buscando más y más lejos del punto de impacto.

Nada.

Mi corazón se negaba a perder la esperanza, a abandonar, porque algo le decía que la vida de mi hermano dependía de esa bolsa. Como si su sueño y la pérdida estuvieran ligados. Si la hallaba, él despertaría.

Sin embargo, mi mente... Mi mente me susurraba cosas que no quería oír, que me negaba a escuchar. Y las rechazaba. Las rechazaba sin descanso.

Miré el reloj. Si no me daba prisa, llegaría tarde al trabajo.

Me guardé el teléfono y las llaves en los bolsillos del pantalón y fui al perchero. Mi abrigo no estaba allí.

Recordé que se lo había dejado a Darcy.

La chica de las estrellas, así la llamaba Harvey por esa fascinación que ella sentía por las estrellas de mar. La chica que llegó un día y cambió mi vida de la misma forma que yo cambié la suya.

¡Qué lejos quedaba todo aquello!

Dicen que el tiempo todo lo cura, y yo lo pensaba, creía que sellaba puertas y ventanas, y abandonaba fuera el pasado. No es cierto, solo las deja a medio cerrar, y crea una falsa seguridad que te hace sentir protegido dentro de tus propios muros. Hasta que un día ese pasado vuelve y te das cuenta de que solo estaba en pausa.

Darcy no era una cicatriz, continuaba siendo una herida que escocía un poco más a cada minuto que pasaba.

Me moría de ganas de verla, recuperar mi abrigo era una excusa para hacerlo, pero sabía que no debía forzar una situación que ya era muy difícil y complicada. La noche anterior había metido la pata al intentar hablar de algo que no tenía cabida en ese momento.

Hay otras cosas que el tiempo no arregla. Yo continuaba siendo impulsivo, impaciente y hasta cierto punto egoísta.

Saqué un anorak del armario y salí a la calle. El viento sacudía con fuerza los árboles que rodeaban la cabaña. Subí a la furgoneta y me puse en marcha. El cielo encapotado volvía a anunciar tormenta. La isla era una zona húmeda y lluviosa, pero ese invierno estaba siendo particularmente inclemente y empezaba a echar de menos el sol.

El timbre de mi teléfono me sobresaltó. Puse el manos libres.

—Declan, cielo, soy mamá.

—Hola, mamá.

—¿Podrías pasar a buscarme? Ben ha llamado y dice que ya puedo recoger mi coche del taller.

—Voy para allá.

Dejé atrás el bosque y sus caminos serpenteantes. Comenzó a llover pocos minutos después. Me topé con un par de turistas que hacían dedo y me desvié de mi camino para llevarlos hasta el pueblo. Will iba a matarme por volver a llegar tarde.

Cinco minutos después, enfilaba el camino que conducía a la casa de mi abuela y que ahora ocupaba mi madre. Salté de la furgoneta en cuanto me detuve y subí al trote los escalones hasta la puerta principal. Me aparté el pelo que se me había pegado a la frente por la lluvia, fría y constante.

Entré sin llamar.

—Hola —saludé desde el recibidor.

—¿Declan? —La voz de mi madre brotó desde la cocina. Fui en su busca y la encontré peleándose con un bote de mermelada. Puso los ojos en blanco antes de mirarme y me sonrió—. ¿Puedes abrirlo?

Cogí el bote y con un giro de muñeca le quité la tapa.

—¿Te apetecen unas tostadas?

—No, solo café.

Ella se apresuró a servirme una taza y apoyó la espalda en la nevera antes de darle un sorbo a un vaso de zumo. Aún llevaba puesto el pijama y el pelo rubio le caía desordenado sobre los hombros. Cada vez que la miraba, veía a mi hermano en ella. Se parecían tanto que a veces no lograba levantar la vista del suelo para no encontrarme con esos ojos. Mis sombras estaban llenas de culpa.

—¿Hoy no trabajas? —me preguntó.

—Sí, tengo un grupo de estudiantes americanos que han venido para la migración de las ballenas, y ya llego tarde. ¿Podrías vestirte?

—Seguro que a Will no le importa que te retrases un poco, sois amigos.

—Pero de ocho a cinco es mi jefe y eso es lo que cuenta, mamá. Y si no cumplo con mi trabajo, puede despedirme. ¿No esperarás que me pague un sueldo por ser su amigo? —repliqué sin paciencia y malhumorado.

Ella movió la mano, como si le quitara importancia.

—Prácticamente se crio en esta casa, no debería olvidar eso.

—¿Y tú cómo lo sabes? —salté con acritud.

—¿Qué?

—Que se crio aquí, no estabas para verlo.

Ella me miró y la sonrisa que había en sus ojos se desvaneció. La curva de sus labios se hizo un poco más amplia, en un vago intento por no mostrar que mi actitud le dolía.

—Iré a vestirme, no quiero que llegues tarde por mi culpa.

Dejó el vaso en el fregadero y salió de la cocina.

Permanecí allí sentado con la vista clavada en los dibujos y las fotografías pegados con imanes al frigorífico. Recuerdos de la familia que una vez fuimos. Antes de que todo se fuera a la mierda y nada volviese a ser lo mismo.

Ya no quedaba nada a lo que llamar familia, por mucho que ella se esforzara fingiendo lo contrario. A veces, las cosas se rompen y es imposible volver a unirlas. Sin embargo, allí estábamos, intentándolo una vez más dentro de aquella falsa normalidad.

—Podemos irnos —anunció mi madre desde la puerta al cabo de unos minutos.

Salimos de la casa en silencio y subimos a la furgoneta. La miré de reojo mientras se ajustaba el cinturón. Nuestra relación había ido empeorando con el paso del tiempo, en gran parte por mi culpa. No lograba perdonarla. Así que nuestra vida desde que había regresado se limitaba a silencios incómodos, interacciones extrañas y encuentros raros llenos de contención. Ambos fingíamos que no pasaba nada, pero pasaba.

—He sabido que el señor Stern murió ayer —La voz de mi madre sonó precavida. La miré—. Lo siento mucho, sé que era importante para ti.

—¿Cómo te has enterado?

—Llamé al hospital...

—¿Para qué?

Me miró y pude ver que una sombra oscurecía su expresión. Había llamado por Harvey. Me di cuenta de inmediato de que mi pregunta había sido cruel. La había herido sin pretenderlo y me cabreaba sentirme mal por ello.

Respiré hondo. Apreté los dientes y me obligué a guardar silencio para huir de una conversación que siempre acababa mal.

Se frotó las manos e inclinó la cabeza para mirar por la ventanilla.

—¿Habrá un funeral?

—No. Su voluntad era que lo incineraran, sin ningún tipo de rito.

—Pero era judío, ¿no? Los judíos consideran un pecado la incineración.

—No todos, y Marek era bastante liberal.

—Estoy pensando que podría escribir un obituario y llevarlo al periódico para que lo publiquen. Marek era muy querido en el pueblo y estoy segura de que la gente querrá saber que ya no está con nosotros. No sé, podríamos preparar un pequeño homenaje. —Me miró—. Solo si a ti te parece bien, claro.

Me encogí de hombros. Era una buena idea, y Marek se merecía que lo recordáramos. Aunque esa responsabilidad ya no recaía en mí.

—Estaría bien. Pero habría que consultárselo a Darcy y que ella decida.

Arrugó la frente, pensativa.

—¿Darcy? ¿Te refieres a su nieta?

—Sí.

—Vaya, me había olvidado por completo de esa niña. Lo último que supe de ella fue que se había mudado con su padre. ¿Está aquí ahora, en Tofino? —Asentí y solté el aire de forma audible—. Era una chica muy guapa. Un poco callada, pero simpática. Harvey y ella siempre estaban juntos, ¿lo recuerdas? Eran inseparables.

Apreté el volante con fuerza y traté de ignorar sus palabras. Estaba haciéndolo de nuevo y me molestaba sobremanera que se adueñase de recuerdos que no eran suyos, que nunca le habían pertenecido. No tenía ningún derecho.

—¿Y cómo lo sabes? —exploté.

—¿Qué quieres decir?

—¿Cómo sabes que era callada, pero simpática? ¿Cómo sabes que mi hermano y ella eran inseparables? No estabas para verlo. —Cambié de marcha mientras mi mirada saltaba de mi madre a la carretera—. ¿Cuántas veces has visto a Darcy en tu vida, mamá? ¿Dos, tres veces en los cuatro años que estuvo viviendo aquí?

—Hijo...

—No tienes ni idea de cómo era ella ni de la relación que tenía con Harvey. O conmigo... ¿Sabías que salimos juntos? ¡No! Por qué ibas a saberlo. No estabas aquí —gruñí con desdén.

Me miró confundida.

—¿Tuviste una relación con esa chica?

—Estuvimos juntos más de un año. Nos queríamos, hicimos planes. Pensábamos ir a la universidad en la misma ciudad, y viajar cuando nos graduáramos.

—¿Y qué pasó?

—Tú, mamá. Eso fue lo que pasó —le espeté. Una expresión de sorpresa apareció en su cara—. Te marchaste, pasaste de nosotros y yo tuve que encargarme de todo. Cuidaba de la casa, de Harvey, de la abuela... No podía abandonarlos como hiciste tú para tener una vida normal y ser feliz con la chica que me gustaba. No a todo el mundo le resulta tan fácil como a ti...

—Para. —Me cortó. Le temblaban los labios—. Para la furgoneta.

—No puedo detenerme aquí.

—Para de una vez, Declan —insistió cada vez más alterada, y comenzó a tirar de la manija de la puerta.

Puse el intermitente y me aparté a un lado. Ella saltó antes de que me hubiera detenido por completo. Empezó a andar con intención de seguir el resto del camino a pie. La seguí bajo la fina llovizna que caía.

—Mamá, no puedes ir andando hasta el pueblo con este tiempo. —Me ignoró—. ¡Mamá!

Se le tensaron los hombros y se dio la vuelta. Me atravesó con la mirada.

—¿Eso es lo que piensas, que os abandoné? —me preguntó con lágrimas en los ojos—. Tu padre murió, nos quedamos sin nada. ¡Hijo, no podía hacer otra cosa! Debía trabajar, necesitábamos el dinero. ¿Cómo puedes pensar que os abandoné? —Alzó las manos con impaciencia—. No te haces una idea de lo que me costó dejaros aquí, pero no estabais solos, la abuela cuidaba de vosotros.

—Joder, mamá, debes de habértelo repetido tantas veces que has acabado creyendo tu propia historia.

—No tuve alternativa.

—Sí la tenías. Podías haberte quedado aquí, habrías encontrado trabajo sin ningún problema, pero nunca quisiste eso. La verdad es que papá murió y tú no soportabas vivir aquí, con sus cosas, entre recuerdos, y huiste. Pasar meses y meses en un barco de recreo, enviando dinero y postales de todo el mundo para aliviar tu conciencia, era mucho más fácil que enfrentarte a la realidad.

—Fue mucho más complicado que eso.

Parpadeé dolido. Estaba tan enfadado con ella, tan decepcionado. Hacía un año que había vuelto y yo no lograba superar esos sentimientos. Me pesaban, me asfixiaban. Quizá... quizá lo que necesitaba era dejarlos salir. Que supiera el daño que me había hecho.

—¿Sabes lo que fue complicado? Darme cuenta de que no te importábamos nada. Lo fácil que te resultó dejarnos atrás. ¡Dejarme! —grité. Ella abrió la boca para decir algo, pero no la dejé—. Complicado fue darme cuenta de que estaba completamente solo con catorce años. Complicado fue verme obligado a cuidar de un hermano pequeño y de una abuela que se pasaba los días llorando, porque tú no fuiste la única que perdió a alguien. Y no fue justo para mí. No era mi responsabilidad, sino tuya.

—Nunca quise que tuvieras esa carga. Creí... creía que hacía lo que debía.

—Pues te equivocaste, y mira cómo han acabado las cosas. Tuve que hacer de padre y madre con mi hermano, cuando yo también era un crío. Te necesitábamos aquí. ¡Yo te necesitaba!

—Lo siento.

—Lo sientes —me burlé—. Y fíjate, todo se ha arreglado por arte de magia.

Cogió aire, nerviosa, sin dejar de temblar.

—No necesitas ser tan cínico y sarcástico conmigo. Puede que no te guste, que incluso me odies, pero volví para quedarme. Sigo siendo tu madre y trato de hacer las cosas bien. Aunque no lo creas, intento ayudarte.

Chasqueé la lengua.

—No necesito tu ayuda. Ya no. Así que deja de meterte en mis asuntos y de tramar cosas a mis espaldas. No es tu decisión ni la de nadie, solo mía. No tienes ningún derecho a entrometerte.

—No puedo mantenerme al margen.

—Firmaste la renuncia. Ni siquiera dudaste.

—No es justo para Harvey, Declan —dijo con las mejillas cubiertas de lágrimas—. Te guste o no, es mi hijo, ambos lo sois, y quiero lo mejor para vosotros. —Negó de forma compulsiva—. Y no es esta fantasía que sigues manteniendo.

—Te equivocas. Y muy pronto vas a arrepentirte de haberlo pensado siquiera.

Harvey era lo único que me quedaba y no podía perderlo. No después de haberle fallado como lo hice.

Iba a ponerse bien.

Tenía que ponerse bien.

20
Declan

Noviembre de 2008.

Dieciséis años.

Colgué el teléfono y salí fuera. El frío invernal me golpeó el rostro.

Me senté en un escalón de la entrada sin que me importara que estuviera mojado por la llovizna que había caído durante la tarde.

Desde que nací, en mi vida solo hubo una verdad absoluta: mi padre era una especie de héroe inmortal que siempre estaría conmigo. Una idea que se desvaneció en el preciso instante en que el sistema hidráulico de una grúa falló y la tonelada de troncos que transportaba se precipitó contra el suelo.

Ese instante solo duró un segundo.

Un segundo que acabó con su vida y transformó la mía.

La de toda mi familia.

—No va a venir, ¿verdad? —preguntó Harvey a mi espalda.

—Dice que una de sus compañeras se ha puesto enferma y debe sustituirla.

—¿Cuánto tiempo será esta vez?

—Crucero de lujo, vuelta al mundo...

—Otros cuatro meses —dijo él mientras se sentaba a mi lado.

Una ráfaga de aire gélido nos sacudió. Lo miré de reojo. Uno de mis trabajos a tiempo completo era asegurarme de que Harvey estuviera bien. Sabía que una parte de él me odiaba por cuidarlo como lo hacía, pero así eran las cosas entre nosotros. Había prometido que él sería siempre lo primero. Se lo juré a mi padre mientras su mera voluntad estiraba unos minutos más su último aliento. Poco después, le aseguré a mi madre que velaría por él hasta que ella regresara.

Le di un empujoncito con el hombro y él soltó un gruñido. No recordaba que yo hubiese sido tan capullo a los catorce años.

—Estaremos bien —susurré. Apreté los puños y llené mis pulmones de aire a la vez que lo repetía con un poco más de fuerza—. Estaremos bien.

Necesitaba creer que así sería.

Harvey estaba cambiando, ya no era el niño dulce de antes. Empezaba a convertirse en uno de esos adolescentes ariscos incapaces de sonreír. Apenas hablaba, salvo para contestar con monosílabos, y se pasaba las horas encerrado en su cuarto, cuando no estaba por ahí grabando cosas con su cámara.

Me pasé las manos por la cara y me humedecí los labios con frustración.

A veces sentía que todo aquello se me escapaba de las manos. La mayor parte del tiempo no sabía cómo tratar con Harvey, y aun así me empeñaba en demostrarme a mí mismo que podía hacerme cargo de la situación, por muy difícil que fuese.

La luz del día empezó a desaparecer y la oscuridad se fue adueñando del bosque que nos rodeaba. Una de las farolas que bordeaban la carretera parpadeó un par de veces antes de encenderse por completo. Me puse en pie y me sacudí el trasero con las manos. Se hacía tarde y aún debía ayudar a la abuela a preparar la cena.

Cada noche, cenábamos los tres juntos en la mesa del comedor y yo me esforzaba para que no perdiéramos esa costumbre. Era una de las pocas cosas que nos mantenían unidos y nos recordaba que aún éramos una familia.

—Deberías entrar y acabar los deberes. Yo iré a echarle una mano a la abuela con el estofado.

—Vale —respondió Harvey en voz baja. Se levantó y comenzó a subir los escalones, pero se detuvo al llegar al último. Vi que su espalda se movía con una profunda inspiración—. ¿Crees que la abuela está bien?

—Sí, claro que sí. ¿Por qué lo preguntas?

—Si a ella le pasara algo, nos quedaríamos solos.

Me miró angustiado.

—No le ocurrirá nada —le aseguré con una sonrisa, aunque ni yo mismo estaba seguro de que fuese cierto.

Su salud se había ido deteriorando desde la muerte de mi padre y, pese a que fingía ante nosotros con mucha convicción, yo sabía que la depresión que arrastraba cada vez era más profunda.

Harvey frunció el ceño, aún preocupado. Sus dedos jugueteaban con el bajo de su jersey.

—Pero si le pasara, ¿qué sería de nosotros? Papá murió. Mamá no está y si la abuela... Si ella también nos deja, a nosotros nos separarán. Somos menores, iríamos a un orfanato o a un hogar de acogida.

—¿De dónde sacas esas ideas? —Subí un escalón para quedar a su altura y poder mirarlo a los ojos—. Harvey, nadie va a separarnos.

—Darcy dice que su abuelo nos adoptaría si eso pasara. Nos adoptaría a los dos.

Se me hizo un nudo en la garganta al darme cuenta de la angustia que le causaban esos pensamientos, tanta como para habérselos confiado a su amiga. Siempre había sido muy reservado con sus emociones, más aún desde que papá había muerto. Me alegraba de que tuviera alguien con quien compartir las cosas que le preocupaban.

Ojalá yo pudiera hacer lo mismo.

Me froté los brazos por encima de la camisa para apartar el frío.

—Eso dice Darcy, ¿eh? —Le guiñé un ojo y esbocé una sonrisa traviesa. Quería distraerlo y que su mente pensara en cosas más propias de un chico de su edad—. Pero si el señor Stern nos adoptara, ella se convertiría en tu sobrina. Seríais familia. Ya no podríais salir juntos ni daros besitos.

El rostro de Harvey se transformó en una mueca. Parecía que había mordido un limón.

—¿De qué estás hablando? Darcy y yo no nos besamos.

Decía la verdad y eso me descolocó.

—¿Y qué hacéis todo ese tiempo que pasáis en tu habitación con la puerta cerrada?

—Hablar, ver vídeos, hacer deberes... —Empezó a sonreír—. ¿Pensabas que Darcy y yo salíamos juntos?

—Es lo que parece. No sé. Sois como siameses, todo el día pegados. —Su sonrisa se hizo más amplia—. Y le has puesto ese mote tan cursi que cada vez que lo oigo me dan ganas de vomitar. «La chica de las estrellas», es demasiado... puaj.

—Le gustan las estrellas de mar, está obsesionada con ellas. Solo es eso.

—¿Y por qué le gustan esos bichos?

Se encogió de hombros.

—Hace tiempo que dejé de intentar entenderla. Darcy es la chica más rara que he conocido nunca, pero es una tía guay. Aunque no guay en plan novia... —replicó como si necesitara dejar muy claro que no había nada romántico entre ellos—. Sino guay en plan amiga, ya sabes. Es divertida y está un poco loca, ¡es rara!

Me hizo gracia la forma en la que Harvey hablaba de ella

y despertó mi curiosidad. Nunca me había fijado en Darcy, la verdad. Era una cría delgaducha, con el rostro lleno de pecas y apenas levantaba los ojos del suelo. Le obsesionaban las estrellas de mar y era rara, en plan guay, claro. Sacudí la cabeza y sonreí para mí mismo. Tenía catorce años y ya era más interesante que la mayoría de mis amigos.

—¡Eh!

Volví la cabeza y allí estaba *La chica de las estrellas*, saludando con la mano. La miré mientras se acercaba. Llevaba un abrigo azul celeste, una bufanda y un gorro de lana que enmarcaba su rostro. Unos mechones de su pelo oscuro ondeaban con el aire y se empeñaba en apartarlos de su cara con torpeza por culpa de unas manoplas demasiado grandes.

Entonces sonrió, y mis labios se curvaron sin que me diera cuenta, imitando su gesto.

Fue la primera vez que pensé que era guapa, y algo extraño se agitó dentro de mi pecho. Una ligera incomodidad que me hacía sentir mal conmigo mismo, como si no fuese apropiado. Aparté la vista y miré a mi hermano.

—Solo un rato, Harvey, y no te alejes. Aún debes terminar los deberes y la cena no tardará en estar lista.

Él asintió y de un salto bajó los escalones. Me llamó cuando yo estaba a punto de entrar en casa.

—Declan, entonces... —Una sonrisita maliciosa le hizo achinar los ojos—. Cuando traes a una chica a casa y cierras la puerta de tu cuarto, ¿es para daros besitos?

Frunció los labios y empezó a lanzarme besos. Me eché a reír con ganas, no pude evitarlo.

—¡Cállate, idiota!

21
Darcy

Cuando desperté, todo estaba borroso.

Abrí los ojos y levanté el brazo para protegerme de la luz que entraba por la ventana. Pasaron unos segundos antes de que recordase dónde estaba. Me había quedado dormida sobre la cama de mis abuelos, hecha un ovillo, y sentía el cuerpo entumecido por el frío.

Me puse en pie y me di cuenta de que aún llevaba el abrigo de Declan. Olía a él, un rastro débil y difuso. Traté de ignorar el anhelo que brotó en mi pecho, esa sensación hormigueante que me hacía contener el aliento. Me lo quité y lo puse sobre la cama, después me dirigí al baño.

Encendí la estufa que había tras la puerta.

Aguardé unos minutos hasta que la habitación se calentó un poco y me fui quitando la ropa. Abrí la ducha. Dejé correr el agua y me quedé delante del espejo que colgaba encima del lavabo, mirándome.

Reconocí con dificultad a la chica que me devolvía la mirada, y no solo porque mi aspecto era horrible, con el pelo sucio después de varios días sin poder tomar una ducha y unas sombras oscuras bajo los ojos que los hacían parecer hundidos y sin vida, sino porque sentía que dentro de mí había cambiado algo.

Había un vacío enorme donde antes solo había enfado, rabia y reproches. También silencio. Un silencio extraño al que no estaba acostumbrada. Y una necesidad abriéndose paso con vida propia, la de recordar la clase de persona que había sido allí. La mejor versión de mí hasta ahora. Necesitaba encontrarla y empezar de cero con ella. Con suerte, volveríamos a ser solo una.

Me metí en la bañera y deslicé la cortina. Una densa nube de vapor me envolvió. La tensión de mi cuerpo se fue aflojando mientras entraba en calor. Me enjaboné el pelo y cada centímetro de piel. La froté con fuerza, como si así pudiese deshacerme de todo lo malo que notaba pegado a ella. Desprenderme de cada una de las capas que la cubrían.

Capas y capas de nada que antes lo habían sido todo.

Que habían perdido el sentido.

Que ya no importaban.

Que me habían vuelto invisible y estaban a punto de hacerme desaparecer.

Entonces me di cuenta de que desaparecer me daba más miedo que vivir. Y que había perdido tantas cosas por ese pánico a respirar, a volver a sentir, a no saber qué hacer si las cosas salían mal. Si salían bien...

El agua me resbaló por la cara, arrastró toda la espuma y creó un charco alrededor de mis pies. Observé cómo formaba un remolino en torno al sumidero y desaparecía, llevándose consigo mis ganas de huir, de esconderme y lamerme las cicatrices.

Mi conciencia se iluminó lentamente, como un amanecer que despunta. Leí en alguna parte que no podemos alcanzar lo que tenemos delante hasta que dejamos ir lo que nos persigue. Y tras de mí había todo un ejército de fantasmas.

Me envolví en una toalla y salí al pasillo. El suelo estaba helado, y ese frío me subía por las piernas hasta alcanzar mi estómago. Recordé que la maleta con todas mis cosas se había quedado junto a la entrada.

Bajé la escalera y contemplé el salón. Una profunda nostalgia me puso al borde de las lágrimas. Me acerqué a la repisa de la ventana. La madera continuaba arañada en el mismo lugar donde solía subir los pies con los zapatos puestos, hasta que el abuelo, con su infinita paciencia, me recordaba que debía quitármelos. Ese hueco entre el cristal y la cortina era mi rincón favorito de toda la casa. Allí me sentía más segura que en cualquier otro lugar, desde donde podía ver lo grande que era el mundo, con la certeza de que lo malo que habitaba en él nunca me alcanzaría. Mi abuelo jamás lo permitiría.

Cargué con la maleta y regresé arriba. Me vestí en el baño, que aún continuaba caliente gracias a la estufa, y me recogí el pelo en una coleta. Después me acerqué a la ventana y limpié el vaho que cubría el cristal. Afuera llovía y una espesa niebla envolvía los árboles.

Sin nada mejor que hacer, me dediqué a recorrer una a una cada habitación de la casa.

Todo seguía igual, un poco más anticuado a mis ojos, pero intacto en mis recuerdos. Mi cama seguía siendo la misma, con su vieja estructura de madera y el edredón azul salpicado de estrellas. La cómoda y el espejo también continuaban siendo los mismos, junto al baúl de mimbre a los pies de la cama. Bajo la almohada sobresalía un trozo de tela que reconocí de inmediato: mi viejo pijama de lunares rojos.

Mis dibujos colgaban de las paredes. Decenas de ilustraciones que había hecho durante las largas noches de invierno junto a la chimenea y los infinitos días del verano en el porche.

Era como si aquella casa llevara esperando todo este tiempo a la niña que se marchó.

Me fijé en que faltaban algunos, aunque no lograba recordar cuáles. Solo los huecos en la pared revelaban que una vez estuvieron allí.

Mi teléfono móvil sonó. Descolgué en cuanto vi que se trataba de Eliza.

—Dime que me echas de menos.

—Te echo de menos —respondí.

Eliza soltó una risita y yo la imité. La había mantenido informada a través de mensajes y escuchar de nuevo su voz hizo que una suave calidez me rodeara.

—¿Cómo estás?

—¿Sinceramente?

—Sí.

Inspiré hondo y regresé al salón mientras ordenaba mis pensamientos. Me tomé unos segundos para pensar en cómo me sentía.

—No sé cómo estoy. Creo que... bien. —Me acomodé en la repisa de la ventana y aparté la cortina para mirar fuera. Continuaba lloviendo—. Es extraño, pero me siento como si nunca me hubiera marchado. Me... me siento en casa.

—Eso es bueno, Darcy.

—Sí, lo es. Desde aquí lo veo todo distinto, con otra perspectiva. Me estoy dando cuenta de que no puedo permitir que el pasado me rompa más futuros.

—No puedes, ya has cargado con él demasiado.

—Tengo que hacer las paces con este lugar y todo lo que dejé aquí, conmigo misma, y tomarme el tiempo que necesite para ello.

—¿Y eso qué significa?

Cerré los ojos un momento y la respuesta a su pregunta apareció sin que tuviera que pensar en ella. Surgió dentro de mí sin esfuerzo y con determinación.

—Voy a quedarme un tiempo, Eli.

—¿Quedarte ahí? ¿Quieres decir que no vas a regresar a casa? —La sorpresa era patente en su voz.

Contuve el aliento y lo solté despacio.

—Es que no tengo muy claro dónde se encuentra mi casa en este momento.

—Pues aquí, en Auckland, con tu familia y conmigo. Te animé a marcharte porque sabía que necesitabas arreglar las cosas con tu abuelo, pero no imaginaba que querrías quedarte en Tofino.

—Ni yo. —Me reí con una mezcla de humor y tristeza. Suspiré—. Debo hacerlo.

—Darcy...

—Necesito que lo entiendas. En este momento no tengo más motivos para volver que para quedarme. La verdad es que estoy sin trabajo, sin apenas dinero ni casa, y antes de que digas nada, sé que podría quedarme contigo todo el tiempo que necesite. Lo sé. —Hice una pausa y apoyé la frente en el cristal—. Pero siento que debo estar aquí. No me había dado cuenta de lo mucho que lo echaba de menos. Es tan bonito y hay tantos recuerdos. No sé cómo explicarlo, solo... solo siento que debo estar aquí. ¿Puedes entenderlo?

—Lo entiendo —suspiró al otro lado de la línea.

Me levanté de la repisa y empecé a moverme por la habitación.

—Además, mi abuelo tenía una última voluntad. Algo relacionado con sus cenizas y las de mi abuela. Se supone que yo debería saberlo, y no tengo ni idea. Es importante que lo recuerde para cumplir sus deseos.

—Está bien. Eso... eso es importante. —Hizo una pausa—. Pero si tardas mucho en volver, iré a buscarte, señorita.

Sonreí.

—Eres mi mejor amiga y te adoro.

—Deja de decir esas cosas o me harás llorar, y hoy llevo un maquillaje perfecto y carísimo. —Rio entre sollozos. El silencio inundó la línea unos segundos—. ¿Y cómo piensas arreglártelas?

Me encogí de hombros, aunque sabía que ella no podía verme.

—Bueno, vivir aquí es más barato y puedo estirar mis ahorros un tiempo. Tengo la casa de mi abuelo y podría buscar trabajo. —Cogí aire—. Seguro que encuentro algo, mi nivel de exigencia ha bajado mucho en los últimos días.

Eli se echó a reír.

—¡Siempre tan dramática!

—No es cierto —gruñí divertida.

Me detuve frente a la mesa y vi el número de teléfono que Declan había anotado en un papel, bajo una dirección. Supuse que la de su casa. Mi primer impulso fue arrugarlo y tirarlo, pero acabé dejándolo donde estaba.

—¿Estás segura de que esto es lo que quieres hacer? —insistió Eli una última vez.

—Sí, al menos por un tiempo. Necesito aclararme, encontrarme, no sé... Tengo que poner en orden mi vida y, con suerte, podré hacer borrón y cuenta nueva.

—Espero que lo consigas, Darcy. Buena suerte y llámame siempre que puedas, ¿vale?

Soltó un sollozo y oí cómo se sorbía la nariz.

—Te lo prometo.

Colgué el teléfono y me senté en el sofá, más convencida que nunca de cuáles eran mis problemas y de lo mucho que necesitaba permanecer en Tofino para solucionarlos.

Quería dejar atrás una vida de autocompasión en la que todos eran responsables de mis problemas salvo yo. Terminar con esa chica cobarde que nunca tuvo el valor de enfrentarse a sus miedos, cuando en realidad solo eran una sarta de pretextos patéticos para no tener que aceptar la realidad. La felicidad no está en el exterior ni en las personas que nos rodean, está dentro de nosotros. La felicidad es un lienzo en blanco y solo nosotros decidimos cómo pintarlo.

Yo quería llenarlo de colores, aunque no sabía cómo empezar.

Inspiré hondo. Quizá lo que necesitaba era dejar de pensar, de analizarlo todo, de intentar curarme las heridas antes de que me hubieran lastimado para protegerme del dolor. Quizá la clave estaba en sentir sin más. En no esperar nada y dejar que todo me sorprendiera. En deshacerme de los malos recuerdos y crear otros nuevos sin su sombra.

Podía y debía hacerlo.

Había pasado toda mi vida rodeada de personas con las que me veía obligada a medir mis actos y a filtrar mis palabras, siendo menos yo por miedo a no gustarles. Por miedo a que dejaran de quererme. Sufriendo y haciendo como que no. Y esa actitud me había hecho sentirme sola desde que podía recordar.

Menos allí, en ese pueblo, donde logré ser solo Darcy.

Solo yo.

22
Darcy

Dejó de llover a la mañana siguiente. La luz del día entró en la habitación y, por un instante, solo fue un creciente resplandor oblicuo a través de las cortinas antes de iluminarlo todo de golpe. Me levanté de la cama y me acerqué a la ventana. Afuera el cielo estaba completamente azul y el sol brillaba con fuerza, arrancando destellos a la hierba aún húmeda.

Me estiré con los brazos por encima de la cabeza y bostecé. Me notaba descansada, y también inquieta. Me planté frente al armario, abrí las puertas y contemplé la ropa que había llevado. No era mucha, un par de pantalones, tres camisetas y dos jerséis de lana que Eliza me había prestado después de buscar sin éxito mi ropa de invierno en las cajas de la mudanza. Iba a necesitar más. También lencería, calzado, algún abrigo, gorro, bufanda, guantes... Comida, productos de aseo y limpieza.

Le eché un vistazo a mi cartera y vi que solo me quedaban cuarenta dólares, pero eran neozelandeses. Hasta ahora había podido pagar todos mis gastos con tarjeta, pero iba a precisar dinero en efectivo.

También un modo de llegar al pueblo.

Pensé en la camioneta. Corrí hasta la ventana del pasillo

y me asomé. Mi abuelo solía aparcarla debajo. Pegué la nariz al cristal. Allí estaba, cubierta con una lona.

Crucé los dedos para que funcionara.

Me vestí. Cambié las cosas de mi bolso a una antigua mochila mucho más cómoda que encontré en el altillo, y salí de la casa.

Tiré de la lona con fuerza y descubrí la camioneta. Salvo por un poco de óxido en el guardabarros, parecía estar en perfectas condiciones. Subí tras el volante y las llaves cayeron en mi mano en cuanto bajé la visera.

Giré la llave una vez en el contacto. Nada. Lo intenté de nuevo, con un poco más de fuerza. Sonó un leve chirrido, después un quejido, y volvió a quedarse en silencio. Probé una vez más. Y otra. Hasta que no me quedó más remedio que aceptar que el motor de aquel trasto estaba muerto.

Consideré mis opciones. Podía quedarme en casa y morirme de hambre, o buscar otro medio de transporte. Hacer dedo no entraba en mis planes. Había visto demasiados capítulos de *Mentes criminales* como para saber que la sonrisa más amistosa podía esconder a un fanático de *La matanza de Texas*.

El número de Declan continuaba sobre la mesita; sin embargo, no me veía capaz de llamarlo y pedirle ayuda. Aún no me sentía preparada para enfrentarme a él y nuestros problemas. Primero quería recomponer ese corazón que un día latió por él y que volviera a palpitar por sí solo.

Me quedaba una alternativa, mi vieja bicicleta. Un antiguo modelo de paseo, azul y marrón, con una cesta de mimbre. En el pasado había pertenecido a mi madre. Y mucho antes a mi abuela. Ojalá continuara allí.

Fui hasta el garaje y abrí las puertas. La encontré colgando de la pared. A simple vista parecía estar bien. Me abrí paso entre todos los trastos que lo abarrotaban y la bajé del soporte. Logré sacarla hasta la calle y con alivio comprobé que seguía perfecta.

Me puse los auriculares y elegí una de las listas de música de mi teléfono al azar.

Las notas me recorrieron la piel.

Comencé a pedalear, al principio despacio, sin mucha seguridad. Poco a poco fui cogiendo confianza y, sin darme cuenta, me encontré volando por los caminos que tantas veces había recorrido.

El sol me calentaba la cara de un modo agradable y me envolvía como una suave manta. Sonreí hasta que empezaron a dolerme las mejillas, y me di cuenta de que lo que hace que algunos momentos sean especiales es la intensidad con la que los vivimos.

Cuando llegué al centro del pueblo, mi estómago gruñía como una fiera salvaje. Me dirigí al banco y, tras un par de trámites algo tediosos, salí de allí con una parte de mis ahorros en efectivo.

Empecé a andar a paso ligero, pero enseguida me obligué a aflojar el ritmo. Tenía que librarme de aquella costumbre de avanzar deprisa. Después de todo, nada importante me esperaba. Solo la siguiente decisión. El próximo pensamiento. Solo improvisación.

Entré en la primera cafetería que encontré. Se llamaba Thomas's, y no me resultaba familiar. Debían de haber abierto tras mi marcha.

Estaba repleta de gente; adiviné que la mayoría eran turistas. Me abrí paso hasta encontrar un hueco en la barra y me senté en un taburete. Le eché un vistazo a la carta. Todo tenía una pinta increíble.

—¿Qué vas a tomar?

Alcé la vista al mismo tiempo que la camarera lo hacía y, cuando nuestros ojos se encontraron, me quedé de piedra. Había cambiado, pero era imposible no reconocerla.

—¡¿Sloane?! Dios mío, no esperaba encontrarte aquí. Estás... estás genial.

No se me había pasado por la cabeza que ella pudiera

seguir viviendo en Tofino. Su único sueño desde siempre había sido marcharse del pueblo y convertirse en actriz o modelo. Vivir en una gran ciudad y conocer al amor de su vida que, por supuesto, sería increíblemente maravilloso. Siempre pensé que acabaría cumpliéndolo, aunque solo fuera en parte.

Sloane me miró pestañeando y su expresión de sorpresa dio paso a otra mucho más seria e indiferente. Por un momento, creí que no me había reconocido.

No tardé en salir de mi error.

—No tengo todo el día, Darcy, ¿piensas pedir algo? —me apremió con desdén.

Me puse pálida de la impresión. Abrí la boca para decir algo, pero no me salían las palabras. El silencio cayó sobre nosotras mientras nos mirábamos. Por un segundo me pareció ver un destello de dolor cruzando su cara, antes de que frunciera el ceño y suspirara como si yo fuera una molestia.

No entendía qué estaba pasando. Y por alguna razón, me sentía al borde del llanto.

—Un *latte* y un bollo de mantequilla, por favor.

Sloane dio media vuelta y se puso a trastear la cafetera.

Miré hacia la puerta. Una parte de mí, una muy grande, quería cruzarla y salir corriendo, pero algo en ese deseo me parecía patético. Además, iba en contra de la decisión que había tomado. Sabía por qué me quedaba en Tofino, y esa razón merecía la pena. Así que inspiré hondo y mantuve la calma. Fuese cual fuese el problema que Sloane tenía conmigo, trataría de arreglarlo.

Le di las gracias cuando me sirvió el desayuno. Ni siquiera respiró.

Empecé a comer mientras la observaba con disimulo y ella hacía otro tanto conmigo. Por momentos, su expresión parecía más triste que enfadada, y yo continuaba sin entender absolutamente nada. Me hundí en el taburete, confundida e incómoda.

—¡Hola!

Casi me atraganté con el café. Ladeé la cabeza y allí estaba Declan, mirándome con una tímida sonrisa bajo un gorro de lana encasquetado hasta las orejas. Vestía un pantalón cargo gris y una sudadera negra con el logo de una empresa de actividades y deportes de aventura. Unas botas de montaña completaban su atuendo.

Nerviosa, me recogí un mechón de pelo tras la oreja intentando que no se notase que me temblaba la mano. Inspiré. Un aroma a pino y tierra húmeda inundó mi nariz.

—Hola.

—Sigues por aquí.

—Eso parece.

—Me alegro de que te hayas quedado.

—Es que debo solucionar algunas cosas.

Él me observó con interés. Y yo me lamí los labios, nerviosa.

—Ya sabes que puedes contar conmigo si lo necesitas. Para lo que sea, no importa.

Nuestros ojos se encontraron y el corazón me latió más rápido.

—Gracias.

—Faltaría más.

Soltó una risita que acabó en un suspiro. Llamó con un gesto a uno de los camareros.

—Lo de siempre.

Se acomodó en la barra. Su brazo, rozando el mío. Bebí un sorbo de café e ignoré el escalofrío que me recorrió la espalda al tenerlo tan cerca.

—Te dejaste tu abrigo en mi casa —dije para llenar el silencio.

—Iré a buscarlo en cuanto me sea posible, si te parece bien.

La idea de que pasara por casa, de vernos a solas, me ponía muy nerviosa. Su simple presencia allí, rodeados de gente, ya me turbaba hasta límites que me estaba costando manejar.

—Oh, no pierdas el tiempo con eso. Te lo llevaré a casa de tu abuela y de paso la saludaré.

Él negó con un gesto casi imperceptible.

—Hace mucho que mi abuela nos dejó. Ahora es mi madre quien vive en esa casa.

Lo miré con un peso enorme en el estómago.

—Lo siento, Declan. Sé que la adorabas.

—Nunca superó la muerte de mi padre.

El camarero se acercó y le entregó un café para llevar.

Paseé la vista por el local, buscando a Sloane, pero no la vi por ninguna parte.

—¿Y qué tal está tu madre? No sé si sería capaz de reconocerla —me interesé.

—Probablemente no, solo la viste un par de veces, y de eso hace mucho.

—Es cierto —admití—. Me alegro de que haya regresado. Supongo que es un alivio para ti, sobre todo con Harvey en el hospital. —No respondió, aunque no me pasó desapercibida la mueca de disgusto que arrugó sus labios—. ¿Y cómo está él?

—Bien, solo necesita tiempo para que su cerebro se recupere.

—¿Y qué fue lo que le pasó?

—Un accidente de tráfico —respondió de forma escueta.

La misma respuesta que me había dado en el hospital, y no vi muestras de que quisiera ampliar esa información. Bajó la cabeza y yo no le pregunté más sobre el tema.

—Si no es una molestia, quizá me acerque pronto al hospital y le haga una visita. Me gustaría.

Sus ojos se iluminaron al mirarme de nuevo.

—¡Sí, por supuesto! Estoy seguro de que le hará bien. —Sonrió—. ¡Gracias!

—No me des las gracias, es Harvey.

—Cierto. —Su mirada clara, nerviosa, se enredó con la mía—. Siempre te importó.

—Mucho, ya lo sabes.

Asintió. Nos miramos fijamente, en silencio. Se me hacía difícil asimilar todo lo que estaba pasando. Estar de vuelta en Tofino, hablando con Declan en una cafetería. Como si nunca hubiera pasado el tiempo. Porque si cerraba los ojos, casi podía vernos. Dos niños perdidos en Nunca Jamás. Peter y Wendy jugando a ser mayores, contando estrellas sobre un colchón de musgo, imaginando que volaban muy lejos. Esos habíamos sido nosotros en otro tiempo.

De repente, Sloane apareció a nuestro lado.

—Estoy lista, podemos irnos —se dirigió a Declan.

Él se enderezó y me percaté de que se había puesto rojo.

—Sí, claro, he aparcado fuera. —Primero me miró a mí y después, a ella—. ¿Has visto a Darcy?

Sloane me ignoró. Se recolocó el bolso y se movió impaciente.

—Ya nos hemos saludado —replicó con frialdad—. ¿Podemos irnos? Sabes que mi madre se pone nerviosa si no llego a tiempo.

Declan asintió mientras cogía su café. Me obligué a no apartar la vista. Él me dedicó una leve sonrisa, tan tensa como el momento que estábamos viviendo. Cada línea de su rostro parecía reflejar una gran intensidad.

—Ya nos veremos. Es... es difícil no encontrarse en un pueblo tan pequeño.

Asentí con la cabeza y observé cómo ambos salían por la puerta.

Pagué el desayuno y abandoné la cafetería dándole vueltas a lo que había sucedido en los últimos minutos. Era evidente que Sloane no se alegraba de mi regreso y, por más que intentaba adivinar los posibles motivos, no se me ocurría nada. Al menos, nada con sentido.

Me desconcertaba que fuese así.

Me dolía.

Subí a la bici y me dirigí a la calle principal, donde se encontraban muchos de los comercios que necesitaba visitar. Pedaleé sin prisa, disfrutando del sol y el aire salado. Intenté despejar la mente y no pensar en nada, pero una idea no dejaba de rebotar dentro de mi cabeza como una pelota de goma. ¿Lo que había visto en la cafetería significaba que Declan y Sloane estaban juntos? ¿Y desde cuándo? ¿Y por qué esa posibilidad me apretaba con tanta fuerza las entrañas que me costaba respirar?

«Estás celosa», dijo una vocecita dentro de mi cabeza. No quise escucharla. Era un completo disparate. Simplemente, reencontrarme con las personas que tanto habían significado para mí en el pasado me estaba afectando.

De pronto, los recuerdos habían vuelto. Las promesas. Los momentos compartidos. El eco de unos sentimientos tan intensos y profundos que aún notaba la sombra de sus raíces aferradas a mi pecho. Y por más que intentaba mantener mis barreras arriba, los últimos ocho años se disolvían como un terrón de azúcar en agua caliente.

El pasado y el presente se entremezclaban formando un solo tiempo en el único lugar que sentía mi casa. Donde lo aprendí todo sobre la amistad, el amor y el sentido de una familia.

Ellos eran los únicos que habían conocido de mí lo que ni yo había sido capaz.

Sloane, Harvey y Declan. Lo habían sido todo para mí, cada uno a su modo.

23
Darcy

Junio de 2009.

Catorce años.

Casi no me lo podía creer, pero él último día de clase había llegado a su fin y las vacaciones de verano eran una realidad. Adiós, noveno grado. Subí al autobús escolar, con Sloane pisándome los talones, y ocupamos la última fila de asientos.

Miré por la ventana trasera, buscando a Harvey. Lo vi alejándose del aparcamiento.

—¡Eh, Harvey! —Golpeé el cristal para llamar su atención. Mi amigo levantó la vista y me vio—. ¡Te he guardado un sitio! —grité mientras gesticulaba.

Negó con un gesto y se despidió con la mano. Era la tercera vez esa semana que me evitaba. No entendía qué demonios le ocurría, pero cada día que pasaba su comportamiento era más esquivo y se alejaba un poco más de mí. Lo perdí de vista y me cambié de lugar en el autobús para ver hacia dónde iba. Lo vi cruzar todo el aparcamiento hasta la carretera, y dirigirse a un coche con los cristales tintados, aparcado al fondo de la calle. Subió al asiento trasero.

—No sé por qué sigues molestándote —dijo Sloane.

—Es nuestro amigo.

—Querrás decir que era nuestro amigo —remarcó «era» con un tonito acerado—. Ahora prefiere salir con esos dos delincuentes. Allá él, no son buenas personas, Darcy. La gente dice que andan metidos en asuntos turbios.

—¿Qué asuntos turbios?

—Ya sabes, drogas y esas cosas.

—Harvey no tomaría drogas —repliqué a la defensiva.

—¿Cómo lo sabes? Ha pasado de nosotras todo el trimestre. Ha cambiado.

Me hundí en el asiento. Sloane tenía razón. Harvey había cambiado mucho en los últimos meses, desde que esos dos chicos se habían mudado al pueblo poco después de Navidad. No era raro verlos fumando y bebiendo en la calle a horas intempestivas, y la gente decía que eran bastante maleducados y temperamentales.

Me costaba entender qué había visto mi amigo en ellos.

Esa misma noche decidí acercarme a su casa y hablar con él. Estaba preocupada y lo echaba de menos. Añoraba al chico simpático que había conocido a mi llegada. El mismo que se escondía tras una cámara de vídeo para ocultarle a los demás que era un ser sensible, al que le costaba entender el mundo y las cosas malas que pasaban en él. Que guardaba una profunda tristeza de la que yo, y puede que solo yo, había visto algún retazo.

Subí al porche y llamé al timbre después de secarme el sudor de las manos en mis pantalones cortos. Mientras esperaba, reproduje en mi mente la escena que vendría a continuación. Declan abriría la puerta y...

«Hola, Darcy.»

«Hola, Declan. ¿Está Harvey en casa?»

«En su cuarto, puedes subir.»

«Gracias.»

Siempre la misma conversación, palabra por palabra, durante dos años. A esa breve interacción se reducía nuestra relación. Sin embargo, durante esos breves segundos en los que sus ojos se posaban en mí sin detenerse a mirarme, mi corazón latía desbocado y un cosquilleo me encogía el estómago.

No recuerdo muy bien en qué momento ocurrió, si fue algo que pasó poco a poco o si apareció de golpe como el truco de un mago tras chasquear sus dedos. Solo sé que me dejaba sin respiración y el mundo se paraba cada vez que lo veía. Lo quería hasta los huesos y guardaba ese sentimiento como el mayor de mis secretos. Porque, al fin y al cabo, yo solo era la vecina pequeña que vivía al final del camino. La amiga pecosa y gritona de su hermano.

Simples conocidos circunstanciales.

Hasta aquel día.

La puerta se abrió y Declan apareció descalzo, vistiendo solo unos vaqueros y una camiseta tan desgastada que casi se transparentaba. Mis latidos alcanzaron un ritmo errático y bajé la mirada a mis pies.

—Hola, Darcy.

—Hola, Declan. ¿Está Harvey en casa?

—No, no ha vuelto desde que salió esta mañana.

Alcé la vista de golpe.

—¡¿No ha regresado?! —exclamé sorprendida.

Él negó con un gesto y se frotó la nuca con la mano.

—No, de hecho iba a acercarme a tu casa para preguntarte si sabías dónde podía estar.

—Lo siento, no tengo ni idea, la verdad.

Soltó un suspiro de frustración y sus ojos se encontraron con los míos por primera vez. Eran tan claros como los de Harvey, pero de un color verde azulado.

—Vale, si lo ves por ahí, ¿puedes decirle que venga a casa? Mi abuela está preocupada.

—Claro, se lo diré.

Me di la vuelta y dirigí mis pasos al camino. Apreté los dientes con rabia. No entendía qué le estaba pasando a Harvey. Se comportaba como un idiota y eso no era propio de él.

—¡Darcy!

Di un respingo, sobresaltada a oír la voz de Declan tan cerca. Giré sobre mis talones y lo encontré a solo un par de pasos de distancia.

—¿Sí? —respondí con la voz ahogada.

Se acercó un poco más y yo no pude evitar dar un paso atrás. Tenerlo tan cerca me ponía nerviosa. Se pasó una mano por el pelo y lo revolvió. Unos rizos dorados cayeron sobre su frente.

—¿Sabes... sabes qué le ocurre?

—¿Te refieres a Harvey? —Asintió con desesperación—. No lo sé.

—No entiendo qué le sucede. Pasa de todo. No escucha y reacciona de un modo agresivo. Hoy ha llamado el director del instituto, no cree que pueda pasar de curso, y anoche... —Hizo una pausa y tomó aire, frustrado y molesto—. Apareció bebido y acabó siendo muy grosero con mi abuela.

Tragué saliva sin dar crédito a lo que estaba escuchando.

Declan bajó la cabeza, tembloroso, y algo en ese gesto de desesperación me conmovió. Le toqué el brazo sin saber qué más hacer para consolarlo. Sus ojos se encontraron con los míos y, durante un largo instante, nos limitamos a mirarnos en silencio.

En ese momento, por primera vez, vi a Declan tal como era. Un chico de dieciséis años que llevaba una carga demasiado pesada sobre su espalda.

—No sé qué le pasa, Declan. Ojalá lo supiera. Ya casi no nos vemos, no habla conmigo. —Y con cautela, añadí—: Tiene nuevos amigos.

Resopló por la nariz y un brillo airado iluminó sus ojos. Sabía perfectamente de quiénes le estaba hablando. Metió las manos en los bolsillos de sus pantalones y se enderezó; me sacaba más de una cabeza. Empezó a caminar de espaldas a su casa, sin dejar de mirarme, manteniéndome anclada a sus ojos y al suelo del que no podía despegar los pies.

Un segundo antes de darme la espalda, su boca se curvó con una leve sonrisa.

—Él se lo pierde, *chica de las estrellas*.

No fue lo que dijo, sino cómo lo dijo. El tono de su voz, ese timbre travieso que me puso la piel de gallina y me hizo enrojecer.

¡Estaba coqueteando conmigo!

Y eso me asustó. Me asustó tanto que pudiera ser real que me convencí de que lo había imaginado.

24
Declan

—Joder —masculIé al tirar el café recién molido a la basura, en lugar del filtro con los posos antiguos.

Estaba demasiado distraído para prestar atención a lo que hacía. Me sentía confuso y frustrado, y mis pensamientos daban vueltas en mi mente haciéndome dudar de todo.

Mi visita al hospital el día anterior tampoco había ayudado. Aun conectado a todas aquellas máquinas, las constantes de Harvey seguían cayendo. Se debilitaba un poco más cada día que pasaba y yo me hundía en la desesperación. Me negaba a aceptar que ese fuese su camino.

Respiré hondo, y me pasé la mano por el pelo despeinado. Me palpitaban las sienes y la luz me taladraba el cerebro. Fui al baño y busqué un analgésico en el armarito detrás del espejo. Lo mastiqué mientras examinaba las sombras que se me habían instalado bajo los ojos. Me costaba dormir y eso se traducía en unos dolores de cabeza insoportables.

Regresé a la cocina y puse otra cafetera. Por el rabillo del ojo percibí un movimiento al otro lado de la ventana, en el jardín. Me asomé y creí ver una silueta.

Parpadeé.

No podía ser.

¿Darcy?

El corazón me dio un vuelco.

Miré de nuevo y allí no había nadie.

Me apoyé en la encimera, me sentía un poco idiota. Lo último que necesitaba era imaginar cosas y tener visiones como un lunático, y menos aún obsesionarme con Darcy. Mi mente ya era un jodido caos sin ninguna otra ayuda.

El problema era que no podía dejar de pensar en ella, de buscarla con la mirada en todas partes. Incluso en lugares en los que era imposible que la encontrara. Mis ojos volaban hasta la playa desde la tabla de surf. Recorrían el bosque durante las excursiones. Escudriñaban las calles mientras conducía mi furgoneta.

Y siempre creía verla. Al doblar una esquina. Entrando en una tienda. Desapareciendo tras la siguiente curva sobre su bici...

En mi porche.

Era enfermizo, pero no podía evitarlo. Me estaba metiendo en algo de lo que no sabía salir. Algo que creía haber perdido en el tiempo. Una historia que se había diluido en el olvido para resurgir con más fuerza que nunca.

Habían pasado varios días desde que nos encontramos en la cafetería y durante ese tiempo tuve que hacer grandes esfuerzos para no plantarme en su casa. Desconocía los motivos que Darcy tenía para quedarse en Tofino, pero dudaba de que yo fuese uno de ellos.

Además, si ella hubiera querido verme, lo habría hecho.

Sonó mi teléfono móvil. Le eché un vistazo a la pantalla y vi que se trataba de Sloane. Lo sostuve sin decidirme a descolgar y, por primera vez, acabé rechazando la llamada. Esta vez tendría que arreglárselas sola. Me daba igual si se le había estropeado el coche, si había discutido con su madre o necesitaba dinero para pagar otra multa de aparcamiento.

Me estaba ahogando y necesitaba respirar con urgencia. Solo por mí y para mí, al menos durante un rato.

Sin fingir que era fuerte.

Que no estaba cansado.

Que no echaba de menos ser un niño y perderme en los brazos de mi padre. Él siempre podía arreglarlo todo.

Salí al porche con la taza de café en las manos y contemplé el cielo. Unas nubes oscuras se acercaban desde el mar. Me bebí el líquido caliente a pequeños sorbos, sin prisa, disfrutando del paisaje pese al frío que me traspasaba la ropa.

Había escarcha sobre la hierba, pequeñas escamas blancas que el viento arrastraba y se me pegaban a la cara.

Apuré el café y di media vuelta para regresar adentro.

Junto a la puerta había una bolsa grande de papel. Miré a mi alrededor, alguien la había dejado allí. La abrí y vi mi abrigo dentro, el mismo que le había prestado a Darcy. Me enderecé de golpe y, con el corazón a mil por hora, escudriñé el espacio que me rodeaba.

No lo había imaginado, Darcy había estado allí.

Me dolió que lo hubiera hecho de forma sigilosa, a escondidas. Aunque también me ayudó a afrontar la realidad: Darcy me evitaba. Y sí, seguro que lo merecía por haber sido un cobarde y un capullo con ella en el pasado, pero eso no lo hacía menos doloroso.

Ella no lo había olvidado. Yo tampoco. Y no podía cambiar lo que hice.

Una jodida máquina del tiempo, eso era lo que necesitaba.

25
Darcy

Comenzó a llover de repente, un recordatorio de lo rápido que podían cambiar las cosas. Apreté los dientes y pedaleé con más fuerza mientras las ruedas de la bici se hundían en el camino embarrado. Maldije por lo bajo. Todo aquello había derivado por culpa de mi impulsividad.

Llevaba casi una semana en Tofino, el mismo tiempo que aquel abrigo oscuro colgaba del perchero del salón. Una simple prenda que parecía desafiarme de algún modo retorcido hasta ponerme de los nervios. Me robaba miradas, desbordaba mis recuerdos y me despojaba de mi conciencia con artimañas que me arrastraban hasta él sin que yo pudiera hacer nada por evitarlo. Entonces despertaba de su hechizo y me encontraba aspirando su olor, con los ojos cerrados y el corazón latiendo a trompicones.

Enfadada por mi debilidad, esa misma mañana había decidido que era hora de devolvérselo a su dueño y, sin pensarlo dos veces, introduje la dirección en el mapa de mi teléfono y me puse en marcha.

Me había costado encontrar el lugar. Una cabaña muy bonita junto a la costa, rodeada de bosque virgen y a la que solo se podía acceder por un camino de tierra lleno de baches.

Había rodeado la casa con determinación hasta la puerta principal, subido los peldaños del porche y me había detenido frente a la puerta, dispuesta a llamar.

Pero no lo había hecho.

Una sensación que no parecía atender a la razón me había paralizado. Cada vez que veía a Declan, mi cuerpo y mi mente reaccionaban de un modo distinto e inesperado; la paleta de sentimientos era tan amplia que me costaba reconocer muchos de ellos por las múltiples variaciones, las distintas tonalidades y su fuerza.

Ni siquiera estaba segura de la verdadera razón que me había llevado hasta allí, si buscaba un punto final o un punto y seguido. Y con esa duda, me había limitado a dejar la bolsa junto a la puerta y a salir corriendo. Tan rápido y tan distraída que había acabado perdiéndome en el bosque.

Yo solita me había metido en aquel laberinto.

El cielo se oscureció y la llovizna se intensificó. Miré al frente, tratando de ver algo a través de la cortina de agua. Los árboles se agitaban con el viento y su sonido se extendió como un bramido furioso. Había olvidado lo violentas que podían ser las tormentas en esa zona. La rapidez con la que se formaban, y cómo te pillaban desprevenida.

El cielo se iluminó con un relámpago, seguido de un trueno.

Salí del sendero y me adentré en el bosque, buscando cobijo bajo las ramas más espesas. Cargué con la bici en los tramos en los que las raíces y las piedras impedían el paso, atenta adónde ponía los pies. De pronto, pisé algo blando y resbaladizo. Perdí el equilibrio y caí al suelo.

—¡Mierda! —grité al cielo—: ¿Qué más puede salir mal?

Me arrepentí de inmediato de haberlo preguntado.

Pese al repiqueteo de la lluvia, pude distinguir un trote pesado. Algo se acercaba corriendo entre los árboles. Una sombra oscura y grande que se aproximaba muy rápido. No podía distinguirla en medio de aquel manto de agua tan denso y comencé a asustarme. Podía tratarse de un oso. No era raro encontrarlos en los bosques.

Intenté levantarme, pero el musgo bajo mis pies era como una pista deslizante.

Aterrada, lo único que hice fue ponerme a gritar en cuanto lo tuve encima.

—Pero qué... ¿Darcy?

Abrí los ojos y me encontré con Declan a pocos pasos de mí, con los ojos muy abiertos y completamente pálido, como si hubiera visto un fantasma.

—¿Declan?

—¡Joder, qué susto me has dado! —exclamó con la respiración entrecortada—. ¿Qué demonios haces aquí con este tiempo?

Traté de levantarme con un poco de dignidad. Imposible, entre la ropa mojada y el barro, sentía que mi cuerpo pesaba una tonelada. Acepté su mano y dejé que tirara de mí hasta que logré ponerme de pie.

—Iba hacia casa, pero por aquí todos los senderos son iguales y... me he despistado. ¿Sabes dónde estamos?

Asintió y miró hacia arriba cuando otro relámpago iluminó el cielo.

—Al sur, a unos cuatro kilómetros de mi casa. Vas en dirección contraria.

—¡Genial! —mascullé enfadada. Miré a mi alrededor, intentando orientarme—. Entonces, ¿hacia allí? —aventuré mientras señalaba con el dedo en una dirección.

Declan bajó la barbilla un momento y me percaté de que intentaba disimular una sonrisa. Negó con la cabeza.

—Por allí —me indicó, señalando una trayectoria opuesta.

Suspiré derrotada. Me ajusté la capucha de mi nuevo abrigo y me pasé las manos heladas por los ojos para quitarme las gotitas de las pestañas.

Lo miré de reojo.

—¿Y tú qué haces aquí?

—He salido a correr.

—¿Con esta tormenta?

—Supongo que a mí también me ha sorprendido.

Los destellos de los relámpagos se sucedían sin tregua, iluminando las nubes oscuras. El agua se acumulaba alrededor de nuestros pies y corría formando riachuelos. El bosque se encendió con el fogonazo de un rayo y un trueno retumbó en el aire, tan sonoro que me sobresaltó. Aunque parecía imposible, la lluvia arreció.

Declan me tocó el hombro para llamar mi atención.

—Deberíamos resguardarnos. El bosque no es el lugar más seguro con una tormenta eléctrica como esta. —Prácticamente estaba gritando para que lo oyera por encima del estruendo. Tenía razón, pintaba mal—. Conozco un sitio cerca de aquí donde podemos esperar a que amaine. No creo que dure mucho.

—De acuerdo.

—Deja la bici ahí, volveremos a buscarla después.

—¿Por qué? —grité por encima de la lluvia.

—Es de metal, pero si quieres morir electrocutada... —Sus labios se curvaron con una sonrisa traviesa y echó a andar.

Me aparté de un salto de aquel trasto y corrí tras él. Sus pasos eran largos, se movía deprisa y yo tenía miedo de perderlo de vista si pestañeaba. Caminamos durante unos cinco minutos, con el viento soplando con tanta fuerza que a veces teníamos que detenernos para no perder el equilibrio.

—Es ahí —me dijo, señalando una pared de roca.

Entorné los ojos sin saber a qué se refería. Entonces la vi, una abertura en la piedra. Cuando la alcanzamos, yo estaba al límite de mis fuerzas. Me costaba respirar por el esfuerzo.

—¿Estás bien? —me preguntó.

—Sí.

Me estremecí. El frío me calaba los huesos y no dejaba de tiritar. Declan se quitó la capucha de su cazadora y se pasó la mano por el pelo para apartarlo de la cara. Se sentó en el suelo y con un gesto me invitó a acercarme.

—No voy a morderte.

—Es posible que tú no, pero quién sabe lo que habrá bajo todas esas hojas secas.

—Puede que deba preocuparte más lo que hay sobre tu cabeza.

Alcé la vista y vi una araña enorme correteando por el techo de piedra. Pegué un salto y corrí a sentarme a su lado.

—No es venenosa, ¿verdad?

—¿Esa? La que más. Son mortales sin el antídoto.

Lo miré con los ojos muy abiertos, hasta que me di cuenta de que me estaba tomando el pelo. Apretó los labios para no echarse a reír.

—No ha tenido gracia.

—Yo creo que sí.

Miré al frente y me propuse ignorarlo a conciencia.

Ahora que estábamos protegidos, me fijé en lo bonito que era el bosque en medio de la tormenta. Los árboles se balanceaban por el viento y cascadas caían con fuerza desde sus ramas.

El silencio nos envolvió durante unos instantes. Declan cogió aire.

—Gracias por devolverme el abrigo.

—De nada, pensé que podrías necesitarlo.

Un nuevo silencio. Noté su mirada en mí, pero no me atreví a devolvérsela.

—¿Me estás evitando, Darcy? —soltó de repente.

Parpadeé sorprendida.

—¿Qué te hace pensar eso?

—No sé, ¿que has ido hasta mi casa y, en lugar de llamar a la puerta y saludar, has dejado la bolsa en el porche y has salido corriendo?

—¡Yo no he salido corriendo!

—A mí me parece que has hecho justo eso.

—No quería molestarte —balbuceé—. No sabía si estarías ocupado o con alguien.

—No estaba con nadie. —Arrugó la nariz—. ¿Y con quién iba a estar?

—No sé, puede que desayunando con Sloane. O aún durmiendo, ¡no soy adivina!

—¿Con Sloane? ¿Por qué...? —Contuvo el aliento un instante—. ¿Piensas que Sloane y yo estamos juntos?

—El otro día, en la cafetería, tuve esa impresión.

—No lo estamos. —No sé por qué sentí alivio. Solo momentáneo, porque añadió—: Ya no. En realidad, nunca hemos salido, si te refieres a eso. —Hizo una pausa—. Solo hemos pasado tiempo juntos.

Lo miré de soslayo.

—¿Mucho tiempo?

—Tres años.

—¡Tres! —Un escalofrío me recorrió entera—. Eso suena a algo serio.

—Nunca ha sido serio. Solo éramos dos amigos que... de vez en cuando... En ciertos momentos... Ya sabes... Pasaban tiempo juntos.

Sus ojos verdes brillaron inquietos. Cogí aire y traté de no pensar en ellos dos de esa forma tan íntima.

—Comprendo.

—¿Te molesta?

—¿Que os hayáis estado acostando? —Mi voz sonó demasiado aguda para mi gusto. Él asintió, inseguro—. ¡No! Lo que hagáis es cosa vuestra, ya sois mayorcitos. Y nosotros... Bueno, no hay un nosotros desde hace mucho.

—Ocho años.

—Sí —susurré. Toda una vida. Fruncí el ceño—. Pero hay algo que...

—¿Qué?

—¿Por qué parece que Sloane me odia? Éramos amigas, las mejores amigas, y cuando me vio... En serio, llegué a pensar que acabaría lanzándome la cafetera. Después de tanto tiempo, no entiendo que no se alegre de verme.

—Quizá el problema sea ese, el tiempo.

—¿Qué quieres decir?

—Era tu mejor amiga y no ha sabido nada de ti en ocho años. Desapareciste, Darcy. Cree que te olvidaste de ella.

Abrí la boca varias veces, como un pez que boquea fuera del agua.

—¡No lo hice!

—Pero no volvió a saber de ti —me hizo notar con voz suave—. Ni una llamada, una carta o un simple mensaje. Huiste de su vida.

Tomé una bocanada de aire, dispuesta a replicar, pero no encontré nada que decir.

Era cierto, y no fui consciente de esa realidad hasta ese preciso instante. Abandoné Tofino enfadada y rota, hecha pedazos; y durante años estuve compadeciéndome de mí misma porque las personas a las que amaba me habían abandonado.

Me encerré en mi mundo interior y permití que el tiempo pasara, atascada en medio de la nada, huyendo de los recuerdos en círculos. Sin dejar de preguntarme por qué.

Ahora me daba cuenta de que Sloane debía de haberse hecho esa misma pregunta sobre mí.

¿Por qué, Darcy?

¿Por qué?

Eché la vista atrás.

Miré al pasado.

Pensé en ello.

Y fue duro descubrir que no tenía ni idea. No sabía por qué no la llamé ni le escribí. Por qué permití que mi vida transcurriera sin ella.

Nunca la olvidé. Siempre la quise. Pero la dejé atrás como había hecho con todo; y era irónico, ya que nunca logré avanzar.

Recordé algo que solía decir mi abuelo: «Toda historia varía dependiendo de quién la cuente». Era verdad, y el ejemplo lo tenía allí mismo. Sloane y yo. Distintas versiones de un mismo relato. Y lo más dramático era que podía entender cómo se sentía ella.

Miré a Declan, que contemplaba la lluvia muy serio. Me pregunté cuál sería su versión de nuestra historia. Aunque no estaba segura de querer conocerla. Me asustaba la respuesta, porque el corazón es frágil. Si se rompe demasiadas veces, quizá llegue una en la que no pueda recomponerse.

Mi corazón apenas se sostenía.

Él ladeó la cabeza y nuestros ojos se encontraron. Una especie de sombría desesperación brillaba en los suyos. El silencio se extendió entre nosotros, torpe e incómodo, como si los dos estuviéramos esperando a que empezara el otro.

—Te debo una explicación —susurró.

—Sí.

Intenté mantener la calma.

Un músculo tensó su mandíbula.

—Aquel día... —Inspiró hondo—. Yo...

De golpe alcé una mano, pidiéndole que se detuviera.

No podía. No quería.

Así era yo. Ilógica.

—No necesito saberlo.

—Darcy, por favor...

—No, escucha... —Cogí aire y lo solté poco a poco—. Perder a mi abuelo de ese modo, sin haber podido hablar con él una última vez, me ha hecho darme cuenta de que vivir atascada en el pasado y en los reproches ha sido un tremendo error que solo me ha causado sufrimiento. Quiero pasar página y seguir adelante, Declan. Es mejor que no removamos el pasado.

Él arrugó el gesto y cogió una ramita del suelo, para luego partirla con los dedos.

—¿Y en qué posición nos deja eso?

Lo medité.

—Es ridículo creer que podemos empezar de cero, pero... —Busqué las palabras adecuadas—. Quizá, si lo intentamos, podríamos volver a ser amigos.

—Amigos —repitió bajito.

—Sí. Me gustaría reconstruir nuestra amistad. Que vuelvas a formar parte de mi vida y yo de la tuya.

—¿Y crees que podrás hacerlo?

—Estoy aquí sentada contigo, ¿no?

Sonrió. Y solo con eso, aquellas mariposas que había sentido por primera vez a los catorce años reaparecieron.

—Porque tu instinto de supervivencia es más fuerte que lo mucho que me odias a mí. —Chasqueó la lengua—. Y no ignoremos que tu sentido de la orientación no ha mejorado ni un poquito en todo este tiempo.

—¡Eh! —Lo empujé con el hombro y su risa me hizo reír—. No te odio. Ni siquiera estoy tan enfadada como creía.

Sus ojos me atravesaron.

—¿De verdad?

—De verdad —le aseguré—. Todo lo que has hecho por mí desde que llegué, incluso antes... Cuidaste de mi abuelo. Me diste la oportunidad de verlo una última vez. Has estado a mi lado cuando más lo necesitaba —dije aquello con el pecho agitado—. No quiero pensar en lo que ocurrió. Voy a quedarme un tiempo y... todo será más fácil entre nosotros si olvidamos el pasado.

—Quieres decir, si lo ignoramos. —Asentí y lo miré a los ojos. El corazón me dio un vuelco. Todo lo hizo—. Vale, si es lo que quieres.

—Es lo que necesito.

—¿Y ahora qué?

Me encogí de hombros, no tenía ningún plan. Me sentía como si todos mis pensamientos me hubieran abandonado y fue agradable dejarme envolver por ese silencio interior.

—Podemos ver qué pasa —respondí.

Una media sonrisa dibujó un hoyuelo en su mejilla.

—Podemos ver qué pasa —repitió.

Aquel momento supuso un punto de inflexión para mí. La vida es tan sencilla como decidamos que sea; y está llena de instantes, de momentos que lo cambian todo. Aquel fue uno de ellos.

Permanecimos en silencio, con la vista clavada en el cielo oscuro. La lluvia amainó poco a poco hasta que solo fue un ligero goteo.

—Ha dejado de llover —anunció Declan mientras se ponía de pie.

—Eso parece.

Me ofreció una mano. Le sonreí, puse mis dedos sobre los suyos y dejé que me ayudara a levantarme. Lo observé. Hacerse mayor le había sentado bien. Tenía el cuerpo esbelto y fuerte de un atleta y sus facciones eran más duras, aunque su rostro aún poseía ese aire tierno de la adolescencia. Unos mechones rubios le caían por la frente y me dieron ganas de alargar la mano y apartárselos. Tal y como había hecho tantas veces en el pasado.

Me embargó una rara sensación. Fue sentirla y desaparecer, y me dejó con una extraña nostalgia que no fui capaz de explicar.

—¿Te siguen gustando las tortitas? —me preguntó.

—Sí, claro. —Sus ojos verdes brillaron traviesos—. ¿Me estás invitando a desayunar?

—Eso parece.

Su mirada de niño bueno me hizo sonreír. Aun así, no estaba segura de si era una buena idea.

—No sé si...

—Vamos, mírate, llevas la ropa mojada y hace frío, pillarás una pulmonía antes de llegar a casa. Mi cabaña está mucho más cerca, podrás secarte y tomar algo caliente. —Me guiñó un ojo y yo temblé por dentro—. Además, es la excusa perfecta para poner en marcha nuestro experimento.

—¿Qué experimento?

Durante un instante, se limitó a devolverme la mirada, y una chispa crepitó en el aire. Yo la noté y, por cómo sus pupilas se dilataron, él también la notó. Una suave sonrisa curvó sus labios.

—Ver si somos capaces de volver a ser amigos.

26
Declan

Lo cierto es que no esperaba que aceptara mi invitación. Aunque la vida tiene esas sorpresas, que en el fondo no lo son tanto. Puede que entonces solo hubiésemos sido dos críos, pero lo que hubo entre nosotros fue importante fue importante y especial. Por mucho que Darcy se empeñara en ignorar el pasado que nos unía.

Tenía tanto miedo de cagarla, de fastidiar lo que parecía una nueva oportunidad para tenerla en mi vida, que apenas abrí la boca mientras volvíamos a buscar su bici y después la guiaba hasta mi cabaña.

Cuando sostuve la puerta principal para que Darcy entrara, me sentía como un adolescente en su primera cita, con la presión de que esta fuese lo suficientemente buena como para que la chica quisiese volver a quedar conmigo.

—¡Vaya, tienes una casa muy bonita, Declan!

—No es muy grande, pero tampoco necesito más. Lo mejor son las vistas.

—Sí, ya me he dado cuenta esta mañana. Son preciosas.

Ella me miró y giró su cuerpo un poco, de forma que quedamos el uno frente al otro. Tiritaba de pies a cabeza. Un mechón de pelo mojado se le había pegado a una mejilla y en la otra tenía una mancha de barro. Sus labios, de un morado muy intenso, temblaban sin parar. Estaba preciosa.

—Espera aquí, voy a ver si encuentro algo de ropa que pueda servirte.

Fui hasta mi habitación y rebusqué en el armario. Encontré un pantalón de pijama que tiempo atrás había encogido en la lavadora, una sudadera de mis años en el instituto y unos calcetines nuevos que Sky me había regalado en Navidad. No tenía nada más pequeño.

Inspiré hondo, antes de regresar con ella.

Encontré a Darcy en el mismo lugar que la había dejado. Me miró agradecida cuando le entregué el montón de ropa.

—Espero que te sirvan —le dije nervioso—. El baño está detrás de aquella puerta, puedes cambiarte allí. Encontrarás toallas en una estantería, por si quieres secarte el pelo o darte una ducha caliente. Después meteremos tu ropa en la secadora.

—Gracias, una ducha estaría bien.

De repente, me sentí acalorado y el corazón empezó a latirme más deprisa.

—No me las des. Estás... estás en tu casa.

Se dirigió al baño y yo fui incapaz de apartar los ojos de ella.

Regresé a mi habitación y me cambié de ropa. Después entré en la cocina, encendí la radio y busqué una emisora nacional donde solían poner música casi todo el día. Mientras sacaba del armario los ingredientes para la masa de las tortitas, me descubrí sonriendo como un idiota.

Encendí la cafetera y puse una sartén en el fogón más pequeño. Después vertí un poco de masa.

—Eso huele muy bien.

Me volví y encontré a Darcy en la puerta, observándome con una sonrisa en los labios. Mi ropa le quedaba demasiado grande y se me escapó una risita. Me detuve en su cara, en sus ojos oscuros, grandes, redondos y expresivos. Su piel clara salpicada de pecas. El pelo largo y castaño. Los labios gruesos. Contuve el aliento al recordar que yo fui el primero que los besó.

—¿Has terminado?

—¿Qué?

—De mirarme —respondió.

Pillado.

—Intento acostumbrarme de nuevo a ti.

—¿Tanto he cambiado?

—Es lo que intento averiguar. —Le dirigí una mirada divertida y ella se sonrojó—. ¿Cómo quieres las tortitas, con sirope o mermelada?

—¿El sirope es casero?

—Por supuesto, la señora Digby sigue haciendo el mejor sirope de la zona.

Una enorme sonrisa iluminó su cara. Entró en la cocina y se dirigió a los armarios. No me preguntó nada, simplemente empezó a buscar platos, tazas y cubiertos. Se movía de un lado a otro con seguridad, como si fuese un ritual que repetía cada mañana, y yo no pude evitar preguntarme si, de haber seguido juntos, nuestro futuro se habría parecido a aquella escena.

Nunca lo sabríamos.

Coloqué las tortitas en la mesa y Darcy sirvió dos tazas de café.

Nos sentamos uno frente al otro. Ella me miró y sentí una conexión, la sombra de ese vínculo que una vez nos unió. Empezamos a desayunar en silencio, mirándonos de vez en cuando.

—Así que trabajas como guía turístico.

—Como guía turístico, piloto, profesor de surf, experto en migración de ballenas, cazador de tormentas. No sé, creo que en mi tarjeta pone algo más que no recuerdo —respondí.

Darcy sonrió con tanta facilidad como brilla el sol, y me gustó que estuviera tan relajada.

—Vaya, es impresionante.

—Créeme, no lo es. Trabajo en uno de esos centros de actividades y deportes de aventura. ¿Recuerdas a mi amigo Will?

—Sí, por supuesto, era tu mejor amigo.

—El negocio es suyo y le va bastante bien, la verdad.

—¿Y qué pasó con lo de querer ser profesor y viajar por el mundo?

Me froté la mandíbula con la mano.

—Sonaba bien, ¿eh? —Sentí en la boca el sabor de la nostalgia—. No acabé la carrera. Las cosas se complicaron aquí y tuve que volver, no podía estar en dos sitios a la vez.

Me miró dubitativa.

—¿Qué pasó? Si quieres contármelo, claro.

Me encogí de hombros y bajé la mirada hacia la taza de café.

—Harvey, eso fue lo que pasó. Su vida era un desastre y necesitaba a alguien cerca que se ocupara de él.

—¿Seguía metiéndose en problemas?

Levanté la vista y observé su cara un instante.

—Los problemas se convirtieron en su modo de vida. Ni siquiera terminó el instituto, Darcy. Bebía, fumaba y tomaba cualquier cosa con la que pudiera colocarse. Logré que ingresara en un centro unas cuantas veces. Terapia, rehabilitación, parecía mejorar... Pero recaía en cuanto volvía a la calle. —Suspiré y noté el peso de la tristeza que siempre me rodeaba—. Lo cierto es que nunca quiso dejarlo.

—¿Aún consumía cuando tuvo el accidente?

—Hacía una semana que había regresado del último centro.

—Lo siento mucho, Declan.

Alargó su mano por encima de la mesa y me rozó los dedos. Ignoré el escalofrío que me recorrió.

—Ya... Bueno... A veces la vida es una mierda y yo... —Las palabras se me atascaban en la garganta—. Creo que no supe entenderlo. No... manejé bien la situación.

—Seguro que hiciste todo lo que estuvo en tu mano.

—No lo creo.

—Entonces, hazlo cuando despierte. Quizá todo esto le haga cambiar.

Sus ojos atravesaron mi espíritu. Moví la mano y lentamente entrelacé mis dedos con los suyos. Me dejó hacer sin apartarse, y me di cuenta de que las mejores cosas de la vida a veces vienen rodeadas de un halo doloroso y crudo. Aunque eso no las hace menos importantes o valiosas. Al contrario, las convierte en el aire dulce que impide que nos ahoguemos.

—Ya está bien de hablar de mí. Cuéntame, ¿ya te has hecho famosa con tus dibujos?

Se ruborizó.

—No, para nada. No soy nadie.

Se rio y yo me sentí vivo al escucharla. La sensación me sorprendió, casi la había olvidado.

—Pero querías estudiar Bellas Artes y dibujar —recordé.

—Y lo hice, estudié en la mejor escuela de arte de Auckland. Me gradué con una de las notas más altas de mi promoción y después acepté un contrato en prácticas en una agencia de publicidad, donde todos mis sueños murieron de un plumazo.

—Lo siento mucho.

Clavó la mirada en nuestras manos unidas y distraída trazó con la punta de uno de sus dedos una de mis cicatrices.

—Tranquilo, dimití poco antes de venir aquí. Ese lugar me estaba consumiendo.

—Así que Auckland, ¿eh? —comenté con tono animado—. ¿Has vivido allí todos estos años?

Asintió con una sonrisa, ligera y triste.

—Sí.

—Debe de ser muy diferente a esto.

Se le iluminaron los ojos.

—Sí, no te imaginas cuánto. Nueva Zelanda es un país

precioso, Declan. Con mucha diversidad racial y cultural, y un paisaje increíble.

—Y, aun así, has decidido quedarte aquí un tiempo.

—Esto también es precioso.

Noté la añoranza en su voz y casi la vi perderse en sus recuerdos.

—¿Y no hay nadie esperándote en Auckland?

—Sí, claro, mi familia, mis amigos...

—¿Nadie más?

Contuve el aliento a la espera de que respondiera. No lo hizo. Se limitó a sostenerme la mirada mientras se mordía el labio con un gesto travieso.

—¿Por qué no me lo preguntas y ya está?

Solté una carcajada y me eché hacia atrás en la silla, sin pensar, por un mero impulso de vergüenza. Nuestras manos se separaron y me arrepentí de inmediato. Pasamos unos segundos en silencio, dirigiéndonos miradas divertidas.

—¿Sales con alguien?

—Conocí a un chico en la universidad. Se llama Andrew.

—¿Y?

—Conectamos, empezamos a salir y, casi sin darnos cuenta, acabamos viviendo juntos. Dos años más tarde, me regaló un anillo precioso y nos comprometimos.

Ignoré el golpe que sentí en el pecho.

—Vaya, sí que vais en serio.

—Íbamos, me dejó hace un par de semanas. —Mi expresión debió de darle alguna pista de por dónde iban mis pensamientos, porque se apresuró a añadir—: No pasó nada malo. No hubo terceras personas ni nada de eso. Andrew averiguó algo que ni yo misma sabía.

—¿Qué?

—Que estaba con él por las razones equivocadas y que seguir juntos solo nos haría desgraciados. —Suspiró—. En el fondo no estaba enamorada, no quería casarme y él se dio cuenta.

Me incliné hacia delante y apoyé los brazos en la mesa.

—No sé qué decir.

—No tienes que decir nada. —Se llevó las manos a las mejillas y pensé que lo hacía para disimular que había vuelto a ruborizarse. Me encantaba que lo hiciera—. ¿Quieres que te cuente algo gracioso?

—Sí, por qué no.

—Todo pasó el mismo día. Andrew me dejó, dimití en mi trabajo y esa enfermera me llamó para decirme que mi abuelo se moría.

Nos quedamos callados. Exhalé hondo y ella me mostró una débil sonrisa.

—Me alegro de que te quedes —susurré.

—Como ya has podido comprobar, no tengo nada mejor que hacer. Además, no logro recordar cuál era la voluntad de mi abuelo tras su muerte y debo hacerlo para que los dos puedan descansar en paz.

—Seguro que lo recordarás.

—Ya, pues espero que sea pronto. No tengo mucho dinero ahorrado, necesito un trabajo y, si no encuentro algo en breve, tendré que marcharme quiera o no.

Me jodía esa posibilidad. Mucho. Acababa de recuperarla y perderla tan rápido era injusto. De repente, me acordé de algo.

—¿Buscas trabajo?

—Eso he dicho.

—En Surf Storm ha quedado un puesto libre.

—¿Qué es Surf Storm?

—El centro donde trabajo, el negocio de Will.

—¿Y qué clase de trabajo haría allí?

—Un poco de todo: coger el teléfono, gestiones administrativas, listados de clientes, control del material... —Inspiré hondo y traté de relajarme. Quizá de manera egoísta, sí, pero la idea de que Darcy trabajara en Surf Storm me emocionaba—. No es difícil, y el sueldo es bueno. ¿Te interesa?

Frunció el ceño y tragó saliva, aunque pude ver el momento exacto en el que un destello de ilusión iluminó su rostro.

—Bueno, sí... No estoy en condiciones de ser exigente. Supongo que podría intentarlo.

—Genial, pásate por allí cuando quieras y preséntate a la entrevista. No creo que tengas ningún problema para conseguir el puesto.

—Está bien, lo haré. —Nos sonreímos como dos idiotas—. Gracias, Declan.

—Te lo debo.

Ella apartó la mirada, un poco incómoda, y le echó un vistazo al reloj que llevaba en la muñeca. Se puso de pie y yo la seguí.

—Creo que debería volver a casa, se está haciendo tarde.

—Vale. Yo te llevo. Podemos subir tu bici a la furgoneta.

—No hace falta, yo puedo...

—No es discutible —la corté—. Con la que ha caído, los caminos deben de estar llenos de barro. Y, sinceramente, creo que volverás a perderte en el bosque y hueles demasiado bien como para fiarte de los osos.

—Ja, ja... Muy gracioso.

Me eché a reír y ella me dio un empujón que me hizo trastabillar. Me reí con más ganas.

—Iré a ver si la secadora ha terminado.

Unos minutos después, Darcy regresaba a la cocina vestida de nuevo con su ropa. Yo ya había recogido la mesa y colocado la bici en el soporte de la furgoneta.

El frío nos sacudió al salir a la calle. El cielo seguía oscuro y una ligera bruma se había asentado alrededor de la casa. Subimos a la furgoneta y la puse en marcha.

—¿Tienes frío? Puedo subir la calefacción.

—Estoy bien.

Me perdí un instante en sus ojos, grandes y profundos.

—Vale.

Hicimos el viaje en un cómodo silencio. Cuando llegamos a su casa, descargué la bici y la llevé hasta el porche con paso rápido. Volvía a lloviznar. Darcy me siguió. Esperé a que sacara las llaves de su mochila y abriera la puerta.

Se dio la vuelta para mirarme y a mí se me encogió el estómago.

—Gracias por todo, Declan. No imaginas lo mucho que significa lo que estás haciendo por mí.

—No me las des, tengo motivos ocultos que aún no puedo confesarte —bromeé.

Solo a medias, porque en mi interior sabía que estaba haciendo todo aquello por mí. Porque, a cada minuto que pasábamos juntos, ella hacía que tuviera ganas de respirar de nuevo, de reír, de sentir cosas que ya no me permitía. Y necesitaba sentir.

Darcy soltó una carcajada y me miró con ojos brillantes. Dios, me encantaban sus ojos.

De pronto, dio un paso hacia mí y me abrazó. Apenas duró un instante, y yo me quedé tan sorprendido que cuando pensé en rodearla con mis brazos ella ya se había apartado y entraba en casa.

Sonreí. Hacía años que no sonreía de aquel modo.

27
Declan

—Solo te pido que esperes un par de días. Y si aparece, que le des el puesto.

Will me miró desde el timón del barco y frunció el ceño.

—Necesito a alguien ya. Una persona que sepa de qué va este trabajo.

—Ella lo sabe.

—¿Cómo estás tan seguro? —Dejó de limpiar el cuadro de mandos—. Por lo que me has contado, su único trabajo hasta ahora ha sido de publicista en una agencia.

Coloqué el último salvavidas en el compartimento y me puse de pie.

—Pero eso es un plus, imagina todo lo que podría hacer por Surf Storm. Un buen anuncio te ayudaría a posicionarte mejor. Y, joder, no hablo de esos panfletos que dibuja tu sobrino, sino de una campaña de verdad.

—No fastidies, Tim dibuja unas ballenas cojonudas.

—Tiene cinco años y cree que son moradas —repliqué mientras me dirigía a popa para comprobar la escalerilla. Últimamente se atascaba al desplegarla.

Will me lanzó un refresco y yo lo cogí al vuelo. Vino hasta a mí y se apoyó en la barandilla.

—Me estás pidiendo un gran favor.

—El gran favor es ser tu amigo —mascullé—. Ni tú mismo te aguantas.

Will se echó a reír con ganas. Alargó la mano y chocó su refresco con el mío. Tras unos minutos de silencio disfrutando del sol en la cara, me preguntó:

—¿Y si no viene?

—Pues le das el trabajo a otro.

Me miró como si intentara descubrir aquello que no le estaba contando.

—¿Por qué es tan importante para ti?

Me revolví el pelo y cogí aire.

—Se marchará si no consigue un modo de ganar dinero aquí. Regresará a Nueva Zelanda, ¿tienes idea de dónde está eso? —Will asintió—. Exacto, en el puto culo del mundo. Mira, Darcy fue muy importante para mí. Pensé que jamás volvería a verla, pero ha regresado, está aquí, y yo... Ni siquiera sé cómo explicarlo.

—Vuelves a sentir algo por ella.

Me aferré con fuerza a la barandilla de acero.

—Solo sé que... desde que ha vuelto, yo... puedo respirar, Will. Puedo hacerlo.

28
Darcy

Me desperté temprano, antes de que amaneciera, y me quedé un rato a oscuras en esa quietud. Me sentía sobrecogida por la rapidez con la que estaban cambiando las cosas. Era sorprendente cómo, en un solo instante, todo tu mundo puede empezar a girar en dirección contraria a la que esperabas. Solo por el deseo de querer cambiar. Porque cambiar no tiene por qué significar convertirse en otra cosa. Cambiar puede ser evolucionar, mejorar, aprender, perdonarse..., perdonar.

Me abracé a la almohada, para alargar un poquito más aquellos minutos antes de levantarme, y recordé las horas que había pasado con Declan la mañana anterior.

Había sido agradable desayunar juntos, incluso divertido.

Un tanto inesperado darme cuenta de que hablar con él continuaba siendo fácil y natural. También descubrir que hay personas a las que no logramos olvidar. Que no queremos olvidar. Se ganaron su lugar en nuestro corazón y no podemos hacer nada que lo cambie.

Declan aún vivía en el mío.

Pese al tiempo.

Pese a las heridas.

Pese a la incertidumbre.

A que algunos obstáculos eran insalvables.

Dejé de remolonear y me levanté de la cama. Las pequeñas baldosas del suelo del baño parecían hielo bajo mis pies descalzos. Encendí la estufa y abrí el grifo de la ducha. El agua tardó varios minutos en calentarse. Una vez dentro, no me entretuve. Había muchas cosas que quería hacer, algunas muy importantes.

Durante la noche, le había dado muchas vueltas en mi cabeza al enfado de Sloane y quería arreglarlo, disculparme con ella. No sabía con exactitud cómo de larga sería la lista de reproches, pero los merecía todos. Estaba convencida.

Me vestí con unos pantalones oscuros, una camiseta y una rebeca de punto. Me recogí el pelo en un moño y me apliqué un poco de brillo de labios. Nada más.

Salí a la calle, con la vista puesta en las listas de música de Spotify. Elegí una al azar, me puse los auriculares y cogí la bici. Estaba a punto de bajar los peldaños del porche, cuando me di cuenta de que en el jardín había algo diferente.

Parpadeé y sentí un tirón en el estómago.

—¿Cómo...?

La camioneta de mi abuelo se encontraba aparcada frente a la casa. Me acerqué y vi un papel doblado en el parabrisas. Una sonrisa se extendió por mi rostro mientras lo abría.

Ya que piensas quedarte, será mejor que puedas moverte en algo más seguro que esa bici.

Declan

Junto al papel había un folleto de Surf Storm, con la dirección del centro y un número de teléfono subrayados. Puse los ojos en blanco; si hubiera añadido un adhesivo con forma de flechita, creo que me habría ofendido.

Subí a la camioneta y encontré las llaves donde siempre.

Arrancó a la primera y yo no pude hacer otra cosa que darle las gracias a Declan con el corazón. La vibración del motor, el temblor que se extendía por la carrocería y me sacudía el cuerpo, todo me provocó un dulce sentimiento de nostalgia.

Conduje hasta el centro, bajo el dosel de hojas de los árboles que flanqueaban la sinuosa carretera. La luz se filtraba entre sus ramas en forma de haces, que al incidir en el parabrisas me deslumbraban con una lluvia de destellos. El mundo está lleno de lugares preciosos, pero Tofino ocupaba el número uno de mi lista.

Aparqué delante de Thomas's. Me tomé unos segundos para armarme de valor y salí de la camioneta. Notaba los pulmones pesados y el corazón desbocado mientras me acercaba al edificio.

Estudié el interior de la cafetería a través del enorme ventanal y vi que había bastante gente desayunando. Entré y me recibió el olor a café y tarta, y los sonidos de las conversaciones y risas procedentes de la barra y las mesas.

Me adentré en el local y localicé a Sloane recogiendo una mesa. Fui directa hacia ella.

Me sentía inquieta y al borde de un ataque de nervios por lo que estaba a punto de hacer, pero era mejor que continuar siendo como una tortuga escondida en su caparazón porque está asustada y quiere protegerse.

—Hola, Sloane.

Se dio la vuelta y sus ojos se abrieron mucho nada más verme. Un solo segundo. Después los puso en blanco.

—Los pedidos se hacen en la barra —me espetó.

—No quiero pedir nada. He venido a hablar contigo.

—Estoy ocupada.

—Esperaré a que termines.

—¿Todo el día?

—No me importa —aseveré.

—No te molestes —escupió a la vez que apilaba unos platos y los metía en un barreño de plástico.

Me dio la espalda.

Yo rodeé la mesa para mirarla a la cara. No pensaba rendirme.

—No me importa, de verdad.

—Vale, no lo pillas —resopló. Se dirigió a otra mesa que acababa de quedar libre y yo la seguí—. ¡No quiero hablar contigo!

—De acuerdo, no hables. Tú solo escucha lo que tengo que decirte.

—No me interesa lo que tengas que decir. Sea lo que sea, ¡no!

Había olvidado lo cabezota que esa chica podía llegar a ser.

—Sé que no soy tu persona favorita en este momento.

—Estás a años luz de acercarte solo un poco.

Suspiré y me froté los ojos con frustración.

—Por favor, salgamos fuera un momento. Dame una oportunidad. —Esperaba que el tono de desesperación en mi voz ablandara su determinación. No funcionó—. Está bien, lo haré aquí mismo. Lo siento, Sloane. Lo siento muchísimo.

—Dios, ¿quieres que me despidan?

Me fulminó con la mirada. Después le dedicó una sonrisa al hombre que nos observaba con el ceño fruncido desde la barra. Su jefe, supuse.

—¡No, por supuesto que no! —susurré nerviosa—. Pero...

—Sloane, ¿todo bien? —preguntó el hombre.

—Sí, Thomas. —Tragó saliva—. Voy a tomarme cinco minutos de descanso, ¿vale?

Él asintió sin dejar de observarnos.

—Ven conmigo —masculló Sloane.

La seguí hasta la calle. Sloane siguió caminando, dobló la esquina del edificio y se adentró en el callejón. Dio un par de vueltas sobre sí misma antes de detenerse y clavar sus ojos en mí.

—No puedes venir a mi trabajo y montar ese número.

—No era mi intención.

—Ya, nunca lo es, Darcy. Pero eso no evita que el mundo tenga que girar siempre a tu alrededor.

Se me encogió el estómago. No sé qué esperaba realmente, aunque no tanta irritación y desdén. Apenas reconocía en su mirada a la que había sido mi mejor amiga. Existió un tiempo en el que fuimos inseparables. Nos lo contábamos todo.

Ese tiempo había pasado y tuve que recordarme que yo era la responsable.

—Me lo merezco. No me porté bien contigo —admití. Ella me seguía mirando con el rostro inescrutable—. Y entiendo que estés tan enfadada conmigo.

Metí las manos en los bolsillos de mi abrigo y me obligué a no bajar la mirada mientras buscaba las palabras adecuadas.

—Ibas a decir algo, ¿no? Porque debo volver al trabajo —indicó ella sin mucha paciencia.

Me humedecí los labios e inspiré hondo para reunir el coraje que sentía que necesitaba.

—Ocho años atrás, mi padre se presentó en casa de mi abuelo sin anunciarse. Vino para llevarme a vivir con él y sin tiempo a que pudiera asimilar nada. Esa mañana me desperté en mi cama, y la vez siguiente que pude dormir, lo hice a miles de kilómetros de aquí, en una ciudad que no conocía y con extraños que supuestamente eran mi familia. —Sloane parpadeó confundida. Tomé aire—. Abandoné Tofino a la fuerza. Asustada y enfadada porque este era mi hogar y aquí estaban las personas que me importaban. Pero nada de eso justifica que me fuese sin contarte lo que ocurría y sin despedirme de ti. Ni tampoco explica que no me pusiera en contacto contigo después, porque era mi responsabilidad, Sloane. Solo mía. Yo sabía dónde buscarte. —Sacudí la cabeza—. Tú ni siquiera sabías en qué parte del mundo me encontraba yo.

Nos miramos un instante antes de que ella rompiera el contacto para contemplarse los pies. Vi que apretaba los labios. Continué:

—No sé... —Sentía cada palabra como un desafío—. No sé por qué no te llamé ni te escribí. ¡No lo sé! Y no es una excusa. Simplemente no lo hice. El tiempo transcurrió y yo seguí sin dar el paso. —Alcé los brazos con un gesto de desesperación—. Quizá tengas razón y hago que el mundo solo gire a mi alrededor. Estos ocho años solo he sido yo, yo y yo, y no me ha servido para nada bueno, te lo aseguro.

Ella alzó la vista y vi que parte de su rabia se iba diluyendo. Había otra cosa en su lugar que no supe interpretar, pero que me provocó una sensación de esperanza en el pecho.

—Sloane, no tienes por qué creerme, pero lamento muchísimo la forma en la que me marché. Y lamento no haber mantenido el contacto contigo. Sé que no tengo disculpa, lo que hice estuvo mal. No te di más opción que pensar que no me importabas. Pero no es cierto, eres importante para mí. —Se abrazó los codos, como si intentara protegerse de algo. De mí—. Para ser completamente sincera contigo, también debo decirte que no era consciente de nada de esto hasta el otro día que pude ver lo enfadada que estás conmigo. Así de ciega estaba —confesé con voz temblorosa—. Lo siento.

Me quedé en silencio y deseé que ella dijera algo, cualquier cosa. Sin embargo, los segundos transcurrían mudos y yo me iba poniendo más y más nerviosa bajo su escrutinio.

—¿Eso es todo? —preguntó.

Asentí.

—Sí, creo que sí.

Sloane pasó por mi lado y se dirigió a la salida del callejón sin vacilar ni mirar atrás.

Yo dejé salir el aire que estaba conteniendo, pero no alivió el peso que se había instalado sobre mis hombros. La culpabilidad. La decepción y las lágrimas.

A veces el tiempo es determinante, y era evidente que yo había llegado tarde para arreglar las cosas con Sloane. Sin embargo, ella se merecía una explicación y con esa parte había cumplido.

De pronto, vi que se detenía y daba media vuelta. La miré expectante.

—Los últimos tres años he tenido una relación con Declan.

No esperaba que dijera eso y un sabor amargo se me pegó a la lengua.

—Lo sé.

—Y no me arrepiento.

—No creo que debas hacerlo —dije con sinceridad.

—Lo quiero, y no sé cuándo dejaré de hacerlo. —Asentí sin saber qué responder a eso y traté de ignorar el pellizco en mi corazón—. Pero él no me quiere del mismo modo, nunca lo ha hecho.

—Sloane, yo...

Alzó una mano y enmudecí.

—Hacía tiempo que quería dejarme, pero fue tu regreso lo que hizo que se decidiera. —No tenía ni idea de cómo digerir e interiorizar lo que me estaba revelando. Ni siquiera intuía adónde quería llegar. Suspiró y se pasó una mano por el cuello—. No te ha olvidado en todo este tiempo y ha sido como si tu vuelta lo hubiera despertado de alguna especie de limbo en el que flotaba mientras te esperaba. Nunca tuve la más mínima oportunidad.

Sentí su dolor.

—¿Qué quieres que haga? Pídeme lo que quieras y lo haré.

Soltó una risita carente de humor.

—¿Te irás si te lo pido?

Abrí la boca para contestar, pero no tenía una respuesta sincera que darle. No había un sí claro, ni un no tajante. Ambas tenían muchos matices que dependían de cosas que yo aún desconocía.

—No estoy aquí por él. Mi vuelta no es el comienzo de nada, Sloane, pero sí una manera de cerrar el pasado y que cada uno siga su camino. Nada más.

—Pues suerte con eso.

Nos miramos fijamente.

Ya no éramos las mismas personas que en el pasado. Las circunstancias nos habían cambiado, pero en mi interior seguía notando ese lazo que nos unió de niñas. Y, si me dejaba llevar por esa otra conversación, la que estaban manteniendo nuestras miradas, casi me atrevía a asegurar que Sloane también lo notaba. El eco de un tiempo lleno de confidencias, risas y promesas selladas con algo tan importante como un apretón de meñiques.

—Un día prometimos que ningún chico se interpondría entre nosotras. Nuestra amistad sería siempre lo primero —le recordé.

—Nuestra amistad se fue a la mierda el día que te marchaste sin decirme nada —repuso entre sincera y sarcástica—. Lo que hiciste fue una putada.

—Ojalá no lo hubiera hecho.

Me costaba aceptarlo, pero Sloane tenía razón. El mundo y mi percepción de él desaparecían más allá de mi ombligo.

Tantos años pendiente del dolor que me habían causado los demás, de la intensidad con la que lo vivía, esforzándome para dormirlo, que nunca me planteé que otras personas también pudieran experimentar ese sufrimiento por mi culpa.

Sloane me miró durante un largo momento y después asintió con la cabeza, como si acabara de llegar a un acuerdo consigo misma.

—Siento mucho lo de tu abuelo. Solía pasarse por aquí de vez en cuando.

—Gracias —respondí un poco aturdida por el cambio de tema.

Ella se encogió de hombros. Después dobló la esquina y desapareció de mi vista.

Y yo me quedé allí parada, con el cuerpo frío y el vaho saliendo de entre mis labios con cada bocanada.

29
Darcy

Agosto de 2009.

Quince años.

Sloane soltó un gruñido y me arrebató el tenedor con el último trozo de tarta que quedaba en mi plato.

—¿Por qué no le dices de una vez que te gusta? —me preguntó con la boca llena.

—¿De qué hablas?

—De Declan y esos ojitos de cervatillo con los que no dejas de mirarlo.

Chisté con fuerza para que bajara la voz y me incliné sobre la mesa.

—¿Quieres callarte? Te va a oír.

Miré a mi alrededor para asegurarme de que aquella conversación continuaba siendo privada. La terraza estaba llena de gente. Casi todos eran turistas que venían durante el verano a hacer surf y ver las ballenas. Nadie nos prestaba atención.

En el aparcamiento, Declan se reía con otros chicos por algo que había dicho su amigo Will y, como siempre, ni siquiera había reparado en mi presencia.

—No hay nada malo en que una chica se declare —insistió Sloane—. ¿Qué es lo peor que podría pasar?

—¿Peor que ponerme en evidencia y acabar humillada y rechazada? No sé, ¿la vergüenza que sentiría cada día del resto de mi vida al encontrarme con él? Algo que puede ocurrir a menudo ya que somos vecinos y vamos al mismo instituto.

Sloane empezó a reírse.

—Estás colada por él.

—Lo sé, y también sé que es imposible. ¿Por qué iba a fijarse en mí? Además, está saliendo con esa chica rubia de Ucluelet.

—No, qué va, ya no. Rompieron hace dos semanas.

—¿Cómo lo sabes?

—¡Lo sabe todo el mundo!

—Da igual, nunca va a fijarse en mí de ese modo. Para él solo soy la mejor amiga de su hermano.

Sloane frunció el ceño y me lanzó el sobre de azúcar de su té. Me dio en la frente y un quejido ahogado escapó de mi garganta.

—¡Ay!

—Creía que tu mejor amiga era yo.

—Y lo eres. —Gruñí frustrada—. Sabes a qué me refiero.

Ella sonrió con malicia.

—Lo sé, solo te tomaba el pelo. —Sacudió la cabeza y bufó molesta—. Harvey es un idiota.

—Son esos chicos... —traté de justificarlo.

—Venga ya, Darcy. Dudo de que lo estén obligando a ir con ellos. —Hizo una pausa—. Grant Pope dice que el otro día pillaron a Harvey robando dos botellas de vodka en el supermercado de los Miller, iba solo. No lo detuvieron porque su abuela convenció al señor Miller de que no presentara cargos.

—¡Dios mío!

—A cambio de que no lo denunciaran, Declan se ofreció a trabajar gratis para él toda una semana.

—¿En serio?

—Que me caiga un rayo si me he inventado algo.

—No lo sabía —susurré sorprendida.

—Te pasas el día en la playa dibujando esas estrellas de mar. ¡Qué vas a saber!

La fulminé con la mirada y me levanté para pagar la cuenta. No quería llegar tarde a la cena.

Mientras esperaba el cambio, no pude evitar buscar a Declan. Siempre se encontraba rodeado de gente. Es lo que ocurre cuando eres un guapo y carismático rompecorazones y capitán del equipo de *hockey* del instituto. Que todos quieren ser tus amigos o salir contigo.

Mi mirada vagó hasta dar con él. Parecía prestar atención a algo que le decía una chica, empeñada en pegarse tanto a su oído que en cualquier momento iba a arrancarle la oreja de un mordisco, o a darle un lametón, no estaba muy segura. Él sonreía; sin embargo, su gesto era tenso y forzado. Sus hombros se alzaban rígidos y la incomodidad le hacía inflar el pecho cada dos por tres. Y allí estaba esa tristeza que oscurecía sus ojos cuando se perdía en algún pensamiento.

Yo podía ver todas esas cosas. Quizá, porque de tanto observarlo a escondidas me había convertido en una experta a la hora de leer sus emociones. Podía ver lo que otros no. La preocupación por su abuela. La impotencia por no poder llegar hasta Harvey. Esa indiferencia con la que hablaba de su madre.

Declan parecía una roca, pero era vulnerable.

Sloane se colocó a mi lado y me empujó con el hombro.

—Deja de mirarlo y dile algo.

—¡No!

—¡Oh, eres tan guapo! Me muero por que me beses —exclamó mi amiga, imitándome con voz de pito.

—¡Cállate!

—Quiero ser tu chica, tu media naranja, tu alma gemela, la tuerca para tu tornillo...

Se me escapó una carcajada.

—¡Sloane!

—¡Oh, Declan, mezclemos nuestras salivas!

—Eso es asqueroso.

El camarero me devolvió el cambio y se echó a reír mientras Sloane ponía morritos y fingía que quería besarme.

La sujeté por los hombros y la empujé entre las mesas hasta que logré sacarla de la terraza. Pasamos junto al grupo de chicos, en dirección a la carretera, y yo no levanté la vista del suelo hasta que alcanzamos el asfalto. Entonces, nos cogimos de la mano y echamos a correr entre risas.

—Me pones de los nervios, en serio —le dije.

—Y tú a mí —me espetó—. Pero deberías saber que Declan te ha mirado cuando nos marchábamos. No solo eso, te ha seguido con sus bonitos ojos.

Se me aceleró el corazón.

—¿De verdad?

—Sí. —Una sonrisa boba se instaló en mi cara. Ella puso los ojos en blanco y tiró de mi mano para que siguiera caminando—. Creo que tú también le gustas.

—No te burles de mí con falsas esperanzas —lloriqueé.

—No lo hago. Llámalo sexto sentido, o yo qué sé, pero creo que deberías abandonar las gradas y meterte de lleno en el terreno de juego, ahora que vuelve a estar soltero.

—¿Y cómo hago eso? No he ligado en mi vida. No tengo ni idea de cómo empezar.

Un coche sin capota pasó a nuestro lado a toda velocidad. Lo conducía Zara Owen, acompañada de su grupo de amigas clonadas. Eran como una versión *low cost* de las Bellas de la película *Dando la nota*. Pero Zara era guapísima, estaba en el mismo curso que Declan y llevaba meses persiguiéndolo.

—Pues aprende, bonita. O una de esas chicas, más mayor y con tetas más grandes que tú, se te adelantará. ¡Jesús, hasta puede que lo intente yo!

Me detuve y la fulminé con la mirada, molesta. Sloane, lejos de darse por aludida, me sonrió mientras se apartaba unos mechones dorados de los hombros.

—¿Vas en serio? ¿Te... te gusta Declan?

Parpadeé al sentir los ojos acuosos. Sloane pegó un respingo y me miró como si me hubiera salido un cuerno de unicornio en la cabeza.

—¡No! Vamos, Darcy, estaba bromeando. A ver, Declan es mono y tiene muchas cualidades, pero no es mi tipo. —Se puso en jarras. Hacía ese gesto cuando se enfadaba, y en ese momento se estaba enojando conmigo—. El chico destinado a enamorarme se encuentra en este momento muy lejos de aquí. No sé, puede que en Los Ángeles, haciéndose famoso como actor y ganando mucho dinero. Dentro de unos tres años, nos conoceremos en el rodaje de una película romántica y me pedirá matrimonio con un anillo con tantos diamantes que tendré que usar un cabestrillo. No aspiro a menos, ya lo sabes.

Lo dijo con un desparpajo tan sincero que me sentí avergonzada por haber dudado de ella un solo segundo.

—Perdona —susurré.

—Pero mira que puedes llegar a ser tonta.

—Nací así, qué quieres que diga —gemí.

Rompimos a reír y nos dimos un abrazo. Cerré los ojos y me dejé mecer por ella. Siempre soñé con tener una hermana, y el destino me había dado a Sloane.

—Jamás permitiría que un chico nos separara, Darcy. Eres mi mejor amiga y eso está por encima de cualquier tío, por muy bueno que esté.

—¿Aunque sea un actor famoso con un anillo de diamantes enorme?

—¿Cómo de grande?

—¡Eh! —exclamé.

Me soltó y enlazó su brazo con el mío mientras nos dirigíamos hacia su casa.

—Hagamos una cosa: prometamos que nunca nunca nunca nunca dejaremos que un chico rompa nuestra amistad —me pidió Sloane muy seria.

La miré de reojo e hice un mohín.

—Vale. —Unimos nuestros meñiques y, mirándonos a los ojos, dijimos al unísono—: Nunca dejaremos que un chico rompa nuestra amistad.

Caminamos sin dejar de parlotear y alcanzamos el camino que llevaba a su casa.

—¿Quieres entrar?

Miré el reloj. Eran las siete y media y yo tenía que estar en casa a las ocho.

—No quiero llegar tarde, mi abuelo está preparando *pierogi* para la cena.

—¿Esas cosas que parecen raviolis gigantes?

—Sí.

—¡Me encantan!

Al oírlo, sonreí.

—¿Por qué no vienes a casa y cenas con nosotros? Para mi abuelo eres como de la familia.

Me dirigió una mirada de agradecimiento y sacudió la cabeza. Más seria, deslizó un dedo por la cadenita que llevaba al cuello.

—Ojalá pudiera, pero mi madre quiere que conozca a ese hombre con el que sale. Dice que esta vez es el definitivo. Ha preparado su famoso pastel de carne y una tarta. —Suspiró—. Espero que al menos este se duche.

Gruñí.

—¿Por qué no hablas con ella?

—¿Y qué le digo?

—Que no puede traer a casa a cada hombre que conoce e intentar convertirlo en tu padre. Es... es irresponsable.

Sloane bajó la mirada.

—Le está costando superar el divorcio.

—¡Hola, chicas!

La madre de Sloane había aparecido en la puerta con el pelo repleto de bigudíes bajo una redecilla.

—Aun así, debería pensar un poco más en ti —susurré. Forcé una sonrisa y la saludé—: Hola, Milly.

Me despedí de Sloane con la mano y me dirigí a casa siguiendo la carretera principal. El sol comenzaba a perder intensidad en su descenso y su luz se colaba entre los árboles, formando haces dorados en los que los mosquitos parecían flotar. Tras unos diez minutos de caminata, alcancé el camino secundario. En esa zona, las casas estaban cada vez más apartadas.

A mi espalda oí el sonido de un motor que se acercaba rápido. Me aparté un poco sin dejar de caminar. Por el rabillo del ojo vi el morro de una camioneta azul y el corazón me dio un vuelco. La reconocería en cualquier parte.

—¡Hola!

Declan redujo la velocidad hasta adaptarse a mi paso.

—Hola —respondí sin dejar de mirar al frente.

—Sube, te llevaré.

—No..., no hace falta.

—Me pilla de paso y aún queda un buen trecho hasta tu casa. ¡Vamos, Darcy, no muerdo!

Me detuve y tragué saliva. Lo miré mientras notaba que me ruborizaba hasta las orejas. Se había inclinado hacia la ventanilla del copiloto y me sonreía. Bajo aquella luz era todavía más guapo. Casi irreal. En sus ojos claros había cierta súplica y sentí que me deshacía por dentro. Seguro que lo había imaginado. Con Declan, lo único que podía permitirme eran fantasías.

—Por favor, eres mi vecina favorita.

El estómago me dio un vuelco. ¿Declan bromeando conmigo? Apreté los labios para no sonreír.

—Soy tu única vecina.

—Pues por eso, el barrio no sería lo mismo sin ti y debo asegurarme de que llegues sana y salva a casa. ¡Vamos, sube!

Puse los ojos en blanco y fingí que no me había puesto a temblar a pesar de que estábamos en agosto.

—Vale.

Aquella decisión lo cambió todo.

30
Darcy

Levanté la vista del contrato y miré a Will fijamente. Él me sonreía desde el otro lado de la mesa.

—¿Y ya está?

—Sí, solo tienes que firmar.

Fruncí el ceño.

—Pensaba que tendría que hacer una entrevista o algo así.

—¿Para qué?

Alcé las cejas, cada vez más sorprendida.

—No sé, para que puedas valorar si soy adecuada para el trabajo, por ejemplo.

—Lo eres.

—¿Y cómo lo sabes?

Will se acomodó en la silla y me sostuvo la mirada. Poco a poco su sonrisa se hizo más amplia y en sus ojos apareció un brillo de perspicacia.

—¡Está bien! ¿Tienes conocimientos sobre gestión, facturación y *stock*?

—Básicos, pero sí.

—¿Bases de datos, listados de clientes, horarios...?

—Sí, no es difícil.

—¿Sabes cambiar los cartuchos de tinta de una impresora?

—¿Epson, HP, Canon...?

—Creo que te quiero —sollozó. Me reí—. Este negocio depende del turismo, por lo que los horarios de trabajo no son fijos. Nuestro funcionamiento depende de la época, del mes, incluso del día. Trabajamos los fines de semana y los días de descanso van cambiando según la agenda. Pago hasta el último minuto extra.

—Me parece bien.

Dio una palmada al aire.

—Lo dicho, eres mi chica. Si te parece bien, firma en la línea de puntos y así podré despedirte.

Reaccioné parpadeando, pasmada.

—¿Despedirme?

Él se rio.

—Ya lo entenderás.

Antes de que pudiese replicar o poner alguna pega, me condujo fuera de su despacho. Adoptó el papel de jefe y me explicó todo lo que debía saber para realizar mi trabajo. Después me presentó a los que iban a ser mis compañeros, Sky, Cameron y Devin. Parecían amables y simpáticos, y me hicieron sentir cómoda desde el primer instante.

Las dos primeras horas fueron un caos mientras intentaba familiarizarme con el ordenador, los programas y todo el sistema de trabajo. Sin embargo, después de mis años en la agencia de publicidad y con Verónica de jefa, Surf Storm era un patio de juegos.

Colgué los últimos listados en el tablón de anuncios y miré el reloj. ¡Hora de comer! Me dirigí al mostrador y cogí las llaves que Will me había dado. Me coloqué la mochila y fui apagando las luces. Las campanillas de la puerta sonaron.

—¡Está cerrado! —grité desde la tienda.

—Vaya, esto es... genial.

Volví la cabeza y encontré a Declan parado frente al tablón de anuncios.

Tragué saliva con dificultad, incapaz de hacer otra cosa

salvo mirarlo de arriba abajo. Su aspecto me robó el aliento, y no por lo que llevaba puesto, un tejano y una camisa a cuadros. Era una reacción química, incontrolable. Él me alteraba, siempre lo había hecho. El color de sus ojos, la forma en la que su boca se curvaba hacia un lado o apoyaba las manos en las caderas. Cómo me miraba y lo que desencadenaba en mi interior cuando captaba ese aroma que solo él poseía.

Se giró hacia mí y me sonrió.

—Hola.

—Hola.

—Will te ha dado el trabajo.

—Eso parece. —Me aclaré la garganta y me froté las palmas de las manos en los pantalones—. Gracias.

—¿Por qué?

—Vamos, Declan. ¡Es tan evidente!

Bajó la mirada un segundo y sonrió.

—Necesitas un trabajo para quedarte, y yo no quiero que te vayas. Al menos, no tan pronto.

Mis ojos se llenaron de ternura. No pude evitarlo. Tampoco pude ignorar la conexión que fluía en ambos sentidos. El vínculo que empezaba a reconstruirse entre nosotros. Un cosquilleo suave me atravesó. Un sentimiento que tomó forma. Lo echaba de menos. A él y su forma de mirarme, sus sonrisas y su buen humor. El tiempo que pasábamos juntos. Que el mundo guardara silencio para perderme en su respiración.

Inspiré hondo. No quería engañar a nadie, y menos a mí misma. Declan seguía doliendo, pero con un dolor diferente al que había sentido hasta ahora. Sin embargo, ya no era una herida. Ya no sangraba.

Alcé la mirada hacia él.

—Iba a comer algo. ¿Te apetece venir? —solté antes de poder reprimirme.

—¿Me estás invitando a comer?

—Eso parece, ¿verdad?

—Me gustaría mucho —dijo con la voz ronca.

Coloqué el cartel de Cerrado y salimos afuera.

—¿Adónde quieres ir? —me preguntó.

Pensé en ello un momento. Hacía un día maravilloso, el sol brillaba en medio de un cielo azul y despejado. Me apetecía comer al aire libre.

—¿Sigue abierto el Wildside Grill?

—Sí. —Se inclinó hacia mí. Pude distinguir motitas doradas en medio de sus ojos verdes—. Y siguen preparando ese pescado con patatas que tanto te gustaba.

Sonreí.

—¡Yo conduzco! —exclamé mientras echaba a correr hacia la camioneta.

Declan me siguió entre risas.

Encajé la llave en el contacto y el motor arrancó con un suave ronroneo. Después puse el intermitente y me incorporé a la carretera.

—Por cierto, gracias por arreglarla, me has salvado la vida. —Lo miré de reojo y sentí un cosquilleo al contemplar su perfil de líneas marcadas y masculinas—. ¿Cómo lo sabías? Que estaba rota, quiero decir.

—Nadie en su sano juicio sale en bici un día de lluvia, y menos para devolverle el abrigo al idiota de su ex.

—Pensé que podrías necesitarlo.

—Seguro.

Sus ojos claros se encontraron con los míos.

—¿Qué significa ese tonito?

—Lo primero que hice fue meterlo en la lavadora por si lo habías untado con polvos picapica. Ya sabes, la venganza es un plato que se sirve frío.

La diversión en su voz me hizo reír a carcajadas.

A cada instante que pasaba me iba soltando más, como si me desprendiera de algo cada vez que me dejaba llevar. Sin pensar. Era la única forma de liberar a mi verdadero yo. De conocerlo por fin tras toda una existencia encerrado bajo el miedo a decepcionar a las personas que me rodeaban.

Temiendo quedarme sola.

Temiendo que dejaran de quererme si expresaba lo que realmente sentía.

Y no me daba cuenta de que todo aquello que temía era lo que necesitaba para ser feliz. Lo que anhelaba, lo que me había hecho desgraciada.

Así que me decidí a dejarle las riendas de mi vida a los impulsos. A la primera sensación. A las pequeñas cosas que terminan por ser inmensas. A la chispa que estalla. Y ese misterio me llenó de ilusión mezclada con miedo, con la incertidumbre de lo inesperado, de lo desconocido.

—¿Por qué no se me ocurrió?

—Demasiado tiempo lejos de mi influencia —dijo con un ligero guiño, coqueteando conmigo.

A duras penas logré permanecer seria.

Hicimos en silencio aquel recorrido que los dos conocíamos tan bien, pero no fue incómodo. Al contrario, durante esos minutos todo fue como antes. Nosotros. Lo que siempre fuimos. Y me di cuenta de que añoraba tenerlo en mi vida.

A lo lejos distinguí la tabla que anunciaba el Outside Break, un espacio al aire libre donde se concentraban algunos negocios locales, entre ellos el Wildside Grill.

Giré a la izquierda y salí de la carretera. Me adentré en la plaza y aparqué junto al centro de yoga. Salté de la camioneta y una suave brisa salada me revolvió el pelo. Inspiré hondo. ¡Qué bien olía! Casi corrí hasta el mostrador, embriagada por la estela de un aroma maravilloso que me hacía la boca agua.

Pedimos hamburguesas de bacalao con salmón y patatas fritas, con extra de picante para mí. Declan cargó con la bandeja y yo cogí las bebidas. Nos sentamos a una mesa bajo la pérgola de madera, resguardados del viento húmedo que soplaba desde el mar.

Llené mis pulmones de aire. Olía a especias, sal y algo mucho más dulce que casi me emocionó: chocolate.

Declan me sonrió como si pudiera leer mi pensamiento.

—¿Helado de postre?

—Y bombones —dije con la boca llena.

Comimos en silencio, mirándonos de vez en cuando y sonriendo como dos críos, incómodos y nerviosos en su primera cita. Cuando en realidad lo que hacíamos era balancearnos sobre una cuerda que poco a poco nos acercaba. Cada mirada era un paso hacia delante. Cada sonrisa, un espacio que se llenaba. Y era aterrador.

—¿Qué te pasa? Te has puesto seria.

Resoplé bajito. No podía apartar de mi mente el encuentro con Sloane.

—Esta mañana fui a hablar con Sloane. Quería arreglar las cosas con ella.

—¿Qué tal te ha ido?

—No muy bien. —Deslicé el dedo por la mesa, siguiendo el dibujo de la veta en la madera—. Está muy dolida conmigo.

—Dale tiempo.

—¡Me odia!

—No te odia, Darcy. Se le pasará.

Lo miré, indecisa. Quería saber, y al mismo tiempo me daba miedo.

—Sloane me ha dado a entender que has roto con ella porque yo he regresado.

Una mueca transformó su rostro.

—Pues Sloane se equivoca en eso. Ella lo sabe y yo lo sé.

—Entonces... ¿no he tenido nada que ver?

—No, Darcy, tú no has tenido nada que ver con eso. Ya te lo expliqué, solo... solo pasábamos tiempo juntos.

—Me ha dicho que te quiere —murmuré mientras mis ojos se encontraban brevemente con los suyos—. Está enamorada de ti.

—Ojalá pudiera cambiar eso.

La brisa me agitó el cabello. Capturé el mechón rebelde y lo recogí detrás de mi oreja. Mi mirada se fijó unos instantes en una pareja que se besaba dentro de un coche y regresó a él de nuevo.

—¿Has salido con más personas además de ella?

—Sí, he tenido alguna relación.

—¿Te enamoraste?

Inspiró hondo y negó despacio.

—No después de ti.

Me estremecí sin dar crédito. ¡Habían pasado ocho años!

—¿En serio? —Tragué con dificultad—. Eso es ridículo, Declan.

—¿Por qué? ¿Acaso tú te has enamorado de alguien más? —replicó, como si aún me conociera mejor que nadie.

—Oye, eso es muy presuntuoso por tu parte. ¿Qué te hace pensar que no he vuelto a enamorarme?

Se inclinó hacia delante y cruzó los brazos sobre la mesa. Sonrió y su mirada fue dulce, casi una caricia.

—Llámalo corazonada.

—Pues te funciona de pena.

—Entonces, ¿te has enamorado?

Abrí la boca, dispuesta a mentir. Lo intenté un par de veces bajo su escrutinio. No pude, no quería ser esa clase de persona otra vez. La que huye para protegerse. La que disfraza la verdad para sentirse segura. La que avanza un paso y retrocede tres.

—No —admití tras coger aire—. Aunque me habría gustado. Lo cierto es que lo deseé con todas mis fuerzas —dije sin disimular mi frustración.

Declan alargó la mano por encima de la mesa y me rozó los dedos antes de que yo pudiera apartarlos. Su tacto desencadenó chispas en mi cuerpo.

—Lo siento —musitó.

Esbocé una sonrisa cansada y lo miré a los ojos. Yo también lo sentía. Nos habíamos transformado el uno al otro en seres incompletos para otras personas. Una vez leí que el primer amor se adhiere a tu corazón por siempre, y no importa cuánto daño te haya causado ni cuántas lágrimas te haya hecho derramar, porque nunca dejará tu alma. Yo lo notaba en mi interior, en el espacio que había entre nosotros, algo que crecía de entre aquellas cenizas que éramos.

Me puse en pie.

—Deberíamos ir a por ese helado, se hace tarde.

—Voy yo.

Declan entró en Chocolate Tofino para comprar nuestro postre y yo me dirigí a la playa. Me senté en un tronco hueco y contemplé el océano. El viento soplaba con fuerza mar adentro, donde las olas se elevaban con rabia. Varios surfistas pasaron a mi lado corriendo y se metieron en el agua. Los observé hasta que solo pude distinguir puntitos.

Al cabo de unos minutos, Declan se sentó a mi lado y me ofreció un cucurucho de vainilla con trufa y caramelo. Mi favorito.

Sonreí.

El primer bocado me hizo cerrar los ojos. Permití que la tensión que sentía desapareciese de mi cuerpo. Me dejé llevar y apoyé la cabeza en su hombro. Aún con los ojos cerrados, noté sus labios en mi pelo. Contuve el aliento. Una voz en mi interior me pedía cautela, quizá estaba abriendo una puerta que después no podría cerrar. ¿Me importaba? Puede que sí, pero estaba tan cansada de vivir con la guardia alta que dejarme llevar era una liberación.

Suspiré para mí y traté de asimilar las últimas horas. Me sentía orgullosa de mí misma.

Aquella mañana no solo había empezado un nuevo trabajo, también me había enfrentado a mis miedos y mi orgullo para recuperar a una amiga.

Había dado un gran paso al dejar que Declan regresara a mi lado.

De repente, se me había caído la venda de los ojos y comprendía con claridad que no podía centrar mi vida entera en algo que sucedió hace una eternidad. No, si quería avanzar.

Y deseaba hacerlo.

Sin preguntas.

Sin reproches.

31
Declan

La luz del amanecer me encontró sentado en la arena, con el traje de neopreno como único abrigo y los pies congelados. Contemplé el mar y me puse de pie. Agarré la tabla de surf y me adentré en el agua oscura y espumosa. Con esfuerzo logré atravesar la línea donde las olas rompían con violencia. Me tumbé sobre la madera y comencé a remar con los brazos.

La falta de sueño y el cansancio hacían mis movimientos más lentos. Más pesados. Sin embargo, el sufrimiento de mis músculos doloridos me recordaba que seguía vivo. Que aún era capaz de sentir algo bajo la piel.

No lograba acordarme de cuándo fue la última vez que dormí tranquilo, en paz, sin pesadillas ni sobresaltos. Probablemente, fuese de niño. Si es que alguna vez lo fui.

No recordaba cómo era vivir sin ese peso en el pecho que yo sentía todo el tiempo. Sin darle vueltas a los pensamientos que me acosaban a todas horas. La culpa. El miedo. Los deseos enterrados que a veces arañaban la tierra buscando ser escuchados. Aquel nudo presente que no dejaba de ahogarme.

Al menos, aquella presión que sentía en mi interior, esa

garra helada que me envolvía el corazón desde casi siempre, se había aflojado un poco.

Ese pequeño respiro se lo debía a ella. Mi chica de las estrellas, con su cabello de color chocolate y la mirada solitaria y precavida. Quizá no merecía su vuelta. Tenerla cerca. Echarla de menos cuando no estaba. Pero lo hacía. La extrañaba. Necesitaba su contacto. El roce de sus ojos. El cosquilleo que provocaba su sonrisa. Era un sentimiento instintivo, primario, sobre el que no tenía ningún control.

Me sentía como un satélite que orbita alrededor de un planeta, atraído por su fuerza gravitatoria. Darcy era ese planeta.

32
Darcy

Empezaba a oscurecer cuando salimos todos juntos del trabajo.

Era sábado, y los fines de semana Will solía cerrar un poco más tarde para aprovechar la afluencia de turistas, ahora que empezaba la temporada de migración de las ballenas y los *tours* para observarlas se duplicaban.

—¿Vamos a Shelter a tomar algo? —sugirió Devin.

—Joder, sí, me muero por una cerveza —dijo Will.

Declan se pasó una mano por el pelo antes de ponerse su gorra y me miró.

—¿Te apuntas?

—Por supuesto que se apunta —intervino Sky mientras enlazaba su brazo con el mío y tiraba de mí para encabezar la marcha—. Tenemos que celebrar su incorporación al equipo. ¿Cuántos días llevas ya con nosotros?

—Cuatro, contando hoy, creo.

—¡Cuatro! —exclamó ella—. Y Will aún no te ha espantado. Sí, esto hay que celebrarlo.

—Venga ya, habláis de mí como si fuese un puto orco —se quejó Will.

—Lo eres, por feo y amargado —se rio Devin.

—Este amargado puede que se olvide de enviarte el próximo cheque.

Devin gruñó una maldición y todos nos echamos a reír.

Alcanzamos el Shelter poco después, un restaurante bonito e informal, de estilo rústico con vistas a la playa. No lo conocía, y me gustó el ambiente hogareño que allí se respiraba gracias a una enorme chimenea de piedra. Había velas en todas las mesas y en la barra, y de fondo sonaba una música suave.

El interior estaba repleto de clientes, así que nos sentamos en la terraza cubierta, alrededor de una mesa de piedra de color negro con un brasero de carbón incrustado en el centro y protegido por unos cristales. La gente las llamaba mesas de fuego.

Me quité los guantes y acerqué las manos al calor. Declan se sentó frente a mí y me dedicó un mohín travieso. Sonreí en respuesta, no pude evitarlo al verlo relajado. Hasta parecía feliz.

Apenas hablé durante el tiempo que estuve allí, era más divertido escuchar las batallitas que ellos contaban. Anécdotas sobre las clases y las excursiones. Las situaciones tan disparatadas que se habían dado con algunos turistas. Eran compañeros de trabajo y, sobre todo, eran amigos. Una familia. Me habían acogido en su mundo privado y yo me sentía contenta por ello.

Si nunca me hubiera marchado, si hubiese continuado en Tofino, aquella habría sido mi vida, siempre rodeada de gente que me gustaba, con la que me sentía bien, integrada. Entre ellos no me habría sentido tan sola como me sentía en Nueva Zelanda.

—Por cierto, chicos, hay que ir pensando en el sustituto de Cameron —dijo Will.

—¿Sustituto? —saltó el nombrado.

—Alguien tendrá que ocupar tu puesto. ¿Qué esperabas?

Cameron se enderezó en la silla, crispado.

—No me jodas, Will. Estaré fuera una semana, no voy a morirme.

—Lo siento, Cam, pero yo soy un hombre de negocios. No tengo la culpa de que a ti te hayan cogido por las pelotas. Así es la vida, unos se van y otros vienen.

Tragué saliva, un poco incómoda por la conversación. No entendía nada. ¿De verdad iba a reemplazar al pobre chico? Entonces, vi que Declan intentaba por todos los medios no reírse. Disimuló dando sorbitos a su bebida.

—¡Vamos, no puedes despedirme! —exclamó Cameron.

Will lo miró muy serio. Poco a poco, una sonrisa se dibujó en su cara, que se hizo más amplia hasta que estalló en carcajadas.

—¡Serás capullo! —exclamó Cam—. ¡Qué susto me has dado, joder!

Todos reían con ganas. Incluso yo acabé contagiándome.

—Tranquilo, entre todos te cubriremos —le aseguró Declan.

—Aún no me creo que vaya a casarme —susurró Cameron con aire distraído.

—Ni yo que hayas encontrado a alguien que quiera casarse contigo —declaró Devin. Sky le golpeó el hombro con el puño—. ¡Ay!

—Eres idiota —refunfuñó ella.

—Y aun así te mueres por mis huesitos.

Me reí. Devin era todo un personaje. Miré a Cameron, que estaba sentado a mi lado.

—¿Vas a casarte? —le pregunté.

—Sí, el mes que viene.

—¡Felicidades!

—Gracias. —Alzó su vaso a modo de brindis y yo lo imité—. Vendrás, ¿no? Estás invitada. Cualquiera de estos puede acompañarte si no tienes pareja.

—¿La tienes? —se interesó Devin.

Abrí la boca, sorprendida por el tono seductor de su voz.

—No..., no tengo.

—Declan tampoco. Podríais ir juntos —sugirió Will.

Declan le lanzó una mirada que no supe interpretar.

—Sí, podríais ir juntos —convino Cameron. Me dio un golpecito en la rodilla con la suya—. ¿Cuento contigo para mi gran día?

Las palabras tropezaron en mi boca mientras todos me miraban.

—Sí... Por... supuesto. Iré.

Me sonrió y yo le devolví la sonrisa. Aparté la vista y me encontré con la mirada de Declan clavada en mí. Sentí que las mejillas se me acaloraban. Contuvo el aliento y yo lo solté de golpe.

Will pidió otra ronda y la conversación fluyó hacia otros temas. Yo me relajé en mi asiento y me dediqué a observarlos, participando de vez en cuando con algún comentario. Y, sin apenas darme cuenta, pasó otra hora.

—Voy a marcharme, chicos —dije tras el segundo bostezo.

Me sentía cansada. Aún me costaba dormir por las noches. Después de tanto tiempo viviendo con Andrew, la soledad de una casa grande y vacía me sobrecogía. Sin embargo, no era algo negativo, al contrario. Cada día que se marchaba, cada amanecer que me encontraba, yo era un poco más fuerte. Más libre. Más mía.

Sky se abrazó a mi cintura cuando me puse en pie.

—No, Darcy, ahora viene lo mejor. ¡Chupitos!

—Otro día, ¿vale? Estoy rota.

Cogí mi abrigo del respaldo. De pronto, Declan también se puso en pie.

—Te acompaño a tu camioneta.

—No es necesario, yo...

—También me marcho a casa. Las clases de surf de esta tarde me han destrozado. Necesito una ducha y dormir diez horas seguidas.

—Está bien.

Nos despedimos de nuestros amigos y abandonamos la terraza cubierta. Una vez fuera, llené los pulmones de aire fresco. Cerré los ojos un instante y empecé a caminar. Hacía frío y en el suelo húmedo se reflejaba el resplandor amarillento de las farolas que alumbraban la carretera.

Declan andaba a mi lado con las manos en los bolsillos. Lo miré de reojo. Cada vez que nos veíamos, me costaba más apartar la mirada de él. Esbozó una sonrisa de medio lado.

—Me pone nervioso que me mires.

Me sonrojé y aparté la vista rápidamente.

—No te miro.

—Yo también te pongo nerviosa.

—¿Qué? ¡No, claro que no!

Ambos sonreímos con la vista al frente. Me resistía a dejarme llevar por aquel pensamiento sádico que era la ilusión, pero una extraña fuerza me empujaba a rodearla con los brazos. Era como si existiera un río bajo mis pies que me arrastrara hacia Declan. Un río de aguas profundas y revueltas.

Llegamos al aparcamiento de Surf Storm. Me detuve junto a la camioneta y saqué las llaves del bolsillo.

—Les caes bien —dijo él. Y aclaró—: A los chicos, les gustas.

—Y ellos a mí.

Alcé la vista de mis manos y mis ojos se clavaron en los suyos. Durante un largo instante, se limitó a devolverme la mirada, y una chispa crepitó en el aire. Una suave sonrisa curvó sus labios. Había algo en esa curva que alteraba mi corazón, lanzándolo a carreras erráticas que me dejaban exhausta. Las emociones que me asaltaban eran tan contradictorias.

—Oye... —empezó a decir. Hizo una breve pausa y se mordió el labio inferior—. Sobre la boda de Cameron... No tenemos por qué ir juntos si no... si no te apetece. Will solo lo ha dicho porque...

—No, quiero ir. Juntos. Me gustaría que fuésemos juntos —murmuré mientras mis ojos se encontraban brevemente con los suyos.

—¿De verdad?

Parecía tan confuso y cortado como me sentía yo.

—Sí, a no ser que quieras ir con otra persona.

—¡No! —Tragó saliva—. Me encantaría ir contigo.

Sonrió y su mirada fue dulce, casi una caricia. Parpadeé y un revoloteo de emoción se extendió por mi pecho. Quise ignorarlo, pero ¿cómo hacerlo cuando todo mi cuerpo me traicionaba? Mis ojos vagaron por su cuerpo y sentí el impulso de levantar la mano y apoyarla en su pecho. Quería averiguar si su corazón latía tan rápido como el mío.

Di un paso atrás ante ese deseo inesperado.

—Será mejor que me vaya.

Abrí la puerta y él la sostuvo hasta que me acomodé en el asiento. Contemplé su rostro envuelto en sombras.

—Buenas noches, Declan.

—Buenas noches, Darcy.

Cerró la puerta y yo encajé la llave en el contacto con las manos temblorosas. Salí del aparcamiento sin atreverme a mirarlo una última vez. Sin embargo, ya en la carretera, no pude evitar echar un vistazo al espejo retrovisor. Seguía allí, inmóvil, observando cómo yo me alejaba.

33
Darcy

Mi teléfono móvil sonó por tercera vez mientras entraba en casa. Resoplé molesta por la insistencia. Ya podía ser importante. Encendí las luces del salón y lo saqué del bolso.

Respondí sin fijarme en el número.

—¿Sí?

—¿Qué significa eso de que vas a quedarte en ese pueblo?

—Hola, papá.

—¿Es cierto?

—Ya veo que has hablado con Eliza.

—Sí, y me lo ha contado todo.

—Después de interrogarla, imagino.

—¿Y qué esperabas? No contestas a mis llamadas.

Me senté en el sofá y me quité las botas mientras sostenía el teléfono con el hombro.

—Papá, siempre me llamas cuando estoy trabajando, no puedo atender temas personales durante ese tiempo.

—¿Trabajando? ¿Tienes un empleo?

—Sí, tengo un empleo —respondí con un suspiro.

—Entonces, ¡es cierto! ¡No piensas regresar!

—Yo nunca he dicho que no vaya a regresar. Lo haré más

adelante. —Me froté la nuca, notaba el cuello rígido—. De momento, voy a quedarme aquí.

—¿Por... por qué?

Intenté explicarle mi necesidad de reencontrarme con la persona que allí fui. De tomar decisiones en cuanto a la casa, las cenizas de mis abuelos y mi propio futuro. Una parte de mí, la más inocente, esperaba que pudiera entenderlo. No lo hizo.

—Las entierras bajo ese árbol y ya está.

—No es tan fácil, papá.

—Escúchame bien, Darcy. Quiero que recojas tus cosas y vuelvas a casa inmediatamente. Te enviaré dinero y el billete de avión, mañana mismo.

—Papá, ya no tengo dieciséis años, no puedes decirme lo que debo hacer.

—Soy tu padre y siempre serás mi responsabilidad. Ese... ese pueblo no es para ti, cielo. No hay nada salvo bosques, animales salvajes y pueblerinos. Tú necesitas mucho más que un empleo mediocre y una casa vieja. Debes volver. Aquí lo tienes todo: la posibilidad de un buen trabajo, de seguir estudiando... Y a nosotros, tu familia. Es con nosotros con quienes debes estar.

Me molestaba lo indecible esa actitud sobreprotectora y paternalista. Él solito se había subido a ese pedestal de «Mejor padre del mundo», cuando ni siquiera se acercaba a un burdo intento. No pude morderme la lengua, y yo misma me sorprendí al replicarle:

—¿Mi familia? Vamos, papá. Apenas viví con vosotros un par de años.

—Porque te fuiste a la universidad.

—¡En la misma ciudad!

—Querías independencia.

—Me fui porque a tu mujer nunca le gustó tenerme en su casa y porque Dedee era más hija tuya que yo. Aunque es evidente quién carga con tus genes.

—Siempre os he tratado por igual.

Puse los ojos en blanco. Si creerlo le hacía sentirse mejor...

Me llevé la mano al pecho y empecé a moverme de un lado a otro del salón, demasiado nerviosa para permanecer quieta.

Era la primera vez en años que hablábamos sobre nosotros y nuestra relación. Hasta ese momento, simplemente, nos habíamos limitado a fingir que éramos una familia. Una representación perfecta. Se nos daba de maravilla aparentar, tanto que yo misma había olvidado que, en realidad, solo éramos un par de extraños.

Mi padre nunca quiso conocerme.

Y yo jamás me molesté en conocerlo a él.

Mi padre se impuso.

Y yo me sometí.

¿Con qué fin?

—¿Por qué viniste a buscarme realmente? —pregunté enfadada.

—Ya lo sabes.

—No. Acláramelo.

Hizo un ruidito de exasperación.

—Darcy, ahora no estamos discutiendo eso, sino la estúpida idea que has tenido. No comprendo qué tiene ese sitio de especial. Te... te hice un favor sacándote de allí.

Frené en seco, perpleja. Noté que me hervía la sangre.

—¿Y cómo estás tan seguro de eso? ¿Te has parado a pensar que a lo mejor me gustaba este pueblo y la patética vida que según tú tenía con mi abuelo? ¿Que aquí era feliz?

—Se trataba de darte oportunidades...

—¿Consideraste alguna vez que este lugar podía ser lo mejor para mí? —Tragué saliva y apreté el teléfono con fuerza—. Creo que lo hiciste por ti, no por mí.

—¿Qué insinúas?

—Que me llevaste contigo para acallar tu conciencia y eso era lo único que de verdad te importaba. Sabías que me sentía fuera de lugar en tu maravillosa casa y nunca hiciste nada para remediarlo. Al contrario, permitiste que Grace me tratara como a una intrusa y que Dedee me despreciara.

—Nunca vi que...

—Solo aliviabas tus remordimientos —dije con lágrimas en los ojos. Tomé aire—. Nunca he visto en ti a un padre.

—¿Cómo... cómo puedes decir eso? Solo hice lo mejor para ti. Traté por todos los medios de darte lo que nunca habías tenido: una familia, estabilidad, comodidades...

—Si nunca lo tuve, fue por tu culpa.

—¡Y lo siento!

—Tenía todas esas cosas aquí.

—Tu abuelo era un hombre demasiado mayor para cuidar de ti. Yo debía pensar en tu bienestar, protegerte. —Se le atascaban las palabras, más y más alterado—. ¿Sabes lo difícil y violento que fue sacarlo de tu vida para que dejaras de pensar en él y quisieras estar con nosotros? ¿Para que dejaras de odiarme? Cada vez que llamaba, las excusas, las mentiras... Y continuaba insistiendo, semana tras semana, año tras año, hasta que por fin debió de entenderlo.

Un temblor me recorrió el cuerpo. Tuve que apoyarme en la mesa.

—¿Qué acabas de decir?

—Yo solo...

—¿Mi abuelo me llamaba? ¿Me llamaba y tú no me dejabas hablar con él? —gemí con la voz rota.

—Tienes que comprenderlo, no tuve otra opción. Tu rechazo hacia la familia, hacia mí... Era tan grande que...

—¿Qué?

Inspiró.

—Pensé que lo acertado era cortar todos los lazos que tenías con él y con ese lugar. Darcy, era lo mejor.

—¡¿Para quién?! —grité.

Colgué el teléfono y lo lancé contra el sofá.

Apenas podía respirar. ¿Cómo había sido capaz de hacerme algo así? Me abandonó cuando apenas tenía cinco años por puro egoísmo. Y tiempo después me arrancó del único lugar en el que había sido feliz por ese mismo sentimiento. Su maldito interés.

Me colocó en su vida como quien pone una tirita sobre una herida profunda que sangra. Un remedio inútil, pero que a él lo hacía sentirse más humano. Mitigaba sus remordimientos. Lo que lo convertía en una persona aún más mezquina.

El teléfono volvió a sonar. No podía soportar su timbre y salí de la casa buscando el aire que le faltaba a mis pulmones. Miré hacia arriba. El cielo estaba claro y repleto de estrellas titilantes.

El frío se coló a través de mi ropa y me erizó la piel. No me importó. Crucé los brazos sobre el pecho y caminé hasta la parte trasera de la casa. Luego crucé el límite que separa el jardín del bosque y continué andando hasta que alcancé el acantilado.

El océano apareció ante mí. Una vasta extensión iluminada por una luna que lo convertía en un manto de terciopelo negro salpicado de brillitos. Sentí una opresión en el pecho, mi cuerpo seguía luchando contra lo sucedido, y tuve que esforzarme por seguir respirando.

Todo era tan injusto.

Empecé a sollozar desde lo más profundo de mi garganta. Incapaz de hacer nada contra las lágrimas que me caían por las mejillas.

Hay pocas sensaciones más horribles que la de esperar sin saber qué es lo que estás esperando. Así me había sentido los últimos años. Aguardando a que apareciera ese algo que le diera sentido a todo.

Ahora sabía de qué se trataba. Ese algo era la verdad. Y solo la había obtenido de mi abuelo. La única persona que había sido honesta conmigo en un mundo rodeada de mentiras.

—*Ikh bin nebekhdik, zeide* —susurré al aire. Ni siquiera estaba segura de si se decía así. Pero pronunciar esa disculpa en *yiddish*, su lengua materna, me hacía sentir más cerca de él—. Lo siento, abuelo —repetí para mí.

34
Darcy

Diciembre de 2007.

Trece años.

Llegó un momento en el que dejé de esperar el regreso de mi madre, y lo hice con más alivio que culpa.

Había pasado más de un año desde aquella tarde que la vi alejarse sin mirar atrás y, aunque aún me preguntaba si estaría bien, si sería feliz o si por fin había logrado la tranquilidad que conmigo no había encontrado, cada noche al acostarme cerraba los ojos muy fuerte y pedía, sin saber muy bien a quién, que ella se olvidase de nosotros.

Quizá porque seguía enfadada con ella y siempre lo estaría. Porque cada vez que me miraba en un espejo, intentaba comprender el motivo por el que ella nunca me había querido como otras madres quieren a sus hijos. Al igual que mi padre, ella también me había abandonado y era un hecho difícil de superar.

Quizá porque nunca había sido tan feliz como lo era viviendo con Marek Stern, el mejor abuelo del mundo.

—Tengo que ir un momento a la oficina de correos, después podremos regresar a casa —anunció él mientras cambiaba de marcha y la vieja camioneta renqueaba.

—¿Vas a enviar otra carta a tu amigo Mannus?

—Así es.

—Sabes que existen los *e-mails* y los teléfonos, ¿verdad?

—Por supuesto que lo sé —me respondió con una sonrisita.

—Entonces, ¿por qué tu amigo y tú os comunicáis solo por carta?

—Porque llevamos cincuenta años haciéndolo de ese modo. ¿Has escrito alguna vez a alguien? —Negué con un gesto—. Pues deberías, escribir una carta a mano es un gesto bonito y personal. Del mismo modo que esperar su respuesta.

—No conozco a nadie que viva lejos. —Vacilé un momento, eso no era del todo cierto—. Bueno, están mis padres, pero ni siquiera sé dónde viven ahora. Y tampoco quiero —mascullé para mí.

Él alzó las cejas, mirándome.

—Puedes escribirle una carta a cualquiera, no tiene por qué vivir lejos.

Me encogí de hombros.

—¿Dónde vive Mannus?

—En Florencia.

—¿De verdad?

—Sí, tiene una modesta galería de arte especializada en escultura.

—¿Crees que nos invitaría a visitarlo?

—¿Quieres ir a Florencia?

Sacudí la cabeza con vehemencia. Era uno de mis sueños.

—He leído que es la ciudad más bonita del mundo y que puedes morir solo por contemplarla.

El abuelo frunció el ceño.

—Entonces esa visita puede esperar un poco más. Soy viejo, pero aún aspiro a vivir otra década.

Me reí.

—¡La gente no se muere de verdad, es una forma de hablar! —Él también se echó a reír—. ¿Sabes una cosa, abuelo? Creo que de mayor quiero estudiar Bellas Artes. Pintar, dibujar y, quién sabe, quizá algún día pueda ver mis dibujos en una galería como la de tu amigo Mannus o ilustrar libros.

El abuelo me miró con ojos brillantes.

—Me parece maravilloso, Darcy. Y estoy seguro de que lo conseguirás.

Asentí, emocionada por su fe en mí.

Continuamos circulando y durante un rato me perdí en mis pensamientos. La camioneta pilló un bache y me sobresalté. Le eché un vistazo a las bolsas repletas de adornos que se balanceaban en el asiento trasero, para asegurarme de que no se habían caído. Me moría por llegar a casa y abrirlas.

—¿Estás seguro de que no te importa?

El abuelo conducía con ambas manos en el volante y la vista clavada en la carretera.

—¿A qué te refieres? —Señalé con un gesto el asiento trasero—. ¿Por qué iba a importarme? Ha sido idea mía.

—Los judíos no creéis en la Navidad y sé que estás haciendo todo esto por mí.

Sonrió y me lanzó una mirada fugaz.

—Tu abuela y yo siempre fuimos un poco liberales a la hora de interpretar los preceptos religiosos.

—¿Y eso qué quiere decir?

—Que siempre hemos creído que toda religión, en nuestro caso la judía, debe evolucionar y adaptarse al tiempo en el que vive. Ha de ser abierta, flexible y tolerante con otras creencias y tradiciones. —Asintió varias veces—. En resumen, debemos ver más allá de nuestras narices y mirar el corazón humano, no el traje que lo viste, ¿comprendes?

Fruncí el ceño, no estaba muy segura de haberlo entendido.

—Creo que sí.

—Bien.

—Pero si de algún modo ofende tu fe... No necesito que hagas esto por mí —dije de forma rotunda.

El abuelo ladeó la cabeza y encogió un hombro con despreocupación.

—Es cierto, hago esto por ti. He visto cómo miras las casas de los vecinos con todas esas luces, y a veces olvido que dentro de esa mente tan sensata hay una niña. —Una risa ronca brotó de su garganta—. No hay nada en unas cuantas bolas de colores y un árbol que pueda ofenderme, Darcy. Al contrario.

—¿De verdad?

—Sí, pequeña, de verdad.

Sonreí de oreja a oreja y le eché otro vistazo al abeto que cargábamos en la caja de la camioneta. Un amigo del abuelo los cultivaba en grandes maceteros y después los regalaba por estas fechas a todo el que quisiera uno. Siempre y cuando se comprometiera a cuidarlo para que continuara creciendo.

—Cuando acaben las fiestas, ¿podremos plantarlo en nuestro jardín? —le pregunté.

—Pensaba devolverlo al bosque, pero nuestro jardín también es un buen sitio.

Me hundí en el asiento y traté de ser paciente, porque la vuelta a casa se me estaba haciendo interminable. Me dediqué a observar por la ventanilla cómo el cielo se iba cubriendo de nubes grises y el océano se oscurecía. La marea estaba alta y las olas rompían rebasando en algunos puntos la cima de los acantilados. Era un lugar que no dejaba de maravillarme.

Unas horas más tarde, en la radio sonaba Frank Sinatra, la casa olía a abeto y el fuego que ardía en la chimenea calentaba el salón. El abuelo estaba sentado en su sillón favorito, leyendo una novela sobre piratas.

Abrí la segunda bolsa y saqué una caja con tres ángeles de suaves alas que colgaban de un hilo dorado. Contemplé el árbol durante unos minutos, decidiendo cuál era el mejor lugar para colocarlos. Los puse en la parte de arriba, muy cerca de la estrella. Colgué una bola roja en la punta de una rama y un bastón de caramelo un poco más abajo. Di unos pasos atrás para comprobar el resultado e inspiré hondo, con el pecho apretado por una emoción que me desbordaba.

Era feliz. Lo que sentía no podía ser otra cosa. Vivía en una casa preciosa, con una persona que me quería de verdad y tenía el mejor árbol de Navidad que podría haber soñado.

En el suelo aún quedaba otra bolsa repleta de adornos. La dejé para más tarde, tenía hambre y el chocolate que había preparado el abuelo comenzaba a enfriarse.

Tomé la taza de la mesa y me acerqué a la ventana.

Miré al abuelo de reojo.

La curiosidad que había ido creciendo dentro de mí comenzaba a transformarse en un deseo imperioso de saber. Atrapada en una corriente de preguntas que giraban a mi alrededor como hojas secas dentro de un remolino. Aun así, cierta reticencia a obligarle a mirar en recuerdos dolorosos me contenía.

Aunque no siempre.

—¿Abuelo?

—¿Sí?

—¿Qué le ocurrió a tu hermana?

Pasó una página del libro y suspiró.

—¿Qué día es hoy?

—Sábado.

—El sábado no es un buen día para contar historias.

35
Declan

Me despedí de Harvey dándole un beso en la frente y luego me quedé mirándolo un poco más. Marcharme siempre se me hacía difícil. Le rocé la mejilla con los dedos. Su piel tenía un color grisáceo, apagado, y sus párpados parecían más hundidos que la semana anterior. Verlo de ese modo me consumía por dentro.

La enfermera me había dicho que sus riñones no funcionaban todo lo bien que deberían y, si no mejoraban con la medicación, tendrían que someterlo a hemodiálisis. El deterioro imparable de su cuerpo me hacía cuestionarme si tomaba las decisiones correctas, al alargar a toda costa un final que a ojos de los demás parecía inevitable.

Para todos, menos para mí.

—Harvey, estás ahí, ¿verdad? Tienes que estar ahí, en alguna parte. Despierta, por favor.

Coloqué mi mano sobre la suya y esperé con todos mis sentidos concentrados en captar la más mínima alteración. Un estremecimiento. Lo que fuera.

Nada.

Inspiré hondó y solté el aliento de golpe. Después me limpié los ojos para no derramar las lágrimas que se me acumulaban en las pestañas.

—Nos vemos el próximo domingo. Te quiero, hermanito.

Me dirigí al ascensor. Esperé a que se abrieran las puertas y entré. Una señora mayor me sonrió desde la esquina. Ya la había visto otras veces por el hospital.

—Hoy pareces más apagado —me dijo. Ladeé la cabeza para mirarla y me encogí de hombros sin ganas de conversar. Su sonrisa se hizo más amplia y afectuosa—. Nadie sabe lo que realmente hay dentro de nosotros, ¿verdad? Las veces que nos rompieron el corazón. Los besos que nunca salieron de nuestros labios. Los abrazos que nunca dimos. Esas dos palabras que no logramos pronunciar a tiempo. Te quiero.

—Lo siento —añadí yo.

—Esas también —replicó con tristeza.

El ascensor paró en el vestíbulo del hospital y las puertas se abrieron. Con un gesto la invité a salir primero, después caminé tras ella hasta la entrada principal. Cuando alcanzamos la calle, ella giró a la izquierda y yo a la derecha.

De repente, oí que alguien chistaba. Me giré. La mujer se había detenido y me miraba con una mano en el pecho.

—Lo sabe.

Fruncí el ceño, sin entender.

—¿Qué?

—Sabe que lo sientes. Y también que lo quieres. No lo dudes nunca.

Dio media vuelta y siguió caminando. Yo me quedé allí parado, intentando comprender qué acababa de pasar. Y mientras lo hacía, sin saber cómo, me sentí un poco mejor. Rememoré sus palabras y entonces fui consciente de su profundidad. La culpa era un sentimiento que siempre tenía hambre y vivir a solas con ella te devoraba.

A primera hora de la tarde, estaba de vuelta en Tofino.

Salté al muelle desde el hidroavión y descargué las cajas con los impermeables que Will había encargado en Victoria para reponer los viejos. Eran parte del equipamiento que se les facilitaba a los clientes que contrataban los *tours* en zódiac para avistar la fauna local.

Las cargué en la furgoneta y me dirigí a Surf Storm.

No era el plan habitual.

El día que visitaba a Harvey, a mi regreso, lo único que me apetecía era encerrarme en casa con un bol de palomitas, el mando de la tele y cualquier película soporífera que me ayudara a dormir. A descansar de una vida que se había convertido en una larga espera que rara vez soportaba. Sin embargo, la presencia de Darcy había aliviado un poco ese peso y me dirigí al centro pensando en ella y en las ganas que tenía de verla.

Cuando crucé la puerta, la busqué en el mostrador donde ella realizaba la mayor parte de su trabajo. Y allí estaba, tecleando algo en el ordenador. Llevaba el pelo suelto y le caía en cascada a ambos lados del rostro, ocultándolo.

Se me aceleró el corazón y noté ese cosquilleo en la piel que siempre sentía cuando me ponía nervioso.

—Hola —la saludé.

Levantó la cabeza y sus ojos tropezaron con los míos.

—Hola.

Una sola palabra, y fue suficiente para darme cuenta de que algo no marchaba bien.

En otra época, había llegado a conocerla mejor que a mí mismo, y aún perduraba esa intuición. El hilo invisible que conectaba mi instinto a su yo más profundo.

Dejé las cajas allí mismo, al lado de un expositor, y fui junto a ella. Tenía los ojos rojos y la mirada triste. Forzó una sonrisa que solo alcanzó a ser una mueca.

—¿Qué te ocurre? —le pregunté en voz baja. Cameron y Sky se encontraban tomando un café en una de las mesas de la tienda y los saludé con un gesto—. ¿Has tenido algún problema?

—¡No, estoy bien! Cansada, nada más.

Sentí el impulso de alargar la mano y tocarle la mejilla. Deslicé los nudillos por su piel y ella apretó los párpados en respuesta. Tomó una bocanada de aire. Me miró a los ojos y vi que se estaba conteniendo para no llorar.

—Coge tus cosas, nos vamos.

Darcy dio un paso atrás, sorprendida por mi petición.

—No puedo irme, aún queda una hora para el cierre.

Yo negué con un gesto.

—Eh, Cameron, Darcy no se encuentra muy bien y voy a llevarla a casa. ¿Te importa ocupar su puesto hasta la hora del cierre?

Cam se puso de pie con un gesto de preocupación.

—Por supuesto, no tengo nada más para hoy —respondió.

—Ya lo has oído, él se ocupa.

La acompañé hasta el cuarto de los empleados y esperé a que cogiera su mochila y el abrigo, después la tomé de la mano y salimos a la calle por la puerta trasera del almacén.

La ayudé a subir a la furgoneta. En cuanto se hubo acomodado, cerré la puerta con cuidado y rodeé el vehículo.

La miré de reojo mientras me ponía el cinturón y arrancaba el motor.

Darcy apoyó la cabeza en la ventanilla y yo conduje en silencio, dándole el espacio que necesitaba. Sabía que en ese momento se encontraba sola en su interior, perdida y confundida entre un montón de piezas desperdigadas que intentaba encajar.

En lugar de ir hacia el oeste, a casa, me dirigí al este y tomé la Autopista 4.

—¿Adónde vamos? —me preguntó.

—Es una sorpresa.

—No estoy de humor para sorpresas, Declan. Solo quiero ir a casa y dormir.

—Te prometo que merecerá la pena.

Ella me miró y se mordió el labio, indecisa. La rodeaba

un halo de tristeza que me hacía querer abrazarla muy fuerte y no soltarla nunca. Se inclinó hacia delante y encendió la radio. Empezó a sonar *Heart in me* de Leaving Thomas en el viejo iPod que llevaba conectado. La siguió *Love no more* de Cody Lovaas, y empecé a preguntarme si el destino trataba de decir algo que nosotros no nos atrevíamos.

Nos adentramos en el parque nacional de Pacific Rim, con sus costas abruptas y enormes playas de arena fina rodeadas de selva. Dejamos atrás la comunidad esowista, una reserva india ubicada muy cerca de la bahía de Wickaninnish, y giré hacia una estrecha carretera. Tenía más curvas según se internaba en el bosque. Poco después, alcanzamos un lugar sin salida y me detuve.

—Ya hemos llegado.

Darcy miró a través del parabrisas.

—¿Dónde estamos?

—Al norte de Long Beach. —Le dediqué una sonrisa y abrí mi puerta—. Ven, necesitaremos unas botas de goma.

Me siguió hasta la parte trasera de la furgoneta y cogió las botas de color negro que le ofrecí. Las miró como si pudieran contagiarle una enfermedad mortal y yo me eché a reír.

—Están limpias, te lo prometo.

—¿Son tuyas?

—Sí.

Miró mis pies y, después, los suyos.

—Me quedarán enormes.

—No si te pones otro par de estos.

Coloqué en su mano un par de gruesos calcetines de lana. Darcy dudó mientras miraba a su alrededor. Aún no parecía muy convencida con aquel viaje. Me senté en el parachoques trasero y alargué mi mano para tomar la suya. La atraje hacia mí y sus piernas quedaron entre las mías. Me observó desde arriba.

—Cuando veas lo que quiero enseñarte, voy a convertirme en tu persona favorita para siempre —le aseguré.

Ella no dijo nada, pero casi podía oír sus pensamientos intentando decidir si se dejaba llevar. Tras un largo instante, soltó un suspiro y asintió.

—Espero que sea realmente bueno.

36
Darcy

Declan extendió la mano delante de mí. Una clara invitación. Dudé. Tenía la sensación de que cada día que pasaba nuestros gestos eran más íntimos. Nos tocábamos con cualquier excusa. A veces, ni siquiera hacían falta. Ocurría sin más. Su mano en mi espalda, en la mejilla, rozando mi oreja al colocar un mechón de cabello. Y yo no sabía cómo sentirme. El hecho de estar cerca de él aún me causaba un ligero dolor y, al mismo tiempo, me resultaba fascinante, tentador y demasiado bonito.

Mi mirada recorrió despacio la palma de su mano, cada línea y marca. Luego posé mis dedos sobre los suyos y los dejé ahí. Él los apretó hasta envolverlos con un agarre suave y firme.

Me guio a través de un estrecho sendero, rodeado de árboles y arbustos que apenas te dejaban distinguir nada más allá de sus ramas. El espacio rezumaba vida y color. De repente, la playa virgen apareció ante nosotros. Metros y metros de arena fina hasta la orilla. El paisaje que nos rodeaba imponía.

Declan me apretó la mano y sentí su calor, que viajó hasta mi pecho, donde el corazón me dio un vuelco. Me mantuve a su lado mientras caminábamos entre los charcos que dejaba la marea baja hasta unos promontorios de rocas y vegetación. Miré a mi alrededor. El lugar era precioso, con una espectacular vista de las montañas, la densa selva costera y unas olas impresionantes.

La belleza y la tranquilidad que se respiraban me hicieron sentir un poco mejor.

Desde la conversación con mi padre la noche anterior, había caído en una especie de trance depresivo del que me estaba costando salir. Me sentía manipulada por él, llena de reproches, y me costaba cargar con ellos. Nada, absolutamente nada de los últimos ocho años había sido tal y como yo suponía. Y las consecuencias eran desastrosas.

Iba tan absorta en mis pensamientos que no me había dado cuenta de que Declan se había detenido y me miraba. Parpadeé varias veces y traté de sonreír.

—¿Lista?

—¿Para qué?

Hizo un gesto hacia la base de rocas de una isla que emergía con la marea baja. Solté su mano y me acerqué despacio. Se me escapó un gemido y me llevé las manos a la cara. Entre los mejillones, percebes y anémonas, había un montón de estrellas de mar moradas y anaranjadas. Podía contarlas por decenas en una pequeña piscina de agua salada.

—¡Dios mío, hay muchísimas!

—No sé por qué, pero desde hace un tiempo se han multiplicado en esta zona.

—Es increíble.

—¿Puedo confesarte una cosa? —me preguntó Declan.

—Sí, claro. —Fruncí el ceño—. Siempre y cuando no me hagas cómplice de ningún crimen.

Se le escapó una risita y me miró con expresión juguetona.

—Nunca lo he entendido.

—¿Qué?

—Lo tuyo con esos bichos.

—¡No son bichos! —reí.

Me agaché, metí la mano en el agua y tomé una diminuta.

—Cuando era pequeña, mi madre y yo pasamos un tiempo en un pueblo muy apartado al norte de Alberta. Vivíamos en un parque de caravanas, cerca de un descampado. Al otro lado de ese descampado, había una biblioteca. No era muy grande y tampoco tenía muchos libros, pero para una niña de seis años era un lugar increíble. —Dejé la estrella en el agua y me puse en pie. Luego me sequé las manos en los pantalones y miré a Declan, que me observaba atento—. Mi madre solía dejarme sola. Unas veces por trabajo, las otras porque encontraba algún nuevo amigo con el que salir. —Declan arrugó la frente y yo le dediqué una leve sonrisa, para quitarle peso a mis palabras. Solo era pasado—. A mí me daba miedo el parque de caravanas, siempre había muchos perros que ladraban a todas horas y mi mente acababa imaginando cosas aterradoras. Así que solía pasar todo el tiempo que podía en esa biblioteca. La bibliotecaria se llamaba Brooke, y no tardó en darse cuenta de cuál era mi situación. Todos los días me ofrecía un trozo de bizcocho y un zumo, y me dejaba quedarme con ella después de cerrar para colocar los libros.

—Nunca me lo contaste.

—No me gustaba hablar de mis padres.

—¿Qué pasó con Brooke?

Inspiré hondo.

—Un día me regaló un cuento. Iba sobre una niña que vivía con su padre en un islote donde se alzaba un faro. Allí no había nadie más y siempre estaba sola, hasta que un día encontró una estrella de mar herida en las rocas. Se la llevó a su casa y la cuidó. Cuando la estrellita se recuperó, no quiso dejar a la pequeña, y su amistad cambió la vida de esa niña para siempre. —Tragué saliva y alejé las lágrimas con un parpadeo—. Yo me dormía soñando con encontrar mi propia estrella de mar. Imagina cómo me sentí cuando llegué aquí y vi que las había a cientos. Para mí fue como una señal de que había llegado al lugar correcto.

En los ojos de Declan apareció una mirada cálida.

—¿Por eso te gustan tanto?

—Sí. —Reí—. ¡Qué tontería!

Sacudió la cabeza y atrapó entre sus dedos un mechón de mi cabello que revoloteaba por el viento. Lo colocó detrás de mi oreja con ternura y el roce de su piel en mi piel me hizo contener el aliento.

—No es ninguna tontería, Darcy. Triste sí, y precioso, pero no una tontería. Me alegro de que me lo hayas contado. No entendía tu obsesión por estos bi... animales.

—No me preguntaste.

—Siempre tuve la sensación de que no debía hacerlo.

Sonreí. Y sentí tantas cosas en ese instante...

—Me conocías muy bien.

—Aún te conozco, por eso he sabido que necesitabas esto. —Me rodeó los hombros con el brazo y me atrajo hacia él mientras echaba a andar, de vuelta sobre nuestros pasos. Dejé que lo hiciera y me apoyé en él—. Sabes que puedes contármelo, ¿verdad?

Me mordí el labio inferior, nerviosa.

—Anoche hablé con mi padre y no fue muy bien.

—Lo siento.

—Me llamó para pedirme... No, exigirme que regrese a Nueva Zelanda. Empezamos a discutir y se le escapó que mi abuelo trató de hablar conmigo durante meses, puede que años, y él lo evitó.

Declan ladeó la cabeza para mirarme.

—Marek nunca me lo dijo.

—Mi *zeide* me llamaba todas las semanas, pero jamás me pasó esas llamadas. —Llené mis pulmones con una bocanada de aire—. Nunca me lo dijo. Me parece tan mezquino que actuara de ese modo.

—¡Joder, Darcy, se merece un puñetazo!

—No creo que pueda perdonárselo.

—Hacía tiempo que no escuchaba esa palabra, *zeide*. Me gustaba cuando lo llamabas así.

Me abracé a su pecho sin dejar de caminar y sonreí. Su cuerpo me protegía del frío y del viento que soplaba desde el océano. Alcé la vista para mirarlo y sus ojos claros se encontraron con los míos. Estar juntos siempre había sido fácil, esa era la verdad, y lo seguía siendo pese a todo.

En realidad, las cosas no suelen ser tan complicadas como parecen entre las personas. Todo se reduce a estar ahí cuando te necesiten. A comprender, escuchar y, lo más importante y que apenas valoramos, abrazar. Porque no hay nada que no arregle un abrazo que nace del corazón. Uno de esos que duele darlo, y recibirlo, que logra que tus costillas protesten y tu alma tiemble. Y en ese sentido, nosotros éramos perfectos el uno para el otro.

—Gracias —le susurré con la cara escondida en su costado.

37
Declan

Lo dijo tan bajito, tan suave, que no estaba seguro de haberla oído.

—Gracias —repitió.

—De nada.

No quise pensar en todo lo que podía significar aquel momento lleno de confidencias entre nosotros. En la intimidad y la complicidad que nos rodeaba durante aquel paseo. Que nuestro mundo de quizás podría estar girando hacia algo real. Nuevo. Distinto. Más intenso. La posibilidad me sorprendió, abrió una ventana de esperanza en mi interior, y sentí un aleteo, algo que creía desaparecido desde hacía mucho. La ilusión.

Seguimos caminando, juntos y sin prisa. La tarde caía y se estaba formando niebla. Una cortina vaporosa que se enredaba en los árboles. Nubes oscuras y bajas cruzaban el cielo y no daban muestras de querer marcharse en breve.

Contuve el aliento y bajé la cabeza para poder mirarla a los ojos. El corazón me latía rápido, fuerte. Quería besarla. Necesitaba besarla. Y lo habría hecho si un segundo antes ella no hubiera dado un respingo, de repente alerta.

—¿Has oído eso? —me preguntó.

Fruncí el ceño.

—¿Qué?

—¡Eso!

Presté atención. No oía nada. Empecé a negar con la cabeza cuando oí un gemido lastimero que provenía de entre los árboles.

—Eso sí que lo he oído. —Sonó otro quejido, agudo y gutural. El corazón me dio un vuelco al reconocerlo—. Es un osezno.

Darcy me miró con los ojos muy abiertos.

—¿Un osezno? ¿Cómo lo sabes?

—Hasta tú deberías saberlo —dije en voz baja con todos mis sentidos puestos en la espesura.

—Solo he visto osos un par de veces, y de lejos. No soy experta.

El aire arrastró más lamentos. Una expresión apenada apareció en el rostro de Darcy.

—Parece muy pequeño, tiene que ser un bebé.

Era muy probable. Las hembras solían dar a luz a finales de enero o principios de febrero. Y si allí había una cría, su madre no debía de andar lejos.

La aflicción del animal era evidente. Los quejidos subieron de volumen y yo empecé a ponerme nervioso. En un abrir y cerrar de ojos, Darcy echó a correr hacia los árboles.

—¿Adónde vas? —mascullé.

—Puede estar herido.

—Darcy, no... —Se alejaba—. ¡Joder!

La seguí mientras escudriñaba la maleza con mil ojos. Logré darle alcance y sujetarla por el brazo antes de que cruzara el límite entre la playa y el bosque.

—No podemos acercarnos —farfullé.

—Pero está llorando.

—Los osos no lloran.

—¿Y a ti qué te parece que es eso? —me soltó disgustada.

Ahora que estábamos más cerca, la voz del animal era

más clara. Parecía estar sufriendo. Una parte de mí se ablandó, pero no lo suficiente como para arriesgarme a que una hembra furiosa por proteger a su pequeño la tomara conmigo.

—Vale, está llorando, y si nosotros lo hemos oído, seguro que su madre también. Tenemos que irnos.

Darcy frunció los labios con un mohín de disgusto.

—Está ahí mismo. Le echamos un vistazo, nos aseguramos de que se encuentra bien y nos largamos.

—No creo que...

Me dejó con la palabra en la boca y se adentró en la maleza. El estómago me dio un vuelco. Se había vuelto completamente loca. Eso, o no tenía ningún instinto de supervivencia. Aquel animal era de verdad, no Winnie the Pooh o el osito Paddington.

La seguí a toda prisa. Súbitamente, se detuvo en seco, choqué con su espalda y a punto estuvimos de caer los dos al suelo.

—¡Ahí está! —exclamó emocionada.

Eché un vistazo por encima de su cabeza y vi una cría de oso negro. Tenía una pata atrapada en unas ramas caídas y no paraba de retorcerse y gruñir.

—Hola, pequeñín —le dijo Darcy con una voz demasiado aguda.

Se agachó con los brazos extendidos. ¡Iba a cogerlo!

—¿Qué haces? Puede morderte.

Para mi sorpresa, el pequeñajo no intentó defenderse. Como si supiera que Darcy no era una amenaza para él.

—¿A que no vas a morderme? ¿A que no? Eres muy guapo —le dijo ella con tono mimoso.

Puse los ojos en blanco. Lo creía porque lo veía. Me pasé las manos por la cara, a punto de sufrir un infarto. Miré a mi alrededor con los nervios de punta mientras ella trataba de liberar la pata del oso. Le estaba costando.

—Darcy, tienes que dejarlo. Su madre no debe de andar lejos.

—No está por aquí, quizá sea huérfano. Puede que esté solito.

Mis ojos volaron hasta ella y lo adiviné en su expresión.

—¡No!

—¿Por qué?

—No vas a llevártelo.

—Es muy pequeño.

—No es un gato —repliqué entre dientes, alterado.

De pronto, el viento trajo consigo un rugido. El osezno reaccionó y comenzó a gemir y moverse. Distinguí una sombra que se acercaba. ¡Mierda!

—Tenemos que irnos.

—Casi lo tengo.

—Darcy...

Ahora podía ver con claridad a la madre, tratando de bajar por una pendiente.

—Ya está —soltó victoriosa mientras levantaba al osezno en sus brazos.

—Suéltalo, ¡ahora!

Darcy volvió la cabeza para mirarme, pero otro rugido la dejó helada. Asentí con la cabeza para que obedeciera. Dejó a la cría en el suelo y esta salió corriendo al encuentro de la osa, que ahora se encontraba demasiado cerca.

—No te muevas —le susurré a Darcy. Ella contuvo el aire y se quedó inmóvil—. Bien, quédate quieta. Si ve que no somos una amenaza, se largará.

—Nos está mirando.

—Tranquila.

—No se va.

—Tú no te muevas.

La hembra dio un paso hacia nosotros, nerviosa. Comenzó a gruñir y a mostrar los dientes. No era buena señal.

—Darcy.

—¿Qué?

—Cuando cuente hasta tres, echas a correr hacia la playa lo más rápido que puedas.

La hembra continuaba resoplando con actitud amenazante.

—Pero has dicho que no me mueva.

—Uno...

—Declan...

—Dos... —En un instante, la osa cargó contra nosotros—. ¡Corre!

Giramos sobre nuestros talones y nos lanzamos a la carrera entre los árboles. Tras nosotros se oía un tropel. Avanzamos sin mirar atrás, sorteando piedras y arbustos. Logramos alcanzar la playa y continuamos corriendo. Eché un vistazo fugaz sobre mi hombro y vi a la osa detenerse en el límite de los árboles. Aun así, insté a Darcy a que no dejara de moverse.

Minutos después, nos detuvimos sin aliento en un recodo formado por rocas. Me ardían los pulmones y me temblaban las piernas. Durante un largo segundo, nos miramos muy serios. Después, rompimos a reír.

—¿Has perdido la cabeza? Eso ha sido una locura —le dije a Darcy.

—¡Qué miedo! Creo que me he hecho pis encima.

—A mí me está dando un puto infarto. Esa osa era enorme.

Darcy no dejaba de reír, aún nerviosa. Se lanzó contra mí y trató de atizarme.

—¡Has dicho que contarías hasta tres! ¡Hasta tres!

La abracé contra mi pecho para detenerla y reí a carcajadas.

—La teníamos encima.

—Suerte que soy más rápida que tú.

Se separó de mí con el pelo revuelto y los ojos brillantes. Estaba preciosa. Dios, me encantaba mirarla. Fijarme en cada detalle. Cómo arrugaba la nariz con ese mohín tan mono. Cómo entreabría los labios, carnosos y suaves. Su ceño fruncido. Memorizar cada gesto. Cada mueca. Contar las veces que se ruborizaba.

Quise besarla y me costó la vida no hacerlo.

—¿Más rápida que yo? —la cuestioné con un gesto socarrón—. Disculpa, pero en todo momento te he dejado ir primero. Ha sido premeditado.

—Sí, claro, estabas dispuesto a ser su merienda para salvarme a mí.

—Pues sí. ¿Acaso lo dudas?

—Pero si estabas temblando. No querías acercarte a ese bebé tan mono.

Me reí. Me estaba provocando, alargando aquel juego.

—Estás chiflada. Siempre lo has estado.

Arrugó la nariz con un gesto burlón y el corazón empezó a gritarme cosas. Unas que ya conocía y otras nuevas. Ella sacaba lo mejor de mí. A su lado todo parecía fácil. Solo tenía que ser yo. Y me estaba acostumbrando a verla. A tenerla cerca. A sus comentarios alocados. A sus ideas sin filtros. A mirarla porque era lo más bonito del mundo.

Y lo supe. Joder. Con toda claridad. La seguía queriendo.

38
Darcy

La semana siguiente pasó deprisa, casi fue un borrón, y el viernes llegó sin que me diera cuenta.

Cuando salí del supermercado, ya había anochecido y un cielo negro salpicado de estrellas lo cubría todo. Parecían tan cercanas que daba la impresión de que podría tocarlas con solo alargar la mano. Reinaba el silencio. Aunque, si contenías el aliento y escuchabas con atención, percibías con total nitidez los sonidos que el aire frío arrastraba: el susurro de los árboles, los pájaros saltando en las ramas...

Esa era parte de la magia de vivir en un pequeño pueblo en la isla de Vancouver, donde el ochenta por ciento del territorio aún era virgen y las poblaciones crecían en medio de selvas y bosques milenarios. Podías pasar la tarde comprando en una tienda ruidosa y abarrotada de gente, y al doblar la esquina adentrarte en la maleza más profunda. Hasta toparte con un oso, lo sabía por propia experiencia.

Caminé deprisa en dirección a la oficina de correos. Había aparcado mi camioneta muy cerca de allí y las bolsas de la compra pesaban demasiado. Solo había entrado al supermercado para comprar un poco de café y unas sales de baño, e inexplicablemente había salido con un montón de chocolatinas, masa para tortitas, sirope y refrescos.

Siempre he sido débil con el azúcar.

Coloqué la compra en el asiento trasero y puse el motor en marcha. Después salí a la carretera y me dirigí a casa. Estaba impaciente por llegar. Pensaba llenar la bañera de agua caliente y sales con aroma a cereza, y sumergirme en ella hasta que mi piel se arrugara como una pasa.

Subí la calefacción y aferré el volante con las dos manos.

Al doblar una curva, los faros iluminaron a una persona que caminaba junto a la carretera. Llevaba un abrigo largo hasta las rodillas, con la capucha cubriéndole la cabeza y las manos en los bolsillos. Me costaba distinguirla con claridad a través de las gotitas congeladas que habían comenzado a caer, y que se pegaban al cristal.

No sabía quién era, pero mi conciencia no me permitía pasar de largo. Frené y bajé la ventanilla.

—¡Eh, si no vas muy lejos, puedo llevarte! —Alzó la cabeza y me miró—. ¡Sloane! —Me incliné hasta alcanzar la puerta del otro lado y tiré de la manija para abrirla—. Vamos, sube.

Ella bajó la mirada, dudando. Un rítmico golpeteo comenzó a sonar sobre la carrocería y el parabrisas. Granizo. Contempló el cielo un instante. Dejó caer los hombros y subió a la camioneta.

—Hola —la saludé.

—Hola.

—¿Vas a casa?

Asintió mientras acercaba las manos al chorro de aire caliente que salía del salpicadero.

Conduje, mirándola de reojo. Ella parecía bastante concentrada en la oscuridad que reinaba al otro lado de la ventanilla.

El corazón me latía deprisa. No sabía qué decir ni cómo entablar una conversación. No habíamos vuelto a vernos desde aquella mañana que fui a hablar con ella a la cafetería en la que trabajaba, y no tenía muy claro en qué punto de la reconciliación nos encontrábamos. Si es que la había.

—¿Qué tal estás? —me interesé.

—Bien. —Hizo un gesto hacia delante—. Es ese camino, a la derecha.

—Lo recuerdo.

Puse el intermitente y giré a la derecha al llegar al desvío.

El camino estaba lleno de baches y tuve que aminorar la velocidad. La camioneta era una antigualla y la suspensión iba en sintonía con ella. Después de un par de curvas, llegamos a su casa. Entrecerré los ojos para estudiar el letrero que había pegado a un poste, frente a mi ventanilla, que anunciaba habitaciones en alquiler.

La casa parecía descuidada, aunque seguía conservando su encanto.

Me fijé en que había otros dos coches aparcados. Sloane los miró y un ruidito ahogado escapó de su garganta. Tuve la impresión de que se resistía a bajar. Estaba a punto de preguntarle si le ocurría algo, cuando murmuró un escueto gracias y saltó de la camioneta.

En ese mismo instante, la puerta de la casa se abrió y vi a su madre saliendo a su encuentro. Me costó reconocerla, ya no tenía el pelo castaño, como entonces; ahora lucía un rubio platino que brillaba como un faro bajo las luces. Iba muy maquillada y calzaba unos tacones de aguja que con solo mirarlos me dolían los pies.

Las observé mientras hablaban.

Sabía que debía dar la vuelta y marcharme, pero lo que en un principio parecía una conversación, ahora tenía toda la pinta de una fuerte discusión. Milly agarró por el brazo a Sloane y esta se deshizo de su mano con un gesto airado. Salió un hombre de la casa y se unió a Milly para increpar a Sloane.

Empecé a sentirme mal. Los dos gesticulaban frente a su

cara y ella solo se limitaba a dar pequeños pasos hacia atrás para mantener la distancia.

Salté de la camioneta, no pude evitarlo. Siempre había sentido un gran apego por esa chica que ahora apenas soportaba verme.

—Sloane, ¿va todo bien?

Los tres se giraron hacia mí.

—¿Darcy? ¿Eres tú? —preguntó Milly.

—Sí. —Forcé una sonrisa. Jamás me cayó muy bien y nunca me gustó cómo trataba a su hija—. Hola, Milly.

De repente, Sloane se abrió paso entre ellos y vino hacia mí.

—¿Te apetece ir a tomar algo?

La sorpresa me dejó muda un segundo, el tiempo que ella tardó en subir de nuevo a la camioneta. Me senté tras el volante y maniobré para dar la vuelta, mientras Milly y ese hombre gritaban a Sloane que no podía marcharse y no sé qué más sobre sus obligaciones y que era una persona horrible. Guardé silencio hasta que alcanzamos la carretera.

—¿Adónde quieres ir?

—No sé, elige tú.

—¿Estás bien?

—Todo es una mierda —masculló.

—Ya...

Conduje de vuelta al pueblo. En Campbell Street había un buen número de bares y restaurantes y acabé aparcando frente a uno que tenía buena pinta.

Entramos sin cruzar una sola palabra. El restaurante tenía dos plantas y Sloane se dirigió sin dudar a la escalera. Subí tras ella sin saber muy bien cómo comportarme. La situación empezaba a ser rara.

Nos sentamos a una mesa junto a la cristalera, con vistas a los muelles. Un camarero se acercó y nos entregó la carta. Sloane continuaba callada, así que pedí cerveza y unos calamares crujientes para compartir.

Me miré las manos y después les eché un vistazo a los clientes que ocupaban las otras mesas. Me sonaban algunas caras. Me moví en la silla, nerviosa, y cada segundo que pasaba se me antojaba una hora. Los silencios incómodos me volvían loca.

—Las cosas no han mejorado mucho con tu madre —me atreví a decir.

Ella me miró a los ojos.

—La odio.

¡Sí me hablaba! Tragué saliva.

—¿Por qué sigues viviendo con ella?

Se acomodó en el asiento, inquieta.

—Que te lo cuente no significa que quiera ser tu amiga.

Asentí despacio e intenté no sonreír. Deseaba que todo volviese a ser como antes entre nosotras y, para mí, aquello era un comienzo.

Me contó que al acabar el instituto había conocido a un chico muy carismático a través de internet. El tipo le dijo que era fotógrafo y agente de modelos, y que había trabajado con un montón de gente famosa. Al final, resultó ser un timador sin escrúpulos. Le hizo creer que la llevaría con él a Los Ángeles, y una vez allí la convertiría en modelo profesional. Todo mentira. La sedujo y le sacó hasta el último dólar de sus ahorros, con la promesa de un *book* de fotos que nunca hizo y unos contactos tan falsos como él.

Solo pretendía aprovecharse de jovencitas.

Después de eso, Sloane no tuvo más remedio que quedarse en Tofino y seguir viviendo con su madre. Una mujer amargada y resentida que buscaba la felicidad en un hombre. El problema era que no tenía buen ojo para elegirlos, y las consecuencias de sus malas decisiones siempre afectaban a Sloane.

En ese sentido, mi infancia y la de ella habían sido muy parecidas. Nuestras madres compartían demasiadas similitudes, y esa marca invisible nos había unido desde el principio.

—Lo siento mucho —logré decir a través del nudo que tenía en la garganta.

Nos miramos la una a la otra en silencio y vi en sus ojos la misma melancolía que yo sentía. Frunció los labios con severidad.

—Eras mi mejor amiga.

—Y tú, la mía —respondí.

—Te eché de menos —escupió con rabia.

—Fui una estúpida.

—Te necesité muchas veces.

—Y yo a ti.

Parpadeó y se limpió una lágrima solitaria con la manga del jersey. Inspiró y espiró hondo. A mí me tembló el labio inferior. Me tembló todo el cuerpo.

—Han pasado demasiadas cosas, Darcy.

—Y puedes contármelas, si tú quieres.

Bajó la cabeza. Se miró las manos y dio vueltas a un anillo que llevaba en el pulgar derecho. Esbozó una sonrisa muy triste.

—No puedo. —Se me cerró la garganta al darme cuenta de que se refería a Declan. Asentí con un gesto y me llevé la cerveza a los labios—. Sé que os habéis estado viendo, y también que trabajas en Surf Storm.

Me apresuré a negar con la cabeza.

—No ha pasado nada entre nosotros.

—Pasará. Es inevitable —musitó con aire de resignación.

—Solo intentamos llevarnos bien.

—No te ha olvidado.

Me miraba de tal manera que las emociones me sobrepasaban, y en mi mente no dejaba de repetirme que ella lo quería, que estaba enamorada de él.

—Declan me dejó antes de que me fuera. Me dejó —remarqué. Ella parpadeó varias veces, sorprendida. Era evidente que desconocía esa parte de la historia—. ¿No lo sabías?

—Nunca hablábamos de ti. Puede que ese fuera nuestro error.

—No quiero que él sea un problema entre nosotras.

—Ya no lo es. Ha elegido. —Sonrió para sí misma—. En realidad, lo hizo hace mucho.

Solté el aire que estaba conteniendo.

—Esto es muy difícil —admití. Ella asintió, de acuerdo conmigo—. Sé que es egoísta e injusto, y que no tengo ningún derecho a pedírtelo, pero... haría cualquier cosa para que me perdonaras. Por todo.

Sloane frunció el ceño, concentrada.

—¿Sabes? Estuve pensando en las cosas que dijiste el otro día y creo que puedo entender lo que pasó y por qué hiciste las cosas de ese modo. Intento ponerme en tu lugar, y nada parece sencillo.

Asentí con vehemencia.

—Es que no lo fue, y ahora que sé la verdad sobre tantas cosas, ni siquiera tiene sentido.

—¿Qué verdad?

Me reí sin ganas y alcé el vaso de cerveza.

—Necesitaría muchas cervezas y noches como esta para contártelo todo.

—Tenemos tiempo, ¿no? Vas a quedarte. Seguro que podemos repetir.

El corazón me dio un vuelco, temeroso de hacerse ilusiones.

—¿Lo dices en serio?

—Podemos intentarlo. Volver a ser amigas —aclaró.

—¡Me encantaría, Sloane!

Alargué la mano por encima de la mesa y la posé sobre la de ella. No la apartó.

—Y a mí. —Arrugó la nariz con un mohín travieso—. ¿Qué te parece si empezamos ahora?

—No tengo nada mejor que hacer.

—¿Pagas tú la cena?

Se me escapó una carcajada.

—Vaya, ¿puedo unirme a la fiesta?

Levanté la vista y vi a Will junto a nuestra mesa. Llevaba el abrigo puesto y una gorra de los Oilers con gotitas de agua sobre la visera. Nos miraba divertido.

—¡Hola, Will, qué sorpresa! —lo saludó ella.

—Hola, Lo, me alegro de verte.

—¿Qué haces aquí?

—No me apetecía cocinar. Ya sabes, ahora que estoy solo...

—Siento mucho lo de Rose. Hacíais buena pareja —se lamentó ella.

Will se encogió de hombros. Tenía las mejillas encendidas y miraba a Sloane como si no hubiese nadie más allí.

—Las cosas no siempre salen bien.

—¿Y cómo lo llevas?

—Bastante bien —se apresuró a decir él.

—Me alegra oír eso.

—Gracias.

Will continuó mirándola sin intención de moverse y yo comencé a sentirme un pelín incómoda, además de invisible. Carraspeé para llamar su atención.

—¿Qué tal, jefe? ¿Quieres acompañarnos?

No tuve que preguntárselo dos veces.

Acercó una silla y se sentó con nosotras. Después pidió una botella de vino y varios platos para compartir. La mesa se llenó de comida deliciosa y fuimos cogiendo de aquí y de allá al tiempo que conversábamos. Las horas transcurrieron sin darme cuenta y cerca de la medianoche decidí cambiar el vino por agua y café; después debía conducir.

Will y Sloane abrieron una tercera botella y, entre bromas y risas, los camareros prácticamente tuvieron que echarnos para poder cerrar e irse a casa.

Mientras cruzábamos la calle hasta mi camioneta, no podía dejar de sonreír. Hacía mucho tiempo que no me lo pasaba tan bien.

—Puedo andar yo so-solita —tartamudeó Sloane.

Will la sostenía por la cintura y no dejaba de reír.

—Creo que no, princesa.

Lo miré de reojo y el corazón me dio un pequeño vuelco. El tono de su voz había sonado tan dulce, tan protector. Y tuve un presentimiento.

Entre los dos logramos que Sloane subiera a la camioneta y se pusiera el cinturón. Rodeé el vehículo hasta la puerta del conductor y la abrí. Will la sujetó con un brazo extendido. Me acomodé en el asiento y encajé la llave en el contacto.

—¿Seguro que estás bien para conducir? —me preguntó.

—Tranquilo, hace rato que se me pasó el efecto del vino.

—Su madre se va a poner histérica cuando la vea llegar así.

Will contemplaba a Sloane con una mirada tierna y triste al mismo tiempo. Ella se había quedado frita y unos ronquidos muy suaves escapaban de sus labios entreabiertos.

—Estoy pensando en llevarla a mi casa y que duerma allí —le dije.

—Sí, quizá sea lo mejor. —Lanzó un suspiro y levantó la vista al cielo mientras se estremecía con un escalofrío—. ¡Joder, parece que la primavera no va a llegar nunca!

Sonreía con su tono malhumorado. Siempre había sido un gruñón, aunque los que lo conocíamos de verdad sabíamos que tenía un gran corazón.

—Oye, Will...

—¿Sí?

—¿Ella lo sabe?

Me miró con cautela y sus ojos lo delataron volando hasta Sloane durante una fracción de segundo. Sabía a qué me refería. Aun así preguntó:

—¿El qué?

—Que te gusta.

Me miró fijamente. Un tic apareció en su mandíbula y las aletas de su nariz se dilataron.

—Se me olvidó apuntarlo en el contrato, pero a los empleados les está prohibido inmiscuirse en mis asuntos.

—No estamos en horario de trabajo.

—Igual tengo que hacerte firmar un contrato de amiga cotilla.

Sonreí al verlo tan nervioso.

—¿Desde cuándo sientes algo por ella?

—¿Darcy?

—¿Sí?

—Despedida.

Me eché a reír. Cerré la puerta y aceleré antes de que pudiera considerarlo en serio.

39
Declan

Hay momentos que definen nuestras vidas y otros que las dividen. Acontecimientos que nos transforman en dos personas diferentes. La que éramos antes y aquella en la que nos convertimos después.

Yo me había aferrado a un momento muy concreto y llevaba atado a él casi cinco años. Anclado a un solo lugar, a un único recuerdo, corriendo en dirección contraria a cualquier salida para avanzar. Para perdonarme.

Solo era la persona del después. De la otra no quedaba rastro. O eso creía yo. Porque desde que Darcy había regresado, atisbos de esa otra, la del antes, aparecían en el espejo cuando me miraba en él.

De un modo inexplicable, su sola presencia me insuflaba vida. Hacía que mi corazón, acostumbrado a vivir en la más absoluta soledad, a vagar en la penumbra, latiera un poco más rápido, más fuerte, espoleado por pequeñas descargas. Las sentía cuando me miraba, cuando su piel rozaba la mía o sus silencios me gritaban que aún quedaba algo entre nosotros.

Y entonces surgía la esperanza que tanto miedo me daba.

Las posibilidades.

Los sueños.

Porque los deseos son como pompas de jabón, bonitas mientras flotan en el aire, ascendiendo suavemente, reflejando la luz y transformándola en pequeños arcoíris. Hasta que algo las roza y entonces explotan.

Yo estaba rodeado de aristas.

Y mi mundo, de realidades.

Crucé la calle y me dirigí a la librería. Marcie me había enviado un mensaje para que pasara a recoger un libro que le había pedido que buscara unos días antes. Al subir la rampa de madera, me percaté de que mi aviso de búsqueda por la mochila de Harvey había desaparecido de la puerta.

—¿Y el cartel? —pregunté el entrar.

Rosanna me miró desde el mostrador y se encogió de hombros.

—Ayer estaba ahí.

Solté un suspiro. También habían arrancado los que puse en la lavandería y en el museo nativo.

—¿Te importa si luego coloco otro?

—Claro que no. —Me sonrió mientras cobraba a un cliente—. ¿Vienes por tu pedido?

—Sí.

—Lo tengo aquí mismo. —Rosanna se agachó un segundo y puso el libro sobre el mostrador. Lo hojeé un momento—. Nos ha costado un poquito encontrarlo.

—Os agradezco el esfuerzo.

—Cliente contento, librero contento. —Me reí y ella me imitó. Después guardó el libro en una bolsa y me lo entregó—. Espero que no te importe que le haya echado un vistazo.

—No, tranquila.

—¿Crees que es cierto lo que dice? Que ha logrado comunicarse con personas en estado vegetativo.

La miré un segundo y tragué saliva.

—Espero que sí.

El libro lo había escrito un neurólogo llamado Adrien Owen. El tipo había llevado a cabo un estudio que demostraba un estado de consciencia en pacientes diagnosticados como vegetativos. Aseguraba que había logrado comunicarse con algunos de ellos y que alrededor del veinte por ciento de las personas en coma se encontraban conscientes aunque no respondieran a estímulos externos. Una parte de mí fantaseaba con la posibilidad de que Harvey estuviera dentro de ese porcentaje.

Llevaba años leyendo todo lo que encontraba sobre el tema, con la esperanza de dar con algo o alguien que pudiera ayudarlo, que demostrara a su médico que aún había esperanza para mi hermano.

Rosanna forzó una sonrisa que no pudo disimular la lástima que en ese momento sentía por mí. Estaba tan acostumbrado a recibirla que podía reconocerla a través del más mínimo gesto.

—Ten cuidado, Declan. Hay gente que se aprovecha de la desesperación de los demás.

No dije nada. ¿Para qué?

Además, no habría sonado muy amable. Estaba harto de la gente que se empeñaba en opinar sobre un tema que no les atañía en absoluto. Que daban por sentado lo que harían en mi lugar sin ningún ápice de duda.

Como si fuese tan sencillo ponerse en la piel de otro.

No lo era.

Salí de la librería y me dirigí a Surf Storm. Había quedado con Will para valorar nuevas rutas de senderismo y acampada para la temporada de primavera. Vargas Island era una buena opción y la posibilidad de ver lobos emocionaba a los turistas.

Vi a Darcy nada más entrar. Se encontraba al teléfono y la saludé con una sonrisa que ella me devolvió ruborizada. Me encantaba que lo hiciera. Que reaccionara de ese modo conmigo, y solo conmigo, me hacía volar jodidamente alto.

Apenas habíamos coincidido desde que estuvimos juntos en Long Beach. Nunca me había molestado el exceso de trabajo; cuanto más ocupado, menos pensaba en mis problemas. Ahora, en cambio, solo esperaba los próximos cinco minutos libres para poder estar cerca de ella.

La contemplé y sentí que el corazón se me recomponía dentro del pecho.

Will aún no había llegado, así que pensé en aprovechar el tiempo para fotocopiar nuevos carteles. Rodeé el mostrador donde ella se encontraba para alcanzar la impresora. Me sorprendió lo estrecho que de repente era aquel espacio.

—Perdona —me disculpé mientras intentaba pasar junto a ella.

Darcy se giró y trató de levantar el cable rizado del teléfono, que colgaba de la pared, por encima de mi cabeza para evitar que yo me enredara. Desistió en cuanto se enganchó en mi cuello. Solo Will, con su obsesión por lo *vintage*, tendría un teléfono del Pleistoceno en el negocio.

—Dios, lo siento. —Se sonrojó y yo respiré hondo al sentir la punta de sus dedos rozándome la piel—. A ver, si te mueves un poco hacia mí...

Le hice caso y di un paso adelante. Mi cuerpo rozó el suyo. El aliento escapó de sus labios y alzó los ojos hasta encontrarse con los míos. Me perdí en ellos, grandes y tímidos.

—¿Así?

Abrió la boca y oí cómo cogía aire.

—No, me-mejor... no —tartamudeó.

—¿Oiga? ¿Sigue ahí? —preguntó una voz al otro lado del teléfono.

—Sigo aquí. Disculpe, pero... volveré a llamarlo en unos minutos —jadeó Darcy.

La línea se cortó.

Suspiré y mi mirada vagó por su cara.

—No me mires así, no lo estoy haciendo a propósito —gruñó.

—Vale, por un momento he pensado que era un truco para aprovecharte de mí.

—¿Qué? Te lo tienes muy creído.

Estábamos tan cerca el uno del otro que podía contar cada una de sus pestañas y sentir su aliento en el cuello. Curvé la boca con una sonrisa juguetona, desafiante.

—Ya, pero eres tú la que me está metiendo mano.

—¡Que yo...! Eres un crío.

—¿Crees que lo resolverás antes de la cena?

—¡Cállate! —Me dio un golpecito en el pecho y puso los ojos en blanco. En su rostro pude ver el principio de una sonrisa—. Creo que si doy una vuelta hacia este lado... —Su espalda quedó pegada a mi pecho y su trasero, a mis caderas. Noté un cosquilleo por el cuerpo e intenté por todos los medios reprimir los pensamientos que acudieron a mi mente—. ¡Un momento! Espera..., creo que lo estoy complicando más.

—¿En serio? —Me reí.

No sé cómo, pero había logrado envolvernos a los dos con el cable. Se cubrió la cara con la mano y soltó un gritito muy gracioso.

—Inténtalo tú, ya que todo se te da tan bien.

Tomé una bocanada de aire y el pecho se me agitó con un aleteo. Su pelo seguía oliendo a cerezas y galletas de vainilla.

—No sé, creo que estoy bien aquí —le susurré al oído, cuando lo que quería era besarla ahí mismo, deslizar los labios hasta la curva de su cuello y probar su piel.

En ese instante, giró despacio la cabeza. Como si me hubiera leído el pensamiento, sus ojos se fijaron en mi boca y se detuvieron ahí. Después nos miramos, nadando entre remolinos de miedo e incertidumbre. La tensión entre nosotros alcanzó un punto crítico. Su pecho subía y bajaba tan rápido como el mío.

Se me hizo un nudo en la garganta. Un nudo de emociones mudas en aquella conversación silenciosa.

—¿Qué estáis haciendo?

Cameron nos miraba desde la puerta como si intentara resolver un misterio.

—Nada —respondió Darcy con un hilo de voz.

Logré deshacer el enredo y nuestros cuerpos quedaron libres. Nos miramos una última vez, y después ella fue hasta el dispensador de agua. Se sirvió un vaso y desapareció en la tienda.

Cameron se acercó y apoyó los codos en el mostrador. Me observó mientras yo buscaba en el ordenador el archivo que quería imprimir.

—¿He interrumpido algo? —me preguntó.

—¡No!

—Will dice que vosotros dos salisteis juntos.

—¡¿Will y yo?! —me escandalicé. Cameron sonrió y me enseñó el dedo corazón—. ¿Ahora os dedicáis a hablar de mí?

—¿Y cuándo no? —Hizo una pausa—. Entonces, ¿es cierto?

—Hace mucho de eso. Éramos unos críos.

—Darcy es simpática, nos cae bien a todos y, desde que ella está aquí, el negocio va como la seda. Hasta Will parece contento, y mira que son dos palabras que no encajan. Will... Contento... Ya sabes... —Se frotó la nariz—. Darcy mola.

Fruncí el ceño y lo miré fijamente mientras la impresora se ponía en marcha.

—¿Por qué creo que intentas decirme algo?

—Si se marcha por tu culpa, te mataremos.

Se me escapó una carcajada.

—¿Os estáis aliando contra mí?

—Cuidamos de nuestros intereses. Su café es mil veces mejor que el tuyo.

Darcy regresó cargando con un par de cajas. Cameron se apresuró a ayudarla.

—¡Gracias! —dijo ella.

—De nada, para eso estamos —respondió Cam con las mejillas encendidas.

Sacudí la cabeza y reí para mí mismo. Cogí los carteles impresos y los puse sobre el mostrador.

—¿Te importa colgar unos cuantos por ahí? —le pedí a Cameron.

—Por supuesto, tío. Sin problema.

—Gracias.

Cameron se marchó y Darcy y yo volvíamos a estar solos. De repente, el silencio me hacía sentir incómodo, así que puse algo de música en el ordenador y conecté los altavoces. Vi que Darcy le echaba un vistazo a las octavillas.

—Es posible que alguien llame por ese anuncio. Si ocurre, debes avisarme, por favor —le rogué.

Ella asintió despacio.

—Lo haré, no te preocupes. —Sus ojos se encontraron con los míos—. No sabía que era tuyo. Quiero decir que... he visto el que hay colgado en el tablón, pero nadie me ha dicho que fuese importante.

—No pasa nada. Ahora ya lo sabes.

—¿La mochila es tuya?

—Es de Harvey, la perdió hace unos años en la montaña.

Darcy frunció un poco el ceño y recorrió mis rasgos con expresión cautelosa.

—¿Años? ¿Cuántos exactamente?

—Casi cinco —mascullé con disgusto, porque sabía lo que diría ahora.

Todo el mundo lo decía. Que perdía el tiempo. Que cualquier posibilidad de encontrarla a estas alturas era muy remota, casi imposible.

—Debía de ser muy importante para él si aún sigues buscándola. Ojalá la encuentres. —Se mordió el labio. Parecía indecisa—. Puedo ayudarte, si quieres.

Se me encogió el corazón y se apoderó de mí una feroz necesidad de abrazarla. Joder, qué ganas. También de besarla. De introducir las manos entre sus cabellos y morderle esa boca. El deseo fluyó por mi piel con tanta facilidad como el agua buscando su curso.

Respiré hondo.

—Dentro está su cámara.

—¿Aún va por ahí con ese trasto? —se rio y sacudió la cabeza, divertida.

«Va.»

—Se le da bien.

—Es cierto —susurró. Supe que estaba pensando en él y sentí un dolor agudo en el pecho. Clavó su mirada en mí con decisión—. Debemos encontrarla, Declan. Sería genial poder devolvérsela cuando despierte, para motivarlo y... No sé, quizá escoja ese camino y no otro.

Se me hizo un jodido nudo en la garganta. No me había dado cuenta hasta ahora de lo mucho que la había necesitado estos años atrás. Su apoyo incondicional, su enorme corazón, que siempre viera el lado bueno de las cosas. Desde sus ojos todo era siempre mejor. Más bonito. Más brillante. Mucho más fácil.

Ella había sido mi mapa. El camino a casa.

A su lado, encontré mi sitio.

Cuando se fue, perdí el norte.

No..., perdí la maldita brújula entera.

La observé mientras ella seguía hablando. Se movía de un lado a otro, gesticulando y completamente absorta en un monólogo sobre cómo ayudar a mi hermano con sus adicciones, en el que yo comenzaba a perderme. Solo podía mirarla. Aturdido. Convenciéndome de que no había perdido la cabeza y lo había imaginado todo. Ella estaba allí. Era real. Un furtivo rayo de sol atravesando mis nubes.

Mi chica de las estrellas.

Y continuó parloteando. Nunca había conocido a nadie que tuviera tantas cosas que decir. Era una locura. Pero también había echado eso de menos. Escuchar sus locos desvaríos, repletos de interminables detalles. Oír su voz. El sonido más bonito del mundo.

Y continué mirándola, sonriendo un poco más. Respirando un poco menos.

—Y en esa película, la chica se da cuenta de la suerte que ha tenido al sobrevivir a ese accidente de avión. La única superviviente. Es tan fuerte el *shock* que sufre que comienza a replantearse toda su vida. Ese tipo de experiencias cambian a la gente y pienso que Harvey...

Sus labios seguían moviéndose y yo me distraje con ellos, hipnotizado. Se mordió el inferior un momento. Desconecté. Reaccioné por instinto. Dejé de contenerme. Y solo quedó la necesidad, el impulso.

Sin pensar en lo que hacía ni en las consecuencias, acorté la distancia que nos separaba. Enmarqué su rostro con las manos y la besé, deteniendo las palabras en su boca. La besé con fuerza, con impaciencia, con el deseo que ya no podía reprimir. La sensación de tener su boca pegada a la mía me desbordó.

Ella se quedó inmóvil, solo un segundo. Inspiró con brusquedad y me devolvió el beso. Apretó sus labios contra los míos. Se puso de puntillas y me atrajo hacia sí con sus manos en mis brazos. Sus senos quedaron pegados a mi pecho. Quise morirme allí mismo. Suspiró en mi boca y apenas pude contener un gruñido.

Deslicé las manos por su cintura y la atraje hacia mí. Ella me rodeó el cuello con los brazos antes de hundir los dedos en mi pelo. Gemí. Sus caderas salieron a mi encuentro y ya no hubo espacio entre nosotros. Su lengua se enredó con la mía, sabía a almíbar, y ese sabor se filtró a mi sangre y se hundió en mis huesos.

Nos separamos con un suave jadeo. Sin aliento. Aún sorprendidos por lo que acababa de pasar. Acogí su rostro entre mis manos cuando intentó alejarse.

—¿Por qué has hecho eso? —me preguntó.

Miré sus labios, húmedos y enrojecidos.

—Creo que... por la costumbre.

—¿Por la costumbre?

—Y porque me moría por hacerlo.

—Esto no está bien.

Deslicé el pulgar por su labio inferior.

—¿Por qué?

—Porque... no voy a quedarme aquí para siempre, Declan.

—Lo sé —suspiré.

Inspiró hondo, temblando.

—Y porque... no sé qué somos ni en qué nos convierte esto.

Me incliné. Mi boca rozó su oído.

—Somos nosotros, Darcy, nada más —susurré con la voz ronca—. Con nuestras luces y sombras. Nuestras taras. Con nuestras partes rotas. Las antiguas y las nuevas. Y ese pasado del que no quieres hablar.

Contuvo el aliento y me aparté un poco para mirarla a los ojos.

Vi su expresión. Las dudas. El deseo. Le aparté el pelo revuelto de la cara y mis manos resbalaron hasta su garganta. El pulso le iba a mil.

—Has hecho que vuelva a creer en las segundas oportunidades —dije en voz baja. Me miró con las pupilas dilatadas—. En superar las distancias. En los abrazos eternos y en los primeros besos que se dan una y otra vez.

—Es imposible que sigamos donde lo dejamos.

—No lo haremos —musité con el tono de una promesa—. Empezaremos algo nuevo.

Esbozó una pequeña sonrisa y su mirada se clavó en mis labios. Los suyos se abrieron con un jadeo ahogado. Me iba a explotar el corazón. Me iba a volver completamente loco.

—Darcy...

—¿Sí?

—Voy a besarte.

40
Declan

Agosto de 2009.

Diecisiete años.

Darcy olía a jabón de cereza y galletas de vainilla. Era algo que aún no sabía de ella. Quizá porque nunca habíamos estado tan cerca el uno del otro como para apreciar algo tan sutil. Pero en aquel instante, dentro de la camioneta, ese aroma dominaba todos mis sentidos.

Y me gustaba. Tanto, que acababa de convertirse en mi perfume favorito.

Apreté el volante con fuerza para ignorar que tenía el corazón en un puño. Solía pasarme cuando ella estaba cerca; y que mi cuerpo reaccionara de ese modo a su presencia me desconcertaba.

Lo que Darcy me provocaba era mucho más que ese calambre bajo el ombligo y el cosquilleo inmediato en el pantalón que notaba cuando una chica me parecía atractiva. No se trataba únicamente de ese deseo que nacía sin permiso ante la visión de un escote sin sujetador, una falda demasiado corta retando al viento o un biquini mojado.

Cuando ella estaba cerca, me faltaba el aire, el estómago me hormigueaba y en mi pecho afloraban impulsos extraños, como fingir que aquel encuentro había sido casual y no un penoso intento para hablar con ella a solas.

La miré de reojo. Llevaba el cabello alborotado y muy largo, una melena de rizos oscuros tras la que parecía ocultarse.

Ella ladeó la cabeza y me pilló observándola. Sus ojos eran como un mar de chocolate. Me perdí en ellos durante unos segundos.

—¿Qué tal llevas el verano? —pregunté.

—Bien. ¿Y tú?

Me encogí de hombros.

—Estoy aprendiendo a surfear. He pasado todo el invierno ahorrando para comprarme una tabla.

—Parece divertido.

—¿Surfear o haberme pasado todo el invierno trabajando?

Logré arrancarle una sonrisa.

—Pillar olas.

—Lo es, una vez que dejas de tragar agua y recibir palizas.

Abrió mucho los ojos y su boca dibujó una o.

—¿Palizas?

Negué con rapidez al ver su desconcierto.

—No es literal, me refiero a que en estas costas las olas son fuertes y, si eres novato, los revolcones son lo habitual.

Se ruborizó y yo me arrepentí de inmediato de haber utilizado la palabra revolcón. No quería que se sintiera incómoda, y mucho menos que pudiera pensar que había un doble sentido por mi parte. Inspiré hondo.

—Si te apetece, puedes venir un día.

—¿A surfear? —preguntó sorprendida, o eso quise pensar, porque parecía más espantada que otra cosa. Asentí sonriente y ella frunció el ceño, como si de verdad se lo estuviera planteando—. Apenas sé nadar como un perrito y solo me meto en el agua si no cubre.

Aparté la vista del camino para mirarla.

—¿Lo dices en serio? ¿No sabes nadar?

—No —admitió sin ningún pudor. Tiró con disimulo del bajo de sus pantalones cortos y yo me atreví a deslizar mi mirada por sus piernas desnudas—. Vi el mar por primera vez el día que llegué aquí. Y, aunque me encanta, me da un poco de miedo. Harvey ha intentado enseñarme, y también mi amiga Sloane, pero soy un caso perdido.

Me miró y sus labios se curvaron hacia arriba. Pensé que tenía una sonrisa preciosa.

—Deberías cambiar de profesores, y yo conozco al adecuado.

—¿Tú? —me cuestionó.

—¡Controla esa emoción! —Soltó una risita y volvió a ruborizarse—. Estoy seguro de que puedo enseñarte, si tú quieres, claro.

De repente, mi teléfono móvil comenzó a sonar. Me sobresalté un poco, aún no me había acostumbrado a tenerlo. Darcy se inclinó para echar un vistazo al hueco entre el volante y el salpicadero.

—¿Eso es un teléfono móvil?

—Me lo ha enviado mi madre.

—¡Qué guay!

Sacudí la cabeza para quitarle importancia. No le dije que así era como mi madre intentaba compensar su ausencia, con regalos para calmar su conciencia.

—Deberías cogerlo —me sugirió Darcy.

—Paso. Estoy más interesado en nuestra conversación. ¿Qué hay sobre esas clases de natación?

—¿Serían gratis?

—Por supuesto. —Le guiñé un ojo—. Aunque nunca digo no a una propina.

Se echó a reír. Me encantó el sonido que brotó de su garganta, tan dulce, tan suave. Parecía más cómoda a mi lado y me hizo sentir bien. El teléfono volvió a sonar. Resoplé molesto.

—Puede que sea importante —me hizo notar ella.

—Vale, voy a parar un segundo.

Me aparté a un lado del camino y me detuve con el motor en marcha. Cogí el teléfono y descolgué.

—¿Sí?

—Declan, tío, soy Jordan.

—¡Eh, ¿qué pasa, Jordan?!

—Se trata de Harvey...

Escuché en silencio, mientras sentía que mi garganta se cerraba.

—Voy para allá, te debo una.

Colgué el teléfono y apreté los dientes. Lo veía todo rojo y por un momento me olvidé de que Darcy seguía allí.

—¡Joder! —estallé, dando un golpe al volante.

—¿Estás bien?

La miré. Su expresión era un gran interrogante.

—Perdona, era mi amigo Jordan, parece que Harvey se ha metido en una pelea.

—¿Está bien?

—No lo sé. Voy a llevarte a casa e iré a buscarlo.

—¡No! Voy contigo.

—Darcy, no creo que sea buena idea.

—Eso lo decidiré yo —replicó tajante.

La observé con el ceño fruncido. No estaba muy seguro de si era prudente llevarla conmigo, pero ella me sostuvo la mirada sin achantarse y algo en su postura me dijo que no iba a ceder. Después de todo, la chica tímida tenía carácter.

—Vale.

Cerré los ojos durante un largo momento, como si tal vez así fuera a despertarme y descubrir que todo había sido un sueño horrible. Pero no. Los abrí y vi a Harvey tendido sobre su cama, con la cara hinchada y el cuerpo magullado, y tan borracho que no era capaz de moverse.

Era un puto crío, solo tenía quince años y no sabía qué hacer con él. Excepto sacarlo de todos los líos en los que se metía y limpiar sus mierdas. Ni siquiera sabía en qué momento había empezado a alejarse de mí. De todo. A comportarse como un extraño al que no parecía importarle nada ni nadie.

Le pasé una toalla húmeda por la cara para limpiarle los restos de sangre y vómito, y lo tapé con una sábana limpia. Luego salí de la habitación y dejé la puerta abierta para poder oírlo si volvía a vomitar.

—¿Cómo está? —me preguntó la abuela desde el pasillo.

Me acerqué a ella y le di un beso en la mejilla.

—No te preocupes, se pondrá bien.

—¿Qué es lo que estoy haciendo mal, Declan? Es mi niño y lo estoy perdiendo. No puedo perderlo también a él.

La miré estupefacto.

—¡No es culpa tuya, abuela! —La abracé—. No te preocupes. Hablaré con él y estaré más pendiente. No dejaré que le pase nada.

—¿Me lo prometes?

—Te lo prometo. Ahora ve a descansar.

Asintió y se secó las lágrimas con un pañuelo de tela.

—Sí, iré a descansar. —Suspiró agotada—. Deberías decirle a Darcy que entre en casa, ha refrescado.

¡Joder! Estaba tan centrado en Harvey que se me había olvidado por completo que ella había venido con nosotros hasta casa. Acompañé a mi abuela a su habitación y fui en busca de Darcy. La encontré fuera, sentada en la parte trasera de la camioneta. Se puso en pie de un salto y vino hacia mí.

—¿Cómo está? —me preguntó.

—Lo he metido en la cama.

—Ese ojo tenía mala pinta.

—Le han sacudido muy fuerte.

—¿No debería verlo un médico?

—No lo sé, no parece que tenga nada roto.

—Podría tener otro tipo de daños.

—¡Pues que se joda! —estallé.

Me pasé las manos por el pelo sin dejar de moverme. Me costaba respirar y los nervios me mordían la piel. Era una sensación horrible y la impotencia me hacía sentir tan pequeño. Tan indefenso. Tan perdido y muy lejos de vivir la vida. No me gustaba sentirme así, flotando en medio de la nada. Ni siquiera podía permitírmelo. Cuidar de Harvey, de la abuela, era mi responsabilidad.

Lo había prometido y lo estaba haciendo de pena.

Inspiré bruscamente y traté de salir del bucle que eran mis pensamientos. Había empezado a dolerme la cabeza. Alcé la vista del suelo y me di cuenta de que Darcy estaba hablando de una forma muy acalorada.

—Son esos tíos, ¿sabes? Desde que ellos llegaron, todo se fue al traste. Harvey estaba bien, como siempre. Pero aparecieron esos dos y... han tenido que manipularlo de algún modo. Deberíamos hacer algo, denunciarlos o... lo que sea.

Parpadeé e intenté seguir el hilo de sus palabras, pero lo único que llegaba a mi cerebro era ruido y el latido de mis sienes. Y ella seguía desahogándose a su manera, o eso parecía.

—No sé, quizá sea culpa mía —continuó—: Dejé que se apartara. No insistí cuando me decía que no quería quedar. Podría haber estado más pendiente, o ser más pesada en lugar de quedarme mirando cómo se iba con esos cretinos... ¡Soy una amiga horrible!

Apreté los párpados con fuerza y, al abrirlos, un millón de destellos me provocaron un dolor agudo. No quería ser maleducado, pero necesitaba que Darcy dejara de parlotear.

—Podríamos pagarles... —«¡¿Qué?!», pensé. Ella continuaba en su propio mundo—: Sí, puede que sea una salida.

Tengo ciento veinte dólares ahorrados y podría conseguir más. Sloane también colaboraría. Entre todos podemos reunir una buena cantidad de dinero y ofrecérsela a esos delincuentes para que lo dejen tranquilo...

Necesitaba paz. Necesitaba silencio y poder pensar una solución realista.

—¿Qué opinas? Parece una locura, pero pienso que...

La miré y mis ojos se enredaron en su boca. Sus labios moviéndose, pronunciando palabras. La punta de su lengua asomando entre los dientes. Ni siquiera sé cómo pasó. Un segundo después, estaba dando un paso hacia ella, tomando su rostro entre las manos y aplastando mi boca contra la suya.

Cerré los ojos y el silencio me envolvió. Sentí paz. Calma. Y otra cosa, algo mucho más agradable que se enroscaba en mi estómago. Una sacudida en respuesta a lo nuevo y desconocido. Porque ese beso no tenía nada que ver con cualquiera que hubiera dado antes. Y entonces fui realmente consciente de la situación.

Solté sus mejillas y di un paso atrás. Darcy me miraba con los ojos tan abiertos que parecían dos agujeros negros a punto de engullirlo todo. Retrocedió con un resuello.

—¿Por qué has hecho eso? —me espetó sin aliento.

Parpadeé varias veces, demasiado confundido.

—No lo sé.

—¿No sabes por qué me has besado?

—Es que no dejabas de hablar y hablar, y yo...

Vi el desconcierto en sus ojos, y después un destello de rabia, puede que de vergüenza.

—¿Me has besado para que cerrara el pico?

—No... Sí... ¡Joder! —Tomé una bocanada de aire—. Lo siento.

Ella me fulminó con la mirada. Dio media vuelta y se dirigió a la carretera.

—Espera, te llevaré a casa.

—Antes prefiero beber pis de gato —gruñó mientras me levantaba el dedo corazón.

—¡Darcy!

—Idiota.

—Darcy...

—Que te den.

«Tiene razón. Soy idiota. Soy idiota. Soy el idiota más grande de todos los tiempos.» Las palabras se repetían en mi cabeza sin descanso. Tumbado en la cama, sin poder dormir, recordé otra vez el beso. Había metido la pata hasta el fondo. No por besarla, de eso no podría arrepentirme nunca. Pero sí por cómo había reaccionado después.

Me levanté y abrí la ventana. Una suave brisa me refrescó el torso desnudo. Di un par de vueltas por la habitación, después salí al pasillo y le eché un vistazo a Harvey. Dormía profundamente. Bajé a la cocina y me serví un vaso de agua.

Mientras bebía pequeños sorbos, la inquietud en mi estómago se transformó en una garra de uñas afiladas. No podía seguir con todo aquello dentro.

Regresé a mi cuarto, me puse unas zapatillas y una camiseta, y cogí la linterna que guardaba en el cajón. Salí de la casa sin hacer ruido y crucé la carretera.

Me detuve en el borde del bosque, solté el aliento y me adentré en él. La luz de una luna menguante se filtraba hasta el suelo a través de las hojas de los árboles, moteando la hierba y las piedras. No era suficiente para ver dónde pisaba y encendí la linterna.

Me movía tan rápido como mis pies me lo permitían. En algún lugar en la distancia oí que un perro ladraba; por lo demás, todo estaba en silencio salvo por mi respiración agitada.

Tardé unos quince minutos en alcanzar la casa de los Stern. Apagué la linterna, crucé el camino y me interné en su jardín. Rodeé la casa y localicé la ventana. Sabía cuál era porque había visto a Darcy asomada un par de veces, cuando le cortaba leña a su abuelo para la chimenea. Me guardé la linterna en el bolsillo del pantalón y palpé el enrejado de madera pegado a la pared. Le di un par de tirones y me aseguré de que estuviera bien sujeto.

Lo escalé hasta el alero del tejado bajo su ventana. Apenas había espacio para moverme entre el borde y la pared, pero logré encaramarme. Con mucho cuidado, golpeé el cristal con los nudillos. Esperé. Nada. Pegué un poco más fuerte y entonces se encendió una leve luz en el interior. Me asomé y vi a Darcy pegar un respingo en la cama.

Se levantó y vino a trompicones hasta la ventana.

—¿Te has vuelto loco? ¿Qué haces aquí? —me gruñó nada más abrirla.

—Tengo que hablar contigo —susurré.

—¿Y no puede esperar hasta mañana, o hasta nunca?

—La verdad es que no.

Se cruzó de brazos y me miró con el ceño fruncido. Estaba cabreada. Yo hice todo lo posible para no fijarme en que solo llevaba puesto un pantalón corto, muy corto, y una camiseta de tirantes que dejaba a la vista su ombligo.

—Por favor —insistí.

—Vale, échate a un lado.

—¿Qué haces? —le pregunté al ver que se disponía a salir al tejado.

—No vas a poner un solo pie en mi habitación, Declan.

Me taladró con la mirada y yo tuve que esforzarme para no sonreír. Era gracioso verla tan enfadada. Me hice a un lado con cuidado y me senté sobre las tejas. Darcy se acomodó con las rodillas contra el pecho, no muy cerca, pero tampoco muy lejos. Me miró de arriba abajo y alzó las cejas.

—Vaya, debe de ser importante para haber venido hasta aquí en pijama.

Llené mis pulmones de aire, de repente nervioso.

—Siento lo que ha pasado esta tarde —dije en voz baja.

—¿Sientes haberme besado para que me callara? —me soltó con desdén.

—No, esa parte no —confesé. Me miró con desconfianza—. Siento lo que ha pasado justo después. Me he comportado como un imbécil.

—No sé si te sigo.

—No te he besado para que te callaras. Bueno, sí. En realidad no —maldije por lo bajo y me obligué a ser valiente y sincero—. Me gustas, por eso te he besado. No ha sido algo premeditado, más bien todo lo contrario. ¡Dios, yo mismo me he sorprendido...! —Nos miramos—. Hace tiempo que me gustas. Pienso que eres guapa, simpática y... rara.

—¿Rara?

—Mucho.

—No me parece un cumplido.

—Lo es. Me encanta eso de ti.

Darcy se estremeció, confundida, como si no pudiera creer que lo que le decía era cierto.

—¿Te estás quedando conmigo?

—¡No, te digo la verdad! ¡Me gustas! Te lo juro.

—¿Desde cuándo?

—No estoy seguro. —Ella frunció el ceño. La estaba cagando—. Quiero decir que... siempre me has gustado, desde que te conocí. Al principio, como vecina, y ahora..., como chica.

Se inclinó hacia delante y su rostro quedó oculto por su larga melena.

—¿Eso quiere decir que antes no te parecía una chica?

—No quiero decir eso.

—¿Te parecía un extraterrestre? ¿Un cactus?

—Darcy...

—¿Una preadolescente sin tetas?

—¡¿Qué?!

—¿Mis tetas tienen algo que ver con que ahora te guste? Eso sería bastante superficial.

Negué con la cabeza y alcé la vista al cielo. Una risita escapó de mi garganta. Me estaba tomando el pelo y me encantaba.

Ladeó la cabeza y me miró a través de los mechones de su pelo. Le brillaban los ojos y yo quería besarla de nuevo.

—¿De verdad te gusto?

No me pasó desapercibido el miedo que impregnaba su voz. El temblor de sus manos.

—Mucho.

Tragó saliva y se mordió el labio inferior, dubitativa. Nos estudiamos en silencio durante unos segundos. Me recreé en su rostro, en la forma de sus ojos, el perfil de su nariz, la curva de su labio inferior.

—¿Y el beso?

Esbocé una sonrisa lenta.

—Ha sido una pasada —admití.

—Puede que tú también me gustes un poco —susurró.

Mi corazón se saltó un latido y se aceleró de golpe. Inspiré hondo y me acerqué a ella. Ahora nuestros brazos se tocaban y su respiración agitada se mezclaba con la mía.

—Darcy...

—¿Sí?

—Voy a besarte.

—¿Ahora? Porque no sé si es el momento. No quiero de-decir que no quiera... —empezó a tartamudear, nerviosa—. Solo digo que estamos en el tejado y creo que aún tengo *pizza* entre los dientes...

Gruñí por lo bajo mientras enmarcaba su cara con mis manos y la besé. Sin dudas. Con ganas. Porque me moría por hacerlo. Porque no podía pensar en otra cosa.

Y fue perfecto.

Mi primer beso de verdad.

Uno que me nacía del pecho.

Por ella.

Con ella.

La chica rara.
La chica que jugaba con estrellas de mar.
—¡Has vuelto a hacerlo!
Me reí.
Y la besé otra vez.

41
Darcy

Todos tenemos nuestros mecanismos de protección. Unos más efectivos que otros. A mí se me daba bastante bien huir de los problemas o de aquellas cosas que me incomodaban. Solía ser un comportamiento irracional. Un impulso que me costaba controlar, pero eso no lo hacía menos patético. Como esconderme tras un contenedor para evitar que Declan me encontrara. O aparcar a un kilómetro de Surf Storm, cada día en un lugar distinto, para que no pudiera seguirme. Había llegado a tal perfección a la hora de sortearlo que lograba escabullirme del centro un segundo antes de que él cruzara la puerta.

Que me besara me había sumido en el caos. Todo mi mundo estaba patas arriba. Y mi cuerpo, que ardía sin mi permiso cada vez que rememoraba sus labios sobre los míos.

Fue Anaïs Nin quien dijo que no vemos las cosas como son, vemos las cosas como somos. Y yo era caos, dudas y pura incoherencia. Tan a la deriva, impulsiva y desorientada.

Ese beso me había hecho sentir cosas que nunca antes había sentido, ni siquiera con él, cuando solo éramos un par de adolescentes con las hormonas desquiciadas y nuestro pasatiempo favorito era comernos la boca.

Ese beso...

Ese beso despertó en mi interior deseo, esperanza y miedo. Y vi esas mismas emociones en sus ojos. También vi amor, y cómo mis pupilas lo reflejaban para él. Pensaba que nunca podría quererlo más de lo que ya lo había querido, pero me equivocaba. Mi corazón traidor me la había jugado. Cuando creía que estaba repleto, de alguna forma, encontraba espacio para añadir un poquito más y en ese momento acogía a Declan como si fuese la sangre que necesitaba para seguir latiendo. Entero. Completo. Con lo bueno y lo malo. Y ese horrible pálpito que me hacía creer que si me entregaba a mis deseos, que si escogía estar con él, inevitablemente tendría que renunciar a mí misma.

Yo solita me había metido en la boca del lobo, jugando con él a un juego que creía poder ganar. Caminando como un niño que aprende a andar por el borde de un precipicio sin red de seguridad. Convencida de que podía acercar la mano al fuego y retirarla antes de quemarme.

¡Qué ilusa!

Entre gestos, miradas y palabras... había perdido el control.

Y empecé a quererlo más. Más, porque nunca había dejado de hacerlo.

Di otra vuelta en la cama y fijé la mirada en el techo de la habitación. No me sorprendía que no lograra conciliar el sueño. Mi cabeza era como una estación de metro en hora punta, llena de pensamientos que iban y venían.

Suspiré hondo y cerré los ojos. Poco a poco el cansancio me fue venciendo. Justo entonces lo oí. Un ruido bajo la ventana que me hizo fruncir el ceño y me aceleró el corazón. Lo oí de nuevo; después, lo que parecía un jadeo. Aparté las sábanas y me levanté. Me asomé con cautela, esperando ver algún animal en el jardín.

De repente, sonó un fuerte crujido, seguido de un estruendo que me arrancó un grito.

—¡Joder!

Esa voz.

—¡¿Declan?! —grité con medio cuerpo fuera.

—Sí.

Eché a correr hacia la escalera. La bajé a toda prisa y salí a la calle en pijama y descalza. Rodeé la casa y encontré a Declan tirado en el suelo, con las manos en el costado y parte del enrejado de madera hecho trozos a su alrededor. Me arrodillé a su lado, con un susto de muerte.

—¿Estás bien?

—Creo que me he roto algo —respondió mientras intentaba sentarse.

Me miró con una sonrisa estúpida en la cara y yo noté cómo empezaban a arderme las mejillas. Suerte que no se había roto el cuello, así podría rematarlo yo.

—¿Qué demonios estás haciendo?

—Quería hablar contigo.

—¿Y no podías esperar a mañana?

Frunció el ceño.

—¿En serio? Llevas días evitándome.

—No es cierto —me puse a la defensiva.

—Por supuesto que no, y he venido de madrugada a tu casa, a intentar acorralarte en tu habitación, porque he perdido la cabeza.

—Eso es algo que haría un psicópata, no un loco. Aunque, pensándolo bien, podrías ser la misma cosa. Un loco psicópata.

Puso los ojos en blanco y trató de levantarse. Se le escapó un gemido de dolor.

—¿Estás bien?

—Me he hecho daño en las costillas.

Me crucé de brazos y lo fulminé con la mirada.

—¿Solo eso? Qué pena —mascullé con sarcasmo, aunque por dentro estaba muy preocupada—. Vamos, dame las llaves de tu furgoneta, te llevaré al hospital.

—¿Mi furgoneta?

—¿Es que has venido andando?

—No, pero...

—¿Pero?

—Nada —resopló con dificultad—. Prefiero respirar a tener esta conversación.

—Chico listo.

Le di una palmadita en el pecho y él se encogió en una mueca.

—¡Ten cuidado, duele!

—Quejica.

Tras ponerme unas botas, lo ayudé a llegar a la camioneta, que había dejado aparcada en el camino, a unos veinte metros de la casa. Después conduje hasta el hospital. Atendieron a Declan nada más llegar. Una doctora lo examinó y después se lo llevaron a hacerle unas radiografías.

Regresó unos minutos después, sentado en una silla de ruedas que empujaba una enfermera.

—Ahora vendrá la doctora con los resultados. Podéis esperarla en su consulta.

Nos señaló una puerta entreabierta. Empujé la silla dentro de la habitación y Declan se levantó en cuanto la puerta se cerró detrás de nosotros. Se movía con dificultad y le costaba erguirse. Se apoyó en una camilla que había pegada a la pared y me miró.

—No me gustan los hospitales —masculló.

—No creo que le gusten a nadie. —Me moví por la habitación, incapaz de permanecer quieta. Que me mirara tan fijamente me ponía nerviosa—. ¿Sabes? Eso que has hecho ha sido una tontería. Podrías haberte roto el cuello.

—No me estabas dejando muchas opciones.

—No es culpa mía que no captes las indirectas.

—Hacerte la dura no te funciona conmigo.

Le dediqué un gesto burlón. Así era yo; cuando no sabía qué decir, me comportaba como una niña tonta.

—Espero que arregles el enrejado.

Se echó a reír entre gemidos de dolor. Se llevó una mano al costado y soltó una maldición.

Le di la espalda y me concentré en una mesita llena de objetos. Vi un fonendoscopio. Siempre había querido escuchar a través de uno. Me lo puse y aguanté la respiración mientras auscultaba mis latidos. Miré a Declan de reojo. Tuve que morderme el labio con fuerza para mostrarme seria y no sonreír. En el fondo, la situación era cómica y surrealista. Declan escalando de madrugada hasta mi habitación como un Romeo contemporáneo y luego cayendo al suelo como el protagonista de mi película favorita, *Cartas a Julieta*.

De pronto, tuve ganas de dibujar esa escena. De dibujarlo a él.

—Tienes razón, me he comportado como una tonta.

—¿Disculpa? ¿He oído bien? ¿Darcy Roth acaba de darme la razón?

Sonreí con ganas de estrangularlo. Me acerqué a él y le puse la campanita del fonendoscopio en el pecho.

—Cierra el pico.

—Podrías cerrármelo tú.

—Chissss...

Escuché con atención y enseguida localicé las contracciones de su corazón. Le latía con fuerza, cada vez más rápido. Menos rítmicas. Más caóticas. Nos miramos a los ojos y sus latidos se dispararon. Tragué saliva, abrumada por lo cerca que estábamos y por lo bien que siempre olía.

Su mirada vagó por mi cara, descendió hasta mis labios y un velo de oscuridad los nubló al tiempo que sus pupilas se dilataban. Tragué saliva y él siguió con los ojos ese movimiento. En ese preciso instante, lo deseé. Y él me miraba como si me desease del mismo modo.

—¡Vaya, pero si tienes corazón! —bromeé para intentar aliviar la tensión que apenas me dejaba respirar.

Fui a apartarme y lo siguiente que noté fueron sus dedos

rodeando mi muñeca, tirando con suavidad hacia él. Con la otra mano me quitó del cuello aquel aparato y lo dejó a un lado, en la camilla.

—¿Por qué?

—¿Por qué? —repetí inocente.

—¿Por qué me has estado evitando?

—Yo no... —Me rodeó la cintura con el brazo y tuve que apoyarme en su pecho para no perder el equilibrio. Intenté alejarme, no quería hacerle daño, pero él no me dejó. Suspiré nerviosa—. No quiero que se compliquen las cosas entre nosotros.

—Ya son complicadas.

El tono de su voz me hizo levantar la barbilla y nuestros ojos se enredaron durante tanto tiempo que el mundo pareció desvanecerse, y solo quedamos él y yo.

Solté el aire poco a poco.

—¿Y no te preocupa?

—Darcy, no me importa si las cosas son complicadas o no. Si lo que tenemos durará un día o toda una vida. Ojalá sea para siempre, pero si no lo es... me quedará esto. Tú y yo. Aquí. Ahora.

—No puede ser.

—Míranos, esto sí que no puede ser. —Soltó una risita silenciosa y yo me sentía impotente frente al cosquilleo que me provocaba el anhelo en su mirada—. Dando vueltas en círculos, perdiendo el tiempo, fingiendo que no cuando esta jodida tensión está acabando con nosotros.

Su mano se coló bajo mi camiseta y me rozó la espalda con las puntas de los dedos. Me quedé sin aliento. El hecho de tenerlo tan cerca, la forma en la que susurraba, hacía que quisiera rendirme a su mirada suplicante.

—Puede que nos hagamos daño —dije con la voz rota.

—Cabe esa posibilidad.

—Somos tan distintos.

—Cierto. Tú vives buscando el momento perfecto y yo intento que este lo sea. Siempre ha sido así.

Tenía razón. Sonreí. Alcé la mano y le acaricié la mejilla. Ya no me quedaban muros tras los que protegerme, solo arena a mis pies, y él era como un agujero negro en medio de aquel lugar, atrayéndome hacia su interior con toda la fuerza del universo. Y aun así, cierta reticencia me hacía contenerme.

—Darcy...

Le sostuve la mirada. Me gustaba demasiado el modo en que pronunciaba mi nombre. Me hacía sentir como si estuviera al borde de algo puro, vivo e intenso, que amenazaba con sumergirme en sus profundidades si reunía el valor necesario para cerrar los ojos y dejarme arrastrar. Y realmente quería. Deseaba saciar esa agitada necesidad que me impulsaba hacia él desde hacía días. Anhelaba descubrir qué había más allá de sus besos. Ahogarme en sus brazos. Perderme en sus risas. Lo quería a él. De todas las formas posibles.

Extendió la mano y me tiró con delicadeza de la barbilla hasta que mis labios rozaron los suyos. Una caricia tan efímera como la de las alas de una mariposa. Sonrió y su mirada fue dulce y tentadora. Casi podía tocar su esperanza y envolvernos a ambos con ella.

—Tú haces que pueda respirar —susurró pegado a mi boca.

Me derretí como melaza entre sus brazos. Me mordisqueó el labio inferior y yo los abrí en respuesta. Mi vientre se encogió de un modo doloroso. Mi piel ardía y no podía dejar de temblar. Nuestras lenguas se rozaron. Deslicé las manos por la parte superior de su pecho, el cuello, y las enredé en su pelo.

Me apretó contra él. Mi corazón martilleaba contra las costillas tan fuerte que era imposible que no lo notara. Y nos besamos con ganas, enmendando los errores del pasado y disculpándonos por los errores del futuro.

Porque los habría.

Siempre los hay.

42
Darcy

Septiembre de 2010.

Dieciséis años.

Y pasaron los días. Pasaron los meses. Casi sin darnos cuenta. Entre besos, caricias e inocencia.

Levanté la cabeza del bloc de dibujo y miré a Declan mientras me daba golpecitos en el labio con el carboncillo. Estaba tumbado boca arriba, con las manos entrelazadas bajo la nuca y las piernas cruzadas a la altura de los tobillos. Tenía los ojos cerrados y parecía dormido. Estaba tan guapo.

—Deja de mirarme —susurró adormilado.

—No te estoy mirando.

—Sí lo haces. —Abrió un ojo y me pilló—. ¿Quieres dibujarme desnudo?

—¿A qué viene eso?

—No sé, te veo muy interesada en mi anatomía.

Sonreí con las mejillas encendidas y me tumbé a su lado con el bloc de dibujo apretado contra mi pecho.

—¿Me dejas verlo? —me preguntó. Se lo entregué con un poco de reticencia. Me costaba enseñar mis dibujos, nunca me parecían lo bastante buenos—. ¡Vaya, es..., esto es genial, Darcy!

—¿De verdad lo crees? —no pude disimular el anhelo en mi voz.

Desde pequeña había aprendido que soñar era demasiado doloroso, pues acababa teniendo esperanzas sobre cosas que no podían ser y que no creía que llegara a cumplir. Ir a una buena escuela de arte, trabajar algún día como ilustradora, ese era mi sueño.

Observé mi dibujo en las manos de Declan, un corazón del que brotaban tallos repletos de hojas y flores, rodeadas de mariposas, que surgían creando un bosque a su alrededor.

—Tienes un don, Darcy. —Movió la cabeza para cambiar de perspectiva—. ¿Qué significa?

Me quedé pensativa un momento. Mis dibujos eran partes de mí. Sentimientos que me costaba expresar. Miedos que aún me aterrorizaban. Inspiré hondo y finalmente respondí:

—Es mi corazón cuando llegué aquí, oscuro y pequeño. Pero con el paso del tiempo ha crecido hasta convertirse en un bosque lleno de vida. Así es cómo lo siento.

Ladeé la cabeza para mirarlo y me encontré con sus ojos clavados en mí. Sentí que me entendía, que podía verme más allá de las palabras y de ese dibujo. Había sido así desde el principio.

Buscó mi mano con la suya y entrelazamos los dedos. Acerqué mi cabeza a su hombro y observé las nubes.

Hacíamos eso a menudo. Pasar el tiempo sin hacer nada. Contemplando el cielo, tumbados en una manta sobre el lecho de musgo. Mirándonos entre nosotros.

Me giré hacia él y le rodeé el torso con el brazo. Lo quería tanto que a veces ese sentimiento me dolía.

—¿Alguna vez piensas dónde estaremos dentro de diez años? —susurré mientras dibujaba circulitos en su brazo.

Llenó el pecho de aire.

—No lo sé, aún intento decidir qué haré mañana.

—Eso es fácil, adorarme.

—Es una posibilidad.

—¡Eh!

Le hice cosquillas y él me sujetó la mano. Después se la llevó a los labios y me besó la palma.

—Dentro de diez años... Creo que me gustaría estar donde tú estés —dijo muy bajito.

—¿Lo piensas de verdad?

—Sí. ¿Dónde esperas que esté si no?

—No lo sé. Quieres estudiar Biología. Igual te da por ir a estudiar los pingüinos al Polo Sur. O por seguir a las ballenas de un océano a otro. O por descubrir una especie nueva en la fosa de las Marianas. Abrir una reserva de koalas en Australia. O...

Seguí parloteando sobre todas las posibilidades que se me ocurrían, hasta que unos labios preciosos, que me tenían completamente cautivada, se posaron sobre los míos.

Declan me besó suavemente, con ternura. Me envolvió con los brazos y me atrajo hacia su cuerpo. Su lengua se enredó con la mía y se acariciaron mientras nuestras manos exploraban la piel descubierta. Mi cuerpo reaccionaba a sus dedos. El suyo se estremecía bajo los míos.

El deseo volaba por encima de nosotros, se deslizaba por dentro.

Sentí ese cosquilleo emergente desde el estómago y las ganas que despertaban, el ansia por algo que aún desconocía, pero que prometía ser maravilloso.

Algún día.

En el momento perfecto.

Cuando estuviéramos preparados.

Declan me miró con una sonrisa en los labios. Después hundió la cabeza en mi cuello y lo besó. Dejó escapar el aire contenido. Inmóvil.

—Voy a echarte de menos —me susurró.

—Y yo a ti.

—Prométeme que vas a esperarme.

Me arrancó una sonrisa, teñida de ansiedad. En pocos días, Declan dejaría Tofino para ir a la universidad en Vancouver.

Evitaba pensar en ello, pero la realidad se había impuesto ante su inmediata partida. Se marchaba a otra ciudad. Lejos de casa, lejos de mí. Donde conocería a otras personas, haría amigos nuevos y... quién sabe qué más. Esa posibilidad me asustaba. No porque desconfiara de él, es que la vida es así. Impredecible. Cambiante. Somos pequeños planetas sujetos a la fuerza de la atracción. Una fuerza condicionada por tantos factores que, si uno solo se altera, nuestra órbita puede cambiar y llevarnos muy lejos sin que podamos hacer nada para evitarlo.

Aparté esa idea de mi mente y enredé los dedos en su pelo.

—Te vas a la universidad, y no de guardacostas al mar de Bering.

—Vancouver está muy lejos —gruñó.

—A cuarenta y cinco minutos en avión. Nos veremos a menudo.

Se alzó sobre los brazos para mirarme.

—Dos años —dijo con el tono de una promesa.

Asentí.

—Dos años y estaré en Vancouver contigo.

—Y después nos iremos a recorrer el mundo.

—Sí.

—Y cuando lo hayamos visto todo, buscaremos un bonito lugar donde vivir. Tú dibujarás y yo daré clases.

—Eso sería maravilloso.

—Será maravilloso, Darcy. Haremos todas esas cosas. Tú y yo, juntos.

—¿Me lo prometes?

—Te lo prometo. No importa dónde, estaré siempre contigo.

Entre planes y promesas, volvimos a besarnos.

Dos críos que no se daban cuenta de hasta qué punto la vida es caprichosa.

Un día lo tienes todo, y al siguiente, nada.

Y descubres que *siempre* tiene fecha de caducidad.

43
Declan

Cuando me desperté, todavía no había salido el sol, pero eso tampoco era raro. Siempre me despertaba al amanecer, incluso antes, sin importar si me iba a dormir tarde o estaba cansado.

Inspiré hondo y un dolor agudo me hizo contener el aliento. ¡Mierda! Prefería no respirar a volver a llenar mis pulmones de aire con las costillas machacadas. Ladeé la cabeza y vi sobre la mesita un vaso de agua y un par de analgésicos. La doctora había insistido en que debía guardar reposo, pero eso era igual que pedirle a un pez que respirara fuera del agua. Se moriría.

Saqué los pies de la cama y me senté haciendo un gran esfuerzo. Por suerte, no tenía nada roto, pero me dolía todo el cuerpo como si me hubiera atropellado un autobús. Me puse en pie y fui hasta el baño. Quitarme la camiseta fue todo un desafío. Apreté los dientes y levanté los brazos por encima de la cabeza. Me miré en el espejo del baño. Un hematoma oscuro me cubría gran parte del costado izquierdo y la espalda. Nada que no pudieran arreglar un poco de ibuprofeno y una ducha. Más tarde cogería la furgoneta e iría a trabajar. No podía quedarme en casa todo el día, me volvería loco.

«Joder, la *furgo*», pensé de golpe.

Después de abandonar el hospital, Darcy se había ocupado de traerme a casa, y luego se la había llevado para regresar a la suya. Fue una decepción que lo hiciera. Habría dado cualquier cosa por que se quedara conmigo, pero había salido corriendo en cuanto logró que me metiera en la cama.

Resoplé con las manos aferradas al lavabo para mantenerme derecho. Cada vez que lograba acortar la distancia entre nosotros, cuando por fin creía que había llegado hasta ella y que un nosotros era posible, ella retrocedía y añadía más espacio al abismo que nos separaba. No sabía qué más hacer.

Me deshice del resto de la ropa y entré en la ducha. Abrí los grifos para ajustar la temperatura. Cuando el agua caliente se deslizó por mi cuerpo, cerré los ojos y gemí de alivio. Logré lavarme el pelo y enjabonarme. Tras aclararme, alcancé una toalla, me sequé y me la anudé a la cintura.

Se me pasó por la cabeza la posibilidad de afeitarme, pero la descarté de inmediato. Tenía hambre. Salí del baño y me dirigí a la cocina. Al entrar en el salón, casi me da un infarto. Darcy estaba durmiendo en el sofá. Finalmente, no se había ido. Aunque tampoco se había quedado. Al menos, no conmigo.

Me acerqué despacio. Con cuidado de no despertarla, me senté en la mesita auxiliar y la observé. Estaba de lado, con las manos unidas bajo la mejilla. El pelo le caía por la cara y se lo aparté con los dedos. Acaricié un mechón, y sentí su tacto. Era suave y sedoso, y olía a cerezas y vainilla.

Sonreí y sentí el impulso de besar su nariz. Era tan mona.

Tomé aire y mis costillas protestaron un poco menos. El analgésico me estaba haciendo efecto.

La observé. Roncaba con suavidad, a pesar de que ese sofá era cualquier cosa menos cómodo. Debía de estar muy cansada para dormir de un modo tan profundo. Me reí en silencio. Quizá si un idiota no se hubiera caído de su tejado ella no habría tenido que llevarlo al hospital, y ahora estaría en su cama durmiendo a pierna suelta y descansada.

Me pasé las manos por la cara. No podía dejarla allí.

Me agaché a su lado. Deslicé un brazo bajo sus piernas y con el otro le rodeé la espalda. Inspiré hondo y la levanté a peso. El dolor que sentí me hizo ver las estrellas, pero no flaqueé. Jadeé hasta que lo tuve controlado y me dirigí a mi dormitorio con los dientes apretados.

Darcy murmuró algo con la cabeza apoyada en mi hombro.

—No pasa nada, duérmete —susurré muy bajito.

Se relajó y un ronquido adorable escapó de sus labios.

Logré dejarla sobre la cama y taparla con el edredón. Resoplé sin aliento, esperando que no se despertarse. El corazón me latía a mil por el esfuerzo y no me quedó más remedio que sentarme un momento en el colchón. Me palpé el costado y tragué saliva. Necesitaba tumbarme un minuto. Solo un minuto...

No lo pretendía, pero me quedé dormido.

Contuve el aliento.

Y luego lo sentí. Las puntas de sus dedos deslizándose por mi mejilla, recorriendo el perfil de mi nariz, la línea de mis cejas, el contorno de mi mandíbula... Una huella en el centro de mis labios.

Me concentré en respirar y abrí los párpados. Mis ojos se encontraron con los de ella. Ambos estábamos de lado, cara a cara, muy cerca el uno del otro. Tanto, que nuestros alientos se mezclaban.

—Hola —musitó Darcy con tono somnoliento.

—Hola.

Sus dedos continuaron moviéndose por mi piel, alcanzaron mi cuello y trazaron la curva hasta mi hombro. Luego bajaron por mi brazo y volvieron a subir en un perezoso viaje hasta mi clavícula. Se me aceleró la respiración.

¿Qué estaba haciendo?

Por un instante deseé que fuese justo lo que parecía.

Me quedé allí quieto, muy quieto, y fue lo más difícil que había hecho nunca, porque lo único que deseaba era mover mi brazo hasta su cintura y pegar su cuerpo al mío.

Se movió y la palma de su mano descansó sobre mi pecho.

—Darcy... —Tragué saliva al notar sus dedos hundirse en mi piel—. ¿Qué haces?

—No estoy muy segura... Creo... creo que dejarme llevar.

Y un segundo después, sus labios chocaron con los míos. Sentí su boca perfecta, su lengua acariciando la mía. Mi pecho vibró con un gemido ronco. No podía estar pasando, debía de ser un sueño; y al mismo tiempo, parecía tan real. Darcy deslizó la mano por mi pecho hasta el borde de la toalla y mi aliento se detuvo. Suspiré contra su boca e, incapaz de permanecer quieto por más tiempo, la rodeé con mis brazos y la atraje hasta que su cuerpo quedó pegado al mío.

Mis costillas protestaron y se me escapó un gruñido. Darcy abrió los ojos y me miró con una disculpa.

—Lo había olvidado, ¿te he hecho daño?

Fue a apartarse, pero yo se lo impedí. No pensaba dejar que ese momento pasara sin más. Tenía la piel de gallina. Sentía calor, anhelo y necesidad. Quería más. Mucho más. Y una espalda magullada no iba a estropearlo.

—No —susurré mientras enredaba los dedos en su pelo—. No te preocupes por eso.

Acto seguido, presioné sus labios con los míos. El corazón empezó a latirme más deprisa y por mi cuerpo fluyó la adrenalina. Me esforcé por ir despacio, con suavidad. Le envolví las caderas con el brazo y la mantuve pegada a mí. Me aferré a ella sin poder concentrarme en otra cosa que no fuese su boca. Dulce y exigente. Y nos besamos hasta que nos quedamos sin aire.

Me miró, respirando entre jadeos, y yo me quedé contemplando sus preciosos labios en la penumbra del cuarto. Hundió la boca de nuevo en la mía, y lo hizo de forma abrupta, súbita. Me agarró del cuello y soltó un gemido cuando nuestras lenguas se encontraron.

—Ayúdame a quitarme la ropa —susurró.

Obedecí. Me alcé llevándola conmigo de modo que quedó sentada a horcajadas sobre mí. El costado me dolía, pero no me importó; a esas alturas el deseo dominaba cualquier otra sensación. Deslicé las manos por debajo de su camiseta y suspiré al notar su piel caliente. Tiré de la prenda hacia arriba y se la quité. Debajo solo llevaba un sujetador blanco de encaje. Tragué saliva. Era preciosa.

La miré a los ojos un segundo, buscando su permiso, después me incliné y deposité un beso en el hueco que formaban sus pechos. Dejé un rastro de besos desde ese punto hasta su cuello y presioné mis labios contra su pulso mientras soltaba el cierre de la prenda interior.

Darcy deslizó los tirantes por sus brazos y la apartó a un lado. Después cogió mis manos y me hizo colocarlas sobre sus senos al tiempo que se inclinaba para besarme. Casi sollocé, porque era perfecta. Porque siempre debió ser ella. Su pecho subía y bajaba muy rápido y no dejaba de temblar. La acaricié, guiándome por los ruiditos que escapaban de su garganta. Quería que se sintiera tan deseada, tan valiosa, tan especial.

Se abrazó a mí con la cabeza hacia atrás y le mordisqueé el cuello. Su piel vibraba con la mía, fundidas. Hundió las manos en mis rizos. La tensión que sentía empezaba a ser insoportable. Entonces, su mirada ardiente e intensa se clavó en la mía y dejé de contenerme.

La tomé por las caderas y la tumbé de espaldas sobre la cama. Cuando solté el botón de sus pantalones y tiré para quitárselos, soltó un sonoro jadeo. La miré desde arriba y contemplé cada centímetro de su piel expuesta. Mis ojos se detuvieron en las braguitas azules que llevaba. Levanté la mirada una vez más. Tragó saliva y asintió. Me bastó como respuesta. Se las quité y hundí la boca en su vientre. Quería explorar cada centímetro de su cuerpo. La besé, lamí y mordisqueé con una ternura y entrega absolutas. Atento a sus reacciones para descubrir qué le gustaba.

Un ruego escapó de su garganta.

—Declan...

Me quedé sin aliento. Había sonado tan erótico. Tan definitivo. Tan para siempre. Me incliné y alcancé un preservativo del cajón de la mesita. El corazón me latía desbocado y me di cuenta de que estaba nervioso. Muy nervioso. Nos miramos mientras nuestros cuerpos se convertían en uno solo, y la sensación fue tan sobrecogedora que no me atrevía a moverme. Darcy esbozó una sonrisa perezosa y cerró los ojos. Me estremecí al notar sus músculos tensándose a mi alrededor y los dedos hundiéndose en mi espalda. Y en ese instante, dejé de pensar y le cedí el control a mi cuerpo. A su cuerpo. A la unión de ambos.

Nuestros ojos hablaron. Nuestros alientos se acariciaron. Nuestros labios se rozaron. Y se besaron, susurrando todo lo que las palabras no conseguían decir. Suspirando gemidos que se colaban dentro. Queriéndonos. Con la piel, las manos y el corazón.

44
Darcy

Abrí los ojos despacio. La luz del amanecer se colaba por la ventana y lo primero que vi fue el cuerpo de Declan tumbado a mi lado. Dormía profundamente con una mano sobre el pecho y el edredón cubriendo solo sus caderas. Los rizos rubios le caían sobre la frente y su piel morena contrastaba con el blanco de la cama. No había ni una parte de él que no me gustara.

Suspiré al ver el hematoma que ocupaba parte de su costado. Le di un beso en la mejilla y me levanté de la cama. Sobre el sillón que ocupaba la esquina, encontré una manta de punto. Me la puse sobre los hombros y me dirigí a la cocina.

Estaba hambrienta y necesitaba un café para volver a ser persona. Encendí la cafetera y encontré un par de bollos de leche dentro de una bolsa en la nevera. Calenté uno en el microondas y lo unté con mermelada.

Después de desayunar, me moví por la casa sin saber qué hacer. Me detuve junto a una de las ventanas del salón. Ocupaba una gran parte de la pared y las vistas eran asombrosas. Me quedé allí, mirando cómo el viento agitaba los árboles y las gaviotas volaban de un lado a otro jugando con las corrientes.

Había muchas emociones haciendo estragos en mi interior. Estaba feliz y al mismo tiempo asustada. Me sentía completa y, en cierto modo, también un poco vacía. De lo único que estaba segura era de que aquella noche había sido la mejor de mi vida. Jamás había sentido nada parecido, ni había conectado con nadie como con Declan, y tuve una sensación de plenitud en el pecho que me abrumó. Había vuelto a enamorarme de él. O quizá nunca había dejado de estarlo. Sin embargo, no podía ignorar un susurro que jugaba al escondite en mi cabeza: «No puede durar».

Noté sus brazos rodeándome la cintura y su pecho pegado a mi espalda. Me apretó fuerte contra él y su aliento me acarició la mejilla.

—¿Qué haces aquí? —me preguntó.

—Tenía hambre.

—Puedo preparar algo.

—He encontrado unos bollos muy ricos en la nevera.

Noté que sonreía.

Su mano se movió y encontró mi piel desnuda bajo la manta. Me acarició el estómago y ascendió hasta la curva de mi pecho, donde se detuvo trazando su contorno con el pulgar. Contuve el aliento, incapaz de moverme.

—¿Te arrepientes? —percibí un atisbo de inseguridad en su voz.

—Nunca.

Se le escapó un suspiro de alivio y apoyó la frente en mi cabeza.

—Bien, porque quiero hacer el amor contigo en todos los rincones de esta casa.

—¿Solo el amor? —lo cuestioné con una risita.

—No. —Me abrazó más fuerte—. Quiero hacerlo todo.

Poco a poco me giré entre sus brazos, con la manta apretada contra mi pecho. Me percaté de que estaba completamente desnudo. Una oleada de calor me atravesó. Sonrió y me sostuvo la mirada. Era juguetona, casi desafiante, y al mismo tiempo tenía cierto destello oscuro que me hizo sentir un cosquilleo en el estómago.

En realidad, a pesar de la incertidumbre que aún me perseguía, todo aquello era perfecto y no quería estar en ninguna otra parte. Solo quería disfrutar del momento mientras esperaba el siguiente, hacer que cada segundo fuese perfecto y no preocuparme por las cosas que aún no habían sucedido. Limitarme a quererlo, porque si de algo estaba segura era de que lo quería muchísimo.

Declan me alzó por la cintura y se movió conmigo en brazos. Se dejó caer en el sofá, arrastrándome con él, y me colocó sobre su regazo. No se oía nada a nuestro alrededor, solo nuestras respiraciones. Una de sus manos subió hasta mi nuca para retenerme allí, y entonces su boca se posó sobre la mía. Con la lengua trazó la línea que separaba mis labios. La abrí para él. Me sorprendí al notar la excitación que afloraba en mi interior. Intensa, dolorosa y tan viva.

Enmarqué su rostro con mis manos y lo miré a los ojos, con nuestras bocas a pocos milímetros.

—Tú también haces que pueda respirar —susurré.

Sus latidos me golpeaban el pecho.

—Haces que pueda respirar —repitió sin apenas voz.

Me di cuenta de que aquellas palabras escondían un «Te quiero» que a ambos nos asustaba pronunciar. Lo acaricié con los dedos hasta llegar a sus labios, y los tracé despacio. Lo besé lentamente, con los ojos cerrados y el corazón abierto.

Él gimió y me besó con más fuerza.

Después pasó lo inevitable.

Nos exploramos.

Nos aprendimos de nuevo.

Despacio.

Nos buscamos.

Nos probamos.

Nos entregamos sin reservas.

Y solo entonces nos rompimos en mil pedazos.

45
Declan

—Darcy... —susurré en la penumbra de su dormitorio. Le aparté el pelo de la cara y froté mi nariz contra su mejilla—. Cariño, tengo que irme.

Darcy levantó la cabeza de la almohada y me miró con los ojos desenfocados. Tenía el pelo revuelto y baba en la comisura de la boca. Me reí y se la limpié con el pulgar. Qué bonita era.

—Debo irme.

—¿Qué... qué hora es? —preguntó.

—Las cinco.

—¿Las cinco? Es muy temprano, quiero dormir... y tú también quieres —ronroneó.

Miré la forma de su cuerpo bajo la sábana y pensé en todas las cosas que quería hacer. Inspiré hondo y alejé esos pensamientos de mi cabeza, o volvería a meterme en la cama y no precisamente para dormir.

—Escucha, he quedado con Cameron para volar hasta Nanaimo, tenemos que recoger un material que llega en el ferri, ¿recuerdas que te lo dije? —gruñó lo que parecía un sí—. Estaré de vuelta en un par de horas. ¿Quedamos para desayunar?

Hizo un ruidito y, de repente, me lanzó la almohada. La atrapé al vuelo y rompí a reír. La besé en el hombro, luego salí de la habitación mientras me palpaba los bolsillos para asegurarme de que no olvidaba nada. Cerré la puerta principal y me dirigí a la furgoneta con el corazón encogido en el pecho, como si temiese no volver a verla. Me ocurría siempre que debía separarme de ella, y ya habían transcurrido dos semanas de idas y venidas, entre el trabajo, mi casa y la suya. Desde aquella noche que hicimos el amor por primera vez.

No quería perderla, y un presentimiento, o puede que una certeza, me decía que solo era cuestión de tiempo que ocurriera. Esos días estaban destinados a acabarse.

La simple idea me ahogaba.

Cuando llegué al puerto, Cameron ya se encontraba allí, esperándome con un vaso de café caliente que me ofreció con una sonrisa.

—Gracias, tío. Lo necesito —le agradecí con una palmadita en la espalda.

—De nada. No tardaremos en estar de vuelta, ¿verdad?

—Un par de horas, tres como mucho. ¿Por qué?

Cameron se agachó para soltar el amarre del hidroavión y me miró desde el suelo.

—Liv quiere que vayamos a probar tartas de boda.

—¿Otra vez? ¿No estuvisteis el mes pasado?

—¡Sí! Pero cada vez que se decide por una, vuelve a cambiar de opinión. En dos semanas, ha cambiado tres veces de idea. Primero la quería de galletas con champán, después pensó que era más elegante una de chocolate blanco recubierta con *fondant* y más tarde decidió que la de frutos rojos gustaría más a los invitados. —Se puso en pie y le dio una patada a la cuerda—. Me está volviendo loco.

Sacudí la cabeza mientras metía mi mochila en la cabina.

—Vamos, Cam, ya te queda poco para conseguirlo.

—Dos semanas.

—Exacto, dos semanas y serás un hombre casado. Después de eso, solo tendrás que vivir una larga vida gritando sí a todo lo que Liv te diga.

Cameron puso los ojos en blanco y rompió a reír con ganas.

—Como si ahora hiciera algo distinto.

Se me escapó una carcajada. Le rodeé el cuello con el brazo y le di un rápido abrazo. Cam era un poco raro, pero a mí solían gustarme las personas raras. Gente que no encajaba en ningún patrón y que tampoco lo intentaba. Naturales y transparentes. Lo que veías era lo que había.

—¿Estás seguro de que quieres casarte? —le pregunté solo para picarlo.

—Joder, sí. ¿Dónde voy a encontrar otra chica a la que le guste jugar a la Play más que a mí?

—¿*Call of Duty?*

—Y es un hacha en el *Far Cry*.

—¡Joder, no se te ocurra dejarla escapar!

—Ni loco.

Nos reímos como dos críos. Lo empujé por la espalda.

—Anda, sube al hidroavión. Cuanto antes despeguemos, antes estaremos de vuelta.

Thomas's se encontraba muy cerca del muelle que Will poseía para Surf Storm y fui caminando desde el puerto hasta allí. Darcy me había enviado un mensaje para vernos en esa cafetería. Hice el trayecto sin prisa, disfrutando de los rayos del sol y de la subida de las temperaturas. Estábamos a principios de abril y, tras un invierno muy frío y lluvioso, era agradable moverse sin sentir el cuerpo entumecido.

Las campanillas que colgaban sobre la puerta me dieron la bienvenida al entrar. Me quité las gafas de sol y busqué con la mirada la melena oscura de Darcy. Aún no había llegado.

Me dirigí a la barra y contuve el aliento al divisar a Sloane junto a la cafetera sirviendo varios cafés. Habían pasado semanas desde la última vez que la había visto. Algo difícil en un pueblo muy pequeño. Ella me había evitado y yo la había evitado. Sin embargo, todo apuntaba a que esa situación estaba a punto de cambiar, y se lo debíamos a Darcy.

Sabía que ellas se habían estado viendo y, en cierto modo, habían logrado pasar página y volver a ser amigas. Me alegraba de que así fuera. Pero las cosas entre Sloane y yo aún seguían atascadas.

Me senté en un taburete y esperé a que se percatara de mi presencia. No tardó en hacerlo. Se quedó parada delante de mí como si hubiera visto un fantasma. Nos miramos. Me fijé en la tensión que se asentaba en sus hombros y en lo pálida que se había puesto. La situación resultaba muy incómoda para los dos.

—Hola —la saludé.

—Hola —repitió ella bajito—. ¿Quieres tomar alguna cosa?

—Un café largo, por favor.

—Ahora mismo te lo sirvo —dijo mientras se daba la vuelta.

Regresó un par de minutos después y colocó una taza humeante en la barra.

—Gracias. —Asintió con una leve sonrisa—. ¿Qué... qué tal estás? —le pregunté antes de que pudiera alejarse.

—Bien, ¿y tú?

—Bien.

Reprimió un suspiro y se miró las manos.

—Esto es muy raro.

—Sloane, yo... Ni siquiera sé por dónde empezar...

—No tienes que hacerlo —me cortó. Frunció los labios en una mueca—. Ha sido difícil, pero lo entiendo... Lo he asumido... Estáis juntos.

—Sí, lo estamos.

—No pasa nada, era inevitable, y todos lo sabíamos, ¿no?

El destino y esas cosas. Siempre habéis sido el uno para el otro.

Expresó todo aquello evitando mi mirada. Yo me quedé callado sin saber qué más decir. Solté el aire poco a poco.

—Nunca quise hacerte daño —me lamenté angustiado.

Alzó la vista y por fin me miró a los ojos.

—Me lo hice yo misma, Declan. Fui yo la que se hizo ilusiones y vio un futuro donde no lo había. Y tú siempre fuiste muy claro en ese sentido.

—Fui claro, pero no actué con coherencia.

—Yo tampoco.

—Me ayudaste mucho y te lo agradezco.

Ella sonrió un poco cohibida.

—Ambos nos ayudamos.

Tragué saliva y apoyé los codos en la barra mientras me pasaba las manos por la cara.

—¿Y ahora qué? —pregunté.

—Seguiremos siendo amigos, espero.

Esbozó una pequeña sonrisa. Asentí con vehemencia.

—Eso siempre.

Las campanillas de la puerta sonaron y yo volví la cabeza. Allí estaba Darcy. Se quedó parada y nos miró desde la distancia, indecisa. Se colocó tras la oreja un mechón y avanzó hacia nosotros a la vez que estudiaba nuestros rostros con preocupación.

—Hola —saludó, y no me pasó por alto que guardaba las distancias conmigo.

—Hola. —Le sonreí.

—Hola —dijo Sloane.

Un incómodo silencio nos envolvió a los tres durante unos instantes.

—¿De qué hablabais? —se interesó Darcy.

Abrí la boca para responder, pero Sloane se me adelantó.

—De la boda de Cameron. Por lo visto, está todo el pueblo invitado —comentó con despreocupación.

Sentí un tirón en el estómago al ver sus esfuerzos. Era una buena persona y tenía un gran corazón. Me jodía habérselo roto.

—Falta muy poco —señaló Darcy. Miró a su amiga—. Irás, ¿verdad?

—Claro.

—Podríamos ir juntas. Será divertido.

Se obligó a mirarme, aunque le costó. Supe lo que intentaba hacer y lo acepté. Le dediqué una leve sonrisa para tranquilizarla.

—Me encantaría, Darcy, pero ya tengo pareja para ese día —comentó Sloane.

—¡¿En serio?! —exclamó ella. Yo también miré a Sloane, bastante sorprendido—. ¿Quién es la persona afortunada?

—Prefiero no decir nada por el momento, así tendrá la oportunidad de arrepentirse con un poco de dignidad.

—¡No digas eso! Sería idiota si lo hiciera.

Sloane sonrió despacio, con cierto aire de inseguridad.

—¿Ya tienes vestido para la boda?

Darcy negó con un gesto.

—No. ¿Y tú?

—Tampoco. ¿Qué te parece si vamos de compras esta tarde?

—Sí, por favor, me encantaría.

—De acuerdo, te llamo para quedar.

Entró un grupo de turistas y Sloane se apresuró a atenderlos. Darcy y yo nos quedamos a solas en medio de todas aquellas personas. Inspiró hondo y se acercó a mí con las mejillas encendidas. Llevaba un vestido estampado, una rebeca de punto, medias y botines. La contemplé de arriba abajo, bebiéndomela con los ojos. Estaba preciosa. Alargué la mano y tomé la suya. Entrelazó sus dedos con los míos, encajando nuestras manos, y ese gesto me recompuso el corazón.

—Siento la encerrona. —Se mordió el labio.

Sonreí. Lo sabía. Me humedecí los labios y apreté los párpados un segundo.

—Lo supe en cuanto vi tu mensaje.

—Sé que esta situación será incómoda durante un tiempo, pero era importante que este encuentro ocurriera. Necesito que podamos ir juntos a cualquier parte y encontrarnos con ella sin que se convierta en una situación embarazosa.

—Ya no tienes que preocuparte por eso. Está resuelto.

—Me alegro de que lo hayáis arreglado. Por nosotros, por vosotros..., por todos.

La atraje hacia mí y se acomodó entre mis piernas. Me rodeó el cuello con los brazos. Me miró fijamente con una enorme sonrisa que me hizo curvar los labios. Esperé a que dijera algo, pero se mantuvo en silencio sin dejar de observarme. Empecé a ponerme nervioso.

—¿Qué? —salté.

—Nada.

—¿Nada?

Negó con la cabeza y frotó su nariz contra mi mejilla. Se comportaba como si fuese dueña de un secreto importante y, de pronto, yo me moría por conocerlo.

—¿Qué? —insistí.

—Respiro —me dijo muy flojito al oído.

Cuando se apartó, vi que tenía las mejillas rojas y los ojos brillantes. Sonrió cohibida y entonces lo entendí.

Ese día me di cuenta de que hay palabras que son más de lo que parecen.

Son mucho más que su significado.

Son sentimientos.

Ese día, la vida me pareció algo que merecía la pena experimentar con todos los sentidos bien despiertos, porque Darcy Roth me quería.

Solo a mí.

Y eso me hacía el hombre más afortunado del universo.

46
Darcy

La boda de Cameron y Liv se celebraba en el Wickaninnish Inn, un bonito hotel situado sobre un promontorio rocoso en la playa de Chesterman, rodeado de bosque y con vistas al océano Pacífico. El lugar era realmente precioso, perfecto para una boda romántica como la que habían planeado.

—¡Esto es increíble! —exclamé nada más bajar de la furgoneta.

A través de las copas de los árboles, los rayos de sol anaranjados se filtraban para caer sobre el camino de acceso. Pronto anochecería. Tomé una bocanada de aire y miré con disimulo mi reflejo en la ventanilla. Me encantaba mi vestido. Era corto, con escote palabra de honor y una falda de tul azul medianoche. Lo había combinado con un chal de seda de color mostaza igual de bonito.

Declan apareció a mi lado y depositó un beso en mi hombro desnudo.

—Estás preciosa.

—Y tú, muy guapo.

Y no lo dije por decir. Llevaba un traje negro con camisa gris y corbata. Le quedaba perfecto. Ajustado en las partes correctas, y también en las que no. Tantos años de ejercicio físico habían modelado su espalda y sus brazos con una musculatura que era imposible no admirar.

—¿Vamos? —Me ofreció la mano y yo entrelacé mis dedos con los suyos.

Una empleada del hotel nos explicó que la ceremonia tendría lugar en el jardín y que luego se celebraría en una carpa instalada en la playa. Recorrimos un sendero de grava iluminado a ambos lados con farolillos y su cálido resplandor creaba un efecto muy acogedor.

Llegamos a un espacio abierto entre los árboles. Allí había varias filas de sillas con un amplio pasillo en el centro que conducía hasta un altar bajo un arco de madera decorado con flores. Casi todas las sillas estaban ocupadas y busqué con la mirada un espacio libre.

De pronto, una mano se alzó en las primeras filas y nos hizo señas. Se trataba de Devin.

—Eh, chicos, os hemos guardado un par de sitios.

Sky estaba con él. Sloane y Will ocupaban las sillas contiguas, uno al lado del otro. Miré a Sloane sin esconder mi asombro y ella se encogió de hombros con una sonrisa. No debería haberme sorprendido.

Cameron apareció al lado del altar y nos saludó. Llevaba un traje oscuro con flores en la solapa, y no dejaba de ajustarse los puños de la camisa. Estaba muy nervioso.

Comenzó a sonar la música. Una melodía dulce, llena de sentimiento. Liv apareció del brazo de su padre y recorrieron el pasillo muy despacio. Hasta que llegó al altar y Cameron la recibió con un beso en la mejilla.

La música terminó y dio comienzo la ceremonia. Mientras los novios leían sus votos, se hacían promesas y se intercambiaban los anillos, yo empecé a pensar en Andrew y en lo cerca que habíamos estado de un momento como ese. De algún modo ese pensamiento me dejó aturdida, porque al ver a Cameron y Liv respondiendo sí, fui consciente del error que podría haber cometido. Nunca estuve preparada para dar ese paso. Para ser la esposa de alguien cuando ni siquiera había logrado ser yo misma.

Había tantas cosas que no sabía, que no había experimentado. Errores que necesitaba superar. Futuros que imaginar. Que intentar. Por mí y para mí.

Miré a Declan y traté de imaginar qué habría ocurrido si en lugar de Andrew hubiese sido él. ¿Habría dado el paso? ¿Habría llegado hasta el final?

La respuesta surgió tan de repente, tan inesperada, que casi me asusté. Un no rotundo y visceral que nació de lo más profundo de mi ser. No, no me habría casado con él. Ni lo haría ahora. Y no estaba segura de cuál sería mi respuesta a esa posibilidad en un futuro. Quería a Declan con locura. Era el amor de mi vida. Siempre lo había sido y siempre lo sería. Pero algo en mi interior comenzó a despertar, susurrando cosas que me costaba escuchar. El amor no lo es todo. No lo puede todo. El amor es complicado, no funciona en línea recta. Se mueve en círculos y curvas. Y si no sabes con seguridad adónde te diriges, es muy probable que acabes perdido.

Declan me agarró la mano y me dio un suave apretón. No me atreví a levantar la vista hacia él, me asustaba que pudiera intuir cuáles eran mis pensamientos.

—¿Estás bien? —preguntó.

—Sí.

La ceremonia terminó y nos dirigimos con el resto de los invitados a la playa. El camino estaba señalado con más farolillos y antorchas, y unas indicaciones de madera muy monas con las iniciales de Cameron y Liv.

Al alcanzar la arena, descubrimos una carpa enorme decorada con guirnaldas de luces y flores que se mecían con la brisa. Dentro del pabellón, habían colocado mesas con manteles de color blanco y centros multicolor.

—¡Qué bonito! —exclamé.

Después de la cena, llegaron los discursos y los brindis, y los novios inauguraron el baile. Nada más acabar el primer tema, empezó el siguiente. Devin se puso de pie y nos arrastró a todos hasta la tarima de madera donde se concentraban los invitados, animados por la música.

Declan envolvió mi cintura con una mano, mientras con la otra tomaba la mía y se la llevaba al pecho.

—No sé bailar —le confesé.

—No es difícil. Déjate llevar.

—¿Tú sabes? —pregunté sorprendida.

—¿Nunca te lo dije?

—No. Lo recordaría.

Soltó una risita y me hizo girar con una pirueta para acabar de nuevo entre sus brazos.

—Me enseñó mi abuela.

—¡Eso es tan adorable!

—Le encantaba bailar.

Empezó a sonar una melodía lenta. Declan me retuvo contra su cuerpo, moviéndose despacio. Cerré los ojos y sentí sus labios en la comisura de mi boca. El calor de su aliento y lo bien que olía su piel.

A nuestro alrededor se movían varias parejas, apenas iluminadas por las luces de las antorchas. Con el rumor de las olas a pocos metros y un cielo cuajado de estrellas, no había un lugar más perfecto en el mundo que aquel; y quise guardar ese recuerdo para siempre en mi memoria.

Vi a Will y a Sloane no muy lejos de nosotros. Conversaban mientras se movían muy despacio, casi quietos, al ritmo de la música.

—Está coladísimo por ella —dije en voz baja.

—¿Quién?

—Will.

Declan se apartó un poco para mirarme a los ojos.

—¿Will? —Sonreí emocionada y los señalé con un gesto. Declan siguió mi mirada y noté que se ponía rígido. No quise pensar en lo que eso significaba. Tragó saliva y volvió a mirarme—. ¿Will está colado por Sloane?

—Sí.

—¿Qué te hace pensar eso?

—Solo hay que mirarlos, se nota a la legua. —Me mordí el labio y tomé aire—. Además, él mismo me lo confirmó hace unas semanas.

—¿Qué?

—Bueno, no es que me lo confirmara, pero yo le dije algo al respecto y él amenazó con despedirme, lo que viene a ser un sí rotundo. Ya lo conoces.

—Sí... —Frunció el ceño, pensativo.

—Y solo hay que verlo ahora, está... No sé... Solo tiene ojos para ella.

Declan giró la cabeza y los observó durante unos segundos sin decir nada. Su ánimo había cambiado y parecía desconcertado y preocupado.

El silencio se tornó denso entre nosotros.

Y un pensamiento inesperado me dejó sin aliento.

—¿Te molesta que le guste Sloane?

Declan me miró de golpe.

—¡Joder, no! —Me sostuvo la barbilla entre los dedos y me dio un beso—. Ni siquiera lo pienses.

—Entonces, ¿qué te ocurre?

—Que soy imbécil, Darcy. Eso es lo que ocurre —masculló con rabia. Volvió a besarme—. ¿Te importa si te dejo aquí un momento? Necesito hablar con él.

La canción había terminado y Will se dirigía solo a la barra.

—No, ve.

—Después te lo cuento todo.

Asentí con un gesto y me quedé allí parada, viendo cómo Declan iba en busca de su amigo.

47
Declan

Me abrí paso entre la gente mientras me aflojaba la corbata. Deshice el nudo y después la guardé en el bolsillo de la chaqueta.

—¡Eh!

Will se giró. Me dedicó una sonrisa sincera. Parecía contento.

—He pedido uno de esos cócteles cursis con frutas. ¿Quieres uno?

—No, gracias.

—¿Cómo lo llevas?

—Bien —respondí.

No tenía ni idea de cómo empezar. Will tomó la copa que le ofreció el camarero y me miró de nuevo. La sonrisa se fue borrando de su cara.

—¿Te pasa algo?

—¿Podemos hablar un momento?

—Claro.

Nos alejamos del barullo dando un paseo. Me desabroché un par de botones de la camisa y enfundé las manos en los bolsillos de los pantalones. Lo miré de reojo y un sentimiento de culpa se asentó en mi estómago. Will era mi mejor amigo, lo había sido desde que podía recordar. Siempre estaba ahí, a mi lado, dispuesto a echarme una mano. Dando la cara por mí y aguantando todas mis mierdas. En cambio, yo...

—¿Es ella la chica de la que me hablaste?

Will le dio un trago a la copa y se detuvo para mirarme.

—No te sigo.

—Rompiste con Rose porque había otra chica que no podías quitarte de la cabeza. Me dijiste que te gustaba desde siempre, pero que ella no se había fijado en ti... —Will apartó la mirada y apretó los dientes—. ¿Es Sloane?

—Declan...

—Joder, Will, ¿es ella?

Se pasó una mano por el pelo, nervioso.

—Sí.

—¿Y por qué nunca me lo has dicho?

—¿Qué querías que te dijera?

—Que te importa, que te gusta, que la quieres... ¡Yo qué sé! Cualquier cosa que hubiera impedido que me acercara a ella.

—Nunca creí que pudiera fijarse en mí.

—¿Y qué? Aun así deberías habérmelo dicho.

Will se terminó de un trago la bebida.

—Mierda, Declan, no había nada que decir. Sí, me gusta, pero ella nunca me miró de ese modo. Para Sloane solo era Will, el bueno de Will. Lo intenté, aunque nunca fui lo bastante claro. Me daba vergüenza y estaba convencido de que jamás me aceptaría. Hasta que un día vi que os besabais en tu furgoneta y... cualquier esperanza se esfumó.

—Si lo hubiera sabido... —Me llevé las manos a la cabeza—. ¡Tres años, joder! Has estado tres años viéndola conmigo y sintiendo algo por ella.

—Sloane te quería. Parecía feliz. Para mí eso era suficiente.

Me froté la nuca y lo miré a los ojos. Me sentía fatal y no quería imaginarme lo que debía de haber sufrido por mí.

—Lo siento. Siento mucho haberte jodido de este modo. No te lo mereces.

—No pasa nada, de verdad.

Me acerqué a un tronco que la marea había depositado en la arena y me senté. Will se acomodó a mi lado y nos quedamos en silencio contemplando el oleaje.

—Se os veía bien en la pista de baile —le dije en voz baja.

Sonrió y ladeó la cabeza para mirarme.

—Le he pedido una cita. Ya sabes, una cita de verdad, y ha aceptado. —Inspiró hondo—. Nos hemos visto unas cuantas veces estas últimas semanas. Solo como amigos, pero creo que eso puede cambiar pronto.

Me alegré con la noticia y deseé con todas mis fuerzas que esa posible relación funcionara. Por él. Por Sloane. Y de un modo muy egoísta, por mí. Así dejaría de sentirme culpable por el daño que les había hecho a ambos.

—Seguro que sí. Eres guapo, encantador...

—¿Intentas ligar conmigo?

Solté una carcajada y lo empujé con el hombro.

—Sabes que serías mi primera opción si decidiera probar con los chicos.

—Bueno, tendrías que afeitarte para eso, mi piel es demasiado sensible para esa cosa que llamas barba.

—Las barbas de pocos días son sexis.

—Puedes olvidarte de que te bese con ese matojo.

Me reí con lágrimas en los ojos.

—Acabas de romperme el corazón, capullo.

—Acércate más y te romperé otra cosa.

Lo abracé por los hombros.

—Te quiero, tío.

—Yo también te quiero, pero no te emociones mucho —gruñó Will.

Y así eran las cosas entre nosotros, no importaba qué pudiera ocurrir. Éramos amigos por encima de todo. Hermanos de vida.

48
Darcy

A la mañana siguiente, Will me envió un mensaje para decirme que tenía el día libre. Surf Storm iba a permanecer cerrado todo el domingo. Me puse a dar saltitos de alegría. Declan tenía previsto ir a Victoria para visitar a Harvey y yo podría acompañarlo. Llevaba semanas queriendo ir.

Desayunamos algo rápido en mi casa, donde habíamos pasado la noche, y nos dirigimos al puerto para coger el hidroavión. No había vuelto a subir a aquel trasto desde el día que llegué a Tofino, un par de meses antes, y estaba nerviosa.

Hicimos el viaje en un cómodo silencio, disfrutando de una preciosa mañana con el cielo despejado y un sol muy brillante que iluminaba el paisaje y lo pintaba de colores extraordinarios.

Amerizamos en el puerto de Victoria a mediodía, y allí tomamos un taxi hasta el hospital. Declan buscó mi mano y sus dedos dibujaron círculos en mi piel durante todo el trayecto. Estaba más callado de lo normal, nervioso, y no era difícil entenderlo si intentabas ponerte en su piel. No debía de ser fácil ver a tu hermano en esas circunstancias.

Por suerte, Harvey iba mejorando y muy pronto los médicos lo despertarían.

Cuando crucé las puertas del hospital, los días que pasé allí con mi abuelo casi cobraron vida y sentí un dolor agudo en el pecho. Declan me dio un apretón en la mano, como si supiera cuáles eran mis pensamientos en ese momento. Su sonrisa me reconfortó y accedimos al ascensor sin dejar de mirarnos.

Justo cuando íbamos a entrar en la habitación, una enfermera llamó a Declan.

—Necesito que vengas conmigo y firmes unos permisos para administrarle un nuevo tratamiento a Harvey.

—¿Qué tratamiento? ¿Ha pasado algo? ¿Mi hermano está bien? —soltó la batería de preguntas sin respirar y su angustia no pasó desapercibida.

—El doctor Simmons hablará contigo. Está en su despacho.

Declan se giró hacia mí.

—Darcy...

—Tranquilo, ve. Te espero en la habitación.

Se inclinó y me dio un beso en los labios antes de seguir a Mel por el pasillo. Respiré hondo y entré en el cuarto. Mis ojos se posaron en Harvey. Me acerqué a él con paso vacilante. La primera y única vez que lo vi tumbado sobre esa cama, no fui realmente consciente de su estado. Ese día yo flotaba dentro de mi propia burbuja, tratando de digerir una realidad que me había golpeado sin esperarla.

Tragué saliva y contemplé su cuerpo atrapado en esa telaraña de cables conectados a un montón de monitores. Demasiados.

La puerta se abrió despacio. Me di la vuelta, pensando que era Declan, pero me encontré con una mujer rubia y menuda de ojos claros. Me era familiar. Entonces la reconocí.

—¿Anne?

Ella frunció el ceño y me miró con atención. Un brillo de reconocimiento iluminó su expresión cansada.

—¡Darcy!

—Me alegro de verte.

—Yo también, cielo. ¿Cómo estás?

—Bien, gracias. No sabía que ibas a estar aquí.

—Vengo todos los lunes, miércoles, viernes y sábados. Suelo dejar los domingos para Declan, salvo este. Ayer me fue imposible venir —me explicó con una sonrisa; sin embargo, lo único que transmitía era una profunda resignación—. ¿Has venido con él?

Asentí sin saber muy bien qué decir. Estaba al tanto de lo precaria que era la relación entre ellos dos. Declan me había contado algunas cosas, no muchas, porque él evitaba a toda costa hablar de su familia.

Anne cruzó la habitación y se colocó al otro lado de la cama. Tomó la mano de Harvey entre las suyas y se la llevó a los labios.

—Es horrible ver su cuerpo así —dijo en voz baja—. Sé que mi hijo no está ahí dentro, pero es igual de duro.

El corazón me dio un vuelco. ¿Qué había querido decir con que no estaba ahí dentro?

—No puedes perder la esperanza. Declan dice que está mejorando, poco a poco, pero que está mejor. Es cuestión de tiempo que despierte.

Anne se estremeció ante mis ojos y palideció.

—¿Declan te ha dicho eso? —Asentí, sin entender el espanto que le habían causado mis palabras. Sacudió la cabeza y a continuación se sentó en la silla—. Nunca ha habido esperanzas para él. Entró en coma durante la intervención y lleva en este estado desde entonces. No hay actividad cerebral. Nada que indique que Harvey sigue aquí. Su cuerpo está vivo gracias a esas máquinas. —Se le escapó un sollozo y se sorbió la nariz—. Pero algunos de sus órganos están empezando a fallar y, finalmente, lo hará su corazón, porque ningún medio artificial puede mantenerlo latiendo de forma indefinida... Aunque Declan se empeñe en lo contrario.

—¿Cuánto tiempo lleva así?

—Este verano se cumplirán cinco años del accidente.

Di un paso atrás y tuve que apoyarme en la pared. No entendía nada. En realidad, Declan nunca había sido muy concreto ni explícito respecto a Harvey, su estado y el accidente, pero siempre me había dado a entender que era un suceso relativamente reciente y que iba a ponerse bien. Sus palabras siempre habían alentado mis esperanzas, y yo las suyas.

—¿Cinco?

Un nudo de ansiedad me cerró la garganta. No sabía qué pensar. Miré a Harvey y todos los cables y tubos que salían de su cuerpo cetrino y delgado. Los hematomas en los brazos, los pómulos hundidos y la piel que parecía de papel a punto de desintegrarse.

—No lo entiendo —susurré—. Si de verdad él ya no está ahí, ¿por qué torturar de ese modo su cuerpo?

—Mi hijo está convencido de que su hermano va a recuperarse.

—¿Cómo?

—De ningún modo, cielo. Es imposible, pero Declan lo ve con otros ojos y, cada vez que el cuerpo de Harvey falla, los médicos están obligados a recuperarlo. No da su consentimiento para que todo esto termine.

—No puedo creer que Declan permita esto —susurré mientras hacía un gesto hacia la cama—. Por mucho que quiera a Harvey, por mucho que le duela... Es un hombre inteligente y sensato. Esta es una realidad que no puede ignorar. ¿Qué le ocurre?

Anne negó con vehemencia y se pasó una mano por la cara para limpiar las lágrimas.

—Creo que pasó algo entre ellos antes del accidente. No sé qué pudo ser, Declan nunca me lo ha contado. Ni siquiera me tolera cerca. —Sonrió apenada—. Pero estoy segura de que algo atormenta a mi hijo y no le deja pasar página.

De repente, la puerta se abrió y yo me sobresalté. Pensé

que sería Declan, pero era una enfermera empujando un carrito con instrumental quirúrgico que colocó junto a la cama.

—Lo siento, deben salir de la habitación.

—¿Qué ocurre? —se interesó Anne.

—A partir de ahora, su hijo necesitará hemodiálisis y debemos ponerle un catéter, señora Leblond. El médico se lo explicará todo.

Salimos de la habitación en silencio. Nos quedamos paradas en el pasillo, sin saber muy bien qué hacer.

—¿Hemodiálisis? —susurré.

—Le están fallando los riñones —me explicó. Suspiró frustrada—. A esto me refiero. Cada vez que mi hijo intenta irse, el otro se aferra a él y lo mantiene aquí a toda costa.

Apreté los labios e hice todo lo posible para contener un sollozo.

—Es muy triste.

—Lo es. ¿Te apetece un café? Necesito uno.

Negué a la vez que forzaba una sonrisa.

—Creo que voy a salir a que me dé el aire. Pero gracias.

Nos despedimos allí mismo y yo me dirigí a los ascensores.

Una vez abajo, crucé el vestíbulo y salí a la calle. Encontré un banco cerca de la puerta y me senté en él. Me cubrí la cara con las manos y solté un profundo suspiro. Mis pensamientos iban a mil y no lograba poner orden en ellos.

Demasiada información. Demasiados sentimientos. Y una realidad.

Apreté con fuerza los párpados. Tenía unas ganas terribles de llorar, pero me negaba a hacerlo. Estaba demasiado enfadada.

Las cosas importantes ocurren cuando menos te lo esperas, sin avisar. Y siempre suceden por una razón. Provocan cambios. Puede que en tu mente. O en tu corazón. Puede que cambien tu vida entera. O te abran los ojos de una forma diferente y te obliguen a ver el mundo desde otra perspectiva.

49
Declan

Hay instantes que se deberían poder borrar. Hacerlos desaparecer. Instantes de los que te arrepientes tanto que desearías que nunca hubiesen sucedido. No sé cómo, pero en aquel momento, mientras me sentaba al lado de Darcy en aquel banco, supe de forma instintiva que ese sería uno de ellos. Lo sentí en el fondo de mi alma.

—¿Qué haces aquí? —le pregunté. La observé de reojo al ver que no contestaba y vi que tenía los ojos rojos de haber llorado. Alargué una mano para tomar la suya—. Eh, ¿qué te ocurre?

Se apartó de golpe y me miró. Vi tantas cosas en sus ojos: enfado, decepción, dudas, incertidumbre...

—Me has mentido —dijo sin apenas voz.

—¿Qué?

—Sobre Harvey, sobre el accidente... Me has mentido.

Me estremecí como si alguien me hubiese golpeado el estómago con una maza. Me puse a la defensiva de inmediato. Sin pensar. Una reacción visceral. No sabía protegerme de otra forma.

—Nunca te he mentido.

Me miró como si yo fuese un extraño para ella.

—Dijiste que Harvey acababa de tener un accidente y que iba a ponerse bien muy pronto. No es cierto. Lleva casi cinco años en esa cama y está muy lejos de ponerse bien.

—Nunca mencioné nada sobre el tiempo que ha transcurrido, nada. No veo la mentira por ninguna parte.

—Es posible que no lo mencionaras, pero...

—¡Pero nada! —escupí—. Te dije que había tenido un accidente de coche, nada más, lo que tú pensaras o creyeras es cosa tuya, no puedes hacerme responsable de tus suposiciones.

Su mirada vidriosa me atravesó. Había tanta tensión entre nosotros que casi podía verla como una niebla espesa a nuestro alrededor.

—¿Y qué hay de su recuperación? Dijiste que estaba mejorando. Eso no lo he supuesto.

Contuve el aliento y aparté la mirada de ella. Me dolía el pecho.

—Se pondrá bien. —Mi voz sonó dura y firme.

—¿Cuándo? ¿Cómo? Sin esas máquinas a las que está conectado, su cuerpo dejará de funcionar.

—Solo necesita un poco más de tiempo.

—Declan, no va a despertar. No hay actividad cerebral, todo su cuerpo se deteriora. Me parece inhumano que...

—¿Inhumano? —La corté alzando el tono—. Inhumano es querer desconectarlo. ¿Acaso no lo ves? No puedo hacerlo, es mi hermano. —Me puse en pie y me llevé las manos a la cabeza. No podía creer que ella también se hubiese puesto en mi contra. La miré con rabia, no pude evitarlo. Era como si mi interior estuviese a punto de explotar, incapaz de contener tanta ira, y tuviera que soltar presión aunque fuese contra ella—. ¡Dios, hablas como todos ellos! Mi madre, los médicos, todos estáis deseando pulsar ese botón.

—¿Cómo puedes decir eso? —sollozó, mientras se ponía también en pie.

—¡Que os den a todos! No pienso hacerlo. Harvey va a

despertar, estoy seguro, y se pondrá bien para volver a casa conmigo.

Darcy se llevó una mano al pecho.

—¿Cómo? ¿Acaso hay algo que tú puedas hacer? ¿Algo que sepas y que los médicos no? Porque, entonces, estás tardando en solucionarlo.

Eso me dolió.

—Confío en él, nada más. Tengo fe y creo en mi hermano. Saldrá de ahí en cuanto esté listo.

Ella tenía los ojos llenos de lágrimas y compasión.

—Declan...

—Déjalo, Darcy.

—Necesitas ayuda. Tienes que hablar de todo esto con alguien.

Me obligué a respirar, porque el aire que me llegaba no era suficiente para soportar aquella conversación.

—Lo que necesito es que me dejéis en paz. No tenéis ningún derecho a opinar ni a inmiscuiros en esto, si lo único que podéis decir es que lo desconecte.

—Porque es lo único que no quieres oír, aunque sepas que es cierto. Estás ciego y no quieres ver la realidad.

La taladré con la mirada.

—¿Y qué realidad, según tú?

—No lo dejas marchar por egoísmo. No haces esto por él, sino por ti. Te aferras a Harvey por algún motivo que no admites, y no tiene que ver con su recuperación. Lo sabes. Y yo lo sé, porque te conozco. ¿Qué quedó entre vosotros sin resolver?

Casi caí al suelo de la impresión. Me dieron ganas de gritarle para que se callara. Pero es lo que tiene la verdad, que duele y eso cabrea. Y yo estaba tan furioso...

—Me importa una mierda lo que creas que sabes. No tienes ni puta idea.

Darcy pestañeó varias veces. Le temblaba el labio inferior.

—Te estás pasando, Declan. En este momento no eres tú mismo, y voy a irme antes de que digas alguna cosa más que no tenga solución.

Dio media vuelta y comenzó a alejarse.

—Me da igual, vete. Márchate a donde quieras. ¡Como si me importara! —grité, consciente de la punzada que encerraban mis duras palabras.

Ella se detuvo de golpe. Sus hombros subían y bajaban con cada inspiración agitada. Se volvió y me miró como si acabase de romperla.

—Sé que no te importa. Te dio igual hace ocho años, ¿por qué iba a ser distinto esta vez? Volver a estar contigo ha sido un error. Ahora me doy cuenta. —Rio para sí misma sin ningún humor—. Fui tonta al creer que podríamos ser amigos otra vez. Empezar algo nuevo dejando atrás lo que pasó. ¡Felicidades! Tenías razón, estaba ignorando el pasado, y eso jamás podría haber funcionado. Porque... porque ese pasado eres tú, Declan, y sigues aquí, repitiendo la historia.

Me quedé clavado al suelo, inmóvil, y me tragué el nudo que amenazaba con convertirse en lágrimas. Vi cómo Darcy se alejaba sin parpadear, mientras mi cuerpo se debilitaba por las heridas invisibles que se abrían en él. Unas antiguas. Otras nuevas. Y dolían tanto que me asusté. Aunque me daban más miedo las palabras que no habíamos dicho. Las que podrían haber arreglado aquel desastre, si bien yo había elegido ser mezquino y vomitar sobre ella toda mi desesperación y mis miedos. Había pronunciado alto y claro esa clase de palabras que se cuelan bajo la piel, anidan en tu interior y no se marchan jamás.

Por mucho que te arrepientas.

Por mucho que te disculpes.

50
Darcy

Llevaba casi una hora esperando en el interior de la terminal flotante de hidroaviones de Victoria y aún no había conseguido encontrar un solo vuelo directo a Tofino. Necesitaba otra alternativa.

Me senté en uno de los sillones frente a los mostradores, saqué mi móvil y entré en el buscador. Encontré varias posibilidades. La más rápida, un avión desde el aeropuerto internacional de Victoria hasta el de Tofino, en Long Beach, a unos dieciocho kilómetros de casa, pero el billete costaba doscientos treinta dólares y no podía permitírmelo.

Continué buscando y encontré un servicio de autobuses con precios asequibles. Me hundí en el asiento, agobiada. Solo ofertaba un trayecto al día y salía a las ocho cuarenta y cinco de la mañana. Me obligaba a buscar un lugar donde pasar la noche y esperar al día siguiente, lo que también disparaba el gasto.

Quise gritar.

Mi única opción posible era llamar a Declan, y jamás me rebajaría a dar ese paso. Antes preferiría ir nadando por todo el Pacífico.

¡Genial! Estaba atrapada en una ciudad que no conocía y sin apenas dinero.

Me cubrí la cara con las manos sin saber qué hacer.

—Darcy, ¿qué haces aquí?

Alcé la vista y vi a Anne parada frente a mí. Su presencia me arrancó un sollozo ahogado que murió tras mis labios apretados.

—Intento encontrar un modo de volver a casa —respondí mientras forzaba una sonrisa.

—¿Sola? —Asentí y me aparté el pelo de la cara—. Creía que habías venido con Declan.

—Así es —se me quebró un poco la voz.

Anne soltó un suspiro, como si de repente hubiera comprendido la situación, y se sentó a mi lado. Me rodeó los hombros con el brazo y me dio unas palmaditas.

—No te preocupes, puedes volver conmigo. Estoy segura de que a Matt no le importará tener otra pasajera.

—¿Quién es Matt?

—El marido de mi mejor amiga. Trabaja aquí, en Victoria, aunque prefiere vivir en Tofino, así que vuela casi todos los días.

El alivio que sentí fue indescriptible.

—Gracias.

—No tienes que darlas, cielo. —Me sonrió y recorrió mi cara con la mirada—. ¿Qué ha pasado?

Se me hizo un nudo en el estómago. Apenas la conocía, pero sentía que era la única persona a la que podría explicárselo y lo entendería. Sus hijos nos unían en cierto modo.

—Después de lo que me has contado, he intentado hablar con Declan sobre Harvey y... —Las lágrimas acudieron de nuevo a mis ojos—. No ha ido muy bien y hemos discutido.

—Lo siento mucho, esa no era mi intención.

Alargué la mano y la coloqué sobre la suya.

—¡No! Tú no has tenido la culpa. Y yo debía saberlo porque estaba alimentando sus esperanzas. —Inspiré hondo y solté todo el aire de golpe. Mis pulmones parecían incapaces de hacer su trabajo—. Puede que Declan no me mintiera, pero no decirme la verdad sobre Harvey es igual de malo. Está obcecado con la idea de que Harvey va a recuperarse, y no es así, ¿verdad?

—No, cielo. Ojalá. —Se mordió el labio un instante y sus ojos se entristecieron—. Harvey nos dejó la noche que sufrió el accidente. De él solo queda la sombra que hay dentro de esa habitación y se desvanece poco a poco.

—Lo siento mucho —sollocé—. Era mi amigo y no estuve ahí cuando me necesitaba.

—Todos compartimos ese sentimiento. Y de nada sirve lamentarse por lo que ya no tiene arreglo. Estoy segura de que el alma de Harvey por fin es libre y feliz.

Le devolví la sonrisa.

—¡Oh, mira, ahí está nuestro piloto! —exclamó Anne.

Alcé la vista y vi a un hombre con aspecto de leñador que venía hacia nosotras. Anne salió a su encuentro.

—¡Hola, Matt! Hoy tienes una pasajera más, espero que no te importe.

Me puse en pie y le ofrecí la mano.

—Un placer conocerlo, soy Darcy.

—El placer es mío, señorita.

—Es la nieta del difunto Marek Stern —le informó Anne.

Matt me observó con interés.

—¿De verdad? Tu abuelo era un buen hombre, y mi amigo, fue un duro golpe perderlo. —Se quedó pensativo un momento—. No estoy seguro, pero creo que Laura tiene un par de cartas que llegaron para él en la oficina. Le diré que te las lleve.

—¿Laura? —me interesé.

—Laura es la esposa de Matt y nuestra cartera —me aclaró Anne.

—A veces la ayudo a clasificar el correo —me explicó él con una sonrisa afable. Después se frotó las manos con energía—. ¿Listas para volver a casa?

—Sí, por favor.

Clavé la vista en la ventanilla mientras dejábamos atrás la ciudad. Durante el viaje, me sentí inmersa en una atmósfera extraña e irreal. Matt y Anne reían y bromeaban, pero yo apenas tenía ánimo para sonreír.

Mi mente estaba vacía. Solo contenía las palabras de Declan.

La discusión me había dejado conmocionada, deprimida y muy triste. Me dolía pensar en lo que había dicho. En cómo lo había dicho. No comprendía lo que había ocurrido. No podía entenderlo.

Por fin aterrizamos en Tofino y Anne se ofreció a llevarme a casa.

—¿Estarás bien? —me preguntó desde el interior del coche.

—Sí, tranquila.

—Ahora tienes mi número, llámame si me necesitas.

—Gracias, Anne.

—Todo se arreglará.

Forcé una sonrisa y la despedí con la mano mientras se alejaba. Después entré en casa.

Me dejé caer en el sofá y me hice un ovillo con la vista perdida. Mi mente estaba exhausta y mi cuerpo, sin fuerzas. Las lágrimas calientes resbalaron por mi rostro y con ellas se fue diluyendo la rabia.

Noté antiguas costumbres intentando aflorar en mí.

Quería encerrarme en mí misma. Ahogar el dolor y el miedo, empujándolos al fondo de mi corazón, y no dejar que este sintiera más que indiferencia. Fingir que estaba bien hasta que pudiera engañarme a mí misma. Volver a esa cómoda y fría inercia de la que me había rodeado en Auckland hasta aturdirme.

Inspiré hondo y me esforcé por apartarlas.

No quería volver a ser esa persona, sino la que fui durante los años que viví con mi abuelo. La que había logrado volver a ser estos dos últimos meses.

Esa me gustaba. Era libre, impulsiva, y prefería dejarse llevar a tener miedo. Escogía el dolor a la indiferencia, porque sentir algo y aceptarlo era mejor que fingir no sentir nada.

La chica que me gustaba ser reconocía sus errores.

Alargué la mano y tomé la colcha que reposaba en el respaldo del sofá. Me cubrí con ella. Las últimas palabras que le había dicho a Declan rebotaban dentro de mi cabeza como bolas de billar, y apenas podía soportar su eco. No las había dicho en serio. No las sentía.

Volver a estar con él no había sido un error. No me arrepentía del tiempo a su lado. Cuando decidí desprenderme del pasado e incluir a Declan en mi futuro, lo hice convencida; y con esa seguridad me había dejado llevar.

Le di todo lo que pude.

Tomé todo lo que quiso darme.

Sin más expectativas que la siguiente noche.

El próximo día.

Solo vivir. Desear..., amar.

Parpadeé. De tanto llorar se me estaban irritando los ojos.

El peso que sentía en el pecho no me dejaba respirar. Me arrepentía de haber sido mezquina con él. Sus palabras me habían hecho daño y en ese momento yo tuve la necesidad imperiosa de devolvérselo.

Allí, abrazada a mí misma bajo la colcha que tantas veces me había consolado, quise pensar que él tampoco tuvo intención de hacerme daño. Que las cosas que había dicho solo eran el reflejo de su sufrimiento. De la frustración.

¡Pobre Declan! Apenas podía imaginar cuánto dolor atesoraba en su interior.

Y mi querido Harvey...

La vida no era justa.

51
Declan

La ira me dominaba. Estaba enfadado con el mundo y enfadado conmigo mismo. Pero, sobre todo, estaba enfadado con mi madre. Sabía que era tarde y, probablemente, que ya estaría durmiendo. Me daba igual. Era culpa suya. Todo era culpa suya.

Golpeé la puerta con el puño. Esperé un par de segundos y llamé con más fuerza.

Sobre mi cabeza se encendió una bombilla. Poco después oí deslizarse el cerrojo y la puerta se abrió con un leve chirrido. Abrí la boca para soltar el primer improperio, pero ella se me adelantó.

—Pasa, te estaba esperando.

Me descolocó.

Me tragué el aire con una inspiración y la seguí dentro de la casa. Encendió una lamparita, se sentó en el sofá y me miró. Me fijé en que tenía los ojos rojos e hinchados, y la piel muy pálida. También que estaba mucho más delgada de lo que recordaba.

—Adelante. Suelta lo que has venido a decir.

No lo dijo como si me estuviera retando. Ni como una provocación, lo que yo necesitaba para explotar, sino que sonó como un ruego desesperado.

«Adelante, no te preocupes, desahógate conmigo», decía su mirada. Tan paciente. Tan sólida.

Busqué las palabras que un momento antes me quemaban la garganta. Seguían allí, ancladas, pero no lograba hacerlas salir. Me senté frente a ella, en el sillón favorito de mi abuela. Un antiguo armatoste con un estampado de flores igual de viejo y feo, pero que ella había adorado desde siempre. Rocé la tela con los dedos y su recuerdo se coló en mi mente. Fue como un bálsamo.

Solté un suspiro entrecortado y mi mirada se clavó en la de mi madre. Nos quedamos inmóviles, contemplándonos en silencio. Tuve la sensación de que era la primera vez que la miraba de verdad, y lo que vi me afectó: un ser frágil y triste, que emanaba soledad. También culpa, reconocía ese sentimiento.

Continuamos allí, observándonos, respirando, existiendo.

Llené mis pulmones de aire. Sin la furia que me había empujado hasta su puerta en plena madrugada, solo me quedaba vacío y silencio.

Había pasado todo el día de un lado a otro, carcomido por la ira. En el hospital había tenido que lidiar con más malas noticias. Los riñones de Harvey ya no funcionaban y necesitaba una máquina conectada a su cuerpo para limpiar su sangre. Otra más que se sumaba a las que ya tenía. Tampoco pintaba bien su sistema digestivo y había tenido que firmar un nuevo permiso para operarlo de urgencia si la sonda por la que lo alimentaban volvía a dar problemas.

Había salido de la consulta del doctor Simmons completamente destrozado. Después... después todo se desmoronó con Darcy. Le había dicho cosas horribles. Pocas cosas molestan más como que te digan a la cara lo que tratas de ignorar con todas tus fuerzas.

Algo empezó a quemarme las entrañas. La cruda realidad. Intenté ignorarla, como hacía siempre. Expulsarla. Levanté muros en mi mente para mantenerla fuera, pero se coló entre las grietas y llegó a mi cabeza; después la sentí en el corazón y en el alma.

La verdad que todos parecían ver y que yo negaba, aferrándome a la conmoción y la negación. Al dolor y la culpa. A la ira. La soledad. Y no lograba pasar de ahí. Mudaba de una emoción a otra, pero nunca conseguía alcanzar la última etapa del duelo en el que flotaba los últimos cinco años: la aceptación.

Pensar en esa posibilidad me arrancaba el corazón una y otra vez. No podía.

No me di cuenta de que había empezado a llorar hasta que noté la mano de mi madre sobre mi nuca. Se había sentado en el brazo del sillón y trataba de abrazarme. Quise resistirme, lo intenté, pero ella me aferraba con más fuerza cada vez que yo la apartaba, hasta que no me quedaron fuerzas. Se me escapaban entre los sollozos y los gemidos ahogados que me llenaban de vergüenza. No quería llorar. La última vez que lo hice delante de ella tenía diez años y me había roto el brazo al caerme de la bici.

—No pasa nada —dijo en un susurro.

Me rendí. Estaba tan cansado. Me sentía como un hámster en una rueda. Dando vueltas y más vueltas, siempre en el mismo sitio, sin llegar a ninguna parte. Y ya no podía más. Me incliné y apoyé la cabeza en su regazo. Me rodeó la espalda con el brazo y con la otra mano comenzó a acariciarme el cabello. Deslizaba los dedos entre los mechones y cada vez que lo hacía mi llanto se rompía un poco más.

—Te libraría de todo ese sufrimiento y de la culpa si pudiera —musitó sin dejar de acariciarme—. Cargaría con todo sin dudarlo un segundo. Pero no puedo, debes ser tú. Solo tú puedes deshacerte de esa carga. Echarte la culpa es solo una forma de darle sentido a algo que nunca lo tendrá, cuando lo cierto es que solo fue un accidente. Solo eso, hijo.

Negué con los ojos cerrados. Ella se inclinó sobre mí y me arrulló con un murmullo hasta que dejé de moverme.

—A veces pasan cosas malas, Declan. Mientras tanto, el mundo sigue. Parece que va a detenerse, porque nos resulta imposible que ahí fuera todo siga igual cuando dentro de nosotros sentimos que se ha acabado, que ya no queda nada que lo mueva. Pero no, gira. Un día, otro, y otro..., el mundo se mueve y nosotros debemos seguir adelante. Confía en mí, sé por qué te lo digo. Es duro perder a alguien, dejar que se vaya. Pero es más duro perder a los que se quedan.

Apreté los párpados con fuerza. Las lágrimas me quemaban y mi corazón se deshacía. Entendía lo que mi madre trataba de decirme. Por primera vez veía su arrepentimiento.

Aunque no podía perdonarla. Aún no.

Y tampoco podía perdonarme a mí mismo

—No puedo hacerlo, mamá. No puedo resignarme.

—Declan...

—No lo entiendes. Pasó por mi culpa.

Me abrazó con más fuerza.

—Cuéntamelo —me suplicó.

52
Declan

Septiembre de 2014.

Veintidós años.

—Gracias, señor Lane. Le prometo que no volverá a pasar.

El hombre me miró desde el otro lado de la mesa y soltó un gruñido de aprobación.

—Esta vez no lo denunciaré, Declan. Por ti y porque he podido recuperar todo el dinero que había robado.

—Se lo agradezco, y si hubiera sabido que Harvey sería capaz de algo así, jamás le habría pedido que le diera trabajo. Lo siento mucho.

Asintió, de acuerdo con mis disculpas.

—Sé que eres un buen chico y que haces todo lo posible por cuidar de él. Pero si tu hermano vuelve a acercarse a mi restaurante...

—No lo hará, le doy mi palabra —lo corté con vehemencia.

—Está bien.

—Siento mucho todo lo que ha pasado y le pagaré los destrozos.

Le eché otro vistazo a las sillas rotas y los cristales, y me sentí muy avergonzado.

—No te preocupes por eso, lo cubrirá el seguro.

—Gracias —susurré aliviado.

Entre el crédito que había pedido para la universidad, la casa familiar y los mil tropiezos de Harvey, apenas lograba cubrir gastos.

—Buenas noches, señor Lane.

—Buenas noches, Declan. Tu padre se sentiría muy orgulloso de ti.

Tragué saliva y le estreché la mano en señal de agradecimiento.

Me levanté de la silla y me dirigí a la barra, donde mi hermano se encontraba vigilado por un par de camareros. Lo agarré del brazo y lo saqué del local a trompicones, después lo guie a través del aparcamiento y lo obligué a subir a la camioneta.

Una vez dentro, fui incapaz de mirarlo. El enfado, la incomprensión y la decepción reptaban por mi interior como lava ardiente. Golpeé el volante con rabia, porque era eso o atizarle a Harvey. Giré la llave en el contacto y me alejé de allí.

Lo primero que Harvey hizo cuando llegó a casa fue tirarse en el sofá y poner la tele como si no hubiera pasado nada. Una vocecita dentro de mi cabeza me decía que debía tranquilizarme. Perder los nervios no iba resolver nada, pero estaba tan cabreado que lo veía todo rojo.

—¿Cómo has podido, Harvey? ¿Cómo cojones...?

—No me des el sermón, ¿vale? —me cortó.

—¿Qué has dicho?

—Que lo siento, no volveré a hacerlo y a partir de ahora seré un niño bueno —recitó con un deje de diversión—. ¿Contento?

No me lo podía creer, el muy capullo se estaba burlando de mí.

Perdí el control. Fui hacia él resoplando como un animal salvaje. Se levantó de un salto y trató de huir, si bien yo fui más rápido. Lo agarré del cuello y lo puse contra la pared.

—¿Te das cuenta de lo que has hecho? ¿De las consecuencias que podrían haber tenido tus actos? Si llegan a denunciarte, si hubieran presentado cargos, en lugar de estar aquí comportándote como un imbécil estarías de camino a la cárcel.

—Pero estabas tú para evitar el desastre, ¿no? El héroe, el chico perfecto al que todos quieren —escupió con rabia y su aliento penetró en mi olfato.

—¿Has bebido?

—La novedad sería que no lo hubiera hecho.

Lo solté y me alejé un par de pasos. Había tanta tensión entre nosotros que me costaba respirar. Me pasé las manos por el pelo.

—Lo único que hago es solucionar tus mierdas. He dejado la universidad y me mato a trabajar como un idiota. He vendido mis tablas, he pedido dinero prestado, y ¿todo para qué? Para pagar tus deudas y esa clínica de rehabilitación. Me prometiste que cambiarías. Que esta vez iba en serio. ¿Cuánto has aguantado, eh?

Se encogió de hombros y quise borrarle de un golpe la sonrisa sarcástica que me dedicó.

—Una semana, Harvey. ¡Una puta semana antes de volver a emborracharte y robar para comprar drogas! —le grité pegando mi cara a la suya.

Me apartó airado.

—¡Soy débil! ¿Es lo que quieres oír?

—No, lo que quiero es que me digas por qué llevas tantos años jodiéndote la vida y destrozando la de los demás. ¿Qué pasó? ¿Qué cambió?

Cuando me atravesó con la mirada, un músculo se tensó en su mandíbula.

—Nunca he pedido tu ayuda.

—No, nunca lo has hecho, y ¿sabes qué?, estoy cansado de ofrecértela. Estoy harto de dar la cara por ti, de enfrentarme a todo y a todos por ti. Te he dado mil oportunidades y ya no puedo más.

—Pues pasa de mí, ¡joder! No necesito que me salves de nada.

—¿Alguna vez has pensado en alguien que no seas tú? No, ¿verdad? Tú, siempre tú, por delante de tu familia, de mí.

Se frotó la cara.

—Déjame en paz, estoy demasiado borracho y cansado para aguantar tus dramas.

Lo atravesé con la mirada.

—¿Mis dramas? No tienes ni idea de las cosas que he tenido que sacrificar por ti. ¿Y para qué? ¿Para ver cómo te matas? —Su expresión cambió de golpe y su mirada rehuyó la mía. Vi un asomo de miedo, y al mismo tiempo de anhelo. Mi mente se iluminó con un destello—. ¿Es eso lo quieres?

Apretó los dientes y pasó por mi lado en dirección a la escalera. Lo retuve por el brazo.

—Suéltame.

—Responde, Harvey.

—¡Que me sueltes!

Me empujó, de repente furioso. Se lanzó escalera arriba y yo me tomé un momento para tranquilizarme. Segundos después, Harvey volvió a bajar. Llevaba su mochila al hombro y agarró del mueble las llaves del viejo monovolumen de la abuela.

—¿Adónde crees que vas?

—A cualquier parte donde pueda perderte de vista —me espetó.

—De eso nada. Tú no vas a ninguna parte después de la que has montado.

Traté de detenerlo. Forcejeamos hasta que logró liberarse de mí. Salió corriendo y alcanzó la calle.

—¡Harvey! —No se detuvo—. Si te largas, ya puedes olvidarte de mí. Va en serio.

—Hace tiempo que me olvidé de ti y de todos.

Abrió la puerta del coche, que estaba aparcado bajo un techado de madera y brezo junto a la casa, y tiró la mochila dentro.

—Maldito seas, Harvey. Le prometí a papá que cuidaría de ti. Se lo juré.

Se detuvo un momento y me miró por encima del hombro.

—Papá está muerto, ¿de verdad crees que le importa?

Me invadió la rabia. Quería pegarle. Quería destrozarlo. Quería hacerle tanto daño como él me había hecho a mí durante tantos años.

—Que te den, Harvey. Te odio. Él te odiaría si pudiera verte.

Mi hermano me observó con ojos vidriosos. No dijo nada. Solo esbozó una triste sonrisa y entró en el coche.

Me había quedado dormido en el sofá cuando sonó el teléfono. Me levanté para contestar a la vez que reprimía un bostezo. Aún medio sonámbulo, descolgué.

—Casa de los Leblond.

—¿Declan?

—Sí. ¿Quién es?

—Chico, soy el agente Grammer, tengo malas noticias.

Me desperté de golpe.

—¿Qué ha ocurrido?

—Se trata de Harvey, ha tenido un accidente...

Escuché mientras la vida abandonaba mi rostro. Colgué el teléfono y retrocedí trastabillando. Sentía náuseas y la vista se me empezó a nublar. Necesitaba respirar, pero no encontraba el aire.

Mi hermano había tenido un accidente.

Estaba herido.

Era grave.

Cogí las llaves de la camioneta y salí corriendo.

A través del parabrisas vi que el cielo nocturno se iluminaba con un relámpago. Se acercaba una tormenta desde el mar. Maldije en voz alta. Odiaba las tormentas y odiaba la lluvia. Cada momento trágico de mi vida había tenido lugar bajo un aguacero: el funeral de mi padre, la muerte de mi abuela, la última vez que vi a Darcy...

Pisé el acelerador y me adentré en las montañas. Sentí que tardaba una eternidad en llegar. Las curvas se sucedían y mi impaciencia aumentaba. A lo lejos atisbé las luces parpadeantes de los servicios de emergencia. Destellos rojos, azules y amarillos. Había muchos. Demasiados.

Me detuve a un lado de la carretera y corrí hacia todos aquellos vehículos.

—Eh, no se puede pasar —me interceptó un policía.

—Déjeme, es mi hermano. Es mi hermano, por favor.

—¡Déjalo pasar! —gritó el agente Grammer.

Corrí hasta él, cada vez más asustado. No veía el monovolumen por ninguna parte, pero sí distinguí la curva y el quitamiedos destrozado.

—¡Dios! —gemí con las manos en la cabeza.

Me asomé y vi el coche abajo, con la parte delantera hundida en un arroyo. Había caído unos quince metros por una pendiente muy pronunciada y era un amasijo.

Un trueno retumbó sobre nuestras cabezas. Empezó a llover.

Quise bajar, pero me obligaron a permanecer donde me encontraba. Todos los miedos que tenía a perder a mi hermano se apoderaron de mí.

Tras unos minutos infernales, un grupo de bomberos y paramédicos lograron subir a Harvey en una camilla, envuelto en una manta térmica. Tenía el rostro cubierto de sangre que se diluía con la lluvia y una herida bastante profunda en la frente.

—¿Cómo está? —pregunté.

—No lo sabremos hasta que lleguemos al hospital. Tiene un fuerte traumatismo en la cabeza y en el tórax.

—Pero se va a poner bien, ¿verdad?

—Haremos todo lo posible.

El corazón me dio un vuelco.

—¿Y eso qué quiere decir?

—Que intentaremos no perderlo.

El mundo se me vino encima. Una pesada oscuridad me rodeó, me sobrepasó y cayó sobre mí como una losa. No podía respirar.

—Declan... —gimió mi hermano.

Me incliné sobre él mientras lo introducían en la ambulancia.

—Estoy aquí, estoy aquí, tranquilo.

—Tienes que encontrarla.

—¿Qué?

Su voz era tan débil que me costaba entenderlo.

—Mi mochila, tienes que encontrarla... —Se agitó bajo la manta, tratando de quitársela—. Encuentra mi mochila.

—Harvey, no te muevas, por favor. Deja que el médico te atienda.

—¡Búscala! —Me miró con los ojos muy abiertos, desenfocados, y yo me estremecí—. Por favor.

—Ya nos preocuparemos por eso.

—Mi cámara, Declan. La... mochila...

—La buscaré, te lo prometo. Lo haremos juntos en cuanto te pongas bien.

—No..., no voy a ponerme... bien.

Todo mi ser se partió en dos.

—Ni digas eso, vas a recuperarte.

—Declan, encuéntrala...

—Lo haré, te prometo que lo haré.

Trasladaron a Harvey al hospital de Victoria en un helicóptero. Cuando logré llegar, ya se encontraba en el quirófano. Detuvieron la hemorragia interna y consiguieron estabilizarlo. Su situación era grave. El golpe que había sufrido en la cabeza le había provocado daños importantes.

Mi hermano no recuperó la consciencia y entró en coma esa misma noche.

—¿Cuándo despertará?

—Lo siento, es imposible saberlo. Un día, un mes... —El doctor sacudió la cabeza y yo empecé a temblar.

—¿Un año?

—No hay respuesta para estos casos.

Me ahogaba. Contemplé a mi hermano, inmóvil en la cama, conectado a un montón de cables y monitores que engullían el silencio marcando la cadencia de sus constantes vitales. Se me rompió el alma y no había forma de unir los pedazos.

Siempre intenté cuidar de él lo mejor que pude, enmendar sus errores, protegerlo. Pero aquello no podía arreglarlo. Y lo peor de todo, era culpa mía. Solo mía.

Lo había hostigado. Le había gritado cosas horribles que le habían hecho huir.

Nunca me lo perdonaría.

—Lo siento mucho, Harvey. No imaginas cuánto lo siento.

Palabras vacías, porque él no las podía oír.

El tiempo pasó y Harvey no despertaba. Al contrario, su cuerpo se consumía. Cada vez eran más frecuentes los fallos en su organismo, pero yo me negaba a conformarme, a dejarlo marchar.

Aún no sé si porque me aferraba a la esperanza o a la culpa.

No importaba la razón, esa espera se convirtió en una cárcel. Estuve atrapado tras los barrotes de mi mente tanto tiempo que olvidé que fuera había otra vida.

Mi vida.

53
Darcy

Declan no fue a trabajar el lunes. Ni el martes. Tampoco el miércoles.

No me llamó en todo ese tiempo. Ni yo lo llamé a él. No porque estuviera enfadada o no me importara. Quería a Declan con toda mi alma y era un pensamiento constante en mi cabeza, pero necesitaba estar sola.

Era extraño desear de repente algo que tanto había odiado.

Siempre me había apoyado en los demás como una necesidad vital para poder subsistir. Dejando a un lado todo lo que yo era para convertirme en una extensión de esas personas, una prolongación de sus vidas. Eternamente dependiente. Complaciente. Una marioneta sin voz.

La soledad siempre fue el monstruo que vivía bajo mi cama, y huía de ella por caminos equivocados.

Mis padres, mi abuelo, Declan, Sloane, Eliza, Verónica, Andrew...

Toda una vida tratando de ser la persona que ellos necesitaban, convencida de que así no me abandonarían.

Me querrían.

Me valorarían.

Y al huir de ese miedo había dibujado distintas versiones de mí.

En las que no me reflejaba.

En las que no me encontraba.

Nunca me había permitido estar sola, cuando la realidad era que había flotado en ese terreno yermo desde siempre. Ahora lo necesitaba para aclarar mis ideas y reflexionar.

Llevaba dos meses instalada en Tofino. Me quedé por un pálpito y el recuerdo de mi abuelo. Desde entonces, cada uno de mis actos había sido fruto de mis impulsos. No me arrepentía. Me sentía libre. Lo impredecible ya no me asustaba.

Sin embargo, aún me notaba incompleta. Y esa sensación crecía un poco más cada día. Se enredaba en mi cabeza y me robaba el aire.

Will apareció por Surf Storm a media tarde. Me saludó con una sonrisa y se acercó al mostrador.

—¿Qué tal lo llevas? —me preguntó.

—Bien. He dejado sobre tu mesa la contabilidad del mes pasado y las facturas en el archivador. He pagado la prima del seguro y he registrado todos los pedidos del mes.

En su cara se dibujó una sonrisa enorme.

—¿Quieres explicarme cómo he sobrevivido sin ti todo este tiempo?

Me reí.

—Bastante bien. No soy imprescindible.

—Créeme, lo eres. —Miró a su alrededor y se pasó la mano por la nuca—. Esto está muerto y dudo de que mejore. Vete a casa si quieres.

—¿De verdad?

Me miró a los ojos y su expresión cambió. Percibí un atisbo de preocupación.

—Parece que necesitas descansar.

No respondí. Un nudo en la garganta me lo impedía. Empecé a recoger mis cosas y él se dirigió a su despacho.

—Will —lo llamé. Se detuvo y me miró por encima del hombro—. ¿Sabes si está bien?

Se encogió de hombros.

—Hace años que no lo está —respondió sin disimular la resignación que impregnaba su voz. Negó con la cabeza un par de veces—. Es difícil aceptarlo, pero nosotros no podemos hacer nada por él. Créeme, lo he intentado; y ahora lo intentas tú. Depende de Declan, solo de él.

Tragué saliva y asentí.

—Hasta mañana, Will.

—Hasta mañana.

Subí a la camioneta y me fui directa a casa.

Nada más entrar, me derrumbé en el sofá. Cerré los ojos y los mantuve de ese modo un rato. El cansancio se arremolinaba en mi interior y mi conciencia se adormilaba poco a poco, pero no lograba pasar de ese punto. Mi mente no se rendía al sueño. Era incapaz.

Abrí los ojos y fijé la mirada en lo primero que vi, uno de los muchos cuadros que colgaban de la pared. Un autorretrato que hice a lápiz cuando tenía unos quince años y que mi abuelo debió de enmarcar y colgar en algún momento tras mi marcha.

Llevaba semanas en la casa y no me había percatado de él hasta ahora. Me levanté para mirarlo más de cerca. Era tan realista que casi parecía una fotografía en blanco y negro. Me abracé los codos y lo contemplé, fijándome en los detalles.

No recordaba en qué momento había dejado de dibujar por el mero placer de hacerlo. Siempre había sido mi modo de expresar lo que no podía con palabras. De darle forma a las emociones enterradas. A los sueños.

Tampoco recordaba en qué instante había olvidado mis sueños.

Sentí de nuevo ese pálpito incómodo que me perseguía. Un cosquilleo que no me dejaba relajarme. Como si estuviera a la espera de algo que no lograba vislumbrar con claridad, pero que era importante.

Con esa impaciencia en el cuerpo, me puse una chaqueta fina y salí fuera. Una brisa débil sopló por el jardín y unos mechones de pelo me cayeron sobre la cara mientras echaba a andar con las manos en los bolsillos. Crucé el límite con el bosque y me adentré en el sendero. Los árboles susurraban a mi alrededor y se balanceaban con el aire cargado de humedad.

Alcancé el borde del acantilado y la visión del océano me golpeó con la misma fuerza de siempre.

Bajé hasta la playa. Alcé la cabeza al cielo y me quedé allí un rato, pensando, disfrutando de la soledad. Al cabo de unos minutos me quité las zapatillas y me acerqué a la orilla. El agua salada corría fría y espumosa en torno a mis pies.

En aquella misma playa hablé por primera vez con Harvey.

Pensé en él.

Pensé en mí.

Y pensé en Declan.

En lo que éramos.

En lo que habíamos sido.

Durante mucho tiempo me había negado a echar la vista atrás. A rememorar el pasado.

Esa tarde, mientras contemplaba la puesta de sol y las gaviotas se zambullían en el agua, tomé impulso y me abrí a ese pasado.

Necesitaba que los recuerdos me sanaran como la sal cura las heridas. Aunque me doliera.

Con la mirada clavada en las primeras estrellas, regresé a nuestras últimas horas juntos.

Las más dulces.

Y las más amargas.

54
Darcy

Diciembre de 2010.

Dieciséis años.

Primero vi su camioneta aparcada. Luego lo vi a él. Estaba apoyado en el capó mirando distraído la puerta de la cafetería. Llevaba unos vaqueros oscuros con unas botas de cordones, abrigo de marinero y un gorro de lana gris a juego con una bufanda.

Mi pulso se disparó, incapaz de encontrar un ritmo. Estaba tan guapo. Noté que me acaloraba y cómo ese ardor se instalaba en mi cara. Habían pasado tres semanas desde su última visita a Tofino y yo lo había echado de menos cada segundo.

Mi abuelo detuvo su vieja GMC junto a la acera y me miró.

—Saluda a Declan de mi parte, y dile que no te lleve tarde a casa.

—No te preocupes, volveremos temprano. ¿Seguro que podrás hacer tú solo todas las compras? Puedo ayudarte, si quieres.

—No te preocupes, ve y pásalo bien.

Me incliné para besarlo en la mejilla. Después abrí la puerta y salté de la camioneta. Mis botas se hundieron en la nieve, una gruesa capa blanca que brillaba bajo la luz anaranjada de las farolas. Me despedí de mi abuelo con la mano y crucé la calle tan rápido como mis pies sobre el hielo me lo permitían. Pequeños copos, suaves y efímeros, flotaban en el aire y se pegaban a mi rostro. Mi rubor los convertía en lágrimas.

Como si hubiera advertido mi presencia, Declan se giró en mi dirección. Nuestras miradas coincidieron. Salió a mi encuentro con una enorme sonrisa y yo eché a correr hacia él, al tiempo que lanzaba al aire grititos de emoción. Me arrojé a sus brazos y nuestros cuerpos chocaron. Me levantó del suelo como si yo no pesara nada y giró sobre sí mismo.

Inhalé su aroma mientras lo abrazaba con tanta fuerza que temí estar estrangulándolo. Temblé por dentro y temblé por fuera. Lo quería tanto. Lo quería con la mente, con el corazón, con la piel; todo mi ser lo quería.

—Feliz Navidad, chica de las estrellas.

—Hola, hola, hola, hola...

Me hizo callar colocando su boca sobre la mía. Me dejó en el suelo y me besó otra vez. Y otra vez. Nos miramos durante un rato, sonriendo como dos críos, sin importarnos que la nieve que ahora caía con más fuerza se acumulara sobre nuestra ropa.

—Te he echado de menos —gemí.

—Y yo a ti. —Me contempló de arriba abajo—. ¡Joder, estás preciosa!

—Tú también.

—¿También estoy preciosa?

Le di un golpecito en el pecho y puse los ojos en blanco. Después enlacé mi brazo con el suyo y nos dirigimos a la cafetería, donde nos esperaban nuestros amigos. A través de la ventana pude ver a Sloane sentada a una mesa con Will y otros chicos; se reían mientras ella le manchaba la nariz a él con chocolate.

Con el corazón en la garganta, pensé en lo afortunada que era. Tenía todo lo que podía necesitar: un hogar, una familia, amigos y el chico de mis sueños.

Él me quería. Yo lo quería.

El mundo era perfecto.

Hasta que dejó de serlo.

—No te muevas.

—No me estoy moviendo —replicó el abuelo desde su sillón.

Incliné la cabeza y observé la forma en la que el sol que entraba por la ventana iluminaba su rostro. Tracé un par de líneas en el papel y las difuminé con el dedo, para crear sombras en su retrato.

Le eché un vistazo a los lápices esparcidos sobre la mesa que había encontrado bajo el árbol de Navidad la mañana anterior, y cogí un color más claro para las cejas. Continué dibujando mientras el abuelo volvía a perderse entre las páginas de su libro y olvidaba que debía permanecer inmóvil. No era un buen modelo, tan inquieto como el gato de la señora Patel. A él tampoco se le daba bien posar para mí.

De repente, llamaron a la puerta.

El abuelo hizo el ademán de levantarse.

—Ya voy yo —le dije.

Me dirigí a la puerta y la abrí con curiosidad. Al otro lado me encontré con un hombre de unos cuarenta y tantos años, vestido con un traje de aspecto caro y unos zapatos poco apropiados para caminar por la nieve. Tras él pude ver un coche de alquiler aparcado junto a nuestra camioneta.

—¿Puedo ayudarle en algo?

El hombre me miró fijamente y yo le devolví la mirada. Palidecía por momentos y los ojos le brillaban con una expresión difícil de interpretar.

—¿Se encuentra bien?

—¿Darcy?

—Sí. ¿Quién es usted?

Tragó saliva y dio un paso hacia mí que me obligó a retroceder instintivamente.

—¿No me reconoces?

—¿Debería?

—Darcy, soy yo. Soy papá.

Las lágrimas me quemaban en las mejillas. Me faltaba el aliento y los sollozos me rasgaban la garganta.

—No puedes permitirlo —le supliqué a mi abuelo.

—Darcy, es tu padre.

—Me lo prometiste. Me prometiste que podría quedarme siempre contigo, que me cuidarías.

—Nunca pensé que no fuera posible.

Me recorrió una oleada de indignación, que en ese momento no me dejó ver la impotencia y la tristeza que embargaban a mi abuelo. Miré a mi padre y sentí un odio profundo hacia él.

—¿Por qué ahora? Nunca has intentado ponerte en contacto conmigo. Llevas años sin preocuparte por mí.

—Siempre me he preocupado por ti, pero pensaba que estabas con tu madre, que se ocupaba de ti y que las cosas os iban bien.

—¿Y cómo estabas tan seguro de eso? No tienes ni idea de cómo ha sido mi vida con ella. De las cosas por las que he tenido que pasar.

Apartó la mirada, avergonzado.

—Todos los meses ingresaba dinero en una cuenta para ti y todos los meses ella sacaba ese dinero.

—Para beber. Era una alcohólica —le escupí.

—Nunca imaginé que Joanna... Cuando nos separamos...

—Querrás decir, cuando nos abandonaste.

—Cuando decidí marcharme, ella era una buena madre, se desvivía por ti.

Me asqueaba tanta hipocresía.

—Eres un padre de mierda.

—¡Darcy! —exclamó mi abuelo.

—¡No pienso ir a ninguna parte contigo! —le grité a mi padre—. Llevas doce años pasando de mí, por mi parte puedes seguir así. No me importa.

—No pasaba de ti, es que no sabía cómo encontrarte.

—Dudo de que lo intentaras mucho. —Sacudí la cabeza con desdén—. Y ahora te presentas aquí como si tuvieras algún derecho.

—Vamos, hija...

—¡No me llames así!

Apretó los dientes e inspiró hondo, haciendo acopio de paciencia.

—Te gustará la ciudad y... la casa es enorme. Grace, mi esposa, es una mujer maravillosa y Dedee, su hija, tiene tu misma edad. Seguro que os hacéis amigas.

—Ya tengo amigas aquí. Y una casa. Y alguien que ha hecho más por mí en estos cuatro años que mis propios padres.

Me limpié las lágrimas y clavé los ojos en los de mi abuelo, apagados, derrotados y tristes. Mi mayor miedo empezó a tomar forma: él no podía rendirse, no podía dejarme ir como habían hecho todos.

—Hay algo más que no sabes —empezó a decir mi padre—: En casa te espera alguien con muchas ganas de conocerte. Se llama Jude, y solo tiene seis años. Es tu hermano, Darcy. Tienes un hermano. ¿No quieres conocerlo?

Con cada palabra sentía como si unas garras me estuvieran envolviendo el corazón y lo aplastaran sin piedad. Ese hombre me había abandonado para convertirse en el padre de la hija de otra mujer. Me había arrebatado mi infancia para dársela a ella. Había tenido más hijos, y ahora me lo restregaba, como si realmente pensara que me estaba salvando de algo al llevarme con él e incluirme en su familia perfecta. ¿Por lástima, por obligación? No era justo.

Di media vuelta y me dirigí a la escalera con una ansiedad horrible que me oprimía el pecho.

—Darcy, por favor —me suplicó mientras me seguía. Corrí escalera arriba; por suerte, él no me siguió—. Nuestro vuelo a Vancouver despega a las siete. Lista o no, irás en ese avión conmigo.

—¡Nunca! —chillé al tiempo que entraba en mi habitación y cerraba de un portazo.

No pensé. Quizá debería haberlo hecho, pero la desesperación tiene ese poder, anula la cordura y da rienda suelta a los impulsos más primarios, como el miedo. Estaba en *shock* y no era capaz de digerir el cúmulo de sentimientos que giraba en mi interior como un torbellino. Como piezas chocando entre sí, intentando encajar sin éxito.

Salí al tejado a través de mi ventana y bajé por el enrejado. Nada más alcanzar el suelo, eché a correr hacia la casa de Declan. Mi corazón estaba asustado y latía de forma violenta mientras mi mente lloraba desesperada en busca de una solución. De una salida que me alejara de esa pesadilla. De una realidad ilógica. Caos destruyendo un orden que me había costado mucho recomponer.

Crucé el bosque y llegué a la carretera. Me detuve un segundo para orientarme, cuando vi que un vehículo se acercaba. La nieve volvía a caer y tuve que entornar los ojos para distinguir algo a través de los copos.

Gemí de alivio al distinguir la camioneta de Declan. Las piernas me pesaban y los pulmones me ardían. Salí a su encuentro con los ojos llenos de lágrimas, que no dudé en derramar cuando se detuvo con un frenazo. La puerta del conductor se abrió y él vino a mi encuentro.

—Darcy, ¿qué haces aquí así? Es peligroso, podrían atropellarte.

Me cogió por los brazos y me sacó de la carretera.

Lo dejé hacer. No sabía ni qué decir. Vi que comenzaba a quitarse la bufanda y el abrigo y que me los ponía. Hasta ese momento no me percaté de que me había escapado solo con un pantalón de pijama, una sudadera y unas zapatillas de casa con forma de bota, que ahora estaban empapadas.

—Ha venido mi padre, está aquí. Quiere llevarme con él...

—¿Qué?

—Ha venido a por mí.

Declan parpadeó, confundido.

—¿Tu padre está aquí?

—Sí, llegó hace un par de horas. Ha venido a buscarme.

—Pero me dijiste que os abandonó cuando eras pequeña y que no sabías nada de él, que nunca intentó ponerse en contacto contigo.

—Y es verdad, nunca le he importado. Ni siquiera sabe dónde he vivido todos estos años o cómo eran las cosas con mi madre.

—¿Y por qué ahora? ¿Cómo lo ha averiguado?

—Parece que detuvieron a mi madre en la frontera entre Estados Unidos y México. Al comprobar su pasaporte, descubrieron que tenía antecedentes y que la estaban buscando por no haberse presentado a un juicio. Localizó a mi padre para pedirle ayuda y dinero, y se lo contó todo.

—Y ahora él ha venido a buscarte. —Asentí. Era tan difícil, tan cruel, tan injusto y triste—. ¿Y puede hacerlo después de tanto tiempo? Creía que tu abuelo tenía tu custodia.

Negué con la cabeza. La situación me dolía y enfurecía de un modo que no era capaz de controlar. Me desbordaba.

—Siempre la tuvo mi madre, pero ahora se la ha cedido a mi padre y él se ha presentado con un montón de documentos legales. Mi abuelo dice que no puede hacer nada.

—Dios, Darcy, algo podrá hacer —clamó. La expresión rota de su rostro me asfixiaba—. Es tu abuelo. Llevas cuatro años viviendo con él.

Rompí a llorar. La sensación de derrota y fatalidad era muy dolorosa.

—No lo sé, Declan. No tengo ni idea. ¡No entiendo nada!

Me rompí y él me abrazó con fuerza contra su pecho.

—Vale, tranquila. Ven, aquí hace frío.

Me llevó hasta la camioneta y me ayudó a subir, después la puso en marcha y circuló durante un par de kilómetros hasta detenerse en un claro junto a la carretera. Se giró hacia mí en el asiento y me apartó un mechón húmedo de la cara.

—¿Estás bien?

—No lo estoy, apenas tengo unas horas para solucionar esta locura —sollocé.

—¿Horas?

—Su avión sale a las siete.

—¿Y adónde quiere llevarte?

—No lo sé, no lo recuerdo. —Me costaba respirar—. No..., no estaba atenta. Ha mencionado algo sobre unas catorce horas de vuelo sin escalas desde Vancouver. ¡Catorce horas, Declan! Sea el lugar que sea, se encuentra demasiado lejos de aquí.

Declan me abrazó, luego tiró de mí hasta sentarme en su regazo. Me besó en la frente y se aferró a mí con fuerza, en un intento inútil por consolarme. Por aliviarnos a ambos.

—¡Joder!

—No puedo irme con él. No quiero dejar todo esto ni dejarte a ti.

—No puede estar pasando —respiró contra mi mejilla.

La idea apareció en mi mente tan de repente que no pude reprimir mis palabras.

—¡Huyamos! Marchémonos lejos.

—Darcy...

—Un tiempo, hasta que todo se calme y mi padre entre

en razón —le supliqué con mi corazón rompiéndose en pedacitos infinitamente pequeños.

Me miró asustado.

—¿Lo dices en serio?

—¿Se te ocurre otra cosa? Porque si subo a ese avión, no sé si volveré a verte. —Sujeté su rostro con ambas manos—. ¿Me quieres?

—Eres lo que más quiero en el mundo. Tú... tú eres lo mejor que me ha pasado, Darcy.

Lo besé y mis lágrimas se mezclaron con nuestra saliva.

—No podría vivir sin ti —susurré en sus labios.

Cerró los ojos y apretó su frente contra la mía un largo instante.

—Vale —dijo con determinación—. Tengo un poco de dinero ahorrado y puedo coger algo de la beca de la universidad, servirá.

Un escalofrío de esperanza me recorrió el cuerpo.

—¿Vamos a hacerlo?

—Vamos a hacerlo.

—Juntos.

—Para siempre.

Y lo creíamos de verdad, del mismo modo que los niños creen en los cuentos de hadas.

De la misma forma que dos adolescentes creen en el amor, víctimas de su ingenuidad.

55
Declan

Había perdido la noción del tiempo cuando oí que la ventana se abría. Contuve el aliento, nervioso por lo que pudiera pasar a continuación. Por su reacción.

—Sabes que tengo una puerta, ¿verdad?

Una media sonrisa curvó mis labios. Y por fin ladeé la cabeza para mirarla. Llevaba la melena húmeda, como si acabara de ducharse, y me observaba con una expresión serena en el rostro. Se agarró al marco de madera con las manos y salió al tejado. Solo llevaba puesto un albornoz que dejaba a la vista unas piernas preciosas. Sentí una punzada de deseo enroscándose en mi vientre y reprimí las ganas de rodearla con los brazos y sentarla en mi regazo.

Me moví sobre las tejas para dejarle sitio.

Nos miramos fijamente, los dos en silencio.

Darcy me sonrió. La sonrisa más bonita del mundo. A pesar de todas las cosas horribles que le había dicho, del daño que estaba seguro de haberle hecho, ese vínculo que había renacido entre nosotros continuaba allí. Solté el aire que había estado conteniendo sin darme cuenta y relajé la espalda.

Ella se inclinó hasta que su cabeza descansó en mi hombro.

El aroma a cerezas me llenó los pulmones. Era mi fragancia favorita. Siempre me transportaba a un lugar seguro, donde me sentía bien y todo parecía mucho más sencillo. A paseos repletos de risas cogidos de la mano. Noches interminables de sexo y conversaciones susurradas al amanecer. No podría seguir viviendo sin nada de eso. Sin ella.

No sé cuánto tiempo estuvimos allí. Sin decir nada. Solo respirando.

Tan cerca... Tan lejos...

—Lo siento —dije con la voz ronca.

—Lo sé. Yo también lo siento.

Un manto de estrellas cubría la vasta cúpula que se extendía por encima de nuestras cabezas. Aspiré el aroma que impregnaba la noche.

—¿Dónde has estado?

—De acampada —respondí.

—¿Ha ido bien?

—No —confesé. Volví la cabeza y la besé en la coronilla antes de murmurar contra su pelo—: Pero hablé con mi madre.

—Me alegra oír eso.

—No fue fácil.

—Te quiere, Declan. Se preocupa por ti.

Pensé en mi madre. Tanto tiempo alimentándome de rencor. Despreciándola a la más mínima ocasión. Volcando sobre ella toda mi rabia y frustración. Y con esos sentimientos a flor de piel me había presentado en su casa la madrugada del domingo, dispuesto a hundirla para intentar salir yo a flote dentro de aquel mar lleno de monstruos en el que nadaba sin descanso. Llegué a su puerta con la rabia atravesándome. Con todo ese dolor palpitando bajo la piel. Imaginando las cosas que le diría. Los dardos envenenados que le lanzaría. Pero no ocurrió nada parecido.

Lo que había sucedido entre nosotros aún me sobrecogía. Sus palabras de consuelo. Sus brazos sosteniéndome.

Me apreté el puente de la nariz con los dedos. Suspiré hondo. Ella también lo hizo. Su mirada oscura se enredó con la mía y mi corazón comenzó a latir más rápido.

—No puedo hacerlo, Darcy —dije con la voz rota—. Entiendo que los demás hayáis aceptado la situación, pero yo no puedo. El otro día, en el hospital... Las cosas que dijiste...

—Declan, yo no...

Tomé su mano y me la llevé a los labios. Negué con un gesto.

—Tienes razón, me estoy aferrando a él porque soy un egoísta. Harvey está en esa cama del hospital por mi culpa y no puedo dejar que se vaya hasta que le pida perdón. Necesito que sepa cuánto lo siento. No..., no puede marcharse creyendo que yo lo odio. —Con la otra mano me froté el mentón e intenté calmarme. La miré a los ojos—. No espero que lo entiendas.

—Quiero hacerlo, Declan, pero tendrás que contarme qué pasó.

—Lo noche del accidente, Harvey y yo discutimos. Solo hacía una semana que había vuelto a casa tras pasar tres meses en un centro de rehabilitación que me costó un riñón pagar. Esta vez parecía recuperado, contento, y me prometía todos los días que las cosas iban a cambiar. Lo creí, o quizá deseé creerlo, no lo sé, pero quise darle otra oportunidad y le pedí al señor Lane que lo contratara en su restaurante. —Contuve la respiración un momento. La mano de Darcy temblaba sobre la mía—. Empezó esa noche y solo tardó un par de horas en emborracharse y robar la caja.

—¡Dios mío!

—No era la primera vez, te lo aseguro. Logré que el señor Lane no lo denunciara y pude llevármelo a casa. Intenté hablar con él, pero fue imposible. Se comportaba como si nada le importara, como si todo le diera igual. Empezamos a discutir, la tensión fue en aumento y le dije cosas que realmente no sentía. Fui muy duro con él. Fui cruel...

—Perdiste los nervios, puede pasarnos a cualquiera.

—Le dije que lo odiaba, y que nuestro padre también lo odiaría si estuviera vivo. ¡Dios, si hubiera sido más paciente con él!

Darcy tomó aliento sin dejar de mirarme.

—Todos nos hemos equivocado alguna vez. Estoy segura de que Harvey no pensó en ningún momento que hablabas en serio.

—Tú no viste la expresión de su cara. Sus ojos... Le hice daño. Después se metió en ese coche y acabó en el fondo de un barranco. Cuando volví a verlo, estaba sobre una camilla completamente destrozado. Lo único que repetía una y otra vez era que buscara su mochila. «Declan, búscala, búscala, búscala...»

—Y aún la sigues buscando —susurró ella con lágrimas en los ojos.

Asentí porque no me salía la voz. Tomé aire.

—No soy idiota ni un iluso. Una parte de mí sabe que no es posible que Harvey siga en esa habitación, pero otra... —Miré a Darcy a los ojos y me rompí en pedacitos infinitamente pequeños hasta desvanecerse como humo—. No puedo hacerlo. No soy capaz. Creo que lo único que me mantiene vivo es buscar esa mochila y seguir creyendo que mi hermano abrirá los ojos. Que un día podré decirle que lo siento, lo siento mucho. Porque... si no lo logro, todo esto que llevo dentro va a matarme, Darcy.

Ella me rodeó con sus brazos y me besó en la sien.

—Entiendo que te sientas culpable —susurró con los labios pegados a mi piel—. Pero tú no tienes la culpa de lo que pasó. Las palabras no empujan coches por un barranco.

—Tú no viste su cara, creyó que lo odiaba, y fue lo último que le dije.

—No, Declan, no es verdad. Él también te dijo cosas horribles y tú no las creíste, porque erais hermanos por encima de todo. Harvey te adoraba. Te quería mucho, y estoy segura de que nunca dudó de ti. A veces... a veces la desesperación nos hace decir cosas que jamás diríamos de otro modo. Pero solo son palabras, Declan, solo palabras que pierden valor con los hechos. Tú siempre cuidaste de tu hermano. Siempre lo protegiste, y él lo sabía. Fuiste el único que nunca se rindió y que estuvo a su lado, luchando por sacarlo adelante.

Quería creerla. Quería beberme cada una de sus palabras y hacerlas mías. Tatuármelas en la piel y que se filtraran hasta mi sangre. Que absorbieran la culpa y el remordimiento que la habían vuelto negra, el dolor y las pesadillas.

Darcy me tomó el rostro con fuerza entre las manos y me obligó a mirarla a los ojos. Me acarició las mejillas con los pulgares y apoyó su frente en la mía.

—Una cosa más... Por lo que me has contado, lo último que le dijiste a tu hermano fue que encontrarías esa jodida mochila.

Se me escapó un gemido, mitad sollozo y mitad risa, mientras mi piel absorbía el calor de las puntas de sus dedos.

—Declan.

—¿Sí?

—Voy a besarte.

Me reí entre lágrimas. Joder, no la merecía.

—Vale.

56
Darcy

Solo tuve que moverme unos centímetros para encontrar su boca, acariciarla, saborearla. Me devolvió el beso, más exigente y lleno de intensidad, sin ocultar el deseo que había en él. Sus manos se colaron bajo mi albornoz y me rozaron la piel desnuda. Un escalofrío recorrió mi cuerpo.

Jadeé al rozar su lengua y su boca se abrió sobre la mía, con anhelo, con tantas ganas que casi fue brusco. Gimió y su aliento se convirtió en mi inspiración. Sus dedos se clavaron en mi piel y me quemaba allí donde me tocaba.

Nos perdimos entre besos desesperados y no sé cómo acabamos dentro del cuarto. Mordí sus labios enrojecidos y él rompió el contacto. En su expresión vi anhelo, desesperación, tormento..., un caleidoscopio de emociones tan intensas que podía sentirlas en el aire que nos rodeaba.

Lo miré a los ojos a la vez que dejaba caer al suelo mi albornoz. Me contempló de arriba abajo. Tragó saliva y su pecho se elevó con una profunda inspiración. Se quitó la sudadera, ansioso, y después se deshizo de una fina camiseta que llevaba debajo.

Yo no podía dejar de mirarlo. Me encantaba su cuerpo, el tacto de su piel, su olor... Deslicé las manos por su pecho y lo noté estremecerse. El corazón le latía muy rápido, casi tanto como el mío. Me hechizaba tenerlo así, perdido en mí del mismo modo que yo me perdía en él. Juntos éramos un mundo aparte.

Respiró bruscamente y sus labios chocaron con los míos. Nos movimos por la habitación con los ojos cerrados, hasta que mi espalda se encontró con la pared. Su cuerpo se apretó contra el mío y mis caderas se arquearon, buscándolo. Nunca había deseado a nadie como lo deseaba a él. La necesidad que provocaba en mí, las ganas de fundirme con su piel.

El corazón me latía con tanta desesperación que solo podía oír sus palpitaciones mientras él colaba una mano entre nuestros cuerpos, y me hacía delirar. Desabroché el botón de sus pantalones, impaciente. Con los dos jadeando, perdiendo el control.

Notaba sus manos en todas partes al igual que sus labios. Yo apenas lograba pensar en nada que no fueran las sensaciones que vibraban bajo mi piel.

De repente, Declan me alzó del suelo. Gemí, sorprendida. Rodeé sus caderas con las piernas, temblando, atrayéndolo agitada. Su mirada salvaje se enredó con la mía un segundo antes de que nuestros cuerpos encajasen. Nos buscamos y nos encontramos contra aquella pared, mirándonos fijamente y hablándonos con la piel, con cada respiración. Impacientes. Peleándonos por ganar aquella carrera. Robándonos besos hasta que nos dejamos ir y todo explotó a nuestro alrededor.

Nos quedamos allí unos segundos, abrazados el uno al otro como si el universo fuese a sumirse en el caos si nos soltábamos. No sé por qué, pero tenía ganas de llorar, y lo abracé con más fuerza contra mi pecho. Él me besó el pulso que me latía en el cuello.

Sin despegar los labios de mi piel, me llevó a la cama deshecha. Me tumbé y lo miré mientras terminaba de quitarse la ropa.

Se recostó a mi lado.

Me cubrí a mí y a Declan con el edredón y nos acurrucamos.

Nos miramos durante una eternidad, hasta que mis ojos se cerraron poco a poco. Envuelta en su calor, en el sonido de su respiración. La mía más lenta, más profunda. Al cabo de unos segundos, su voz ronca me acarició:

—Fui al bosque.

Abrí los párpados muy despacio, adormilada.

—¿Qué? —pregunté confundida.

Un leve resplandor iluminó la habitación. A lo lejos sonó un trueno y una corriente de aire que se coló a través de una rendija abierta en la ventana agitó las cortinas. La lluvia tintineó sobre el tejado.

—Fui al bosque a encontrarme contigo. Estuve allí esa tarde. Te vi... te vi bajo el aguacero que caía, esperándome.

Nuestras miradas se enredaron en el silencio de la noche.

Esta vez no le pedí que guardara silencio. Ignorar el pasado ya no era lo que necesitaba. Me sentía exhausta. Cansada de huir de una simple pregunta. Harta de temer la respuesta. Su «verdad». Fuese cual fuese, iba a dolerme, pero lo superaría. Una última capa de la que desprenderme, y debajo solo estaría yo.

Lo vi tragar saliva. Sus dedos me rozaron los labios, acariciándolos.

Yo no aparté la mirada de sus ojos.

—Quería hacerlo. Quería irme contigo —susurró con la voz rota—. Pero no pude.

57
Declan

Diciembre de 2010.

Dieciocho años.

Esperé a que Darcy se colara de nuevo en su habitación. La casa parecía tranquila y nada indicaba que dentro se hubieran percatado de su escapada. Su señal desde la ventana me confirmó que el plan seguía en marcha sin sospechas.

Regresé a la camioneta y me senté detrás del volante, pero no encendí el motor, solo me quedé mirando al frente y dejé que el silencio me calmara. Eché la cabeza hacia atrás y cerré los ojos para enfrentarme a aquella montaña rusa que crecía en mí, llena de subidas y bajadas, de giros que mareaban.

Me sentía cansado y consumido. Parecía como si cada vez que llegaba algo bueno a mi vida, las sombras vinieran a arrebatármelo. Ahora querían llevarse a Darcy y no me parecía justo. Ella era lo único que ahuyentaba la oscuridad y me hacía creer que el futuro merecía la pena. Porque en ese futuro estábamos juntos. Lo habíamos planeado a nuestra medida y soñaba con él cada noche. Contaba los días.

No podía perder todo eso.

Inspiré hondo y me puse en marcha, y me repetía una y otra vez que tenía todo el derecho a pensar en mí, y solo en mí. A ser egoísta por ella. A arriesgarme sin que me importaran las consecuencias.

Después de todo, a esas horas mi madre ya debía de estar volando de vuelta a casa desde Quebec. Iba a quedarse en Tofino seis semanas y podría ocuparse de Harvey y de la abuela durante ese tiempo. Y con suerte, la situación de Darcy se habría normalizado para entonces.

Entré en casa, mientras hacía una lista mental de todas las cosas que no podía olvidar. Subí a mi habitación, saqué mi bolsa de viaje del armario y la abrí sobre la cama. Metí dentro todo lo que creí que podía necesitar. Después aparté la cómoda y despegué de su parte trasera el sobre que tenía allí escondido con mis ahorros. Había unos trescientos dólares, suficiente para alejarnos.

Por último, escribí una nota en la que explicaba que debía marcharme unos días y que no se preocuparan por mí. Le eché un último vistazo a mi habitación y salí sin pensar. Bajé la escalera con el corazón en un puño. Pretendía largarme sin que me vieran, era lo mejor.

Ya tenía un pie fuera de la casa cuando oí mi nombre:

—Declan, ¿eres tú?

—Sí, abuela. ¿Ocurre algo?

Ella apareció en la entrada y me sonrió. Ni siquiera se percató de la bolsa que colgaba de mi mano.

—¿Podrías pasar por el cajero y sacar cien dólares de mi cuenta? Mañana quiero ir al mercadillo navideño.

Parpadeé un poco confundido. Habíamos tenido esa misma conversación por la mañana.

—Abuela, ya me pediste ese dinero esta mañana. Fui al banco, lo traje a casa y te lo di, ¿recuerdas?

—Sí, es que he tenido que gastarlo en otra cosa.

Tuve un pálpito y que no me mirara a los ojos me hizo sospechar.

—Sé que no es asunto mío, pero ¿en qué lo has gastado?

—Necesitaba unas botas nuevas.

—No has salido de casa.

Se frotó las manos y forzó una sonrisa.

—Las he encargado...

Y lo supe.

—No lo hagas, no lo protejas —mascullé mientras soltaba la bolsa y esta caía contra el suelo.

—Declan, no...

—Ha vuelto a robarte, abuela, y tú se lo permites.

—Solo está un poco perdido. Necesita que lo apoyemos y sentir que nos preocupamos por él —empezó a justificarlo y yo noté que la sangre me hervía.

Me lancé escalera arriba, e ignoré los gritos de mi abuela que me pedían que me tranquilizara. Pero no podía, porque aquella situación era insostenible. Entré en la habitación de Harvey sin molestarme en llamar. Lo encontré tumbado en su cama con los auriculares puestos y los ojos cerrados. Fui directo hacia él, lo agarré de la pechera y lo levanté. A continuación lo empujé contra la pared. Estaba harto de su comportamiento. De sus actos. De esa actitud pasota que me sacaba de quicio.

—¿Dónde están los cien dólares que le has cogido a la abuela?

Empecé a palparle los bolsillos.

—¿Qué coño haces? No me toques.

—El dinero, ¿dónde está?

—Yo no he cogido nada.

—No me mientas, has vuelto a robarle.

Me apartó de un empujón y me percaté de que tenía los ojos rojos y le olía el aliento a alcohol.

—¡Que te jodan, De! No es asunto tuyo lo que haga.

—Lo es cuando estás robando a tu propia familia para beber.

—Vete a la mierda, tú no eres mi padre. No tienes ningún derecho a decirme lo que puedo o no puedo hacer.

—Joder, ¿de verdad no te das cuenta de lo que haces? ¿De lo que te estás haciendo?

—Como si te importara —me espetó con una mueca de asco.

—Me importa, Harvey, me importa mucho. Por eso me enfado contigo, porque nada de esto está bien. Tienes... tienes que dejar toda esa mierda. —Alcé los brazos, derrotado, sin saber qué más decir para hacerle entrar en razón—. Mamá llega mañana, ¿qué crees que dirá? No sé, si no eres capaz de intentarlo por ti, hazlo por ella.

Harvey se echó a reír, pero era una risa triste y desdeñosa. Un velo brillante cubrió sus ojos. Pasó por mi lado arrastrando los pies y se sentó en la cama.

—Mamá no vendrá mañana, ha llamado hace un rato. Ya sabes, diciembre es temporada alta y a la gente le gusta celebrar Año Nuevo en esos putos transatlánticos.

—¿No viene?

—No te pongas triste, ha comprado un montón de regalos para todos —replicó con tono sarcástico.

Se tumbó de espaldas y noté cómo se tragaba un sollozo. Un escalofrío me recorrió el cuerpo y sentí un sabor amargo en la boca. El sabor de la rabia, la decepción y un resentimiento que me asustaba.

Me ahogaba entre esas paredes. Me asfixiaba dentro de aquella familia. Me mataba sentirme inútil y no poder arreglar tantos problemas. Me avergonzaba el deseo de huir y alejarme de todo. Sin embargo, eso fue lo que hice.

Frené al darme cuenta de que era imposible continuar. La nieve se derretía muy rápido y el camino se estaba convirtiendo en un torrente de barro. Miré el reloj. Las cuatro en punto, llegaba tarde.

Di marcha atrás y regresé a la carretera. Pensé en otro modo de alcanzar el lugar en el que había quedado con Darcy.

Un bosquecillo de árboles retorcidos, con un claro en el centro cubierto de musgo, mullido como un colchón. Había sido nuestro escondite durante el verano.

Unos tres kilómetros atrás de donde me encontraba, se abría un sendero gastado, labrado por los vehículos que recorrían esa ruta hasta el río. Retrocedí e intenté alcanzar el claro desde allí. No tuve suerte y me di de bruces con un árbol caído por las últimas tormentas.

Apagué el motor y salté de la camioneta. Atajaría por el bosque.

Seguí una senda angosta. Había dejado de nevar y el manto de nubes blancas se tornaba oscuro. Una leve claridad se colaba entre las copas de los árboles que se alzaban sobre mí, entre los troncos helados, iluminando la tierra blanda cubierta de hojas bajo mis pies.

Apreté el paso, mientras pensaba que estaba preparado y ya nada importaba, excepto yo. Que podría mantener a raya esa sensación extraña que crecía dentro de mí al tiempo que me aproximaba a mi destino. Pero no dejaba de aumentar a medida que avanzaba. Cuanto más me acercaba, más fuerte era el peso de mi estómago.

Me concentré en seguir hacia delante, tratando de respirar hondo, como si llegar hasta Darcy fuese una especie de reto para mí y lograrlo me demostrara algo a mí mismo. Sin embargo, no lo conseguí. Me detuve en cuanto la vi al otro lado de los matorrales, junto a su bici, con un abrigo rojo y una mochila a la espalda. Tan preciosa.

Me estremecí y miré por encima de mi hombro. Tuve una visión de todo lo que dejaba atrás. A mi abuela enferma, a Harvey con sus problemas y ese empeño en autodestruirse. Y ahora yo estaba planeando abandonarlos, tal y como había hecho mi madre.

Mi corazón, donde rebosaban las emociones, dio un vuelco. Un profundo temor se apoderó de mi espíritu. No podía hacerlo. No podía marcharme y dejar a mi familia, me necesitaba. Una realidad demasiado áspera que me golpeó como un látigo.

Empezó a llover y el cuerpo de Darcy se volvió borroso. Vi que miraba su reloj, y luego escudriñaba los alrededores. Esperándome.

Pasó un minuto. Otro. Y otro. Puede que una hora. Y yo continuaba inmóvil, temblando de frío con la ropa mojada. Ella tampoco se movió, mientras la luz perecía cediéndole su trono a la oscuridad.

Me tragué las lágrimas que me ardían en la garganta y que amenazaban con inundarme los ojos.

El deseo de abrazarla se volvió insoportable. Tan hermosa. Tan frágil. Y al mismo tiempo valiente, porque allí estaba, dispuesta a todo. Sin saber que un cobarde la observaba escondido en las sombras.

Se abrazó los codos, temblorosa. Una oleada de tristeza bañó su rostro y bajó la mirada.

Quise gritar, porque su expresión me estaba rompiendo en trocitos tan pequeños que nunca podría encontrarlos. Su dolor. La humillación. La inseguridad. El desasosiego.

El preciso instante en que lo comprendió y su alma se hizo añicos delante de mis ojos.

Durante medio segundo flaqueé. Di un paso adelante. Darcy se merecía una explicación, escuchar los motivos por los que no podía marcharme con ella. Pedirle perdón. Abrazarla. Y en ese mismo intervalo comprendí que no podía moverme, que si lo hacía, que si la miraba a los ojos o la tocaba, no sería lo suficientemente fuerte como para dejarla marchar. La seguiría al fin del mundo.

Y no podía.

¡Maldita sea, no podía!

Porque a veces el amor no lo es todo, no lo puede todo. Hay cosas que lo superan.

Así que hice el esfuerzo de mi vida y di un paso atrás. Apreté los puños y me obligué a contemplarla mientras cogía su bici y se alejaba del claro. Anclado al suelo la vi desaparecer, como una de esas películas antiguas que acababan con un fundido en negro.

En ese momento, bajo la lluvia, descubrí la fragilidad de un corazón. La brutalidad con la que podía romperse. Lo sentí bajo la piel y allí permaneció. Deshecho.

Tuve que vivir con esa debilidad cada día.

Con el recuerdo de lo que había perdido.

Atormentado porque, quizá, siempre tuve otra opción.

58
Darcy

Sabía que iba a dolerme, y lo hizo.

—Lo siento —dije casi sin voz—. Jamás pensé en lo que te estaba pidiendo realmente. Me centré en mí, en mis problemas y en lo que yo necesitaba. No se me pasó por la cabeza lo que tú sacrificabas si huías conmigo.

Declan me miró y negó con un gesto. Me acarició la mejilla con el pulgar.

—No te lo he contado para justificarme, Darcy. Solo quiero que sepas lo que hice y por qué lo hice; y no son excusas —dijo en voz baja. Fuera, la lluvia caía suave, como una melodía de fondo—. Te empujé a creer que no había ido, y sabía las conclusiones que sacarías de todo eso. Conocía los traumas que arrastrabas por culpa de tus padres y tus inseguridades. No obré bien y no he dejado de arrepentirme ni un solo día desde entonces.

Tragué saliva con dificultad.

—Sí, pero te obligué a elegir entre tu familia y yo. Ahora lo entiendo. Hiciste lo correcto al quedarte.

—Puede que hiciera lo correcto al quedarme, pero no en cómo te traté. Eso fue despreciable.

Sí, lo había sido, pero era incapaz de reprochárselo. Ya

no. Habían pasado ocho años. Ahora todo era distinto. Nosotros éramos distintos.

Él se había equivocado. Yo me había equivocado. Los dos lo habíamos hecho. Fin. Y ya no se puede cambiar lo que fue. Esa era una de las cosas que había aprendido durante los últimos dos meses.

—Éramos dos críos asustados y desesperados ante una situación que nos superaba.

Inspiró un par de veces.

—Te hice daño, Darcy. ¿Por qué intentas disculparme?

—No lo hago.

—Estuve en el claro. Te vi allí. Vi tu rostro cuando por fin entendiste que te había dejado sola, y puedo hacerme una idea de lo que pensaste en ese momento.

Mis ojos se llenaron de lágrimas.

—Pensé que no te importaba, que nunca me habías querido de verdad.

—Y dejé que te fueras creyendo que era verdad —susurró. Asentí y mi pecho se llenó con una inspiración—. Hasta hoy. —Asentí de nuevo—. ¿Y por qué has vuelto conmigo?

—Porque dejé de pensar. Porque estar contigo siempre ha sido fácil y... me dejé llevar.

—Nunca he dejado de quererte, Darcy —susurró contra mi boca antes de rozarla con los labios.

—Ni yo a ti.

Mantuvo sus ojos fijos en los míos. Sincerarnos nos había hecho saltar en mil pedazos; sin embargo, una simple mirada bastó para unirlos de nuevo. Levanté la mano y le acaricié el pelo. Poco a poco, cerró los ojos y su respiración se tranquilizó, mucho más pausada.

Había pasado muchas noches con Declan, pero nunca lo había visto dormir de un modo tan profundo y tranquilo.

No podía dejar de mirarlo. Ni de tocarlo. Como si necesitara memorizar cada detalle de su rostro: las largas pestañas, la curva de las cejas, la línea de la nariz, la sonrisa que formaban sus labios. Lo dibujé con las puntas de los dedos y guardé su imagen dentro de mí. Como quien memoriza el mapa de un tesoro.

Sobre la casa, una lluvia torrencial rompía el silencio y gruesas gotas se estrellaban contra los cristales con un ruido ensordecedor. Incapaz de conciliar el sueño, me levanté y me acerqué a la ventana. La cerré con el pestillo. Después salí del cuarto de puntillas.

Bajé al salón. Mi bloc de dibujo estaba en el sofá, donde lo había dejado la tarde anterior. Encendí la lamparita de cristal que reposaba sobre la mesa y me senté entre los cojines. Me notaba muy despierta, incluso inquieta, como cuando tomas demasiado café, y pensé que distraerme dibujando sería buena idea.

Pintar se había convertido en otra de mis rutinas durante los últimos días. Intentaba sacar un rato para hacerlo y durante esos minutos lograba desconectar del mundo y de mis propios pensamientos. Una válvula de escape.

Siempre había sido una parte importante de mí, desde muy pequeña.

Mis dibujos nacían de los sentimientos, de las emociones, de rincones escondidos en mi mente que iba descubriendo a través de mis sueños. Una veces dormida. Otras, despierta.

Mis dibujos eran latidos, palabras, caricias, miradas que provocaban el primer trazo. Luego, solo debía dejar que fluyera ese impulso que nunca había logrado explicar. Como si otra conciencia se apoderara de mí y se expresara a través de mis manos, sin ninguna contención. Mi verdadero yo.

Hasta que esa conciencia se fue quedando muda ocho años atrás, y yo... yo dejé de sentir. Después dibujar se convirtió en un acto mecánico, sin vida. Solo técnica con la que sacaba buenas notas, acabé una carrera y logré un trabajo. Pero sin magia. Sin brillo. Sin corazón. Nada en el fondo

Miré el papel con el lápiz en la mano y tomé aire. Tracé unas cuantas líneas, bosquejando unos ojos, y comencé a darle forma a un rostro. Al cabo de un rato, dejé el bloc a un lado. No podía centrarme. Mi mente era un torbellino que no lograba frenar.

Dicen que la verdad nos hace libres. También que el signo más evidente de que la hemos encontrado es la paz interior que nos deja. Era cierto hasta un punto. Me sentía libre sin las cadenas de la incertidumbre y las suposiciones que durante tanto tiempo me habían atormentado. Pero lo que notaba en mi interior se encontraba muy lejos de ser paz.

Me cabreaba pensar que nunca tuve el control sobre nada, y menos sobre mí misma. Jamás tuve el poder de elegir y que me arrebataran esa libertad fue cruel.

Si desde un principio hubiera sabido toda la verdad, que mi abuelo nunca se rindió, que nunca dejó de intentar recuperarme, probablemente habría esperado con paciencia el paso del tiempo en Auckland hasta cumplir la mayoría de edad. Entonces, nada me habría impedido volver con él. Estar en su vida y él, en la mía.

Si Declan hubiese sido sincero conmigo, lo habría apoyado en su decisión, la habría entendido, y quizá nuestra historia ahora sería otra. Yo sería otra, y no el cascarón vacío y roto que encontraba cada vez que me miraba a un espejo.

Me puse en pie y me acerqué a la ventana. La madera estaba fría bajo mis pies descalzos. Me senté en la repisa y me abracé las rodillas. Contemplé la lluvia que caía, el paisaje borroso que dibujaba.

Vi mi reflejo en el cristal y me lo quedé mirando durante tanto tiempo que perdí la noción de su paso. Sostuve la mirada de aquellos ojos oscuros que me observaban fijamente y por primera vez no vi nada vacío y roto en ellos. Me di cuenta de que habían cambiado. No sabía qué era con exactitud, pero los notaba distintos.

Yo me sentía distinta. Y empecé a ser consciente de que las últimas semanas le habían dado un vuelco a mi vida. Me habían cambiado. Volver a casa, recuperar a Sloane, trabajar en algo tan distinto a lo que siempre había imaginado, improvisar, dejarme llevar, aceptar de nuevo a Declan sin reproches... Todo eso me había convertido en una persona completamente diferente.

O quizá no fuese diferente. Quizá... era yo misma por primera vez, sin muros, sin capas, sin aparentar, sin fingir. Y cuanto más miraba en mi interior, más cosas veía: atisbos de deseos, de sueños, de posibilidades...

El corazón me latía con tanta fuerza que pensé que se me saldría del pecho, porque empecé a comprender que había traspasado una puerta y que no había vuelta atrás. Y era muy posible que la hubiese cruzado sola.

No sentir miedo ante esa idea fue lo que más me desconcertó.

59
Declan

Cuando me desperté, Darcy no estaba en la cama. Me di la vuelta hasta tumbarme de espaldas y clavé la vista en el techo. Me quedé un rato inmóvil. Respirando tranquilo. Era la primera vez en años que no me levantaba al amanecer. La primera vez en mucho tiempo que una pesadilla no me hacía saltar de la cama con el corazón en la garganta.

Cogí del suelo mis vaqueros y me los puse mientras salía de la habitación.

Me llegó el aroma a café recién hecho. Bajé la escalera y me detuve antes de entrar en la cocina. Darcy estaba delante de la ventana, con aire distraído y una taza humeante en las manos. Me quedé mirándola sin que se percatara de mi presencia. Solo llevaba una vieja sudadera que apenas le cubría las caderas y me tomé unos segundos para retener su imagen: el cabello largo y alborotado, esas largas piernas que me hacían perder la cabeza, el brillo de su piel...

Me acerqué a ella y la abracé por detrás. Dio un pequeño respingo antes de que me inclinara y depositara un beso en su cuello. Apretó mi mano contra su estómago. Afuera, las nubes se deshacían en el cielo arrastradas por la brisa que soplaba desde la costa. Hacía sol y su luz me relajó.

La lluvia me hacía sentir débil y pequeño. Frágil.

—Ese café huele de maravilla, o puede que seas tú, no estoy seguro.

La noté sonreír. Ladeó la cabeza para mirarme.

—Pues hay una cafetera recién hecha para ti solito.

La abracé con fuerza contra mi pecho.

—¿Tú también eres para mí solito? Porque a falta de tortitas...

Comencé a darle mordisquitos en la mejilla y ella se estremeció con una risita. Se giró entre mis brazos y me miró.

—¿Y quién ha dicho que no hay tortitas?

—¿Hay? —pregunté esperanzado. Estaba hambriento.

—Tengo un bote de preparado para tortitas, leche, mantequilla, una sartén y estos dos brazos fuertes y muy capaces. ¿Qué te parece?

Colocó sus manos sobre mis bíceps y clavó los dedos para tantear mis músculos, con un mohín que le hacía fruncir los labios. No pude evitarlo, me incliné y capturé su boca con un mordisco. Se echó a reír, mientras se inclinaba hacia atrás. La retuve con una mano en la nuca y, al hundir la lengua en su boca, percibí su sabor a café. La apreté suavemente contra la encimera con las caderas al tiempo que mis manos se perdían bajo su sudadera. Tenía la piel caliente y suave.

Deseaba besarla a todas horas. En todas partes. Tocarla. Mimarla. Hablar de todo y de nada. No hablar. Mirarla y fijarme en todos los detalles. Sentir el paso del tiempo a su lado. Perder la noción de los días. La quería de un modo que a veces me asustaba y me hacía sentir miedo.

Miedo a perderla. Miedo a otra tormenta. A quedarme inmóvil bajo la lluvia.

La alcé por la cintura y la senté en la encimera. Me rodeó las caderas con sus piernas. Me miró con las pupilas dilatadas, sus manos en mis costados, atrayéndome...

Las tortitas podían esperar.

Tiré de la sudadera hacia arriba y se la quité impaciente.

Me quedé sin aliento al contemplarla. Ella se apresuró a soltar el botón de mi pantalón. Gruñí y hundí la lengua en su boca.

De repente, sonaron unos golpes en la puerta principal.

—¿Esperas a alguien? —le pregunté sin aliento.

Ella negó con la cabeza mientras se lamía los labios enrojecidos. No tenía ni idea de quién había al otro lado de esa puerta, pero tenía ganas de asesinar a quien fuera y su don de la oportunidad. Volvieron a llamar y Darcy saltó al suelo para coger su ropa.

—No te preocupes, ya abro yo —dije con una inspiración.

Ella asintió.

Me abroché los pantalones y me dirigí a la entrada. Abrí de golpe y me encontré con una mujer menuda de pelo corto que contemplaba el jardín de espaldas a mí. Se giró y sus ojos se abrieron sorprendidos. Era Laura, dirigía la oficina postal del pueblo.

—¿Declan?

Me miró de arriba abajo con una sonrisita, y en ese instante fui consciente de mi aspecto y de que apenas iba vestido.

—Laura, ¡qué sorpresa!

—Te veo bien.

Me ruboricé y empecé a mover los brazos sin saber muy bien dónde colocarlos.

—Gracias.

—¿Darcy está... en casa?

La diversión en su voz al hacer la pregunta me hizo poner los ojos en blanco.

—Sí, pero en este momento no... —Ella apretó los labios para no sonreír y yo hice otro tanto. Para qué seguir disimulando. Ambos sabíamos lo que había interrumpido—. ¿Puedo ayudarte yo?

—Claro, dale esto por mí. Eran para Marek, las he ido guardando conforme llegaban.

—Se las daré. —Estiró el brazo y me entregó unas cartas—. Gracias.

—De nada, y ponte una camiseta. Aún refresca por las mañanas —me dijo mientras daba media vuelta y se dirigía al camino, donde había aparcado su coche—. Sabes que voy a contarlo, ¿no?

Me reí.

—No lo he dudado en ningún momento.

Se despidió con la mano en alto.

Entré en la casa y encontré a Darcy en el salón, vestida con un pantalón y una camisa.

—¿Quién era?

—Laura, de la oficina postal, te ha traído correspondencia.

Tomó las cartas con dedos temblorosos y se sentó en el sofá. Las fue mirando con detenimiento.

—Facturas, una suscripción a la revista *Room* y otra a *L'Inconvénient*... —Volteó un sobre amarillo repleto de sellos y le echó un vistazo a los datos del remitente. Me miró con los ojos muy abiertos—. ¡La envían desde Florencia!

—¿Quién?

—Marco Bluger.

—¿Bluger es un apellido italiano?

—Me resulta familiar, aunque no sé por qué. ¿A ti te suena de algo?

—Ni idea —respondí mientras me sentaba a su lado—. ¿Vas a abrirla?

—Debería, ¿no?

—Puede que sea importante.

Darcy tomó una bocanada de aire y rompió el sobre por un lateral. Sacó un papel de color crema perfectamente doblado. Al abrirlo vi un membrete y una caligrafía muy cuidada. Aparté la vista. No era asunto mío lo que contenía. Sin embargo, Darcy comenzó a leerla en voz alta:

Estimado señor Stern:

Mi nombre es Marco Bluger, y soy el hijo menor de su gran amigo Mannus Bluger.

Disculpe que me haya tomado la libertad de escribirle, pero es como si lo conociera desde siempre. No imagina cuántas veces mi padre me habló de usted y de los días que pasaron de niños en Varsovia.

Él siempre le estuvo muy agradecido por ayudarlo a escapar de aquel horrible lugar.

Gracias también en mi nombre y en el de mi familia.

Señor Stern, espero que no le importe, pero, revisando las pertenencias de mi padre, he encontrado una caja con toda la correspondencia que ambos mantuvieron durante tantas décadas hasta que él falleció. Entre esas cartas, han aparecido unos dibujos que usted le envió hace un tiempo. Según he podido leer, esos dibujos los realizó su nieta, Darcy.

Verá, no sé si mi padre se lo comentó en algún momento, pero dirijo una agencia que lleva quince años promocionando a ilustradores y dibujantes; y estoy realmente interesado en contactar con Darcy. Ya han pasado seis años desde que usted le envió esos dibujos a mi padre, y no tengo la menor idea de si su nieta ha seguido un camino artístico o desarrollado su potencial en el ámbito creativo, pero no pierdo nada por intentarlo.

Por favor, le estaría muy agradecido si le transmitiera mi interés. Su nieta posee un gran talento, y para mí sería maravilloso tener la oportunidad de hablar con ella.

Espero de todo corazón que se encuentre bien, señor Stern, y quedo a su disposición para cualquier cosa que pueda necesitar. Tuvo un amigo en mi padre y me gustaría que pudiera considerarme del mismo modo.

Sin más por el momento, le mando mi más afectuoso saludo.

Atentamente,

MARCO BLUGER

P. D.: *Le adjunto una tarjeta con todos mis datos de contacto.*

Darcy dejó la carta a un lado y tomó el sobre. Dentro encontró una tarjeta de visita grabada con el logo de la agencia y sus datos. En el reverso habían anotado con bolígrafo un número de teléfono y una dirección de correo electrónico.

—Mannus era un amigo de mi abuelo —empezó a decir Darcy—. Se conocían desde niños, y tras perderse la pista durante unos años, lograron contactar de nuevo. Desde entonces mantenían correspondencia. Se escribían todos los meses. —Me miró con una sonrisa en los labios—. Lo había olvidado. ¡He olvidado tantas cosas!

Deslicé la mano por su espalda y la atraje hacia mí. Se acurrucó contra mi pecho sin dejar de mirar la tarjeta.

—¿Vas a llamarlo?

Inspiró hondo y tragó saliva.

—No estoy segura.

—Darcy, parece una oportunidad. Una bastante buena. Ese tío representa a dibujantes y quiere hablar contigo.

Se mordió el labio inferior mientras volvía a guardar la tarjeta en el sobre.

—Ya no dibujo. Hace años que no lo hago.

—¡Vamos, Darcy, ¿y qué es todo eso que hay en tu bloc?!

—No son más que... nada.

Le sujeté la barbilla con los dedos para que me mirara.

—Esos dibujos son increíbles. Son una puta pasada. —Intentó apartar el rostro, pero no la dejé—. Tienes un don, siempre lo has tenido, y sería una pena que no se lo mostraras al mundo.

—No soy tan buena. Ahí fuera hay gente increíble, Declan. No te haces una idea.

Me moví para quedar frente a ella. Le aparté unos mechones de la cara y se los coloqué detrás de la oreja. Parecía asustada y me costaba entenderlo, cuando, de pronto, tenía al alcance de la mano una oportunidad irrepetible que podría cambiar su vida.

—Pero entre toda esa gente no hay nadie como tú. Eres

única y eso es lo que te hace especial. —Inspiré hondo y la tomé de las manos. Le temblaban como gelatina—. Este era tu sueño, dibujar, pintar... Ganarte la vida con tu talento.

—¿Y si no le gusta lo que hago?

—¿Qué? —Me reí—. Ya le gusta, ¿o es que no has leído su carta?

—Hice esos dibujos hace millones de años.

—Tienes otros nuevos.

Resopló y se puso en pie.

—Esos no sirven, son... son garabatos. Necesito un portafolio con proyectos acabados que enseñarle. Algo más profesional y cuidado.

—Puedes hacerlo.

—Ya, pero... —Se frotó la frente con frustración—. No..., no sé qué espera exactamente de mí.

Fue hasta la ventana y yo la seguí. Me apoyé en la pared, a su lado, pero dejándole el espacio que necesitaba. Incliné la cabeza y le dediqué una sonrisa. Intentaba entender qué podía pasarle por la cabeza. Por qué no parecía contenta.

Esa carta era la ocasión que Darcy siempre había soñado. Dibujar, ilustrar, incluso exponer, con el tiempo. Dedicarse profesionalmente a algo que la hacía feliz y que podría llevar a cabo en cualquier parte del mundo. Incluso allí, en Tofino. Podría quedarse para siempre, si quisiera.

Conmigo.

Ahora que por fin estábamos juntos sin el peso del pasado.

Sin dudas, remordimientos ni secretos.

Inspiré hondo y me senté en la repisa de la ventana. Ella me miró desde arriba, vulnerable.

—Supongo que tendrás que hablar con él para saberlo. —Entrelacé los dedos de mi mano con los suyos—. Deberías llamarlo, Darcy. No pierdes nada.

—¿Y qué le digo?, no lo conozco... ¿Y si quiere una respuesta ya? En este momento yo... No sé qué hacer, Declan.

Jamás me había planteado algo así. En serio no. Esto es... ¡demasiado!

De repente, la vi muy pequeña e insegura. Aplastada por un enorme peso que la ahogaba. Parecía a punto de llorar y me di cuenta de que todo aquello la había pillado por sorpresa. Necesitaba tiempo para digerirlo.

Tiré de su mano y la senté en mi regazo.

—Tranquila, no tienes que hacer nada que no quieras.

—Es que en el fondo sí quiero, pero... me da miedo.

—No pasa nada, Darcy, el miedo es natural. Además, nadie te está pidiendo que decidas inmediatamente. Tengo la impresión de que ese tío va a esperar tu llamada todo el tiempo que haga falta, no hay prisa.

—¿Lo crees de verdad?

Clavó sus ojos esperanzados en los míos. Eran preciosos y me hacían sentir tantas cosas.

—Estoy seguro. Así que no te agobies y piénsalo con calma. Si al final decides intentarlo, yo te apoyaré hasta el final. Y si eliges pasar, también estaré contigo.

Asintió con una sonrisa.

—Vale. —Se abrazó a mí y hundió el rostro en mi cuello—. Gracias.

Le devolví el abrazo, mientras su corazón latía con fuerza contra mi pecho. Y quedamos atrapados en el momento, como si el tiempo se hubiera detenido, o como si ya hubiera pasado y aquel instante solo fuese un recuerdo y ella, un fantasma. Esa sensación me paralizó. Fue sentirla y desaparecer, y me dejó con una extraña nostalgia que no fui capaz de explicar.

Pero a veces ocurre que lo más visible es lo último que se ve.

60
Declan

Llamé a la puerta y esperé hasta que ella abrió. Su rostro se transformó en un gesto de sorpresa.

—¡Declan!

—Hola, mamá. ¿Puedo pasar? —pregunté nervioso.

—Sí... Por supuesto. Pasa.

Se hizo a un lado y yo di un paso al frente con un nudo en la garganta. Avancé despacio y recorrí con la mirada el salón. Noté que empezaba a ahogarme un poco y los recuerdos de la noche que Harvey y yo discutimos en esa misma habitación cobraron vida. Los días posteriores sin poder dormir. La culpa. Los momentos de locura.

—Iba a servirme un café, ¿te apetece uno? —me preguntó.

Asentí y forcé una sonrisa que apenas curvó mis labios. La seguí hasta la cocina, que era pequeña, con los armarios grises, los azulejos blancos y una mesa de madera teñida con un frutero encima. Me senté en una de las sillas, todavía inquieto porque no estaba muy seguro del motivo que me había llevado hasta allí.

Mi madre sacó un par de tazas del armario con manos temblorosas.

—¿Quieres leche?

—Solo azúcar.

—Una, ¿verdad?

Asentí y ella me dirigió una sonrisa frágil. Colocó las tazas sobre la mesa y se sentó frente a mí. Mi mirada esquiva percibió que estaba más delgada y sus ojos más apagados, cansados.

—¿Puedo preguntarte algo que me preocupa desde hace días? —soltó de pronto.

—Sí.

—¿Has podido arreglar las cosas con Darcy?

—Estamos bien.

Tomó aliento y sus rasgos se relajaron un poco.

—Me alegra oír eso. —Sacudió la cabeza—. Hijo, siento mucho haberte causado problemas con ella. No era mi intención.

Me froté el mentón e intenté calmarme. La miré a los ojos. Tan parecidos a los míos. Idénticos a los de Harvey. Y aun así eran los ojos de una extraña.

A la que había odiado.

A la que había culpado.

A la que había echado de menos.

Dejé escapar un suspiro pesado.

—Tú no hiciste nada malo. Fui yo quien le contó una verdad a medias, y casi la pierdo por eso.

—La quieres mucho, ¿verdad?

—Sí —logré decir.

Mi madre esbozó una sonrisa trémula. Se humedeció los labios y se atusó el pelo, inquieta. Yo miré las fotografías que aún seguían pegadas en la nevera. Retratos familiares de cuando todavía éramos una familia completa y feliz.

Sentí que me ahogaba y abrí la boca para tomar aire.

¿A qué demonios había ido allí?

Quise levantarme y marcharme, pero no lo hice.

—¿Qué te ocurre, Declan?

Se me escapó un sollozo. No me salía la voz.

—No lo sé.

—Puedes contármelo.

Tragué saliva.

—Estoy harto de estar enfadado. Con el mundo, con Harvey, contigo... Estoy cansado, mamá. —Nos miramos en silencio, el uno frente al otro. Observé su rostro algo envejecido, aunque seguía siendo muy guapa, y sentí las palabras perforándome el pecho, creando agujeros—. ¿Por qué? ¿Por qué te fuiste cuando más te necesitábamos?

—Me perdí sin él.

—¿Te refieres a papá?

Asintió con lágrimas en los ojos.

—Nos conocimos cuando solo éramos dos adolescentes. Llegó a mi vida como una luz, y nos enamoramos. Aún iba al instituto cuando me quedé embarazada y mis padres adoptivos decidieron echarme de casa. Su fe no les permitía tener a una pecadora bajo su techo —señaló dolida. Inspiró hondo mientras se retorcía las manos sobre la mesa—. Tu padre se convirtió en todo mi mundo, Declan. Encontró un trabajo, una casa y cuidó de mí. Me quería muchísimo y os quería a vosotros con toda su alma. Jamás imaginé que lo perdería tan pronto y no estaba preparada para ese golpe. Fue... fue muy duro.

—Lo fue para todos. Yo solo tenía catorce años y Harvey, doce.

Se limpió las mejillas.

—Lo sé. Erais unos niños.

—Papá murió y tú nos abandonaste solo unas semanas después. ¿Te haces una idea de cómo nos afectó eso? ¿De cómo nos sentimos?

—Lo siento mucho. No sé qué me pasó. La situación me superaba. Me resultaba imposible permanecer aquí, en nuestra casa, con sus cosas, los recuerdos... —Las palabras se le atascaban—. Solo podía pensar en alejarme, como si la distancia pudiese suavizar ese dolor tan profundo que sentía. Y me marché.

Desde ese día ya habían pasado doce años. Una eternidad. Todo el tiempo que llevaba sintiéndome solo.

—¿Funcionó? ¿Te sentiste mejor estando lejos?

Su mirada se ensombreció aún más.

—No, porque al dolor por perder a tu padre tuve que sumarle los remordimientos por haberos dejado, esa es la verdad. Y el tiempo lo fue complicando todo. —Se pasó las manos por la cara y las deslizó por su pelo con frustración—. Cada vez me costaba más regresar, y cuando reunía el valor para volver, vuestro rechazo era tan evidente... Nunca he sido una persona fuerte, ni lo bastante responsable. Ese era vuestro padre. Sin él, todo se desmoronó. No sabía cómo continuar.

—¿Y por qué has vuelto si te resulta tan difícil?

—Tú estás harto de estar enfadado y yo, cansada de huir. Perdí a mi marido, después a mi hijo... No soportaba la idea de perderte a ti también. Pero lo he hecho, ¿verdad? Te he perdido.

Se me subió el corazón a la garganta. Quise gritarle que me perdió el mismo día que decidió marcharse por primera vez, pero no lo hice. Porque en ese momento solo podía verme reflejado en ella. Éramos dos personas que parecían haber nacido para meter la pata, para joderlo todo y estrellarse continuamente.

Mi madre inspiró hondo.

—Espero que puedas perdonarme algún día, y si no lo haces, estará bien. Quizá no merezca otra oportunidad.

Se levantó de la silla y tomó la taza de café. La vació en el fregadero sin haberlo probado. Después se quedó inmóvil, sujetándose a la encimera con las manos. Su espalda tembló por culpa de los sollozos que trataba de reprimir.

Se me hizo un nudo en el estómago al pensar en todas las oportunidades que a mí me habían dado.

Darcy, Sloane, Will...

Todos ellos perdonaron en algún momento mis errores: cobardía, egoísmo, debilidad, miedo... Las mismas faltas que yo le echaba en cara a mi madre una y otra vez, subido a mi pedestal, negándole el mismo perdón que yo esperaba de Harvey con desespero.

No era muy justo.

Aunque sí complicado.

Tenía sentimientos encontrados.

No sé de dónde saqué el impulso, pero me puse en pie. Rodeé la mesa y me acerqué a ella sin saber muy bien qué hacer. No estaba acostumbrado al consuelo, ni a darlo ni a recibirlo. Aunque sí conocía el dolor en todas sus expresiones. Notaba el de mi madre. El dolor por haber perdido al amor de su vida, a los hijos que había abandonado, y comprendí que aquello la perseguiría siempre. Por tanto, no necesitaba mi odio ni mi rencor para sufrir.

Ya tenía el corazón roto.

Le puse una mano en el hombro. Y luego las palabras salieron sin esfuerzo, sinceras.

—He sido muy duro contigo.

Mi madre negó con un gesto.

—No...

—Sí, lo he sido, y lo siento. —Hice que se diera la vuelta y me miró con ojos brillantes—. Va a ser difícil, y no sé si lo conseguiremos, pero tú y yo somos lo único que queda en pie de esta familia y debemos estar juntos. Es lo que papá habría querido.

Asintió mientras se limpiaba las lágrimas.

Suspiré, soltando de golpe el aliento, y apoyé la cadera en la encimera. No sé cuánto tiempo nos quedamos allí, uno al lado del otro, en silencio. Si fueron horas o solo unos minutos. Solo sé que en ese momento mi interior se tranquilizó y empecé a perdonarla.

61
Darcy

Fue una semana complicada.

Intenté concentrarme en el trabajo, en la rutina diaria, pero me costaba mantenerme allí.

En la vida hay cosas que ves venir y otras que te pillan por sorpresa, y esa carta me había dejado conmocionada. No podía quitármela de la cabeza.

Declan tenía razón, era una oportunidad irrepetible y no aprovecharla parecía una locura. Aun así, yo seguía dándole vueltas.

Inspiré hondo y me adentré en el camino que conducía a la playa. Divisé a Declan en el agua sosteniendo una tabla de surf, muy cerca de la orilla, dando instrucciones a un grupo de alumnos que lo escuchaban con atención. Levantó la mano en cuanto me vio, y yo le devolví el saludo.

El cielo estaba completamente despejado y soplaba una fuerte brisa. Me quité las zapatillas y coloqué sobre ellas mi chaqueta. Después caminé por la arena oscura hasta que el agua me bañó los pies y me salpicó las piernas desnudas. Estaba fría y la espuma de las olas me hacía cosquillas.

Me subí un poco el vestido de algodón ajustado que me había puesto esa mañana. Quería evitar que se mojara.

Miré a mi alrededor. Me fijé en los colores del cielo, los rayos del sol destellando sobre el mar, las gaviotas lanzándose contra la superficie cristalina, la vegetación salvaje que rodeaba la playa. Y en medio de todo aquello... él. Con su cabello rubio oscuro, la piel bronceada, los ojos verdes y esa sonrisa de canalla que me aceleraba el pulso y me llenaba el pecho con una sensación única. Encajaba tan bien en aquel marco que casi sentía envidia, porque yo nunca había encajado del todo en ninguna parte. Ni siquiera allí, en Tofino, el único espacio que había sentido como un hogar.

Cerré los ojos mientras respiraba el aire salado y me centré en el murmullo del océano con el deseo de que pudiera acallar mis pensamientos. No funcionó. Mi mente viajaba sin frenos y se me escapaba. Mi cuerpo apenas podía contener las sensaciones que desde hacía unos días lo sacudían, como el viento empuja una veleta sin descanso, e impide que encuentre una dirección.

De repente, percibí su cuerpo tras el mío. Me estremecí, sorprendida cuando me rodeó con los brazos y me estrechó contra él.

—Hola —susurró en mi oído.

Me giré y me encontré con su sonrisa. Se había quitado la parte superior del traje de neopreno y la llevaba anudada a la cintura. Contemplé su torso desnudo. Me mordí el labio inferior y deslicé las palmas de las manos por su piel, áspera por la sal. Sus dedos se clavaron en mis caderas y yo contuve el aliento. Tragué saliva con el deseo enroscándose en mi tripa. Alcé la vista y allí estaban sus ojos, nublados por un velo oscuro, clavados en los míos.

—Dios, no me mires así —rogó pegando su frente a la mía.

Esbocé una sonrisa traviesa.

—¿Como si acabaras de aparecer medio desnudo y mi mente se hubiera llenado de pensamientos lujuriosos?

—¡Joder! —masculló con un suspiro entrecortado.

Miró a su alrededor y su mirada se detuvo un momento

en el grupo de alumnos que se alejaba hacia el sendero que conducía al aparcamiento. De pronto se inclinó, me tomó por las caderas y me colgó sobre su hombro como si fuese un saco. Me arrancó un grito de sorpresa que me hizo reír.

—¿Qué estás haciendo?

Por respuesta, sentí sus dientes en el muslo, a través de la tela del vestido.

—¡Declan!

Le palmeé la espalda, y de su cuerpo brotó una risa ronca que me calentó la piel.

Se adentró en la espesura con paso rápido.

Quedamos envueltos por una vegetación alta y espesa, que se alzaba a nuestro alrededor como un mar verde. Las ramas de los árboles se entrelazaban sobre nuestras cabezas tejiendo una espesa cúpula que filtraba la luz del atardecer.

Me dejó en el suelo, sobre un manto de hierba en el que se hundieron mis pies. Alcé la vista y vi sus pupilas fijas en mis labios. Los mechones desordenados le rozaban la frente.

Inspiré hondo.

Y entonces sus labios chocaron con los míos.

Su cuerpo se apretó contra mí mientras sus dedos me subían el vestido. Entre besos y caricias bruscas, mi espalda acabó pegada al tronco de un árbol cubierto de musgo. Arqueé las caderas, buscándole. Declan jadeó y su lengua se enredó con la mía.

—Van a vernos —susurré sin aliento.

Coló la mano entre mis muslos y mis rodillas flojearon.

—No hay nadie.

—¿Y si viene alguien?

Me alzó del suelo con un solo brazo y sus caderas encajaron entre mis piernas.

—Pues vamos a darnos prisa.

El corazón me latía con tanta fuerza que solo podía oír mis propias palpitaciones. Cerré los ojos y mi respiración se volvió entrecortada cuando empezó a moverse, haciéndome el amor rápido, salvaje. Quería fundirme con él y me aferré a sus hombros, desesperada en medio de aquel remolino de jadeos ahogados y gemidos rotos por los besos. Escalando una cima que cada vez sentía más cerca. Incapaz de distinguir dónde empezaba él y dónde continuaba yo.

—Declan —le rogué.

Lanzó un gruñido y sentí su sonrisa contra mi boca. Su mano acariciándome. Lanzándome al precipicio. Dejándome caer. Sosteniéndome mientras me derretía entre sus brazos.

Hundí el rostro en su cuello y nos quedamos así unos segundos, aferrados el uno al otro, respirando con dificultad. Me bajó al suelo y nos miramos con una sonrisa cómplice mientras nos poníamos la ropa.

Declan se inclinó y me dio un beso en los labios. Después agarró con fuerza mi mano y nos dirigimos a la playa sin decir nada. Sonriendo como dos idiotas. Felices y satisfechos.

Todo era perfecto. O debería serlo. Porque mientras contemplaba su espalda desnuda y fuerte avanzando unos pasos por delante de mí, solo podía preguntarme por qué sentía como si siempre fuéramos a destiempo.

El mundo corría mucho más que nosotros y se alejaba, nos alejaba.

Como si aquel aún no fuese nuestro momento.

Del mismo modo que no lo había sido ocho años atrás.

62
Declan

El sábado por la noche, Darcy y yo salimos a cenar y a dar una vuelta con nuestros amigos para celebrar el regreso de Cameron. Cualquier excusa era válida para reunirnos fuera del trabajo y divertirnos.

Cenamos en Kuma, un restaurante japonés cerca del puerto, y más tarde nos dirigimos a The Hatch. Aunque solo estábamos a mediados de mayo, la noche era cálida y agradable, gracias a un frente que había llegado desde el sur con altas temperaturas. Nos sentamos en la terraza y Will pidió una ronda de chupitos para todos. Su relación con Sloane iba bien y se le notaba. Gruñía menos y reía mucho más.

El camarero trajo las bebidas y Devin empezó a hablar de la pretemporada de *hockey* del próximo otoño, mientras Sky lo fastidiaba cuestionando todas sus opiniones. Comenzaron a reñir. Otra vez. Parecían los protagonistas de una de esas series románticas, que pasan el tiempo discutiendo por tonterías, cuando el único problema que tienen es una tensión sexual de la hostia que no quieren admitir.

—Por favor, por favor, por favor... —intervino Cameron. Hizo una pausa cargada de efecto, y añadió—: Idos a echar un polvo. O dos, pero parad. Es que no hay quien os aguante.

Me eché a reír con ganas, un poco achispado.

—Me lo has quitado de la boca.

—Pero ¿de qué vais? —se quejó Devin.

Sky se había puesto colorada y no dejaba de lanzarnos miradas asesinas. Cameron, lejos de achantarse, sacó un par de condones de la cartera, los puso sobre la mesa y los empujó hacia Devin.

—No me des las gracias. Debes de tenerlos como berenjenas y yo voy a muerte con mis amigos.

Se me escapó una carcajada y a mi lado Will escupió la bebida. Todos reímos con fuerza, hasta Devin.

—En serio, sois idiotas —dijo Sky a la vez que se ponía de pie e iba a reunirse con Darcy y las otras chicas, que se encontraban en la barra.

Me terminé la copa de un trago y me acomodé en el asiento. Will me dio un codazo y yo lo miré.

—Estoy pensando en hablar con Darcy sobre su puesto en Surf Storm —dijo, inclinándose hacia mí para que pudiera oírlo. Fruncí el ceño, sin entender—. Quiero proponerle que se quede definitivamente, ya sabes, un contrato fijo y todo eso. Parece contenta con nosotros y sé que no voy a encontrar a nadie más como ella. ¿Qué te parece?

—Tío, no necesitas mi permiso. Es cosa de Darcy, y lo que ella decida me parecerá bien.

—No te pido permiso, solo una pista para no meter la pata. ¿Crees que querrá quedarse con nosotros? Me dijiste que solo necesitaba el trabajo por un tiempo, que era temporal. Pero sigue aquí y piensa quedarse, ¿no?

—No sé qué decirte, Will. Ya sabes que ella dibuja, y se le da muy bien... Hay un tipo que tiene una agencia que representa a artistas y quiere trabajar con Darcy. Es una gran oportunidad para ella.

—Y ha aceptado, claro.

—No, que yo sepa.

Busqué a Darcy con la mirada y la encontré cerca de la

barra, bailando con Sloane. Estaba preciosa, con un vestido rojo muy sencillo, que marcaba todas y cada una de las curvas de su cuerpo, y unas zapatillas blancas. Llevaba el cabello suelto y muy alborotado por la humedad. No lograba dejar de observarla, porque tenía algo adictivo a lo que no podía resistirme.

—Oye, ¿estáis bien? —me susurró Will.

Incliné la cabeza para mirarlo a los ojos. Fruncí el ceño.

—¿Por qué me preguntas eso?

—No sé, pareces preocupado.

Cogí aire y me humedecí los labios. Después le sonreí a la vez que negaba con la cabeza.

—Estamos bien, tío, mejor que nunca.

Y lo dije convencido. Darcy y yo nos encontrábamos en un buen momento. Nuestra relación se afianzaba cada día un poco más y ella parecía feliz a mi lado, lo que también me hacía feliz a mí. Pero Will tenía razón, estaba preocupado. Ya habían pasado dos semanas desde que Darcy abriera esa carta y no había vuelto a mencionar el tema. Aunque a menudo la descubría releyéndola.

Mientras la veía bailar, ella volvió la cabeza y nuestras miradas se enredaron. A pesar de su sonrisa ligera, me di cuenta de que había una mezcla de melancolía e incertidumbre en sus ojos. Habría dado cualquier cosa por intentar que esos sentimientos desaparecieran, por saber qué se le pasaba por la mente para sentirse tan perdida. Pero no sabemos de las personas que nos rodean más de lo que estas quieren contarnos.

Regresamos a mi casa pasada la medianoche.

Darcy se quitó las zapatillas al llegar al porche y se apoyó en la barandilla mientras contemplaba la oscuridad.

Me paré a su lado y la miré.

—Ha estado bien.

—Sí, ha sido una noche muy divertida. Casi me da pena que se acabe —respondió.

—¿Y quién ha dicho que tiene que acabarse?

Ella me devolvió la mirada con ojos brillantes y se puso de puntillas para darme un beso suave en los labios. Me relamí con su sabor en la boca.

—Dame un par de minutos, vuelvo enseguida —le pedí al tiempo que la besaba de nuevo.

Entré en la casa. Lo primero que hice fue abrir las ventanas del salón y poner música. Después me dirigí a la cocina con la esperanza de que mi memoria no me fallara. A Darcy le encantaba el chocolate caliente y en el fondo de algún armario yo guardaba un bote de cacao soluble.

Sí, allí estaba. Miré la fecha de caducidad y respiré aliviado.

Regresé al porche con dos tazas humeantes y encontré a Darcy sentada en los escalones, de espaldas a mí. Quieta, pensativa mientras se abrazaba las rodillas. La observé. Últimamente parecía estar lejos de todo, de mí, incluso de ella misma. Ensimismada en sus pensamientos. La veía perderse en rincones a los que viajaba sola y de los que volvía aún más borrosa. Y en ese instante, bajo mi porche, se encontraba muy lejos y difuminada.

Me senté a su lado. Darcy ladeó la cabeza de golpe y me miró como si le sorprendiera verme allí. Sonrió al fijarse en las tazas.

—¡Chocolate!

—¡Chocolate! —repetí mientras le daba la taza.

Ella se inclinó y me besó en la comisura de los labios. Se le formaron esos dos hoyuelos que me traían de cabeza.

—Gracias.

—Lo que sea por esa sonrisa.

La miré cuando se llevaba la taza a los labios y bebía un sorbo. Gimió con un suspiro de placer y yo tuve que contenerme para no colar la mano bajo su vestido y arrancarle uno mucho más íntimo.

Una suave brisa nos envolvió, y trajo consigo el suave aroma de las plantas silvestres y la tierra. Nos quedamos quietos, sin hablar, mirando el cielo repleto de estrellas. Me recorrían muchas sensaciones.

Inspiré hondo.

—¿En qué piensas? —le pregunté.

Se encogió de hombros.

—¿Sabes que han pasado casi tres meses desde que llegué? —Asentí. Habían pasado ochenta y dos días exactamente, y no dejaba de rogar para que se quedara siempre—. Pienso en la persona que era cuando llegué y en la que soy ahora.

—¿Y con cuál te quedas?

—Con ambas, pero me gusta más la que tienes delante en este momento.

—A mí también —confesé.

La Darcy de antes apenas podía dirigirme la palabra. La de ahora solía despertarse casi todas las mañanas a mi lado. Un regalo que no estaba seguro de merecer.

Sonrió y su mirada fue dulce, casi una caricia.

—Llegué enfadada, llena de miedos e inseguridades, y con muchas preguntas cuyas respuestas me aterraba conocer. Y a todo eso tuve que sumarle la culpa y los remordimientos que sufrí cuando mi abuelo murió. Me sentía una persona horrible.

—Cariño, tú no tuviste la culpa de nada.

—De algunas cosas sí —susurró. Se mordisqueó el labio inferior, pensativa—. Tomé decisiones que voy a lamentar siempre, esa es la verdad. Pero ya no me torturo con cómo fueron las cosas y cómo podrían haber sido. —Me miró a los ojos—. Es absurdo, Declan. No puede cambiarse el pasado.

Solté el aire que contenía, y acepté la verdad que encerraban sus palabras. No las decía solo por ella, también por mí.

—Lo sé, intento aceptarlo.

—Lo harás, y un día te darás cuenta de que los traumas del pasado ya no te pesan. Te sentirás fuerte para ser tú mismo y pensar en el futuro, en todas esas cosas que siempre quisiste hacer y, por un motivo u otro, no hiciste. Querrás avanzar, experimentar, vivir... Empezarás a confiar en ti mismo y... —Se le atascaban las palabras. Parecía que luchaba contra sí misma, contra mí, contra el aire que había entre nosotros—, casi sin darte cuenta, descubrirás quién eres y lo que quieres.

Ella me sostuvo la mirada sin reservas, y yo bajé la vista a las tablas de madera, buscando algo que decir. Sus palabras eran como un amanecer, una puesta de sol, un hermoso sueño, el despertar después de una pesadilla.

Sonaba perfecto. Sonaba mágico.

Era todo lo que yo anhelaba.

Y habría vendido mi alma si así lograba que ese día llegara.

Inspiré hondo y el aire se me quedó atrapado en la garganta. Mis ojos vagaron por el rostro de Darcy y, de repente, lo supe. El porqué de su talante ausente. Su actitud distraída. Esa incertidumbre en sus ojos cuando me miraba.

Ella había superado sus traumas, se sentía fuerte. Quería avanzar, vivir...

Y, quizá, ya sabía lo que quería.

Quizá ya había tomado una decisión que aún no se atrevía a contarme.

¿Por qué?

Apreté los dientes.

No estaba preparado para esa respuesta.

No, si podía cambiarlo todo.

Así que guardé silencio.

Ella apoyó la cabeza en mi hombro y allí nos quedamos viendo amanecer.

63
Darcy

El alba me encontró sentada en un pequeño sillón junto a la ventana de mi habitación. Me había acurrucado allí durante la noche, harta de dar vueltas en la cama sin poder dormir. Sin dejar de pensar en cosas. En todo.

Por primera vez en mi vida era feliz. Feliz de verdad. Amaba a Declan y cada minuto a su lado era aire fresco para mis pulmones. Luz para mi alma.

Adoraba a mis amigos. Pasar tiempo con Sloane. Conversar con Cameron. Los momentos con Devin y Sky. La amistad que había construido con Will. Todos ellos eran importantes en mi vida. Le daban sentido a partes de mí que nunca lo habían tenido.

Y aunque echaba de menos a Eliza, siempre la encontraba a un FaceTime de distancia.

Además, la isla de Vancouver era el lugar más bonito del mundo para vivir.

También había tomado una decisión respecto a la agencia: llamaría a ese número. Abriría la puerta a ese sueño irrepetible, porque estaba cansada de perder cosas importantes por mi absurdo miedo a sufrir desengaños.

Las decepciones forman parte de la vida.

Entonces, ¿por qué seguía notando esa sensación en el pecho? Esa incomodidad que sentía un poco más cada día. Como cuando llegas a un sitio y tienes el presentimiento de que te has equivocado de lugar. Que no es allí donde deberías estar.

Contemplé la pequeña franja de sol que había aparecido sobre los árboles. Un rayo se coló entre los dos abetos más altos y me deslumbró. Aparté la mirada y parpadeé varias veces para deshacerme de las estrellitas que habían aparecido en mis ojos. Miré de nuevo y me fijé en la tierra de la que brotaban sus troncos.

El abuelo y yo habíamos plantado esos abetos, uno por cada Navidad que habíamos pasado juntos. Me emocionaba que para él representaran algo tan importante como para convertirlos en el lugar de reposo de sus cenizas si yo no...

Me puse en pie de golpe, espoleada por un chispazo en mi mente. Un recuerdo.

Salí de mi dormitorio y me dirigí al de mis abuelos. Me detuve frente a la cómoda y observé las urnas.

Noté que los ojos se me llenaban de lágrimas.

Había pasado tanto tiempo tratando de borrar los momentos, los sentimientos, todo lo emocional que ataba mi corazón a esos cuatro años, que lo había logrado en gran parte. Acallé las voces, los recuerdos, y en el silencio desaparecieron muchas cosas.

Cosas importantes.

Cosas que, tiempo atrás, me hicieron sentir parte de una historia. De un legado.

Cosas que, por fin, me hicieron sentir que tenía unas raíces.

64
Darcy

Enero de 2008.

Trece años.

—Allí.

Señalé un hueco entre dos cedros que se alzaban en el límite entre nuestro jardín y el bosque.

—Parece un buen sitio —comentó el abuelo. A continuación se dirigió al garaje y sacó un par de palas. Me dio una y comenzamos a cavar.

Pasado un rato, teníamos un hoyo con el tamaño suficiente como para plantar nuestro abeto. Con mucho cuidado extrajimos sus raíces del macetero y lo depositamos en el suelo. Mientras el abuelo lo sujetaba, yo rellené el agujero, empujando la tierra helada con las manos. Cuando terminé, apenas podía sentir los dedos.

Miramos nuestra obra bastante orgullosos. El abeto se mantenía derecho y pronto sus raíces se aferrarían al terreno.

—¿Te apetece chocolate caliente? —me preguntó el abuelo.

—Siempre me apetece —respondí con el cuerpo aterido de frío.

Entramos en la casa. El abuelo se dirigió a la cocina y yo subí al baño para lavarme. Mientras me frotaba la suciedad de las uñas, observé mi reflejo en el espejo que colgaba sobre el lavabo. Estudié mi pelo largo y castaño, los ojos marrones que me devolvían la mirada con descaro, la piel ligeramente tostada cubierta de pecas, la nariz pequeña y fina. Nada que destacara. Y más abajo, la cosa tampoco mejoraba. Mi cuerpo tenía las mismas formas que a los nueve años.

Era frustrante, sobre todo porque mi mejor amiga llevaba todo un año usando sujetador, y cuando se ponía biquini hasta yo era incapaz de apartar la vista de sus pechos.

Dejé de lamentarme por la injusta anatomía que me había tocado y fui a mi dormitorio para ponerme el pijama.

Bajé la escalera dando saltitos y me acerqué a la chimenea, donde el abuelo había encendido el fuego. Las llamas crepitaban en el silencio y su luz anaranjada me calentó las manos. La puerta principal se abrió y el abuelo entró cargando con un par de troncos. Los dejó junto a la pared.

—Ya estás aquí —dijo al verme—. Iré a preparar el chocolate.

—No, siéntate. Yo lo haré.

Fui hasta la cocina y puse a calentar un poco de leche. Después saqué un par de tazas de la alacena y eché dos cucharadas grandes de cacao soluble en cada una. Me llegaron las primeras notas de una canción; el abuelo había encendido la radio y la voz de Cat Stevens se enredó en mis oídos.

Apagué el fuego en cuanto la leche comenzó a chisporrotear y la serví en las tazas. Las llevé hasta el salón. Dejé una sobre la mesa y con la mía calentándome los dedos me acomodé en el sofá.

Observé de reojo al abuelo, sentado en su sillón, absorto en su última lectura. Pese al tiempo que llevábamos conviviendo, era un misterio para mí en muchos sentidos. Habían pasado semanas desde que descubrí esos brazaletes y desde entonces no había dejado de pensar en ellos. En la historia que había detrás. En el presentimiento que me hacía mirar a mi abuelo con el corazón encogido.

Y cuanto más evitaba él mis preguntas, mayor era mi obsesión. Tomé aire y me humedecí los labios con resolución.

—¿Fue como se ve en las películas?

—¿A qué te refieres? —me preguntó él sin levantar la vista del libro.

—A los campos de concentración en los que encerraban a los judíos —contesté casi sin voz.

Vi que contenía el aliento.

—¿Por qué crees que yo lo sé?

—Por los brazaletes.

Se quedó callado e inmóvil durante una eternidad. Las llamas anaranjadas del fuego se mecían con suavidad e iluminaban su rostro, lo que acentuaba las arrugas que lo surcaban. De repente, parecía mucho más mayor de lo que ya era. El silencio se propagó por la habitación otro par de minutos. Tensó la mandíbula y sus dedos cerraron el libro sin prisa. Alzó la barbilla y me miró. Me sonrió débilmente.

—¿Qué día es hoy?

—Domingo —respondí desanimada, pues sabía lo que a continuación diría para esquivar mi pregunta.

—El domingo es un buen día para contar historias.

El corazón me dio un brinco. Tragué saliva y me enderecé en el sofá. Casi me daba reparo respirar, por si la más mínima distracción le hacía cambiar de opinión. Lo observé con los ojos muy abiertos, esperando.

El abuelo tomó aire con una brusca inspiración y comenzó a hablar.

—Nunca estuve en un campo de concentración, pero casi todas las personas que conocía murieron en ellos. —Apretó los párpados un segundo, como si intentara ordenar sus pensamientos—. Será mejor que empiece por el principio.

»Yo acababa de cumplir nueve años cuando las tropas alemanas entraron en Varsovia y comenzaron los bombardeos. Vivía en una casa sencilla de un barrio a las afueras, con mis abuelos, mis padres y mi hermana. Recuerdo que estaba acurrucado en la cama cuando oí la primera explosión. Un sonido grave seguido de un estrépito, como si algo se hubiera derrumbado en mil pedazos. Corrí a la ventana y vi cómo los aviones atravesaban el cielo dejando caer una bomba tras otra. Nunca había visto nada igual, y jamás olvidaré el ruido, era infernal. Mi madre me alejó de aquella ventana y mi padre la cubrió con tablas, como si de verdad esperara que aquello tan endeble pudiera protegernos. Esa noche apenas dormimos. Ni las siguientes.

Hizo una pausa y se humedeció los labios:

—Los bombardeos continuaron. A veces duraban unos minutos; otras, horas interminables. Asolaron la ciudad y quedó convertida en un montón de ruinas ardientes y columnas de humo negro. Pasábamos los días pegados a la radio en busca de noticias. Eran tan desoladoras. Un mes después del primer ataque, Varsovia se rindió.

El abuelo cerró los ojos un momento y se masajeó el puente de la nariz. Yo lo miraba sin parpadear. Continuó:

—Si los bombardeos fueron horribles, lo que vino a continuación fue mucho peor. El ejército alemán irrumpió en nuestras calles, izaron banderas y lanzaron discursos de supremacía y sus primeras directrices. Cada semana aparecía una nueva ley que ahogaba un poco más a nuestro pueblo. Nos prohibieron ir a los parques, los cafés, el zoo. En todas partes comenzaron a aparecer carteles que decían «No para los judíos». No judíos en los tranvías, ni en los restaurantes. No judíos en las aceras.

»Poco después, a los niños nos expulsaron de los colegios y a los adultos, de sus trabajos. Y no dejaban de llegar nuevas órdenes, la más humillante fue que debíamos ir marcados. Todos los judíos estábamos obligados a llevar en el brazo derecho un brazalete con una estrella de David de color azul. Luego llegaron las tarjetas de identidad y las cartillas de racionamiento. No había comida. —Recordé la tarjeta amarilla que había visto dentro de aquel archivador granate que guardaba en el baúl—. Pensábamos que las cosas no podían empeorar más, pero lo hicieron. Un día, los alemanes nos obligaron a recoger nuestras pertenencias y a abandonar nuestras casas, y nos llevaron al centro de la ciudad. Habían acotado un espacio para nosotros. Miles de personas hacinadas en un área insuficiente de altos muros y soldados que vigilaban día y noche el perímetro.

Un frío intenso me recorrió las extremidades, que nada tenía que ver con las bajas temperaturas de diciembre. Él retomó la historia sin apartar la vista de la chimenea:

—Nuestra vida en el gueto era horrible. Trabajos forzados, hacinamiento, hambruna, enfermedades, insalubridad y miedo, mucho miedo. Así transcurrían los días. Nos rodeaba la brutalidad: golpes, escupitajos, insultos, intimidaciones y cosas mucho peores por parte de los soldados. Como si atormentarnos se hubiese convertido en una forma de diversión.

»Primero perdí a mis abuelos. No soportaron ese primer invierno. Un año después de nuestra llegada al gueto, mi madre se consumió por culpa de unas fiebres. —Tragó saliva con un gesto de dolor—. Pocos meses más tarde, mi hermana no vino a casa una noche. Apareció al día siguiente, con la ropa rota y una expresión vacía e inexpresiva. Pasó varios días tumbada en su cama con la vista perdida y sin decir una palabra. Hasta que una mañana ya no despertó.

—¿Por qué?

—Murió de vergüenza.

Entonces lo entendí y se me revolvió el estómago.

Mi abuelo continuó hablando durante mucho tiempo. Me contó cómo los soldados dispararon a su padre cuando este se negó a desnudarse en medio de la calle; no por pudor, ese sentimiento había desaparecido hacía mucho de sus corazones, sino porque llevaba una rebanada de pan oculta bajo los pantalones. La primera comida que harían en días.

Se quedó completamente solo con apenas doce años. Sobrevivió como pudo durante semanas, haciendo reparaciones en las casas y excavando pequeños escondrijos para guardar objetos valiosos. Tenía un don para los trabajos manuales y no tardó en ser reclutado por un grupo de muchachos que ganaban dinero construyendo escondites. Muchas familias lograron escapar de las redadas de los alemanes gracias a esos refugios cuando empezaron las deportaciones.

Miles de personas eran enviadas cada día a Treblinka.

Entonces, a principios de 1943, los acontecimientos se precipitaron dentro del gueto cuando los nazis recibieron la orden de eliminar todo rastro hebreo de Varsovia. Iban a asesinar a todos los judíos y a destruir el gueto.

Una noche sin luna, mi abuelo logró escapar junto a otras pocas personas por uno de los túneles que habían sido excavados hasta el extrarradio. Desde allí continuaron a través de las cloacas, vadeando aguas, espantando ratas y tratando de no morir asfixiados por el hedor. Estuvieron bajo tierra durante todo un día, recorriendo el laberinto de alcantarillas con la ayuda de un tosco mapa que un hombre había conseguido recrear haciendo incursiones durante meses.

—Después de tantas horas, por fin vimos una pequeña luz, que fue cobrando fuerza conforme nos acercábamos. Era la luz del sol. Sin saber muy bien dónde estábamos y qué nos acechaba afuera, esperamos sin hacer ruido hasta que se hizo de noche para poder salir. —Al abuelo le falló la voz. Inspiró hondo y tragó saliva. Su semblante, muy serio hasta ese momento, recobró un poco de vida—. Emergimos a un bosque tan oscuro que cualquiera habría sentido miedo, pero comparado con el lugar de donde veníamos, para nosotros era lo más acogedor que habíamos visto en años. En total, aquella noche escapamos de los túneles diecinueve personas. Dos de esas personas eran una niña de mi edad y su madre.

—¿La abuela? —pregunté, aun sabiendo la respuesta. El abuelo asintió con un gesto—. ¿Qué pasó?

—Debíamos alejarnos todo lo posible de Varsovia y buscar un lugar seguro. Aprovechamos la noche para movernos, y poco antes del amanecer nos encontró un grupo del AK, la resistencia polaca. Nos dieron alimentos y dos hombres se unieron a nosotros para guiarnos hasta una zona más segura. Nos fueron separando en grupos más pequeños y escondiéndonos en casas aisladas en el campo. Al darse cuenta de que me encontraba solo, la madre de Hannah, que se llamaba Irena, me hizo pasar por su sobrino, y los tres nos refugiamos en una granja abandonada al noreste de Pultusk. Con nosotros se quedó un hombre, Moshe, el mismo que había logrado sacarnos del gueto gracias a su mapa del alcantarillado.

No sé en qué momento me moví, pero sin darme cuenta acabé sentada en la alfombra al lado de mi abuelo, con la barbilla apoyada en su rodilla, embobada con la historia y esa magia que desprendía su voz y que hacía que viera cada escena en mi mente como si hubiera estado allí con él. Continuó:

—Permanecimos escondidos en esa granja hasta que acabó la guerra. Después nos dirigimos a uno de los muchos campos de desplazados en la zona de ocupación norteamericana. En cierto modo, aquel tiempo ocultos creó entre nosotros un vínculo y nos convertimos en una familia. Como tal, decidimos que en Europa ya no quedaba nada para nosotros. Solicitamos permisos para viajar a Estados Unidos y en 1948, dos años después, subimos a bordo de un barco que nos llevó a la tierra de la libertad. Años más tarde pudimos entrar en Canadá y asentarnos aquí. —Me miró y le sonreí—. Hannah y yo nos casamos en 1955. Luego, doce años más tarde y de forma totalmente inesperada, cuando ya habíamos perdido la esperanza, llegó tu madre.

Extendió la mano y me tocó levemente el hombro. Transcurrió un instante de silencio, roto tan solo por el crepitar del fuego y un ligero golpeteo en el techo. Había comenzado a llover.

—Hannah y yo siempre quisimos regresar —dijo en voz baja.

—¿A Varsovia? —inquirí sorprendida. Él asintió—. ¿Por qué querríais regresar a un lugar donde sufristeis tanto?

—Porque esa ciudad fue nuestro hogar. Donde nacimos. Donde nacieron nuestros padres y nuestros abuelos. Allí están nuestras raíces, Darcy. Las tuyas también. Y son muy profundas. Hannah se ha ido antes de poder cumplir ese sueño. Quizá sus cenizas lo logren algún día.

—¿Tú aún quieres regresar?

—Me gustaría ver la ciudad reconstruida. Las calles, los edificios y los jardines invulnerables, como si nunca hubiera pasado. A la gente caminando libre y sin miedo. Quién sabe, quizá nuestra casa siga en pie y en ella viva una familia como la que yo tuve. O el parque en el que jugaba de niño. Sí... me gustaría volver.

—Te llevaré, abuelo. Te prometo que regresarás a Varsovia.

El abuelo me miró con una tristeza infinita y posó su mano sobre la mía.

—Gracias.

65
Darcy

Leí en alguna parte que averiguamos quiénes somos con el paso del tiempo. Por partes. Poco a poco. Fragmentos que vamos encontrando gracias a las personas que conocemos, las experiencias que tenemos y los momentos que vivimos. Es la suma de esas partes la que nos compone, como piezas de un puzle que nos va mostrando una imagen.

Saboreé aquel pensamiento al mirarme en el espejo del baño, con el pelo mojado y totalmente desnuda tras una larga ducha. Me observé y encontré el puzle que componía la mía, cada pieza que la formaba, y por fin vi una imagen completa.

66
Declan

La vi nada más cruzar la puerta del restaurante. Estaba sentada en un taburete, junto a la barra, distraída con la carta de las bebidas. Me detuve un momento para mirarla. Llevaba unos vaqueros ajustados y una blusa rosa pastel que dejaba entrever un sujetador oscuro, y se había recogido el cabello en una coleta alta.

Estaba jodidamente preciosa.

—Siento haber tardado —me disculpé nada más llegar a su lado.

Ella levantó la mirada y me regaló una sonrisa. Esa sonrisa cálida y cariñosa que me hacía sentir tan bien.

—No pasa nada.

—Will me ha entretenido con una de sus ideas y quería pasar por casa para darme una ducha. Lo siento.

Alzó la mano y me acarició la mejilla.

—Tranquilo, solo llevo aquí diez minutos.

El camarero se acercó a nosotros y se ofreció a acompañarnos a una mesa.

El restaurante era pequeño y acogedor. Apenas había un puñado de clientes absortos en sus platos. Nos sentamos el uno al lado del otro y cruzamos las miradas. Le sonreí y Darcy me devolvió el gesto al tiempo que me inclinaba sobre la mesa para estar más cerca de ella.

Reconocí la canción que sonaba por los altavoces: *Jealous*, de Labrinth. En aquel momento no le presté atención, sin saber que esa melodía, esa letra, se convertirían en un recuerdo constante de esa noche. De lo que no supe ver. Ni entender. De un futuro que, probablemente, yo mismo escribí durante ese encuentro.

No hablamos de nada importante mientras cenábamos, tan solo nos contamos cosas intrascendentes.

Darcy se aflojó el pantalón en cuanto nos sirvieron el postre y yo empecé a bromear sobre su obsesión por el chocolate. Me encantaba verla reír. Me llenaba el pecho con una sensación única, así que me dediqué a robarle sonrisas y carcajadas.

—No me mires así —me pidió en voz baja.

—¿Cómo?

—Así. —Se ruborizó y se mordió el labio inferior.

—¿Como si estuviera loco por ti? Puedo intentarlo.

Fruncí el ceño y me crucé de brazos, aparentando estar enfadado. Me lanzó una bolita de papel y volvió a reír. En ese momento pensé que todo era perfecto. Incluso aunque hubiese una pared entre los dos, que parecía ir alzándose poco a poco.

Darcy bebió un trago de agua y dejó el vaso a un lado. El silencio nos envolvió mientras nos mirábamos.

—Tengo que contarte algo —dijo a la vez que empezaba a juguetear con la tarta en el plato.

Sentí una presión en el pecho y la miré atento.

—¿Qué?

—¿Recuerdas lo que Marek te dijo sobre mí? Que yo sabría qué hacer si él... Ya sabes.

—Sí.

—Creo que se refería a que llevara sus cenizas y las de la abuela a Varsovia.

—¿Estás segura?

—Recordé una conversación que tuvimos. Ellos siempre quisieron regresar a casa y yo... yo le prometí que lo llevaría. Es lo único con sentido, Declan.

Contuve el aliento un instante.

—¿Y qué vas a hacer?

—Bueno, he hablado con la funeraria que se ocupó de todo cuando él murió. Dicen que el seguro de vida que tenía contratado cubría el traslado de sus restos a cualquier parte del mundo. Ellos se encargarían de gestionar todo el papeleo y de las urnas, y yo solo tendría que recogerlas en el punto de destino.

—En Varsovia —aventuré.

—Sí. He estado mirando billetes de avión y no son muy caros.

Se me dispararon las pulsaciones al darme cuenta de que debía de llevar días pensando en todo aquello. Informándose como si ya lo tuviera decidido. Y no me había dicho nada hasta ese momento.

—¿Y qué piensas hacer?

—Ellos soñaban con regresar a casa y verla una última vez.

—Pero ellos ya no pueden ver nada, Darcy.

Una mueca cruzó su rostro. Mi comentario había estado fuera de lugar, pero un sentimiento egoísta se estaba apoderando de mí, luchando contra la idea de que ella pudiera marcharse.

—Lo sé, y ya no se trata de eso, sino de... su alma. Y de la mía. De... cumplir un deseo importante. Voy a hacer todo lo posible para que descansen en el cementerio judío de Varsovia —me indicó muy seria.

Bebí un sorbo de agua, aunque el cuerpo me pedía algo mucho más fuerte. Después me froté la cara y enfrenté su mirada.

—¿Me estás diciendo que vas a irte?

—Podríamos irnos juntos, Declan. ¡Ven conmigo! —exclamó con una sonrisa.

—¿A Europa? ¿Ahora?

Asintió con vehemencia y alargó su mano por encima de la mesa para colocarla sobre la mía.

—Sí, podríamos subir a un avión y marcharnos. Llevaríamos las cenizas a Varsovia y después haríamos una parada en Florencia. Me entrevistaría en persona con ese hombre de la agencia y, quién sabe, quizá podríamos pasar un tiempo allí. O en Viena. París. Sídney... —Hablaba muy deprisa, emocionada—. Siempre planeamos viajar juntos. Puede que esta sea nuestra oportunidad. El primer paso para cumplir esos sueños que compartíamos.

—Suena bien —susurré.

—¿Eso es un sí?

La miré mientras notaba un agujero en el pecho, un poco más grande con cada inspiración.

—Darcy, no puedo marcharme.

—No será para siempre —me dijo suplicante.

—Puede que más adelante.

—¿Cuándo?

Sacudí la cabeza y contemplé nuestras manos entrelazadas.

—No..., no estoy seguro. Para mí es más difícil que para ti. Tengo una vida aquí, y es bastante complicada, ya lo sabes.

—Lo sé.

—No estoy diciendo que no, Darcy. Solo que podríamos dejarlo para dentro de un tiempo. ¿Qué te parece?

Me miró y vi desconfianza en sus ojos.

—¿Cuánto tiempo?

—No estoy seguro, pero no mucho, te lo prometo —le aseguré con una sonrisa demasiado tensa. Intentaba ganar tiempo a cualquier precio. Yo lo sabía y ella lo sabía.

—No sé, Declan, esto es importante para mí. —La tensión se arremolinaba a nuestro alrededor—. Es cierto, tú tienes una vida aquí y lo comprendo, pero yo...

La corté. La idea me mataba.

—Cariño, tú también tienes una vida aquí, conmigo. —El corazón me latía atropellado—. Tenemos tiempo. Todo el tiempo del mundo. Iremos a Varsovia, y a Florencia, te lo prometo. Aunque, de momento, puedes llamar a ese tío y hablar con él por teléfono. Y si llegáis a un acuerdo, nada te impide trabajar desde aquí para él.

—Podría, pero...

Mi teléfono móvil comenzó a sonar. Lo ignoré, porque la conversación que estaba manteniendo con Darcy era muy importante.

—Darcy, por favor, no te vayas.

—Siento que debo hacerlo, y quiero que sea contigo.

El teléfono sonó de nuevo y lo saqué del bolsillo. Eché un vistazo a la pantalla y vi que era Will. Le quité el sonido y lo dejé sobre la mesa.

—Joder, Darcy, y yo quiero ir contigo —repliqué con impaciencia—. Quiero hacer todas esas cosas de las que hablábamos.

—Pero no ahora.

—No es un buen momento. —La pantalla del móvil se iluminó con un mensaje. Lo leí por encima y el corazón me dio un vuelco—. Es Will, han llamado por el anuncio. Ha aparecido una bolsa en el lago Kennedy.

Darcy frunció el ceño.

—Pero esa zona está muy lejos del lugar donde Harvey sufrió el accidente. No puede ser su mochila.

Tenía razón y una parte de mí lo sabía. Otra, la que siempre tomaba el control, o más bien lo perdía, me hizo levantarme de la silla y pausar nuestra conversación.

—Debo asegurarme.

—¿Ahora?, es tarde.

—No podré dormir si lo dejo para mañana.

—Declan...

En sus ojos había una súplica. La ignoré sin darme cuenta

del error que cometía, cegado por el pasado, sin ver que era el futuro lo que estaba dejando ir como arena entre los dedos.

—Es importante. Sabes lo que significa para mí.

—De acuerdo, te acompaño.

—No, tranquila, ve a casa y duerme. Te cuento mañana.

Darcy me miró decepcionada. Bajó la cabeza.

Me incliné y la tomé por la barbilla. Tiré con delicadeza de ella hasta que mis labios rozaron los suyos.

—Por favor, Darcy, quédate —le supliqué sin despegar mi boca de la de ella—. Quédate ahora, mañana y siempre. Quédate aunque quieras irte. Quédate.

Nos miramos durante un largo instante. Pude ver mis ojos reflejados en los suyos y cómo perdían brillo. Me sonrió, pero era un gesto vacío.

Nunca debí hacerlo. Nunca debí dejarla en ese restaurante y marcharme tras esa quimera.

67
Darcy

—¿Para qué quieres tanto dinero? —preguntó mi padre al otro lado de la línea telefónica.

—Me dijiste que te pidiera ayuda si la necesitaba. Bien, la necesito.

—Es una cantidad importante...

—¿Sabes qué?, olvídalo. No he debido llamarte.

—Darcy...

—Adiós, papá.

—Darcy, espera... —Inspiré hondo y aguardé con los dientes apretados—. Te transferiré el dinero ahora mismo, pero dime al menos para qué lo necesitas, por favor. ¿Tienes problemas?

Hice una mueca y me llevé la mano al cuello.

—¡No! Quiero viajar y pasar un tiempo en Europa —confesé.

—¿Europa? No entiendo nada, hija. Primero decides permanecer en ese pueblo y ahora quieres ir de viaje a Europa. —Hizo una pausa en la que pude oír su respiración profunda—. ¿Por qué no regresas a casa? Me haces pensar que te sientes perdida y que necesitas centrarte. Déjame ayudarte, Darcy.

Sonreí para mí y negué con un gesto a pesar de que él no podía verme.

—Te equivocas. Por primera vez sé quién soy y lo que quiero hacer. Voy a Europa porque deseo conocer Varsovia. Necesito ver el lugar donde vivió mi familia, donde están mis raíces. Después, haré una parada en Florencia. Allí hay un hombre que tiene una agencia que representa a pintores, ilustradores, dibujantes... En su catálogo hay artistas famosos. —Suspiré con la vista clavada en el techo—. Papá, quiere conocerme. Cree que tengo talento.

—Yo nunca he dicho que no lo tuvieras, solo que hay profesiones más seguras.

—Y quizá tengas razón, pero quiero intentarlo y ver qué pasa. Es con lo que siempre he soñado y ya va siendo hora de que haga algo al respecto, ¿lo entiendes?

Otra pausa, más larga que la anterior.

—¿Y qué harás después de ver a ese hombre en Florencia?

—No lo sé. Quizá me quede allí un tiempo, o puede que viaje a alguna otra parte.

No tenía un plan concreto y eso era lo que más me gustaba de todo. Arriesgarme, dejarme llevar, improvisar. Me había funcionado durante los últimos tres meses.

—¿Sola?

—Sí, creo que ese es otro de los motivos por los que quiero hacer esto. Aprender a estar sola sin sentirme mal ni fracasada por ello.

—Está bien, hija. No sé si lo entiendo, pero... —Suspiró con fuerza—. Te apoyaré en esta aventura, por ponerle un nombre.

—Gracias, papá.

—Solo tengo una condición. —Estuve a punto de protestar, pero guardé silencio—. Llámame de vez en cuando, Darcy. Cuéntame dónde estás, qué haces, cómo te encuentras.

—Lo haré. Te lo prometo.

Finalicé la llamada y me quedé mirando la maleta abierta sobre la cama. Me había pasado la vida sintiéndome sola, pero nunca había estado sola de verdad. Siempre rodeada de gente, buscando afecto y atención. Cada vez más pequeña, más insignificante, al comprobar que era invisible a todos esos ojos.

Por fin estaba preparada para dar el paso. Me tocaba seguir adelante sin olvidar, sin esperar nada que no dependiera de mí. Sin saber muy bien adónde me dirigía, pero entendiendo adónde no quería volver. A la inercia del pasado. A la desidia de la autocompasión. A la necesidad de aceptación.

Había llegado el momento de emprender el camino que me tocaba recorrer. Que yo misma había elegido. Iría todo lo lejos que pudiera y disfrutaría de los tropiezos, las caídas y los errores. Un viaje para conocerme y hacer cosas que ni yo misma imaginaba aún.

Me acerqué a la ventana. La vieja casa estaba silenciosa e inmóvil. La única vida palpable fluía desde las ramas de los árboles, que parecían saludar con un lento vaivén. Iba a echar de menos mi casa, mi hogar. Porque si había un lugar al que volvería siempre, era ese.

Pensé en Declan y recordé sus palabras como si me las estuviera susurrando en mi mente:

«Quédate ahora, mañana y siempre. Quédate aunque quieras irte. Quédate.»

Noté de nuevo las lágrimas asomando a mis ojos, quemándome las mejillas. Lo quería con toda mi alma, pero no podía quedarme. Yo necesitaba avanzar y él no lograba hacerlo. Continuaba atascado en ese capítulo de su vida del que no conseguía salir y no había nada que yo pudiera hacer para ayudarlo. Estaba decidido a sufrir y solo él podía salvarse a sí mismo.

Contemplé el billete de avión impreso que reposaba sobre la cómoda y volví a sentir las dudas, el miedo, el deseo de quedarme. Porque el impulso estaba ahí, gritándome desesperado que no me marchara. Preguntándome sin descanso cómo iba a vivir lejos de Declan.

Tragué saliva y me recompuse.

Si existía una sola posibilidad de que pudiéramos estar juntos y ser felices algún día, primero yo debía seguir mi propio camino y él, superar los fantasmas de su pasado.

Yo necesitaba marcharme ahora para elegir volver; él, perdonarse a sí mismo.

Reencontrarnos como dos individuos completos y no permanecer como dos almas rotas que se necesitan para sobrevivir.

68
Declan

Oí unos golpes en la puerta.

Miré la hora en el reloj. Pasaban unos minutos de la medianoche. Era muy tarde para una visita. Dejé el libro que estaba leyendo a un lado y me levanté del sofá.

Cuando abrí la puerta, me quedé helado.

—¡Darcy! —Parpadeé varias veces—. ¿Qué haces aquí? Dijiste que ibas a salir con Sloane.

Me dirigió una mirada intensa antes de lanzarse hacia mí. Me envolvió el cuello con los brazos y su boca se encontró con la mía. Me besó con ganas. Un beso profundo y desesperado. Sus manos viajaron hasta mi estómago y se colaron debajo de mi camiseta. Tiró hacia arriba y yo la ayudé a quitármela.

Nuestros ojos se encontraron. Quise decir algo. Preguntarle qué le ocurría en realidad. No fui capaz. Esa noche, sus ojos eran como dos ventanas abiertas a su alma y pude ver todo lo que había en ella.

Y lo supe.

Sentí como si se me hubiera caído el corazón de las manos para luego estamparse dolorosamente contra el suelo. Si miraba a mis pies, estaba seguro de que lo encontraría allí, hecho pedazos.

—Declan —dijo mi nombre como si me acariciara al hacerlo.

Se le dilataron las pupilas al deslizar la mirada por mi torso desnudo y ese músculo roto me latió con fuerza cuando su boca rozó de nuevo la mía. Me mordió el labio inferior con suavidad y un escalofrío me recorrió la espalda. Le pasé las manos por el cuello, la nuca, el principio de la espalda. Encontré la cremallera de su vestido y la bajé muy despacio. Vi cómo caía hasta quedar a sus pies.

Mis ojos bailaron por su cuerpo y lo guardaron en mi memoria. Era preciosa. Tan perfecta.

La cogí en brazos y la llevé a mi habitación, donde terminamos de desnudarnos.

Gimió suavemente en mi boca, con su cuerpo pegado al mío. Tan suave. Tan caliente. Respiré su olor y la abracé muy fuerte. Su lengua se enredó con la mía y nuestros labios se acariciaron mientras chocábamos contra la cama. Se dejó caer en ella y me miró con los ojos nublados. Apoyé las manos a cada lado de su cuerpo, sobre el colchón.

Tenía tantas ganas de ella que el corazón se me iba a salir del pecho, pero necesitaba que aquella noche fuese lo más larga posible. Que no acabara nunca. Quería memorizar cada segundo y todos los detalles que pudieran contener, para recordarlos siempre.

Suspiré contra su boca al tiempo que mis manos recorrían cada centímetro de su piel. Sus ojos estaban llenos de deseo y sus mejillas brillaban sonrojadas. Me encantaba ver el modo en que reaccionaba a mis caricias. Su cuerpo respondía al mío, retorciéndose bajo mis dedos, que la exploraban ansiosos. Temblando bajo mis labios. Mi lengua. Rogando entre sollozos ir un poco más allá. Un poco más lejos. Más alto.

Un beso más y sentí cómo saltaba. Sonreí contra su piel y la besé en la cara interna del muslo. Me alcé sobre ella y sus ojos oscuros me atravesaron.

Le sostuve la mirada mientras abría el cajón de la mesita y cogía un preservativo. Mi corazón estuvo a punto de estallar cuando me coloqué sobre ella y sus caderas salieron a mi encuentro. Me deslicé dentro de ella. Ambos contuvimos el aliento. Todo mi ser temblaba y tuve que tomarme un momento para concentrarme.

Me retiré con cuidado y volví a entrar en su cuerpo. Darcy se agarró con fuerza a mis hombros y gimió de placer. El momento era tan intenso que apenas podía soportarlo. Continué moviéndome. Más y más y más... Hasta que Darcy se deshizo entre mis brazos.

Seguí tomándola. Haciéndola un poco más mía y yo, más suyo. Casi con rabia y desesperación. Con ferocidad y tristeza. Ahogándome en la despedida, porque a eso me sabía cada beso, cada caricia, cada mirada. A un adiós inevitable.

Nos abrazamos al terminar. Me quedé tumbado con ella sobre mi pecho, oyendo el sonido de su respiración, notando sus latidos atropellados.

Ninguno dijo nada.

Poco a poco se durmió entre mis brazos. Yo fui incapaz, pendiente de una cuenta atrás que me estaba matando por dentro.

No sabía cuánto tiempo había pasado, cuando la sentí moverse.

Cerré los ojos con fuerza, porque me costaba llegar al final, a ese final que ya no solo era una intuición.

Darcy se levantó de la cama y se vistió intentando no hacer ruido. Me esforcé por respirar de forma tranquila, cuando mi corazón había entrado en barrena e iba directo a estrellarse. Porque el corazón siempre sabe cuándo ha llegado el momento de terminar algo. Es el que mejor entiende de puntos finales. Pero se hace el ciego, el sordo y el mudo porque le duele romperse, aunque el golpe sea inminente.

Oí los pasos de Darcy acercarse. Se quedó inmóvil a mi lado, durante tanto tiempo que perdí la cuenta. Entonces noté sus labios presionando mi mejilla. Apreté el puño que tenía bajo la almohada hasta hacerme daño.

No estaba preparado para asumirlo. Nunca lo estaría. Y aun así la estaba dejando marchar.

La puerta se cerró con un ligero clic.

Esperé unos segundos antes de levantarme y dirigirme a la ventana.

La vi caminar hacia su camioneta. Quise gritarle que se detuviera. Salir de aquella casa y correr hasta ella. Irme con ella. Pero me sentía paralizado, encadenado, y me parecía imposible liberarme, aunque fuera por Darcy.

Una cosa era lo que quería y otra, de lo que era capaz.

Envuelto en la oscuridad del cuarto, la contemplé mientras subía al vehículo y lo ponía en marcha. Miró una última vez hacia la casa. Hacia la ventana. Y por un momento sentí sus ojos sobre los míos.

Me apoyé en la pared y me deslicé hacia abajo hasta quedarme sentado en el suelo. Hundí la cabeza entre las manos, mientras permitía que aquel dolor agónico me envolviera.

Me quedé allí mucho después de que el sol despuntara e iluminara la habitación.

Mi teléfono móvil vibró sobre la mesita de noche. Pensé en no moverme, pero otro pensamiento me empujó a ponerme en pie. Fui hasta la mesita y cogí el teléfono. En la pantalla aparecía una notificación: un mensaje de Darcy.

Tragué saliva y me senté en la cama. Después de todo, había dejado una despedida.

Abrí el mensaje e inmediatamente lo cerré. Lo intenté otro par de veces, hasta que logré reunir el coraje suficiente para escucharlo:

Hola, Declan, soy... soy yo..., Darcy.

No sé por qué he pensado que así sería más fácil...

Dios, ni siquiera sé por dónde empezar...

Está bien...

He decidido irme, y no porque no te quiera. En realidad, es porque te quiero. Te quiero muchísimo, Declan. Me pediste que me quedara, y sí, podría hacerlo, quedarme aquí contigo y construir un futuro juntos. Una vida. Pero ambos sabemos que llegaría un momento en el que estar juntos no sería suficiente para que nuestra relación funcionase.

No bastaría.

Tu culpa, tus remordimientos, tu esperanza... Siempre estarán ahí, y un día esas emociones serán más fuertes que cualquier otro sentimiento que puedas tener hoy por mí. Ya lo son.

Tú necesitas un milagro, encontrar una mochila y perdonarte para seguir adelante. Y yo... yo necesito visitar una ciudad. O puede que muchas hasta que logre averiguar quién soy realmente. Debo aprender a estar sola, a tomar decisiones y... ser yo.

Tienes razón, esa agencia es una gran oportunidad para mí y jamás me perdonaría no intentarlo con todas mis fuerzas. Por eso... creo que debemos dejarlo. En este momento seguimos caminos distintos y, si existe alguna posibilidad de que esos caminos se crucen algún día, debemos separarnos.

Gracias por todo lo que me has dado y cuídate mucho, por favor. Hazlo.

Te quiero...

Adiós.

Noté los trozos de mi corazón separándose y haciéndose cada vez más pequeños, tan diminutos que dudaba de que pudiera encontrarlos para poder juntarlos de nuevo.

Y dolía.

Joder, que si dolía.

Y como siempre, el mundo seguía girando mientras, en aquella habitación, yo apenas lograba respirar.

69
Darcy

—¿Estás segura de que quieres hacer esto así?

Miré a Sloane y asentí con la cabeza. Me estaba costando no echarme a llorar de nuevo.

—¿Te ocuparás de todo? —le pregunté otra vez.

—Sí, tranquila. Hablaré con Will y los chicos. Lo entenderán. Y no te preocupes por la casa, le echaré un vistazo siempre que pueda.

—De verdad, Sloane, puedes mudarte a esa casa si quieres. Así no tendrás que aguantar a tu madre.

Su sonrisa se hizo más amplia y me miró a los ojos.

—Me lo pensaré, pero gracias.

Inspiré hondo un par de veces.

—¡Madre mía, estoy nerviosa! —exclamé. Me llevé las manos al pecho—. No estoy loca por hacer esto, ¿verdad?

—Por supuesto que no, Darcy. Creo que te esperan grandes cosas y tienes que ir a su encuentro. Eres fuerte, más de lo que imaginas, así que súbete a ese cacharro y ve a comerte el mundo. Yo estaré aquí cuando vuelvas.

Sonreí con lágrimas en los ojos, que me limpié rápidamente. Asentí con vehemencia y después me lancé hacia delante para abrazarla muy fuerte.

—Voy a echarte de menos —susurré.

—Y yo a ti, pero hablaremos a menudo.

—Sí, esta vez sí. Te lo prometo.

Nos miramos un largo instante. Me humedecí los labios y me agaché para coger las maletas. Después me encaminé al muelle. Me detuve con un nudo en el estómago y miré una vez más a Sloane.

—Cuida de él —le rogué en voz baja.

—Todos lo haremos.

Le dediqué una última sonrisa y crucé el muelle hasta el hidroavión que me llevaría a Victoria. Allí cogería un vuelo con escalas a Varsovia.

—¡Buenos días! —saludé.

Matt me miró desde el suelo mientras soltaba el amarre.

—Buenos días, jovencita. ¿Lista para volar?

—Lista.

—Pues a bordo. Hace una mañana preciosa para ver el mundo desde arriba.

Me fui de Tofino del mismo modo que llegué, muda por unas vistas maravillosas. Con el corazón roto y mucha incertidumbre.

Pero, al mismo tiempo, distinta.

Por primera vez en mi vida sabía lo que quería.

Tenía un destino y lo había elegido yo.

Solo yo.

70
Declan

Dejar que Darcy se marchara fue una tortura.

Sentía que mi mundo se caía a pedazos delante de mí sin poder hacer nada por impedirlo.

Tardé varios días en volver a mi rutina, pero al final lo conseguí. Solo a medias, aunque era algo. Me perdía tantas horas en el trabajo que, cuando regresaba a casa, ya era tan tarde que solo tenía ganas de meterme en la cama con la esperanza de poder dormir. Nunca lo lograba más de dos o tres horas. El resto del tiempo lo pasaba torturándome o pensando en lo jodido que estaba. En ella, sobre todo pensaba en ella. Y miraba el otro lado de la cama, tratando de recordar cómo era verla dormir, sentir su peso junto a mí. Su sonrisa cuando despertaba.

La echaba tanto de menos que en ciertos momentos creía que me ahogaba bajo aquel cielo que había sido testigo de todo lo que habíamos compartido. Y esa sensación no desaparecía con nada.

Así que cada día me esforzaba por llegar al siguiente y no convertirme en humo.

Toc, toc, toc...

Abrí la puerta con un gruñido.

—¿Qué haces aquí?

Mi madre cruzó el umbral cargada con un par de bolsas y fue directamente a la cocina. La seguí sin entender nada.

—¡Mamá!

Me miró muy seria.

—¿Cuánto hace que no comes?

—¿Qué dices? Como todos los días.

Alzó las cejas y me miró de arriba abajo. Yo bajé la cabeza y me miré los pies descalzos. Vale, igual había adelgazado un poco, porque últimamente lo único que me entraba en el estómago era el café aguado.

—¿Qué llevas ahí? —pregunté.

—Voy a prepararte la cena.

Casi sonreí. La última vez que mi madre me preparó la cena, yo debía de tener unos catorce años. Estuve a punto de negarme y pedirle que se fuera. No lo hice y me quedé allí de pie, observándola mientras abría armarios y sacaba utensilios.

Se detuvo un momento y me miró por encima del hombro. Arrugó la nariz.

—Date una ducha, puedo olerte desde aquí.

Puse los ojos en blanco y sonreí. Esta vez, de verdad. Obedecí y me metí en la ducha.

Me sentó bien, incluso salí del baño con algo de apetito.

—Eso huele bien —dije a la vez que le echaba un vistazo a lo que se calentaba en los fogones.

—Tú también. —Me sonrió y unas arruguitas aparecieron alrededor de sus ojos—. Carne ahumada, con judías y patatas. ¿Pones la mesa? Esto casi está.

—Claro.

Llevé vasos y cubiertos hasta la mesa del salón, un par de cervezas y unas rebanadas de pan de cereales. Me dejé caer en el sofá y mi madre no tardó en aparecer con un par de platos humeantes. Yo acepté uno y acerqué la nariz. Me sorprendí al darme cuenta de que estaba famélico.

Cenamos en silencio mientras veíamos un documental sobre la pesca del salmón.

—Darcy se ha ido —dije casi sin voz al cabo de un rato.

—Lo sé, Will me lo dijo.

—Ya... Debí contártelo yo.

—Lo estás haciendo ahora. —La miré de reojo y me pasé la mano por el pelo. Mi madre dejó el tenedor en el plato y se volvió hacia mí—. Debiste irte con ella.

—No podía.

—Por supuesto que sí. Tienes permiso para seguir adelante, hijo. Deja de sentirte culpable por querer ser feliz. —Noté un nudo en la garganta. Mi madre parpadeó emocionada—. Te lo mereces, Declan. Te mereces estar con ella.

Cerré los ojos con fuerza y sacudí un poco la cabeza. Hubo un tiempo en el que de verdad lo creía, y aun así la dejé marchar mientras me quedaba mirando como un cobarde. Y, del mismo modo, había dejado que se fuera ahora.

No, desde luego que no la merecía.

71
Darcy

Llegué a Varsovia un jueves por la mañana. Tomé un taxi en el aeropuerto, que me llevó al centro histórico de la ciudad, a la plaza Zamkowy, donde había reservado una habitación en un hotel llamado Castle Inn.

Me sentía abrumada por el mundo que me rodeaba. Tan diferente a lo que yo conocía. No podía dejar de mirarlo todo.

Europa. ¡Dios mío, estaba en Europa!

Hice un par de fotos con el teléfono y se las envié a mis amigas.

«Esto es increíble», tecleé bajo un selfi.

El taxista se detuvo en una calle sin salida desde donde se podía ver la columna del rey Segismundo III.

—Debo dejarla aquí. La plaza está cerrada al tráfico.

—No se preocupe. Gracias.

Le pagué la carrera y esperé en la acera a que sacara mi equipaje del maletero. El hombre me dedicó una sonrisa.

—¿Ve aquel edificio de la esquina?

—¿El de color crema?

—Ese es su hotel, no tiene pérdida.

Le di las gracias de nuevo y me encaminé hacia la plaza

con dos maletas de ruedas traqueteando sobre los adoquines. Me encontré de frente con el Castillo Real, un edificio de ladrillo rojo coronado por tres cúpulas de color verde acabadas en punta. Era muy bonito.

Miré a mi alrededor maravillada. En realidad, todos los edificios eran preciosos.

La plaza se encontraba llena de gente y las terrazas, abarrotadas. Me paré junto al hotel y, por un momento, parpadeé desconcertada. La única puerta del edificio era la de un restaurante.

Detuve a una señora que paseaba con su perro.

—Disculpe, ¿Castle Inn?

La mujer me sonrió y señaló un diminuto cartel que colgaba de la pared, sobre una puerta muy pequeña encastrada entre dos pilares. Casi imposible de ver si no te fijabas bien. Le di las gracias y me dirigí a la entrada.

Me quedé muda nada más entrar. El lugar era encantador y la decoración, un tanto ecléctica. Se mezclaban distintos estilos, incluso épocas. Era como un viaje en el tiempo en apenas unos metros cuadrados.

La recepcionista comprobó mi reserva y después salió de detrás del mostrador para acompañarme a la habitación.

—Lo siento, pero no tenemos ascensor —dijo al ver las dos maletas.

—No importa.

Ella asintió y cogió la más pesada. La seguí por la escalera y, después, a través de un estrecho pasillo.

—Aquí es —me indicó señalando una puerta—. La habitación Alicia.

—¿Alicia?

—Disponemos de veintidós habitaciones y cada una de ellas está decorada con una temática distinta.

—¿Por ejemplo? —pregunté aún más sorprendida.

—Pues desde Aladino y el desierto, pasando por las pinturas de Henri Rousseau, a un lujoso vagón del Orient Express, un viaje exótico por la India...

Me reí, no pude evitarlo. Sonaba tan fantástico. La mujer me entregó la llave.

—Espero que tenga una buena estancia. Si necesita algo o tiene algún problema, no dude en comunicármelo.

—Gracias —respondí sin dejar de sonreír.

Giré la llave en la cerradura y entré en el cuarto. Me quedé con la boca abierta. El suelo parecía un tablero de ajedrez, los muebles eran blancos y las paredes estaban decoradas con cartas. La cama era enorme y sobre ella colgaba un baldaquín de tul blanco. Me dejé caer en un sillón con aspecto de trono y contemplé la lámpara de cristalitos que lo iluminaba todo.

—Increíble —susurré entre risitas nerviosas, mientras esperaba ver un conejo blanco surgir de alguna parte.

Tras deshacer el equipaje, salí a la calle para comer algo. A doscientos metros del hotel se encontraba la plaza del mercado. Me senté en una de las terrazas y pedí un plato de *pierogi* de queso y espinacas. No estaban tan buenos como los que cocinaba el abuelo, pero me recordaban nuestras cenas.

Después aproveché la tarde para pasear por la ciudad. Visité la catedral de San Juan, el parque Ujazdów, la casa de Marie Curie y, casi sin saberlo, mis pasos me llevaron hasta el gueto judío. Sentí una opresión en el pecho al contemplar la cenefa de hierro que marcaba el perímetro donde antiguamente se alzaba el muro. Lo intenté, pero no fui capaz de imaginar la barbarie que mis abuelos sufrieron allí junto a sus familias.

La calle Prozna, la única que sobrevivió a la destrucción, me dejó sin aliento. En sus edificios aún se podían ver los agujeros de bala y metralla. No sé por qué, pero acabé llorando frente al Monumento a los Héroes del Gueto, que rinde homenaje a los judíos que protagonizaron el levantamiento en el año 1943.

Regresé al hotel cuando ya había anochecido, tras haber picado algo en un restaurante de la plaza, frente al palacio. Después de un viaje tan largo y casi todo el día pateando la ciudad, estaba tan cansada que apenas podía mantener los ojos abiertos mientras me daba una ducha.

Me puse el pijama y me metí en la cama. Me quedé mirando el techo, arrullada por una música pegadiza que sonaba en la calle. A solas, dentro de aquella habitación que parecía sacada de un cuento de hadas, solo podía pensar en Declan.

El dolor que me supuso dejarlo era tan agudo que el sufrimiento era físico. Me sentía como si tuviera el cuerpo y el alma atrapados bajo una pesada roca. Me dolía todo, músculos y huesos. El espíritu.

Sabía de corazón que lo que había hecho era lo adecuado para los dos, pero eso no significaba que no fuera una agonía.

A la mañana siguiente, me dirigí al cementerio judío. Allí me esperaba un representante de la aseguradora y un empleado del tanatorio. Tras firmar unos documentos y entregarme las urnas de mis abuelos, me acompañaron hasta un trocito de tierra bajo los árboles, donde había sido excavada una tumba. Deposité las vasijas en el interior y me quedé inmóvil, en silencio, mientras las cubrían con una losa gris de granito.

—En unos días instalaremos la lápida —me dijo el sepulturero al terminar.

—Gracias —susurré.

Me dejaron a solas.

Me senté en el suelo, con las piernas cruzadas. El ambiente estaba húmedo y olía a hierba. Corría una suave brisa, algo fría, y solo se oía el susurro de las hojas y el trino de los pájaros.

No sé cuánto tiempo estuve allí, a la sombra de aquellas ramas.

Sí sé que lloré hasta que se me hincharon los ojos. Hasta vaciarme por completo. Y cuando por fin me levanté, con las piernas entumecidas y las mejillas irritadas, lo único que sentía era una paz infinita.

Lo había hecho, y ahora ellos descansaban donde debían. Donde siempre habían querido.

Y yo...

Yo estaba preparada para decirles adiós.

72
Declan

Durante las semanas siguientes, logré volver poco a poco a la rutina que había tenido antes de que Darcy apareciera de nuevo en mi vida. Regresé a los días vacíos, a mi soledad y a los silencios. A no dormir bien.

Apuré el café y salí de casa mientras me abrochaba una chaqueta cortavientos. El cielo estaba tan oscuro y lúgubre como se presentaba mi día.

Cargué la escalera y la caja de herramientas en la furgoneta, y me aseguré de que llevaba unos guantes de trabajo. Después me senté tras el volante y accioné los limpiaparabrisas. La noche anterior había diluviado y, según la previsión del tiempo, llegaría otra tormenta por la tarde.

Conduje hasta la casa de los Stern y aparqué en el camino. Había mucho barro en la entrada y no quería arriesgarme a quedar atascado. Paseé la vista por el edificio, buscando daños, pero a simple vista parecía estar todo bien. Apoyé la escalera contra la pared y subí al tejado. Estaba resbaladizo y traté de moverme despacio, mirando muy bien dónde ponía los pies. Partirme la crisma no entraba en mis planes a corto plazo.

—¡Hola!

Me sobresalté y di un traspié. ¡Joder!

—Lo siento. ¿Estás bien?

Logré mantener el equilibrio y eché una mirada abajo. Vi a Sloane saludándome desde el jardín.

—¿Qué haces aquí? —le pregunté.

Se encogió de hombros.

—Creo que lo mismo que tú. ¿Hay muchos daños? La tormenta ha sido fuerte.

Con las manos en las caderas, escudriñé de nuevo el tejado.

—No lo parece. Un par de tejas se han movido, pero no creo que se haya filtrado nada.

—Entraré para asegurarme.

Terminé de revisar los aleros y bajé al suelo. Fui hasta el porche, pero antes de entrar en la casa me detuve. Demasiados recuerdos, que continuaban doliendo como la sal en las heridas.

Inspiré hondo y di unos cuantos pasos.

Observé el salón con un nudo en el estómago. Sobre el sofá continuaba la manta bajo la que tantas noches nos habíamos acurrucado. Su cuaderno de dibujo estaba sobre la mesa y del perchero colgaba su abrigo. Muchas de sus cosas seguían allí, como si esperaran a que ella regresara. Habían pasado seis semanas desde que se marchó y yo empezaba a preguntarme si lo haría en algún momento. Si volvería.

Sloane apareció de repente, y me sacó de mis pensamientos.

—Todo parece estar bien.

Asentí con la cabeza y me humedecí los labios. Me costaba estar allí.

—Vale, entonces creo que voy a marcharme. No quiero llegar tarde al trabajo.

Eché un último vistazo a aquella habitación e inspiré hondo. Salí de la casa con Sloane siguiendo mis pasos.

—¿Quieres que te lleve?

—No, gracias —respondió ella. Se apartó el pelo rubio de la cara—. He aparcado justo detrás de tu furgoneta.

—Vale.

Cargué con la escalera y la caja de herramientas y me dirigí al camino. Sloane caminaba a mi lado con las manos en los bolsillos de sus pantalones cortos. La miré de reojo y noté una presión en el pecho. Me resultaba un poco incómodo estar con ella, no podía evitarlo, y me jodía sentirme así después de todo lo que habíamos pasado y superado. Pero no podía ignorar el hecho de que ella seguía hablando con Darcy. Mantenían el contacto.

Sloane sabía dónde se encontraba. Qué hacía. Si era o no feliz. Si había conocido a alguien. Si ya no pensaba en mí. Y tener esa información tan cerca me mataba por dentro, dividido entre mi necesidad de saber algo sobre Darcy y el miedo que me paralizaba.

—Declan, ¿estás bien? Te has puesto pálido.

—¿Eh? Sí, estoy bien.

—Vale, nos vemos luego en el centro.

—Claro, luego nos vemos.

Vi cómo subía a su coche y, cuando estaba a punto de cerrar la puerta, salté sin poder contenerme:

—¿Está bien? —Mi voz sonó como papel de lija.

Ella me miró durante un segundo infinito antes de asentir.

—Sí, está bien.

Inspiré hondo y traté de sonreír.

No pude.

Subí a la furgoneta y puse el motor en marcha. Vi que la pantalla de mi teléfono se iluminaba y lo cogí del salpicadero para echarle un vistazo. Tenía un par de llamadas de Will y un mensaje de texto.

Ven cagando leches

—¿Qué tripa se te ha roto ahora? —le solté a Will en cuanto atravesé la puerta de su despacho—. Aún falta media hora para que empiece mi turno.

—Han venido a verte —respondió con una expresión rara.

Me fijé en el tipo que acababa de levantarse de la silla. Era Luke Oseman, uno de los bomberos del departamento de emergencias de Ucluelet. Nos conocíamos del instituto y había sido una de las personas que rescató a mi hermano la noche del accidente.

—¿Luke? Cuánto tiempo, tío.

—Hola, Declan. ¿Tienes un momento para que hablemos?

Parecía preocupado y me miraba como si estuviera avergonzado. Empecé a inquietarme.

—¿Ocurre algo?

Lo vi tragar saliva y frotarse las manos.

—Verás, ayer estábamos haciendo limpieza en uno de los almacenes. Esos... sitios siempre están llenos de trastos y material viejo, ya sabes. —Forzó una risita y se pasó la mano por el pelo, nervioso—. Se mete todo casi sin mirar y se limpian una vez cada mil años...

—Luke... —Lo interrumpí—. No sé adónde quieres llegar.

—Ya... —Se agachó y cogió del suelo una bolsa negra de plástico. Me la entregó—. Lo siento mucho, tío. No sabía lo que era hasta que la abrí. Sé que llevas años buscándola, pero jamás imaginé que estuviera en ese almacén. Algún compañero debió de recogerla en el lugar del accidente y la echó en el camión con los otros restos... No sé qué decirte.

Sentí que se me doblaban las rodillas. No estaba seguro de haber entendido lo que Luke acababa de decir. Lo miré a los ojos y vi su expresión de angustia. Inspiré con el corazón a mil. Me temblaban tanto las manos que apenas pude abrir la bolsa.

Se me escapó un gemido al ver la lona roja y tuve que cubrirme la boca con la mano para contener los sollozos.

No podía respirar. No podía.

Saqué la mochila de la bolsa y la apreté con fuerza hasta que los nudillos se me pusieron blancos. La abrí y allí estaban las cosas de Harvey. Tomé su cámara y la sostuve en la mano.

—Tiene la batería cargada... —empezó a decir Luke—. Lo hice para ver si había algún vídeo o imagen que me ayudara a identificar al dueño. Así fue cómo me di cuenta de que era de tu hermano y pude atar cabos. Declan... —Alcé la vista y lo miré—. Hay un vídeo que deberías ver. No..., no lo he visto completo, tranquilo. Pero... tienes que verlo.

Fruncí el ceño, aún más desconcertado si eso era posible dentro del estado de *shock* en el que me encontraba. Me puse de pie en cuanto sus palabras calaron en mi cerebro y, sin decir una sola palabra, salí de allí con la cámara en la mano. Me dirigí a mi furgoneta y una vez dentro encendí la cámara. Pasé un par de vídeos en los que solo se veían unos pájaros volando, demasiado nervioso para pulsar los botones bien a la primera. Entonces, en la pantalla apareció el rostro de mi hermano.

¡Joder!

Era él, con la misma ropa que llevaba cuando tuvo el accidente. Era de noche y no pude distinguir el lugar donde se encontraba. Parecía un bosque.

Le di al botón de reproducir y su rostro cobró vida. El sonido de su voz fue como una puñalada en el pecho, afilada y dolorosa:

«—Hola, hermanito. Esta noche la he cagado bien, ¿eh? —Se frotó la nariz y cerró los ojos un momento—. No sé por qué soy así contigo, tan capullo y gilipollas. Ni por qué hago las cosas que hago. Sé que no están bien, que yo no estoy bien, pero no soy capaz de parar. Me siento como si estuviera escalando una montaña que solo me lleva al borde de un precipicio, y, aun así, me esfuerzo por seguir subiendo aunque ya no tenga fuerzas. Porque una parte de mí desea alcanzar ese abismo y saltar. Saltar...»

Inspiró hondo y clavó de nuevo los ojos en el objetivo.

«—Voy a confesarte una cosa. Este mundo no está hecho para mí, hace mucho que lo sé. He intentado soportarlo, pero ni el alcohol ni las drogas funcionan ya. No acallan las voces y siento... siento que cada día que pasa gritan más fuerte y me taladran la cabeza hasta volverme loco. Ha sido así desde que papá murió y estoy cansado, hermano. Tan tan cansado... Estoy harto de estar enfadado con todos y por todo. De vivir con esta mierda que llevo dentro, cuando la verdad es que todo es culpa de él. ¿Por qué? ¿Por qué tuvo que irse aquel día? ¿Por qué tuvo que morir? —Me sequé las lágrimas que me quemaban las mejillas y me sorbí la nariz mientras miraba a mi hermano y el sufrimiento que brillaba en sus ojos—. Nos dejó, y por su culpa se rompió todo. Nuestra familia. Nosotros. Yo... No consigo perdonarlo.»

Hizo una pausa para encender un cigarrillo y durante unos segundos se limitó a fumar, con la vista perdida.

«—¿Sabes qué me da miedo? A veces, cuando estoy sobrio, pienso que en realidad culpo a papá porque no soy capaz de enfrentarme a la verdad. Que todo es una jodida excusa para aceptar que no me gusta este mundo. Nunca me ha gustado. Puede que por eso solo sea capaz de mirarlo a través de esta cámara. —Rio sin ganas y se pasó la mano por la cara—. Declan, eres un buen hermano. Lo has sido siempre y te quiero, te quiero más que a nadie, y me duele en el alma hacerte sufrir como lo hago. Es... es esta rabia que me ahoga la que dice esas cosas. Tú eres el único que siempre me ha cuidado. Te has sacrificado por mí sin pedir nada a cambio y no importa lo que haga o diga, sigues luchando para que no desaparezca. —Dio una calada profunda y soltó el humo—. No sé el tiempo que aguantaré así. Cualquier día beberé más de la cuenta o me meteré un poco más de ese veneno y todo se acabará. Esa idea me reconforta y me da miedo a partes iguales. —Se echó a reír—. Tío, soy un puto tarado que no merece la pena, ¿es que no lo ves?»

Hizo una pausa y frunció el ceño, pensativo.

«—Declan..., no puedes salvarme, ni tampoco quiero que lo hagas. Tienes que aceptar que solo yo soy responsable de lo que me ocurra. Debes vivir tu vida. Márchate de este jodido pueblo y vive, tío. Has perdido demasiadas cosas por mi culpa y quiero que las recuperes. Hazlo por mí, porque es lo único que no logro perdonarme. Tienes que soltarme de una vez. Debes dejarme ir, ¿lo entiendes? No me debes nada.»

Se pasó la lengua por los labios y se secó los ojos con el dorso de la mano.

«—Siento las cosas que te he dicho esta noche y siento haberme marchado de ese modo. También siento que ahora te estés torturando por las cuatro gilipolleces que has dicho. Te conozco y seguro que estarás castigándote por ello. No lo hagas. —Se masajeó el puente de la nariz—. Dios, estoy tan cansado.»

Dejó caer la cabeza hacia atrás y soltó un suspiro. Miró a la cámara.

«—Ahora voy a beberme media botella de tequila y con suerte reuniré el valor para volver a casa y decirte todo esto en persona. Si no, puede que te deje ver este vídeo cursi de los cojones como regalo de Navidad. Y, joder, si vuelves a regalarme otro puto libro de autoayuda, juro que te doy una paliza. —Sonrió de verdad y se me llenó el pecho al ver su cara iluminada—. Echo de menos hablar contigo como lo hacíamos de pequeños. Quién sabe, quizá tengamos otra oportunidad en otra vida y entonces todo sea diferente. —Se quedó en silencio unos segundos, mirando fijamente la cámara. Suspiró y dijo—: Te quiero, imbécil.»

Después, apagó la cámara.

73
Declan

La lluvia golpeaba con fuerza la ventana del despacho del doctor Simmons, y el ruido ahogaba el ajetreo que había en el pasillo, al otro lado de la puerta. Me acerqué al cristal y miré afuera. La cortina de agua convertía la ciudad en una imagen borrosa. Me distraje unos segundos con las luces que parpadeaban imprecisas.

—Insuficiencia cardiaca aguda —repetí.

—Así es. Creemos que es una consecuencia de los problemas renales que tiene desde hace meses.

—¿Y cómo puede solucionarse?

—Podríamos ponerle un marcapasos y conseguir unas semanas, pero finalmente habrá que someterlo a una cirugía.

—¿Está hablando de abrirle el pecho?

—Algo así.

Apenas un mes antes habría dicho sí a todo. «Adelante. Hágalo. Mantenga a mi hermano con vida, como sea.» Habría obligado a Harvey a que se quedara conmigo, pese a todos los intentos que ya había hecho por marcharse, solo porque yo lo necesitaba.

Porque necesitaba aliviar mi conciencia, arrepentirme de mis palabras.

Porque no soportaba no haber podido despedirme de él y decirle que lo quería.

Pero habían pasado dos semanas desde que había visto el vídeo y ya nada era lo mismo. Ahora solo podía pensar en el rostro de Harvey sonriendo desde esa pantalla. Sincerándose. Compartiendo sus miedos. Dándome las gracias. Y ese «Te quiero, imbécil» que me había partido en dos.

Desde entonces me costaba mirar lo que quedaba de él en esa cama de hospital, ya que no era así como quería recordarlo.

—¿Está seguro de que no va a mejorar?

—Sus órganos se están deteriorando y empiezan a fallar. Podemos mantenerlos un tiempo con medicación, puede que consigamos un poco más con cirugía, pero seguirá empeorando.

—Me está hablando de su cuerpo, pero ¿qué hay de lo demás?

—Eso deberías hablarlo con alguien religioso.

—Se lo pregunto a usted.

—Tu hermano no ha mostrado actividad cerebral en ningún momento en todo este tiempo, y estamos seguros de que no la habrá. Sufrió graves daños durante el accidente.

Me senté en la repisa y traté de respirar con normalidad. No podía. Un peso extraño se había instalado sobre mi pecho. Inspiré buscando un aire que no llegaba a mis pulmones. Los ojos se me llenaron de lágrimas.

—Declan, el tiempo corre en nuestra contra, necesito que tomes una decisión para saber qué hacer.

—No voy a apagar esas máquinas, ya lo sabe.

El doctor Simmons asintió.

—Por supuesto que no, nadie está hablando de eso. Lo que necesito es tu consentimiento para colocarle ese marcapasos y si algo se complica...

—Y tampoco quiero que vuelva a tocar a mi hermano —lo corté.

—No te entiendo.

—Deje que se vaya en paz y, mientras, ayúdelo a que no sufra.

—¿Estás seguro?

Asentí.

Salí de aquel despacho y fui en busca de mi madre. La encontré junto a la cama de Harvey. Ella lo agarraba con fuerza de la mano inerte y pálida que colgaba de la cama. Los únicos sonidos provenían de la lluvia y de los monitores conectados a mi hermano, cuya cadencia era más y más lenta con el paso de las horas.

Saber algo y reconocerlo son dos cosas distintas.

Desde el principio supe que la recuperación de Harvey era prácticamente imposible, pero no había sido capaz de admitirlo hasta ahora, cuando mis sentimientos por fin me habían dejado ver más allá.

Me acerqué a la cama y tomé la otra mano de Harvey entre las mías. Mi madre abrió los párpados y me dedicó una triste sonrisa. Se quedó mirándome, como si tratara de ver mi interior y mis pensamientos a través de mis ojos. Y algo debió de ver, o quizá me conocía mejor de lo que yo creía, porque se levantó de la silla y se plantó frente a mí. Me sostuvo el rostro con fuerza y me obligó a bajarlo para que no me quedara más remedio que mirarla a los ojos. Me acarició las mejillas con los pulgares.

—No estás haciendo nada malo, ¿de acuerdo? —Se me llenaron los ojos de lágrimas al mirarla—. ¿De acuerdo? —insistió.

—Sí —susurré con la voz rota.

—Estaremos con él, juntos, como una familia.

—Sí.

Después me abrazó con fuerza y yo dejé que lo hiciera.

74
Declan

El corazón de Harvey se detuvo un jueves, a las once y cuarenta y siete de la mañana, con mi mano aferrando muy fuerte la suya.

Llovía a cántaros y los truenos retumbaban con fuerza.

Odiaba la jodida lluvia. Odiaba lo que representaba para mí.

Al día siguiente fue su funeral. La capilla se llenó de gente, aunque yo apenas me fijé en nadie. No podía concentrarme. Mi mente solo recorría imágenes y recuerdos de un niño rubio y sonriente, que me perseguía a todas partes.

Así era como quería recordarlo.

El sacerdote concluyó la oración y todos se levantaron para salir. Ayudé a mi madre a ponerse en pie y la acompañé hasta el coche de Will, que nos esperaba para llevarnos al cementerio.

El camino hasta allí fue corto y todo lo que ocurrió después fue solo un borrón.

El siguiente recuerdo que tengo de ese día es el de mi madre preparando chocolate caliente en mi cocina, pese a que estábamos a finales de junio y hacía un calor infernal. Mientras me lo bebía a pequeños sorbos, pensé en Darcy. Me pregunté qué estaría haciendo y dónde, si sería feliz.

Si alguien le habría dicho que Harvey por fin estaba descansando.

Saqué el teléfono del bolsillo y busqué su número en la lista de contactos, a pesar de que me lo sabía de memoria. Se me pasó por la cabeza escribirle y contárselo yo mismo. Pero no lo hice. No estaba listo para dar ese paso.

Ella tenía razón. Al principio no había entendido su mensaje, pero ahora sí. Nunca estuve preparado para esa relación, solo le entregué una pequeña parte de mí y Darcy sabía que nunca sería suficiente. Hizo por mí lo que yo nunca habría hecho por ella, dejarme.

Lo nuestro jamás habría funcionado en aquellas circunstancias. Con el tiempo nos habríamos hecho mucho daño, desgastando algo que, en otro momento, tendría la oportunidad de ser maravilloso.

Sin embargo, ser consciente de esa realidad no la hacía menos dolorosa.

La seguía queriendo y la echaba de menos, y no imaginaba un futuro con otra mujer que no fuese ella. Pero aún no estaba preparado. Tenía heridas que debían sanar y no sabía cuánto tiempo necesitaría para que solo fuesen cicatrices. Cuánto tiempo tardaría en saber quién era yo realmente sin el peso del pasado, sin la sombra de mi familia.

Me perdí a los catorce años y ahora tenía casi veintisiete.

No sabía quién era el tío que vivía en mi cabeza. Ni qué quería hacer con su vida. Qué le gustaba y qué sueños tenía. Y necesitaba averiguarlo.

Si lo conseguía, quizá tuviera una oportunidad con Darcy.

Si ella aún me esperaba.

Si aún me quería.

75
Darcy

Entré corriendo en la galería y a punto estuve de arrollar al repartidor de una empresa de mensajería que salía en ese momento.

—*Mi scusi* —me disculpé entre jadeos.

—*Non scusarti, bella.*

Me guiñó un ojo y yo no pude evitar sonreír. «Estos italianos», pensé.

Me adentré en las salas de la galería, al tiempo que me quitaba a tirones la bufanda de lana y el abrigo. De refilón, vi a Bianca en la sala principal.

—¡Bianca!

La esposa de Marco apartó la vista de un catálogo de pinturas que estaba ojeando y me sonrió. Vino a mi encuentro caminando con gracia sobre unos tacones de aguja imposibles. Ella dirigía la galería que Marco había heredado de su padre.

Se inclinó para besarme en la mejilla.

—*Ciao*, Darcy.

—*Ciao*. ¿Ha llegado?

Asintió con la cabeza.

—Acabo de entregárselo a Marco, está en mi despacho.

Sonreí de oreja a oreja y me dirigí a la puerta de madera oscura que había al fondo. Llamé por cortesía y entré antes de que me invitara. Marco me miró desde el escritorio y se repantigó en el sillón con una sonrisa socarrona en los labios. Me lo quedé mirando con los ojos muy abiertos. Esa mañana estaba especialmente elegante, con un traje oscuro, camisa blanca y unos zapatos que brillaban tanto como su pelo negro engominado.

Él y su esposa me habían acogido en su familia, y desde mi llegada a Italia se habían convertido en una especie de padres para mí.

Gracias a Marco y Bianca estaba cumpliendo muchos de mis sueños, como vivir en Florencia, donde ellos residían habitualmente, y empezar a ganarme la vida con mis dibujos.

—¿Lo has visto? —le pregunté impaciente.

—Te estaba esperando para abrirlo —dijo con su voz profunda.

Me encantaba su acento italiano con ese deje polaco que titilaba al final de cada frase. Me entregó un sobre amarillo. Lo sostuve con manos temblorosas. Lo enviaban desde Londres y pesaba mucho. Tragué saliva y me senté en el sofá que ocupaba una de las paredes. Tenía los dedos fríos, así que me tomé unos segundos para calentármelos con el aliento.

Inspiré hondo un par de veces.

—*Per l'amor di Dio*. ¡Ábrelo de una vez! —exclamó Marco.

Se me escapó una risita nerviosa.

Abrí el sobre y saqué un precioso volumen encuadernado en tapa dura.

Me llevé la mano a la boca para contener un sollozo, mientras pasaba los dedos por la portada, decorada con una de mis ilustraciones. Era mi segundo trabajo desde que Marco me había contratado. El primero había sido una recopilación de relatos infantiles.

Lo abrí y fui pasando con detenimiento las páginas. Era

un libro de poesía moderna de una escritora inglesa muy conocida y yo había tenido la suerte de que, gracias a Marco, me eligieran para ilustrarlo. Cada poema iba acompañado de uno de mis dibujos, que ocupaba una doble página. Era increíble y...

—Es precioso —susurré.

—Lo es —dijo Marco—. En la editorial están muy contentos contigo. Quieren contratarte para un nuevo trabajo y el adelanto será mucho mayor.

—¿De verdad?

Asintió y yo salté del sillón. Me lancé a sus brazos y él apenas tuvo tiempo de levantarse antes de que yo me estrellara contra su pecho.

—Gracias —gemí, abrazándolo muy fuerte.

—Yo no he hecho nada, lo has conseguido tú con tu talento. Además, somos casi familia, y las familias se ayudan.

Me aparté para mirarlo a los ojos. La sonrisa se borró poco a poco de mi rostro y sentí una presión en el pecho.

—No tienes ninguna obligación, Marco, fue mi abuelo quien ayudó a tu padre, no yo.

—No hago esto por obligación, Darcy, ¿aún no te has dado cuenta? Durante estos meses te has convertido en un miembro más de la familia. —Miró hacia la puerta—. ¿No es cierto, *amore*?

—*È vero* —dijo Bianca, que nos observaba con una sonrisa.

Me despedí de ellos y salí a la calle sin dejar de sonreír. Me sentía feliz, muy feliz.

Me ajusté el gorro para cubrirme las orejas y me dirigí a la Piazza Santa Croce. Estábamos a finales de diciembre y hacía frío. Mucho frío. Me adentré en el mercadillo que habían instalado unas semanas antes, y me dejé llevar por la belleza invernal de la ciudad y el espíritu navideño que reinaba en todos los rincones.

Me detuve en uno de los puestos y compré *strudel* de

manzana. Cuando lo saqué de la bolsa de papel, se me hizo la boca agua. Olía de maravilla y aún estaba calentito. Gemí con los ojos cerrados mientras lo saboreaba. La manzana sabía tan dulce que parecía caramelo.

Paseé hasta detenerme frente al carrusel, que giraba repleto de niños. Empezaba a anochecer y todas las luces de la plaza se encendieron de golpe. Miré hacia arriba para contemplarlas y al bajar la cabeza mis ojos tropezaron con un rostro conocido al otro lado del tiovivo.

Sentí que el suelo empezaba a girar a mis pies y el aire abandonaba mis pulmones. Se me cayó el *strudel* al suelo. Me agaché un momento para recogerlo. Solo fue un segundo. Pero, cuando me levanté de nuevo, ya no estaba allí. Lo busqué con la mirada. No podía habérmelo imaginado.

O quizá sí.

No sabía qué creer.

Tiré el dulce en una papelera y continué moviéndome, buscando entre todas aquellas caras desconocidas. Al cabo de unos minutos, desistí. Probablemente sería alguien que solo se le parecía. Le eché la culpa a mi imaginación y a unos sentimientos que seguían palpitando dentro de mi corazón con la misma fuerza que el primer día. Aunque estuviéramos separados, todavía controlaba mis latidos. ¿Cómo no iba a hacerlo si todas las noches me dormía pensando en él? En sus manos rozándome, sus labios mordiendo mi boca, su voz susurrando en mi oído... Su olor envolviéndome. Ese aroma que solo él poseía y que reconocería entre miles. Tan parecido a...

Me quedé paralizada.

Me volví. Despacio. Intentando que dejasen de temblarme las rodillas.

Allí estaba Declan, a solo unos pasos de mí. Vestido con un pantalón negro y un abrigo gris con el cuello levantado. Le recorrí el rostro con la mirada, bebiéndola mientras mi corazón se aceleraba ante el hecho inesperado de tenerlo delante. Lo miré a los ojos y, sin pensar lo que hacía, alargué el brazo y posé la palma de mi mano en su pecho, como si necesitara comprobar que era real.

—Eres tú —dije muy flojito.

Esbozó una leve sonrisa y cubrió con su mano caliente la mía.

—Hola, Darcy.

—¿Qué haces aquí?

—Te echaba de menos —respondió.

—¿Cómo me has...?

—Una amiga me dijo cómo encontrarte.

Su pecho subía y bajaba agitado bajo mis dedos al tiempo que sus ojos seguían fijos en los míos, cálidos, intensos, llenos de tantas cosas. Lo miré sin saber qué decir. Qué pensar. Que estuviera allí casi parecía una broma del destino, un sueño del que temía despertar. De repente, caí en algo que hizo que el estómago me diera un vuelco.

—¿Y Harvey?

La expresión de Declan cambió. Una sombra cruzó por sus ojos. Tomó aliento y la sonrisa regresó a sus labios.

—Dejé que se fuera.

El aire entre nosotros se llenó de silencio y mis ojos se inundaron de lágrimas al percibir el dolor que contenían aquellas cuatro palabras.

—¿Cuándo?

—En junio —contestó.

Ya habían pasado seis meses. Sacudí la cabeza, desconcertada.

—Sloane no...

—Le pedí que no te dijera nada.

—¿Por qué?

—Habrías vuelto, y no quería que lo hicieras. No era justo para ti.

Bajé la mirada, tenía razón. Si lo hubiera sabido, habría vuelto a casa sin dudarlo para estar con él en ese momento tan difícil. Declan levantó la mano y con un dedo en mi barbilla me hizo mirarlo. Soltó un suspiro tembloroso y abrió la boca para decir algo, pero yo me adelanté.

—Siento mucho el modo en que me marché. Sé que no estuvo bien y que te merecías una explicación en persona, pero es que... —Mi voz sonaba estrangulada—. Me habrías pedido que me quedara y yo lo habría hecho, me habría quedado, aun sabiendo que era un tremendo error...

De pronto, Declan me besó y mis palabras murieron en sus labios. Me besó con impaciencia y anhelo e hizo que me temblara el cuerpo.

—Olvídate de todo eso, se acabó. No vamos a malgastar un segundo más de nuestras vidas mirando al pasado —susurró contra mi boca—. ¿De acuerdo?

—Sí.

—Vale. —Hundió los dedos en mi pelo desordenado y me besó en la punta de la nariz—. Mira nuestros pies y dime que ves.

—¿Qué?

—Hazlo, por favor. —Incliné la cabeza y miré nuestros pies—. ¿Qué ves?

—¿Adoquines?

Declan se rio ante mi comentario.

—¿Quieres saber qué veo yo? —me preguntó. Asentí sin entender nada—. Veo el punto en el que se cruzan nuestros caminos.

Me quedé sin respiración, paralizada, no podía ni parpadear mientras su frase tomaba sentido dentro de mi cabeza. Sonreí entre lágrimas.

—Declan...

Sus manos enmarcaron mi cara, dejando apenas unos centímetros entre su boca y la mía. Respirando el mismo aire.

—Una tarde, pocos días antes de irme a la universidad, me hiciste una pregunta. Me preguntaste dónde creía que estaríamos dentro de diez años. ¿Recuerdas lo que respondí?

Empecé a llorar. La emoción que sentía apenas me dejaba respirar. Asentí con vehemencia.

—Sí, dijiste que te gustaría estar donde yo estuviera.

—Y lo sigo pensando. Quiero estar donde tú estés.

Me zambullí en el verde de su mirada.

—¿Me estás diciendo que has venido para quedarte conmigo?

—Solo si tú quieres.

Di un paso hacia él. Ahora nuestros cuerpos se tocaban.

—¿Cuánto tiempo?

—¿Cuánto quieres que me quede?

«Para siempre», pensé. Su mano resbaló hasta mi cintura y me acercó más a él. La gente nos miraba al pasar, pero no me importaba. Solo era consciente de la tensión que se enredaba a nuestro alrededor. De que mi cuerpo echaba de menos al suyo.

Todo lo que quería lo tenía delante.

Necesitaba asegurarme de que estaba totalmente convencido de dar ese paso.

—¿Y qué pasa con tu trabajo en Tofino, y tu casa? ¿Qué pasa con toda tu vida?

—Te prometí que recorreríamos el mundo y, cuando lo hubiéramos visto todo, buscaríamos un bonito lugar donde vivir. Tú dibujarías y yo daría clases. Haremos todas esas cosas, Darcy. Tú y yo, juntos. Lo demás no importa. Cuándo, dónde..., da igual mientras no pase un día más sin ti.

El corazón me latía con fuerza de las ganas que tenía de tocarlo.

De abrazarlo.

De besarlo.

Besarlo hasta no sentir los labios.

De hacerle el amor hasta caer rendida.

Ahora que nos habíamos encontrado.

Que ya no estábamos rotos.

Ahora que sabíamos quiénes queríamos ser.

Me humedecí los labios y su mirada se posó en ellos. Sus pupilas se dilataron.

—¿Declan?

—¿Sí?

—Voy a besarte.

Sonrió con un gesto travieso.

—Vale.

Epílogo

SIETE PAÍSES Y TRES AÑOS Y MEDIO MÁS TARDE...

Darcy

He vuelto a casa. Lo siento al descender del avión. Al contemplar el cielo encapotado y la niebla enredándose en los árboles. Al sentir la lluvia sobre la piel.

Inspiro hondo y el olor a sal y tierra mojada penetra en mi olfato. El aroma de mi hogar. De mis raíces.

Miro a Declan y lo pillo observándome. Me sonríe.

Sé que está contento por haber vuelto, creo que lo deseaba incluso más que yo, pero en los últimos minutos algo ha cambiado en su actitud. Recogemos el equipaje y nos dirigimos al aparcamiento. No tardamos en ver su furgoneta estacionada en una esquina.

—Pero ¿qué demonios le han hecho? —gruñe al tiempo que acelera el paso.

Me río, no puedo evitarlo. Está decorada con un montón de globos y guirnaldas de papel que han empezado a deshacerse con el agua. Un enorme cartel pegado en un lateral nos da la bienvenida. O casi, algunas letras se han transformado en un borrón y la pintura resbala por la carrocería.

—Voy a matar a Will —masculla mientras mete nuestras cosas en la parte trasera.

—Le pediste que la trajera.

—Pero no decorada como una carroza para el festival de las ballenas.

—Vamos, es un cartel muy bonito y tiene un montón de detalles. Incluso ha dibujado un pene enorme con su nombre entre esas flores, al lado de uno mucho más pequeñito con el tuyo.

Declan se asoma al punto que estoy señalando y rompe a reír con ganas.

—Es un gilipollas.

Quita el cartel y lo dobla con cuidado antes de guardarlo. No deja de reír y sé que está tramando cómo devolvérsela. Lo ha echado mucho de menos.

Subimos a la furgoneta. Declan baja la visera y las llaves caen en su mano.

Nos ponemos en marcha. Estoy impaciente por llegar a casa.

La lluvia arrecia y la carretera se desdibuja al otro lado del cristal. Me acomodo en el asiento y me pierdo en las gotas que repiquetean contra el techo, observando cómo la niebla se deshace en jirones arrastrada por la brisa. Y pensar que un par de días antes estaba tomando el sol en Mallorca.

Oigo a Declan suspirar y vuelvo la cabeza para mirarlo. Está serio y respira deprisa.

—¿Te encuentras bien?

Asiente sin mirarme, pero sus dedos tensos sobre el volante me dicen lo contrario.

—Declan... —insisto.

Ladea la cabeza para mirarme y sus ojos me recorren de arriba abajo. Se detienen un momento en mis pantalones cortos. Ascienden de nuevo y se posan en mis labios. De repente, pone el intermitente y se desvía hacia un camino.

—Cariño, no es por aquí.

Sé que lo sabe, pero necesito que me hable.

—Tengo que hacer una cosa.

—¿Qué cosa?

—Si te lo digo, pensarás que estoy loco.

—Eso ya lo pienso desde que apareciste aquella noche en Florencia. —Sonríe con un mohín travieso y acelera. La furgoneta patina y estoy segura de que vamos a quedarnos atascados en el barro. Me agarro al asiento—. ¿Y no podemos dejarlo para más tarde? Está diluviando.

—Por eso tiene que ser ahora.

Unos metros más adelante termina el camino y él se detiene. A través del cristal distingo la playa. Declan salta de la furgoneta y se aleja hacia la orilla. Lo miro con la boca abierta sin entender nada, hasta que desaparece tras la cortina de agua.

Ahora sí pienso que se ha vuelto loco. Salgo de la furgoneta y voy en su busca. En cuestión de segundos, mi melena y la ropa están empapadas. Alcanzo a Declan y lo detengo por el brazo.

—¡¿Qué estás haciendo?! —exclamo en voz alta.

Me mira y sacude la cabeza.

—Odio esta lluvia.

—¿Odias la lluvia?

—No odio la lluvia —grita por encima del ruido. Abre los brazos y mira hacia arriba—. Odio esta lluvia. Esta. La que cae en este lugar.

—¿Por qué?

—Porque me trae malos recuerdos. Creía que lo había superado, pero no.

—Declan...

—Cuando mi padre murió, llovía. Cuando mi madre se marchó, llovía. Tú desapareciste bajo la lluvia y mi hermano... —Se retira el pelo de la frente con la mano, frustrado—. ¿Lo entiendes?

Asiento con la cabeza.

—Sí. No lo sabía.

—Si vamos a quedarnos, debo hacer algo con eso, porque aquí diluvia la mitad del año.

Parpadeo para desprenderme de las gotas que se me pegan a las pestañas y trago saliva, preocupada por cómo se siente.

—¿Y qué quieres hacer?

Se quita la camiseta y yo me quedo con la boca abierta al ver su torso desnudo.

—Voy a crear recuerdos nuevos, contigo. Recuerdos la hostia de buenos —dice mientras tira de sus pantalones hacia abajo y se los quita.

Se está despelotando ahí mismo.

Miro a mi alrededor pensando que alguien puede verlo, pero la lluvia es como un muro de cristal traslúcido que nos rodea y que apenas deja ver nada. Cuando vuelvo a contemplarlo, lo encuentro a solo unos centímetros de mí, completamente desnudo mientras el agua resbala por su pelo, su rostro hermoso y cada centímetro de su cuerpo perfecto. Se cierne sobre mí y yo me quedo sin aliento.

—¿Qué dices? ¿Lo hacemos bajo la lluvia?

Declan

—¿Qué dices? ¿Lo hacemos bajo la lluvia?

Darcy clava sus ojos en los míos y se lame el agua de los labios. Su mirada vaga por mi rostro y baja sin prisa mientras se quita la camiseta y deja caer sus pantalones.

Vale, eso es un sí.

Sobre el montón de ropa empapada cae su sujetador y después, sus braguitas.

Un sí rotundo.

Se acerca a mí y pega su pecho a mi estómago. Puedo ver el deseo en su rostro.

—Voy a hacer que te enamores de la lluvia —dice con las mejillas encendidas.

Sonrío como un idiota.

No puedo esperar más. Tomo su rostro y estampo mi boca en la suya. Jadeo y encuentro su lengua. Se enreda con la mía.

Entre besos hambrientos y caricias bruscas, caemos el uno sobre el otro en la arena. Siento su cuerpo apretado bajo el mío, cada curva haciéndome enloquecer, cada movimiento encendiéndome un poco más...

Ella arquea la cadera. Su respiración es cada vez más agitada. Y entro en su cuerpo memorizando cada sensación. Aferrándome a cada momento. Sus ojos nublados. Su boca entreabierta. Sus piernas abrazándome.

El corazón me va a explotar. Porque la deseo. Porque la quiero.

¡Joder, cómo la amo!

Se abraza a mí y noto sus latidos. El calor que desprende. Sabe a sal. Huele a cerezas.

Siento la lluvia golpeando mi piel. Duele.

La tensión crece dentro de mí.

Miro el rostro de Darcy en el momento exacto en que su cuerpo comienza a palpitar con el mío, rodeada de agua, de gotas brillantes que le impiden abrir los ojos.

No dejo de mirarla. Es la imagen más bonita que he visto nunca, y la convierto en nuestro recuerdo. El primero de nuestra nueva vida aquí.

Exhausto, caigo a su lado para liberarla de mi peso.

Darcy ladea la cabeza y me mira.

Se ríe. Yo también.

Reímos como si hubiéramos perdido la cabeza. Y puede que sea así. Que estemos completamente locos.

Su mano se encuentra con la mía y entrelazamos nuestros dedos.

Cierro los ojos y respiro.

Respiro profundo.

Bajo la lluvia descubrí la fragilidad de mi corazón.

Y bajo la lluvia, vuelvo a sentirlo completo.

Agradecimientos

Este libro no existiría si no fuese por todas las personas que me han acompañado durante los últimos años y me han hecho creer que todo es posible. Vosotros. Gracias por seguir leyéndome.

Gracias a la Editorial Planeta y, sobre todo, a mi maravillosa y paciente editora, Irene. Sin ella este libro no habría sido posible.

A Miriam, por hacer un trabajo inmejorable.

A Celia y Andrea, por adorar la lluvia.

A mis amigas, confidentes y compañeras de letras. Sois un regalo.

A mis estrellitas, siempre ahí.

A mi familia. Os quiero.